UN HIVER INOUBLIABLE À VERT-COTTAGE

LUCY DANIELS

UN HIVER INOUBLIABLE À VERT-COTTAGE

Traduit de l'anglais
par Marion McGuinness

EDITIONS PRISMA

Titre de l'édition originale :
Christmas at Mistletoe Cottage

ISBN : 978-2-8104-3030-7

Pour Charles, John, Anna et Andrew.

Nos chaleureux remerciements
à Sarah McGurk BVM&S, MRCVS.

Chapitre 1

Mandy Hope leva les yeux en passant sous la bannière de Running Wild. L'inauguration officielle du nouveau centre Outward Bound au domaine d'Upper Welford avait lieu aujourd'hui. Son cœur fit un bond à la vue de la guirlande de fanions multicolores, fouettée par le vent soufflant en rafales sous le ciel gris de novembre. Elle avait l'impression de ne pas avoir eu de congés depuis des siècles.

Ces trois derniers mois, elle avait passé tout son temps à bosser. Animal Ark, le cabinet vétérinaire qu'elle partageait avec ses parents, Adam et Emily Hope, aurait largement suffi à remplir ses journées. Mais en plus, elle avait lancé une toute nouvelle activité dans le champ derrière la clinique. Vert Cottage était le refuge pour animaux dont Mandy rêvait depuis toute petite, et elle éprouvait toujours un élan de fierté en entrant dans ce superbe bâtiment de pierre et de verre. Mais entre son travail à la clinique et le chantier, elle n'avait pas eu une minute pour elle. Sa tentative d'acquérir Lamb's Wood, ce petit cottage délabré en bordure du village de Welford, qui lui faisait tellement envie, l'avait également bien occupée.

Comme une longue file de véhicules bloquaient la voie menant au centre Outward Bound en ce dimanche après-midi, Mandy s'était garée un peu plus haut et remontait à pied la route étroite avec son border colley adoré, Sky. Se mêlant à la foule réunie à l'avant du terrain, elle se glissa sur le côté avec son chien près d'elle et admira le parcours d'accrobranches érigé à l'orée de l'ancien bois.

Les enchevêtrements de cordes semblaient solides et sûrs, et les matériaux couleur sable se fondaient si bien dans le décor qu'ils donnaient presque l'impression de faire partie de la forêt en pleine croissance. Pour la cérémonie du jour, une corde avait été tendue entre deux arbres sur la plateforme de départ. Un micro et deux haut-parleurs trônaient sur la structure en bois.

Mandy s'accroupit pour embrasser Sky, qui se comportait remarquablement bien au vu du nombre de personnes présentes. Que Sky soit à l'aise au milieu d'une foule dense était signe qu'elle se réadaptait. Mandy se remémora cet été fou, qui ne lui avait pas laissé une minute pour reprendre son souffle, quand des animaux mal en point ou abandonnés étaient arrivés de toute part. À l'époque, le champ dans lequel elle se tenait aujourd'hui était rempli de bêtes rescapées grâce à la générosité de Sam Weston, le fermier qui possédait le terrain où se trouvait Running Wild. Mandy sourit en imaginant Bill, l'énorme cheval du Comté, en train de paître au milieu des moutons et des vaches qu'elle avait sauvés de Lamb's Wood lorsque Robbie Grimshaw, le précédent propriétaire, était tombé malade.

Il y avait maintenant six quads rutilants bien alignés sous un tout nouvel abri en bois. Le hangar et le parcours de cordes avaient été bâtis par Jimmy Marsh, fondateur et directeur de Running Wild. Les yeux rivés sur le petit édifice soigneusement construit, Mandy se souvint de l'aide que Jimmy lui avait apportée au cours de cet été agité. Elle le revoyait en haut d'une échelle, réparant la grange pour les animaux qui s'y étaient réfugiés. Et pour être parfaitement honnête, elle n'avait pas admiré uniquement ses talents de menuisier...

Un mouvement à l'avant de la foule attira son attention. Il était là, escaladant avec assurance jusqu'à la plateforme dans les arbres : Jimmy Marsh. Avec sa veste de chasse et son pantalon en velours côtelé, il était presque invisible au milieu des branches recouvertes de mousse et de feuillage brun. Un autre homme grimpa à ses côtés, quand il atteignit le sommet, Mandy reconnut instantanément son sourire – elle l'avait déjà vu à la télé. *Voici donc le célèbre Aira Kirkbryde*, songea-t-elle.

La venue d'Aira Kirkbryde était au cœur de toutes les conversations à Welford depuis que Jimmy l'avait invité à l'inauguration. Mandy ne comptait plus les clients du cabinet qui lui parlaient sans cesse de son émission de survie sur la BBC. Aira portait lui aussi une veste de chasse et un pantalon en velours. Les deux hommes auraient presque pu être jumeaux, avec leurs larges épaules et leurs coupes courtes. Apparemment, ils étaient allés à l'école ensemble dans le Lake District. Mandy observa Aira dire à Jimmy quelque chose de si amusant que les traits de son visage bronzé, buriné par le vent, se plissèrent jusqu'à faire presque disparaître ses yeux.

Jimmy se tourna vers la foule et leva les mains pour obtenir le silence. Il s'approcha du micro, baissa la tête et se mit à parler.

– Bonjour et bienvenue à Welford Hall, lança-t-il, avant de s'arrêter un instant et de regarder le public.

Ses yeux semblèrent se poser sur Mandy et elle crut même apercevoir l'ombre d'un sourire sur ses lèvres, mais il reprit aussitôt son discours, sa voix amplifiée retentissant sous le ciel de plomb :

– J'espère que la pluie va nous épargner, en l'honneur de mon cher ami Aira ici présent, déclara-t-il.

Une vague d'applaudissements traversa la foule, s'arrêtant presque aussi vite qu'elle avait commencé. Non pas qu'un peu de pluie lui fasse peur. Un murmure d'approbation sincère résonna autour de Mandy.

– De toute façon, je ne pense pas qu'il ait besoin d'être présenté plus longuement. Je suis ravi qu'il ait accepté de venir aujourd'hui à notre cérémonie d'inauguration. Pour vous mesdames et messieurs : Aira Kirkbryde !

À cet instant, la foule se mit à applaudir pour de bon. Il y eut quelques cris – « Aira ! » – et même un sifflement faussement admiratif, puis Aira leva les bras comme une rock star perchée sur une toute petite scène en hauteur. Peu à peu, la cohue s'apaisa.

– Merci, dit-il en souriant.

Même à cette distance, Mandy ressentait tout le magnétisme de son sourire.

– C'est un plaisir pour moi d'être ici aujourd'hui, poursuivit-il, pour inaugurer le tout nouveau et merveilleux centre Outward Bound. C'est formidable de voir tant de gens avides d'explorer notre fabuleuse campagne anglaise.

Une pause pour accueillir les acclamations, et quelques hochements de tête en direction de certaines personnes dans la foule. Il savait certainement comment se mettre un public dans la poche.

– Même s'il déteste ça, je voudrais dire quelques mots au sujet de mon ami Jimmy Marsh.

Il tendit la main vers Jimmy dont les oreilles rougirent. Mandy ressentit un élan de compassion pour lui, mais restait néanmoins curieuse d'entendre ce qu'Aira allait dire. Elle sentait qu'elle avait encore beaucoup à apprendre sur le propriétaire de Running Wild.

– Il y a de très nombreuses années, Jimmy et moi sommes allés à l'école ensemble.

Mandy vit Jimmy baisser les yeux vers la plateforme en bois sous ses pieds.

– À l'époque, Jimmy se faisait toujours punir parce qu'il grimpait aux arbres, dit Aira. Il semble qu'il ait décidé d'en faire sa carrière.

À l'immense soulagement de Mandy, Jimmy souriait.

– Avant de venir ici, il était garde forestier dans le parc national du Lake District. Son travail consistait à s'assurer que la faune locale et le grand public puissent tous profiter ensemble de la campagne. Je sais qu'ici, à Welford, il veut faire la même chose, surtout pour les personnes qui n'ont pas eu la chance de vivre au grand air comme nous.

Il tendit le bras pour englober la foule réunie, et Mandy vit des gens hocher la tête autour d'elle, l'air bien sérieux. Le projet du centre Outward Bound avait rencontré une certaine opposition de la part des habitants du coin, par crainte que des « jeunes de la ville » ne débarquent pour saccager leurs magnifiques landes. Aira les laissait croire qu'ils étaient follement généreux, et faisaient là leur devoir de bons citoyens.

– Bref, je ne vais pas m'éterniser. Je sais que beaucoup d'entre vous sont venus ici aujourd'hui pour découvrir ce superbe parcours d'accrobranches derrière moi, alors je ne vais pas vous faire patienter plus longtemps…

Il se tut tandis qu'un brouhaha de grognements et de rires épars s'élevait. Puis, il se tourna vers Jimmy, qui lui donna un gros couteau de chasse.

– Sans plus attendre, annonça Aira, en prenant en main la corde remplaçant le traditionnel ruban, je déclare officiellement ouvert le nouveau centre Outward Bound : Running Wild !

Et d'un geste, il coupa la corde.

Il y eut quelques acclamations, une salve d'applaudissements, puis la foule se mit en marche. Baissant les yeux, Mandy s'aperçut que malgré le vent glacial, Sky commença à haleter. Elle avait l'air tendue, et la jeune femme savait que tout ce bruit et ces mouvements dérangeaient la chienne si sensible. Elle plongea la main dans sa poche et s'accroupit à côté du colley.

– Tiens, pour toi, chuchota-t-elle, en offrant à Sky une friandise.

Alors que la foule piétinait autour d'elle, Mandy resta auprès de son animal, glissant ses mains dans son doux pelage, de chaque côté de son cou.

– Qu'est-ce que tu veux faire maintenant ? demanda-t-elle.

Sky la fixa, ses iris marron brillant, débordant de confiance.

– On devrait peut-être rentrer à la maison ? Je pense que Jimmy sera bien trop occupé pour nous parler aujourd'hui.

– N'en sois pas si sûre !

Une paire de chaussures d'escalade légères aux lacets rayés jaune et noir se plantèrent devant elle. Les yeux de

Mandy remontèrent le long du pantalon noir et de la veste de chasse qui semblait neuve, jusqu'au visage familier qui lui souriait. Après une dernière caresse près de l'oreille de Sky, Mandy prit la main qu'il lui tendait et se releva plutôt maladroitement. Elle se sentait essoufflée, alors même qu'une douce chaleur lui montait au visage. L'été dernier, lorsqu'ils s'étaient rencontrés pour la première fois, Jimmy Marsh avait toujours eu le don de la prendre au dépourvu et voilà que ça recommençait, elle rougissait comme une ado de seize ans.

Son sourire s'élargit.

– Désolé. Je ne voulais pas te faire peur en m'approchant comme un voleur.

De près, il avait l'air aussi amical que d'habitude, ses yeux verts et francs entourés de fines rides d'expression.

Le vent tourbillonnait contre les joues de Mandy et un frisson la traversa quand elle perçut l'odeur de l'après-rasage de Jimmy.

– Je pensais que tu serais sur le pied de guerre toute la journée.

Il haussa les épaules, grimaçant en signe d'excuse.

– Je vais devoir y aller dans une minute, admit-il. Aira les divertit pour l'instant, mais le parcours de cordes est gratuit aujourd'hui, alors il y a un peu de bousculade. Je vais devoir surveiller tout ça.

– Tout a l'air parfait, lança Mandy en balayant le paysage des yeux. C'est impressionnant, ce que tu as fait.

Jimmy hocha la tête.

– Ce que nous avons fait, toi et moi, la corrigea-t-il. C'est comme si les nouveaux bâtiments de Vert-Cottage étaient sortis de terre du jour au lendemain. Nous avons tous les deux été bien occupés.

– Comment vont Abi et Max ? demanda Mandy.

Elle avait brièvement rencontré les jumeaux de Jimmy, âgés de huit ans, lorsqu'il en avait la garde pendant les vacances d'été.

Le visage de Jimmy s'adoucit.

– Ils vont très bien, merci. Ils seront là samedi prochain.

Il se tut un instant.

– Et toi alors, tu t'en sors ? Tu as réussi à trouver une famille pour Rodolphe, finalement ?

Mandy sourit. L'adorable chèvre pygmée mâle avait été l'une des premières résidentes de Vert-Cottage.

– Il est parti vivre dans une petite ferme de l'autre côté de Walton. Ils ont beaucoup de chèvres… et de très hautes clôtures.

Jimmy passait en voiture lorsque Rodolphe avait fait un bond audacieux hors de son enclos et s'était échappé sur la route. Heureusement pour Mandy, Jimmy avait réussi à attraper la chèvre fugueuse – qui semblait véritablement voler comme un des rennes du père Noël – avant qu'elle n'ait causé un accident.

– Tu as beaucoup d'autres animaux au refuge en ce moment ? demanda Jimmy. Parce que je connais quelqu'un qui cherche un chat.

– Nous avons plein de chats adorables, répondit Mandy, toujours ravie d'entendre parler de nouvelles familles d'accueil potentielles.

Elle jeta un regard en coin à Jimmy, le taquinant d'un sourire.

– Et toi ? Tu n'en voudrais pas un aussi ?

– Je suis sûr qu'ils sont adorables, mais je préfère les chiens. Cela dit, j'adorerais venir les voir – et te voir, bien sûr, ajouta-t-il.

Mandy se sentit rougir à nouveau. Elle était tellement occupée ces derniers temps que Jimmy et elle se voyaient à peine. Il était de très bonne compagnie et la faisait rire, mais elle avait si peu de temps à lui consacrer... Elle avait déjà annulé plusieurs rendez-vous à cause du boulot incessant. Aussi compréhensif soit-il, elle se demanda si elle était vraiment juste envers lui.

– M. Marsh ?

Une jeune femme aux cheveux foncés, vêtue d'un imperméable noir élégant, apparut derrière Jimmy. Mandy reconnut la secrétaire à l'agriculture du domaine d'Upper Welford.

– Nous allons laisser les gens entrer sur le parcours de cordes maintenant.

Jimmy lança un petit sourire à Mandy.

– Je dois y aller, mais on se voit bientôt.

Il tendit la main et serra brièvement la sienne. Il se retourna et se dirigea vers l'immense file d'attente au pied du premier filet.

Mandy soupira et regarda Sky.

– Je suppose que ce sera encore juste toi et moi, aujourd'hui.

– Bonjour !

Avant qu'elle n'ait pu s'éloigner, une voix enjouée lui parvint :

– Ravie de vous voir ici, Mandy.

C'était Mme Jackson, qui vivait à Rose Cottage, tout près de chez les grands-parents de Mandy. Mandy était impressionnée de voir qu'en plus de grosses bottes, d'un chapeau et d'un manteau chaud, la vieille dame portait une impressionnante paire de jumelles. Espérait-elle observer les oiseaux depuis les hauteurs de la plateforme en haut de l'arbre, au bout du parcours de cordes ?

– Je vais juste me promener en forêt, expliqua Mme Jackson en ajustant la sangle de ses jumelles. Je suis heureuse que Jimmy Marsh semble prendre ses devoirs de protection de la faune au sérieux. Oh, je suis persuadée que si ce n'était pas le cas, vous le remettriez sur le droit chemin !

Mandy se sourit à elle-même. Elle avait suffisamment fait la leçon à Jimmy sur l'environnement local lors de leur première rencontre, et savait maintenant qu'il était tout aussi investi qu'elle.

– Je suis sûre qu'il sera très prudent, la rassura-t-elle.

Mme Jackson acquiesça comme si la réponse était tout à fait satisfaisante.

– Salut, Mandy !

Rachel Farmer, la réceptionniste d'Animal Ark, les rejoignit alors. Vêtue d'une écharpe rouge et d'un bonnet tricoté, elle était bras dessus bras dessous avec son fiancé, Brandon Gill, de la ferme Greystones.

– Tu vas essayer le parcours de cordes ? demanda Rachel.

Mandy secoua la tête.

– J'ai Sky avec moi, dit-elle, en guise d'explication.

– On peut te la garder si tu veux, n'est-ce pas, Brandon ?

Rachel se tourna vers le jeune fermier, qui rougit avant d'acquiescer succinctement.

– C'est très gentil de votre part, dit Mandy. Mais je crois que nous devrions rentrer à la maison.

Elle baissa les yeux sur Sky, dont la fourrure gonflait comme des plumes dans le vent. La chienne regardait Mandy, pleine d'espoir. Mandy glissa la main dans sa poche et lui tendit une friandise.

– Au revoir, Mme Jackson. Rachel, à lundi ! s'exclama-t-elle avant d'ajouter pour Sky : Viens, ma belle.

Elles étaient à peine arrivées à l'entrée du paddock qu'on la héla de nouveau.

– Bonjour ! Mandy ?

La voix venait de la ferme d'à côté. C'était Graham, le laitier d'Upper Welford. Il portait son habituel bleu de travail délavé et ses cheveux étaient hérissés, comme s'il s'était gratté le crâne.

– J'étais sur le point d'enlever les points de suture de la vache que vous avez soigné la semaine dernière. Elle s'est bien remise. Vous voulez la voir ?

Même si c'était officiellement son jour de repos, Mandy ne résista pas à l'envie de suivre Graham jusqu'à la frisonne pie noire qu'elle avait soignée dix jours plus tôt. En passant sous le porche voûté de Welford Hall, son regard fut attiré par les guirlandes blanc scintillant d'un énorme sapin de Noël au milieu de la cour. La rangée de petites boutiques spécialisées dans l'artisanat et les produits faits maison était également décorée de branchages et de lumières, et un chariot avait été installé pour faire griller des marrons. Pour la première fois, Mandy se dit que Noël n'était plus très loin. Elle ressentit un frisson d'excitation. Noël à Welford était toujours si magique.

Graham disparut dans une allée à l'autre bout de la cour pavée. Se hâtant, Mandy le suivit jusqu'à un hangar près de la salle de traite, et où se trouvait sa patiente. Elle l'avait opérée pour remettre en place sa caillette, le quatrième compartiment de l'estomac de la vache. Elle s'était déplacée sur le côté gauche de l'abdomen du bovin. Mandy l'avait remise dans sa position normale et l'avait suturée pour qu'elle ne bouge plus. La vache ne parvenait plus à se nourrir, et serait morte sans chirurgie.

Ça avait été une grande première pour Mandy, et aujourd'hui, elle était heureuse de voir l'animal fouiller le foin du museau, comme si rien ne s'était passé. La vache tourna la tête vers eux, quelques brins de fourrage ressortant de sa bouche.

– Elle s'est remise à manger immédiatement, dit Graham à Mandy. Un vrai miracle !

Mandy voyait bien que les flancs de la vache s'étaient remplis et que ses yeux brillaient de curiosité. La blessure sur son côté droit avait remarquablement bien cicatrisé, comme Graham l'avait dit.

– Ça vous embêterait de lui tenir la queue pendant que j'enlève les fils, ou vous préférez peut-être vous en occuper ?

– Ça ne vous ennuie pas que je le fasse ? demanda Mandy.

– Je vous en prie !

Graham sourit avant de lui tendre le petit scalpel incurvé pour retirer les points de suture. D'une main experte, il saisit la queue de la vache et s'appuya contre sa croupe jusqu'à ce qu'elle se retourne contre le mur. Par réflexe, il se mit à grattouiller l'arrière-train de l'animal placide alors que Mandy s'approchait. La cicatrice était lisse et propre, à son grand soulagement. Les poils tout autour commençaient déjà à repousser. Dans quelques mois, il ne subsisterait plus qu'une fine ligne rappelant l'opération. D'une main ferme, Mandy coupa les nœuds épais en haut et en bas de la plaie, puis défit les points de suture entre les deux.

– On a modifié un peu la routine d'alimentation après le vêlage du reste du troupeau, comme vous l'avez suggéré, lui lança Graham. On a augmenté l'apport en fibres et on complète avec du calcium et du phosphore. On ne voudrait pas qu'une autre vache tombe malade.

– C'est super.

Mandy s'éloigna du bovin tandis que Graham remontait vers la tête de l'animal, desserrant le licol derrière ses oreilles, puis le laissant pendre sur ses naseaux. Après avoir glissé la corde par-dessus son épaule, il suivit Mandy hors de l'enclos et referma la porte. Ils se tinrent côte à côte quelques instants, observant la vache arracher une autre bouchée de fourrage du râtelier.

– On devrait y aller, dit Mandy.

Elle aurait pu rester là toute la journée, à respirer le doux parfum du foin et du bétail propre, mais il y avait beaucoup à faire à Vert-Cottage. Elle détacha la laisse de Sky nouée dans un anneau au mur de l'étable, se pencha et caressa la tête arrondie et duveteuse du colley. Elle allait s'offrir un sachet de ces délicieux marrons chauds qu'elle avait sentis plus tôt en traversant la cour, pensa-t-elle. Ils la réchaufferaient sur le chemin jusqu'à la voiture. Elle ouvrit la porte, et fit un pas dehors sous le vent glacial de l'hiver.

Chapitre 2

Debout devant la façade en verre du refuge, Mandy observait au loin. Dans la lumière de la fin de l'après-midi, les arbres du verger semblaient dénudés et la lande prenait peu à peu une teinte hivernale feutrée. La beauté du paysage, les prairies sereines et les murs de pierres sèches qui serpentaient à l'infini emplissaient le cœur de Mandy. Vert-Cottage, et ses occupants à fourrure étaient toujours un rêve merveilleux. Dès sa plus tendre enfance, quand elle avait commencé à secourir les animaux avec James, elle avait su qu'elle voulait passer sa vie à travailler avec eux, et pour eux.

Elle ferma les yeux et inspira profondément – dans l'air flottait encore l'odeur fraîche de la sciure de bois qui s'accrochait aux poutres. Avec l'aide d'un architecte, Adam, le père de Mandy, avait dessiné et imaginé le centre. La réception était surmontée d'une immense verrière inondant le bâtiment de lumière naturelle, même les jours les plus gris.

Malgré la charge de travail considérable que Mandy devait supporter au quotidien, elle n'aurait voulu se trouver nulle part ailleurs.

Elle rouvrit les yeux et passa derrière le comptoir qui servait à la fois de bureau et d'accueil pour les clients. Un courrier, que Rachel avait dû déposer la veille, l'y attendait. Mandy la saisit et reconnut le logo de son fournisseur : *Magasins Harper*. Tout à coup, elle se sentit mal à l'aise. Ses parents adoptifs avaient généreusement investi dans Vert-Cottage, mais malgré leur soutien, il lui arrivait encore de grimacer devant certaines factures de nourriture pour animaux et diverses dépenses incompressibles. Les lèvres serrées, elle déchira l'enveloppe. Le chiffre annoncé était bien plus conséquent que prévu. Une lettre était jointe, qu'elle déplia.

Chère Amanda, je suis navrée de vous informer qu'une erreur s'est glissée dans votre facture du mois d'octobre, et que par conséquent le montant dû est plus élevé que d'habitude.

En cas de difficulté de paiement, n'hésitez pas à nous contacter et nous pourrons discuter d'un échéancier. Merci d'avance, Sally Harper.

Elle releva les yeux. Le paysage au-delà de la vitre n'avait pas changé, mais l'espace d'un instant, la joie qu'il lui procurait s'estompa. Elle avait consulté les comptes de Vert-Cottage la veille, et la banque lui avait signifié que sans apport financier supplémentaire, elle piocherait très bientôt dans son découvert autorisé.

Elle avait calculé qu'elle avait assez pour couvrir la facture de nourriture de novembre, mais avec cette somme additionnelle à régler, elle ne pouvait pas se permettre de payer immédiatement. Il faudrait appeler Sally, mais elle ne pouvait rien faire un dimanche soir.

Mandy se redressa en soupirant, et se dirigea vers la pièce où elle gardait ses plus petits pensionnaires. Elle fut accueillie par le wouik, wouik, wouik de bienvenue de deux cochons d'Inde amenés la semaine précédente. Leur ancien propriétaire était parti à l'université et sa mère s'était sentie incapable de s'occuper d'eux comme ils le méritaient. Les voir ici gonfla encore le cœur de Mandy. Malgré toutes les difficultés, c'était ce qu'elle avait toujours voulu. Elle sourit en apercevant un minuscule museau frémissant. Une paire d'yeux brillants l'observait à travers les barreaux de la cage.

– Coucou, Flocon, dit-elle au rongeur au pelage blanc hirsute, et bonjour, Bulle, ajouta-t-elle tandis que la seconde petite créature pointait son nez.

Mandy sortit du réfrigérateur un sachet de roquette et en glissa quelques feuilles dans la cage. Elle avait travaillé avec Flocon et Bulle tous les jours, les habituant à être au contact d'une autre personne. Ils étaient plutôt calmes maintenant, mais si Mandy faisait un bruit ou un mouvement brusque, ils se précipitaient néanmoins dans leur tanière.

Elle traversa la pièce pour offrir un peu de salade à deux petits lapins de l'Himalaya, si délicats. Elle ouvrit la porte et les caressa chacun à leur tour. Leurs visages émaciés en étaient presque drôles, avec leur museau brun tremblotant, et leurs oreilles douces et foncées, contrastant tellement avec la fourrure blanche et soyeuse de leur corps. Mandy sortit son portable et prit quelques photos d'eux dans leur cage fraîchement nettoyée. Plus tard, elle mettrait les images sur la page de son site web dédiée aux adoptions, à côté des cochons d'Inde.

Lorsque Mandy retourna à la réception, Sky se redressa dans son panier installé dans un coin et vint la saluer. Mandy se pencha pour faire un câlin au colley, enfouissant son visage dans son doux pelage. Elle sentait si bon !

– Je suis à toi dans une minute, lui promit-elle. Je vais juste voir si les chats vont bien.

Elle fit quelques pas vers le panier en tissu et laissa tomber une friandise pour Sky. La chienne renifla le petit biscuit et se recoucha en poussant un soupir tel que Mandy eut envie de rire.

– Je sais. Être mon chien demande beaucoup de patience, n'est-ce pas ?

En réponse, Sky traîna les pattes et remua sa queue de haut en bas.

Six chats étaient actuellement hébergés au refuge, trois adultes et une chatte noir et blanc allaitant deux chatons de trois semaines. Malgré tous les efforts de Mandy, la jeune mère restait très nerveuse à l'idée d'être touchée, preste à feuler à la moindre provocation. Elle permettait cependant à Mandy de sortir ses chatons de la nurserie. Depuis qu'ils avaient ouvert leurs yeux, Mandy les sollicitait régulièrement, les accoutumait à être manipulés dans tous les sens, et leur apprenait des jeux simples qui faciliteraient leur éducation.

Mandy ouvrit la cage du plus vieux chat, Tango, un gentil rouquin dont la propriétaire était décédée trois semaines auparavant. Les héritiers de la vieille dame n'avaient pas pu l'accueillir, car ils vivaient à un étage élevé et que Tango avait l'habitude de sortir. Autrefois, il avait été très beau, avaient-ils dit à Mandy. Elle le trouvait toujours splendide. Sur son visage transparaissait la dignité tranquille du félin âgé, tout en pommettes proéminentes, légèrement creusées devant les oreilles. Tango lui donnait de petits coups de tête, ronronnant tandis qu'elle lui grattait la tête. Il n'avait pas mangé toute sa ration, remarqua-t-elle, il en restait au moins la moitié dans le bol. Après une dernière caresse sur le museau, elle le replaça dans la cage et ferma la porte.

Il était temps de sortir les chiens. Quatre chiens occupaient dans la section canine. Quelques aboiements s'élevèrent brièvement à son entrée dans le chenil, mais cessèrent dès que Mandy l'ordonna. Elle faisait vraiment de son mieux pour que les chiens restent silencieux, mais c'était un problème fréquent avec tout nouvel arrivant, et un ou deux ne semblaient jamais s'arrêter. Elle sortit d'abord les deux croisés. Le mâle légèrement plus grand s'appelait Albert, la femelle Brindille.

Tandis que Sky l'observait par la fenêtre, Mandy les conduisit dans le verger pour une séance de dressage, avec et sans laisse, leur donnant le temps de jouer ensemble et d'interagir tout en travaillant avec eux individuellement. Avec leur robe lisse et leur truffe allongée et si mignonne, ils la faisaient penser à Seamus et Lily, les deux petits chiens musclés de James Hunter, son meilleur ami.

L'été dernier, Seamus et Lily avaient porté les alliances au mariage de James avec Paul. L'union n'avait duré que quelques mois avant que l'époux de James ne succombe à un cancer des os dévastateur qui avait ravagé son corps. Malgré le chagrin, Mandy se sentait privilégiée d'avoir connu Paul. C'est lui qui avait eu l'idée du nom de Vert-Cottage et pour Mandy, chaque animal qu'elle aidait était un hommage à la mémoire de cet homme merveilleux. Seamus et Lily avaient été si chers à Paul, et Mandy savait qu'ils avaient réconforté James. Elle espérait trouver un foyer tout aussi exceptionnel pour Albert et Brindille.

Ensuite vint le tour des deux autres chiens, Melon et Flamme. Melon était un terrier blanc des Highlands, un westie, de deux ans, dont les maîtres attendaient un bébé. Mandy leur avait proposé un soutien comportemental à la naissance, mais le couple semblait penser qu'il n'était pas du tout sûr de garder un chien dans la maison. Mandy n'avait pas eu le cœur à se disputer avec eux. Il valait mieux que le petit chien plein de vie rejoigne Vert-Cottage plutôt que de le laisser dans une famille qui ne voulait pas vraiment de lui. Les yeux de Melon brillaient au milieu de son visage blanc et duveteux. Il semblait gentiment effronté quand il penchait sa tête sur le côté, sa courte queue en l'air. Mandy était sûre que quelqu'un craquerait pour lui très bientôt.

Le dernier des quatre chiens était un magnifique lurcher bringé femelle, aux nuances dorées et au regard de bronze le plus perçant que Mandy ait jamais vu. Même après plusieurs semaines d'entraînement, Flamme restait très excitée et difficilement contrôlable. Mandy avait passé beaucoup de temps à s'assurer que les clôtures et la haie longeant un côté du verger étaient bien solides, mais elle s'inquiétait toujours pour la sécurité de Flamme. Bien que les barrières soient hautes, le portail qui menait au champ était légèrement plus bas. Si la chienne apercevait ce qu'elle considérait comme une proie à l'extérieur de l'enclos, elle pourrait tenter la grande évasion, craignait Mandy.

Elle n'avait pas encore trouvé de méthode fiable pour que Flamme obéisse quand elle l'appellait au pied. Mandy savait qu'il était important de ne jamais rappeler le lurcher avant d'être certaine que Flamme soit attentive et prête à obtempérer. Il ne servait à rien de pousser la chienne à l'échec. Mandy avait commencé le dressage en intérieur, où il était plus facile de maintenir l'intérêt de Flamme sur elle. Mais dès la première sortie, flairer le pourtour de l'enclos s'était avéré bien plus excitant que tout ce que Mandy pouvait proposer. Flamme n'était pas non plus intéressée par la nourriture, pas quand l'odeur de proies flottait dans l'air. Tandis que Flamme gambadait, reniflant chaque arbre et chaque touffe d'herbe, Mandy n'osait pas l'appeler. Si elle le faisait et que Flamme ne venait pas, alors la chienne en garderait une mauvaise leçon. Un mince fil de nylon reliait Mandy au harnais, et elle pouvait tirer dessus si le dressage de Flamme devenait vraiment impossible. Mais elle préférait ne pas utiliser de méthodes physiques pour attirer l'attention ou pour imposer l'obéissance. Ça risquait parfois de pousser l'animal à des réactions négatives. Il était important pour Mandy que Flamme prenne plaisir à leurs séances.

Pour le moment, Mandy travaillait avec Melon et gardait un œil sur Flamme. Par miracle, si la situation était favorable, et que Flamme réagissait positivement, Mandy s'assurait de l'encourager autant que possible, à la fois avec des friandises et par des jeux.

Tout au long de la séance avec Melon et Flamme, Sky était là, se promenant parfois dans le verger, mais observant et participant la plupart du temps. Mandy avait travaillé dur pour s'assurer que le colley soit aussi socialisé que possible. Elle pouvait maintenant laisser presque tous les chiens interagir avec elle en toute sécurité, et voir Sky jouer et recevoir des friandises avait souvent aidé à augmenter la valeur des récompenses qu'elle donnait aux autres chiens. Il n'était pas question que Sky la quitte et soit adoptée, c'était certain. Vert-Cottage serait sa maison pour toujours.

Mandy se souvint du moment où elle avait eu le courage de demander à ses parents si elle pouvait garder Sky. Pendant toute son enfance à Animal Ark, Adam et Emily avaient posé des règles strictes concernant les animaux errants que Mandy et James avaient sauvés. Mais dès le début, Sky avait été différente. Mandy n'avait pas su à quoi s'attendre quand elle avait fait asseoir ses parents pour leur réclamer de garder le colley. Ils s'étaient regardés avec un sourire en coin, comme s'ils avaient trouvé sa question amusante. Puis Adam avait fait remarquer qu'elle était maintenant adulte et plus que capable de choisir d'avoir un animal à elle. Emily avait ajouté qu'elle était ravie à l'idée que Mandy ait de la compagnie lorsqu'il serait temps pour elle de déménager.

Une inquiétude bien familière lui noua le ventre. Lorsqu'elle s'était renseignée pour la première fois au sujet du cottage de Lamb's Wood, l'été dernier, les agents immobiliers l'avaient encouragée et aidée. Mais quand elle s'était adressée à une banque pour son crédit, toutes sortes de problèmes avaient surgi. Mandy savait à quel point le cottage était délabré, mais elle n'avait pas réalisé que cela pourrait réduire ses chances d'obtenir un prêt. Trois mois s'étaient écoulés depuis que les administrateurs de Robbie Grimshaw avaient accepté son offre, et Mandy croisait les doigts que sa demande soit enfin acceptée la semaine suivante. Bien sûr, Mandy aimait ses parents, mais au cours des derniers mois elle s'était à plusieurs reprises rendu compte que son indépendance était bien limitée en vivant sous leur toit.

Un cri aigu la sortit de sa rêverie et la ramena dans le verger. Mandy leva les yeux et aperçut Flamme valdinguer par-dessus la clôture, la queue par-dessus les pattes. La chienne avait essayé de sauter la barrière, mais une de ses pattes s'était prise dans un barreau. Un instant, Mandy crut qu'elle s'était brisé le cou, mais aussitôt, la créature aux longues pattes était debout et courait à travers champ. Au loin devant elle, au milieu de l'herbe verte, un lapin bondissait, sa queue blanche s'éloignant à toute vitesse.

– Flamme ! s'exclama Mandy.

Le lurcher ne fit pas le moindre geste vers elle.

– Flamme ! appela encore Mandy, hurlant presque.

Elle courut jusqu'à la limite du verger, scruta le champ, mais Flamme avait déjà disparu.

Elle rappela Melon, qui s'approcha aussitôt au trot, et le ramena au chenil. Devant la cage vide de Flamme, Mandy sentit les larmes monter. C'était de sa faute, elle avait laissé vagabonder son esprit alors qu'elle aurait dû se concentrer sur un chien sensible et réactif dont elle était entièrement responsable. Elle se précipita dans le cottage, et trouva Adam assis à la table de la cuisine.

Son père se leva quand elle entra en trombe.

– Tout va bien ?

– C'est Flamme ! haleta Mandy. Elle s'est enfuie.

– Bon, répondit Adam en ôtant ses lunettes de lecture. Que veux-tu que je fasse ?

Mandy réfléchit rapidement.

– Je vais prendre la voiture pour la chercher. Je n'ai aucune chance de la rattraper à pied. Je crois qu'il vaudrait mieux que tu restes ici au cas où quelqu'un la repère et appelle sur le téléphone fixe.

Adam acquiesça.

– Ça marche. N'oublie pas ton portable pour me tenir au courant, si tu retrouves Flamme.

Mandy saisit ses clés de voiture, se rua dehors et grimpa dans son RAV4. Adam l'avait suivie et elle baissa la vitre.

– Elle va revenir, la rassura son père.

Mandy pinça les lèvres. Elle espérait qu'il ait raison.

Mais après une demi-heure à patrouiller dans les ruelles et le village, toujours aucun signe du lurcher si reconnaissable. Mandy retourna à Animal Ark, découragée. Que pouvait-elle faire d'autre pour trouver Flamme ? Déjà le soleil de novembre se couchait, et le ciel s'assombrissant faisait écho à la morosité de Mandy. Elle soupira en éteignant le moteur et en détachant sa ceinture de sécurité.

Elle était encore assise sur le siège lorsque la porte arrière du cottage s'ouvrit. Adam se précipita dehors, le téléphone à la main.

– On vient de m'appeler à propos d'un chien sauvage qui s'en prend aux lapins de deux enfants ! Ça ressemble à Flamme, dit-il le souffle court. Voilà l'adresse.

Il lui tendit une feuille de papier, et Mandy la survola, envahie d'un pressentiment angoissant. Est-ce que Flamme avait vraiment attaqué les animaux de quelqu'un ? Pendant un instant, elle imagina cette scène horrible, mais se força à chasser cette idée, et lut le mot que son père lui avait remis : « Geoff Hemmings, 21 Norland Way. » C'était dans le nouveau lotissement en bordure de Welford, pas très loin d'ici. Elle démarra la voiture et prit la route.

Chapitre 3

Le lotissement moderne semblait paisible au crépuscule. Des guirlandes de Noël ornaient le pignon d'une ou deux maisons, et quelques sapins décorés brillaient aux fenêtres. Leur luminosité scintillante paraissait déplacée. Mandy sentait des palpitations sous son crâne. Si Flamme avait tué les lapins… Elle tira sur le frein à main devant le numéro 21, et sortit de la voiture.

Elle remonta l'allée, les jambes tremblantes, et sonna. La porte s'ouvrit aussitôt, comme si on l'attendait. Un homme en veste bleue la fusilla du regard.

– Je suis Amanda Hope, luttant pour prononcer ces mots. Je viens pour le chien.

– Entrez, répondit M. Hemmings sur un ton sec. Nous avons appelé le vétérinaire parce que nous ne savions pas quoi faire d'autre. Mais l'homme à qui nous avons parlé nous a dit que le chien venait du refuge, lâcha-t-il par-dessus son épaule tout en se dirigeant vers l'arrière de la maison.

Deux filles, toutes deux en pyjama et robe de chambre, se tenaient dans le salon, les mains à plat contre une porte vitrée donnant sur le jardin à l'arrière. Elles avaient les yeux fixés sur le chien au pelage doré qui attaquait le clapier à lapins.

Flamme était comme en transe, écartant le grillage et mâchant le cadre en bois. Tandis que Mandy observait la scène, la chienne attrapa le bord du clapier entre ses dents et secoua la tête pour l'arracher. Il n'y avait aucune trace des lapins, probablement cachés au fond de leur maisonnette. La plus jeune des enfants haleta. Sur les joues de la plus âgée, des larmes coulaient.

– Papa ! Sauve Grignote ! s'égosilla-t-elle.

– Est-ce qu'on peut ouvrir cette fenêtre ? cria Mandy.

Sans un mot, l'homme tourna la clé dans la serrure et fit coulisser la baie. Dès que la jeune vétérinaire se faufila dehors, il s'empressa de refermer derrière elle. C'était flagrant : il ne voulait en aucun cas s'approcher de ce chien enragé.

Mandy resta immobile sur le bord de la pelouse, s'efforçant de ne pas paniquer. Est-ce qu'elle devrait attraper Flamme et la traîner loin du clapier ? Est-ce qu'elle risquait de se faire mordre ? La chienne croisée lévrier semblait possédée et n'avait même pas remarqué que Mandy était là. L'image de la chienne en train d'arracher le grillage et de massacrer les lapins devant les yeux de leurs petits propriétaires donna du courage à Mandy. Alors qu'elle s'avançait, Flamme se tourna vers elle – ouf ! La chienne abandonna le clapier et se mit à bondir à travers le jardin. Mandy resta parfaitement immobile. Si Flamme sautait encore par-dessus la haie, elle serait de retour à la case départ.

Flamme s'élança vers Mandy, comme si elle voulait jouer. Mandy plongea la main dans sa poche remplie de friandises, et en ressortit une – elle aurait tellement préféré avoir apporté une balle ! –, mais à cet instant Flamme s'échappa de nouveau. La jeune femme grimaça en la voyant piétiner un massif de fleurs, laissant de larges empreintes de pattes dans la terre meuble. Mandy se refusait de crier au pied avant d'être certaine que la chienne soit attentive. Mais la famille l'observait toujours à travers la vitre, et ils allaient finir par penser qu'elle était complètement incompétente si elle ne faisait rien. Quelques bonds dans tous les sens, encore plus de boue, et une ruée hargneuse vers le clapier.

– Flamme ! hurla Mandy, désespérée.

Quel soulagement quand la chienne s'arrêta et tendit l'oreille, aux aguets.

– Flamme ! répéta Mandy.

La chienne s'approcha, fouillant la main gauche de Mandy de son long museau. Mandy saisit le collier de Flamme et s'y accrocha fermement, avant d'extirper une corde de sa poche opposée. Sans lâcher une seconde le collier, la vétérinaire passa la laisse autour du cou svelte de l'animal, et fit un nœud ajusté – mais pas trop serré. Flamme secoua la tête une fois, faisant claquer ses oreilles, puis se tint tranquille.

Pendant quelques instants, Mandy attendit dans l'obscurité, essayant de reprendre son souffle. Puis elle entendit la baie vitrée coulisser.

M. Hemmings avança à grands pas vers elle.

– Il était temps ! rugit-il. J'ai bien cru que vous alliez laisser ce stupide chien s'amuser encore dans notre jardin, hein ?

– Il fallait que je..., bredouilla Mandy, mais il l'interrompit en hurlant.

– Un animal dangereux comme ça ne devrait pas être en liberté... il aurait pu attaquer n'importe qui... et si ça avait été les enfants...

M. Hemmings était rouge de rage et incohérent.

– Elle n'aurait pas attaqué les enfants.

Mandy était plutôt sûre de ça. Flamme n'avait jamais montré aucun signe d'agressivité envers les personnes ou les chiens, juste les animaux de proie. Mais M. Hemmings ne voulait rien savoir.

– Je sais exactement où se trouve votre refuge. Je vais appeler la police pour leur dire que vos animaux dangereux se baladent partout dans la campagne.

Il n'y avait rien à ajouter. Même si elle était certaine à quatre-vingt-dix-neuf pour cent que Flamme n'aurait jamais attaqué un enfant, elle aurait en revanche très probablement tué les lapins si elle avait réussi à forcer le clapier.

Sans parler des lapins, la chienne aurait pu provoquer un accident de la route pendant sa fugue. Mandy ne pouvait pas ignorer la gravité de cet incident.

Flamme traversa la maison au bout de la laisse, la queue entre les jambes. Mandy fit mine d'être calme et enjouée, mais elle était horrifiée par les visages épouvantés des enfants. Elle voulait se mettre à genoux, pour leur permettre de faire connaissance avec Flamme, et qu'elles n'aient pas peur. Mais leur père la toisait, la mettant au défi de prononcer un seul mot.

Il ouvrit la porte d'entrée et Mandy passa tout près de lui, la laisse entre ses doigts. Elle avait remonté la moitié de l'allée quand il lui cracha :

– La police va faire abattre ce chien ! Vous allez voir.

– Oh, Flamme, soupira Mandy en faisant grimper la chienne dans la voiture. Qu'est-ce qu'on va faire de toi ?

Tout en longeant les rues tranquilles du lotissement, elle se dit qu'elle avait attrapé Flamme et que rien de grave ne s'était passé. La police ne ferait sûrement rien à un chien pour une courte fugue ? Mandy allait vérifier et vérifier encore les clôtures et peut-être installer des barres de sécurité supplémentaires autour de la zone de dressage des chiens. Si M. Hemmings la dénonçait, elle devrait montrer qu'elle avait fait tout son possible pour empêcher une autre évasion.

De retour à Animal Ark, elle passa la tête dans la cuisine pour annoncer à Adam que Flamme et elle étaient revenues saines et sauves, puis se dirigea vers son refuge. Malgré l'accueil chaleureux de Sky, elle éprouvait une immense tristesse en s'attaquant aux tâches du soir. Au bout de quelques minutes, elle entendit la porte s'ouvrir puis se refermer.

– Coucou, ma chérie, lui lança son père. Maman est rentrée, je me suis dit que tu aurais peut-être besoin d'un coup de main ici.

– Ce serait adorable, répondit Mandy.

Elle était heureuse d'avoir un peu de compagnie humaine. Ensemble, ils s'occupèrent des chiens et des rongeurs, de l'alimentation et du nettoyage, ce cycle sans fin des soins. Ils finirent par la chatterie. Même si elle était préoccupée au sujet de Flamme, Mandy ne manqua pas de remarquer que son père fonça tout droit vers Tango, le chat roux.

Elle les observa se papouiller l'un l'autre à travers les barreaux avant qu'Adam n'ouvre la cage. Bien que Tango soit affectueux envers elle, il semblait particulièrement épris de son père. Les paupières à demi fermées, ronronnant de plaisir, le vieux chat fouillait la pomme d'Adam de la tête.

Quand celui-ci se baissa, le chat tendit le museau et se frotta contre la joue de l'homme, béat.

– T'es un vieux matou adorable, hein ? murmura Adam, caressant le dos de Tango.

Mandy sourit : elle était ravie de constater qu'elle n'était pas le seul membre de la famille Hope à fondre complètement devant un animal mignon.

Une fois tous les chats propres et rassasiés, ils revinrent vers la clinique vétérinaire et passèrent dans la partie du cottage la plus ancienne. Mandy se débarrassa de ses chaussures devant la porte de la cuisine, et attendit qu'Adam finisse de se laver les mains avant de prendre sa place au lavabo. Un plat mijotait sur le feu et Emily le mélangeait avec une cuillère en bois, les joues rouges sous la chaleur du réchaud.

– Tu as faim ? demanda-t-elle en levant les yeux vers sa famille, un sourire aux lèvres.

– Oh oui, répondit Mandy.

Même si ce n'était pas vrai, elle savait qu'il fallait qu'elle mange quelque chose.

– J'ai fait des pennes à l'arrabbiata, annonça Emily. Et c'est prêt !

– Je vais faire le service, si tu veux, proposa Adam. Asseyez-vous toutes les deux.

– J'ai entendu dire que ton après-midi n'a pas été facile, reprit Emily, les yeux remplis de compassion, tout en s'installant à côté de Mandy.

– Pas simple, non, soupira Mandy.

– Que s'est-il passé ?

Tandis que son père servait des bols de pâtes, Mandy raconta tout à ses parents, depuis le saut périlleux de

Flamme par-dessus la barrière du verger, et son échappée à travers champs, jusqu'à l'horrible spectacle dans le jardin des Hemmings.

Quand elle se tut, Adam tendit la main et la posa sur celle de sa fille.

– Ma pauvre chérie. On dirait bien que Flamme aura besoin de pas mal de séances de dressage avant de pouvoir se promener de nouveau sans laisse. On pourrait aussi rehausser la clôture, si tu veux ?

Mandy esquissa un sourire.

– Tu lis dans mes pensées.

À cet instant, le téléphone sonna dans l'entrée.

– Je vais répondre, ajouta-t-elle en repoussant sa chaise, avant de fermer la porte de la cuisine derrière elle et de décrocher : Clinique vétérinaire Animal Ark, bonsoir !

– Bonsoir, déclara une voix féminine un peu sèche, brigadière Ellen Armstrong. Puis-je parler à Amanda Hope, s'il vous plaît ?

– C'est moi, répondit Mandy, le ventre noué.

– Bonsoir, Amanda. Nous nous sommes rencontrées sur la ferme Lamb's Wood l'été dernier, n'est-ce pas ? Vous nous avez vraiment bien aidés avec M. Grimshaw, je me souviens.

Mandy se remémora cette policière au visage amical, constellé de taches de rousseur, qui l'avait conduite jusqu'à la propriété de Robbie.

– Bien sûr, brigadière Armstrong, je me souviens parfaitement de vous.

– Appelez-moi Ellen, je vous en prie. Écoutez, je vous téléphone suite à un signalement que nous avons reçu ce soir. Si j'ai bien compris, un chien s'est échappé de la clinique vétérinaire et a troublé l'ordre public. Je suis désolée, mais je vais devoir vous poser quelques questions.

– Elle ne s'est pas échappée de la clinique, mais du refuge de Vert-Cottage.

Mandy faisait de son mieux pour ne pas que sa voix vacille. Elle résuma la mésaventure de Flamme, soulignant bien qu'elle avait fait tout ce qui était en son pouvoir pour retrouver et ramener le lurcher.

– À la première heure demain, je vais rehausser le portail par-dessus lequel elle a sauté, promit-elle. Et Flamme ne sortira que tenue en laisse, au moins jusqu'à ce qu'elle soit bien dressée.

Est-ce que ça suffirait ? Mandy voulait prouver à la brigadière qu'elle prenait cette situation au sérieux. Renforcer le portail ne serait pas bien difficile, mais si elle devait surélever toutes les clôtures, ça allait lui coûter cher.

À l'autre bout de la ligne, le silence s'installa. Peut-être que la brigadière Armstrong prenait des notes, se dit Mandy.

– D'accord.

La voix de la policière semblait bien plus compatissante que Mandy n'avait osé l'espérer, et celle-ci détendit un peu ses doigts crispés autour du combiné. Quand son interlocutrice reprit, la jeune vétérinaire sentit une vague de soulagement l'envahir :

– Bon, tant que vous faites tout votre possible pour garder Flamme sous contrôle, je ne pense pas qu'il soit nécessaire d'aller plus loin dans cette enquête. Mais vous comprenez bien que la fugue d'un chien est entièrement de la responsabilité de son maître, n'est-ce pas ? S'il y avait eu un accident de la route, vous auriez été passible de poursuites.

– Je comprends bien.

Mandy ne connaissait que trop bien la loi, et ses conséquences éventuelles. À Leeds, où elle avait travaillé un an après l'obtention de son diplôme, elle avait à plusieurs reprises été appelée sur les lieux d'accidents, où des animaux gisaient tellement blessés qu'ils ne pouvaient être déplacés. La police avait toujours été là pour superviser les questions légales.

– Une dernière chose, reprit Ellen.

Qu'est-ce que ce serait, cette fois ? se demanda Mandy. Elle réprima un soupir – que pourrait-elle faire d'autre, à part promettre de garder Flamme à l'intérieur tout le temps ?

– Quand M. Hemmings a déposé plainte, il nous a confié ne pas être le seul à s'inquiéter de la présence de votre refuge.

Mandy déglutit, et sa paume devenait moite contre le combiné du téléphone. Animal Ark faisait partie du village depuis des années, sans jamais que personne n'ait rien à y redire. Pourquoi y aurait-il donc un souci avec Vert-Cottage ?

– Selon lui, les gens en parlent au *Fox and Goose*. Apparemment, ils seraient gênés par le raffut des chiens ?

Encore une fois, le ton de la brigadière Armstrong n'avait rien d'hostile, pourtant Mandy sentit son cœur se serrer. Les aboiements avaient toujours été problématiques, et si ponctuellement, un patient de la clinique se montrait bruyant une nuit, c'était inévitable que plusieurs chiens en pleine forme, dans le même bâtiment, créent plus de nuisances.

– Il arrive en effet que les chiens aboient, admit Mandy. Je les dresse autant que possible pour qu'ils restent silencieux, mais ça ne pourra jamais être parfait.

Même si elle parvenait à garder une voix calme, son esprit, lui, était agité. Bon sang, qui oserait se plaindre au pub du coin ? Les plus proches voisins, ceux qui seraient logiquement les plus gênés, avaient accueilli avec enthousiasme l'installation de Vert-Cottage. Mandy discutait souvent avec eux, et autant qu'elle sache, il n'y avait jamais eu de soucis à ce sujet.

– C'est juste un détail que M. Hemmings a ajouté, reprit Ellen sur un ton qui se voulait rassurant. Je voulais juste vous prévenir, au cas où.

– Merci.

Mandy restait préoccupée. Pourquoi les gens ne venaient pas la voir directement s'il y avait un problème ? Vert-Cottage était censé être un atout pour le village, et en aucun cas causer des histoires.

– N'y pensez pas trop, l'exhorta la brigadière. Les gens râlent souvent entre eux, mais c'est bien plus rare qu'ils fassent réellement quoi que ce soit.

– J'aurais juste souhaité qu'ils viennent râler auprès de moi, lâcha Mandy, tout en fermant les yeux et en s'affalant de tout son poids contre le mur.

– Je n'ai enregistré qu'une seule plainte, remarqua Ellen. Ce qui s'est passé au *Fox and Goose* reste purement hypothétique. Je vous en prie, ne prenez pas ça trop à cœur.

C'était bien le problème, pensa Mandy. Le refuge se trouvait au Cœur de tout ce qui comptait pour elle.

– Merci de m'avoir tenue au courant, dit-elle, en tentant de ne pas paraître trop abattue.

– Merci à vous d'avoir pris le temps de répondre à mes questions, Amanda. Je vous tiendrai informée s'il y a quoi que ce soit d'autre.

Heureusement, la brigadière Armstrong était adorable, songea Amanda. Elle savait bien que cette conversation aurait pu bien plus mal tourner. Elle inspira profondément, et vida lentement ses poumons, avant de retourner à la cuisine.

– La police ? demanda son père.

Mandy hocha la tête.

– Qu'est-ce qu'ils ont dit ?

– Pas grand-chose, répondit Mandy en s'asseyant et en jouant avec sa fourchette. J'ai promis de tout vérifier et d'être plus prudente. De rehausser le portail. La brigadière Armstrong était d'accord pour dire que c'était suffisant pour le moment.

– Il n'y a rien d'autre à faire, concéda Adam.

– Il faut voir le bon côté, intervint Emily. Cette affaire n'ira pas plus loin.

Mandy était sur le point de parler des aboiements, mais quand elle se tourna vers sa mère, elle fut frappée par l'épuisement qu'elle lisait sur son visage. Depuis son retour à Welford, Mandy s'était efforcée de ne pas s'inquiéter pour sa mère, qui semblait si surmenée et pâle tout le temps. Mais les rares fois où elle avait osé aborder le sujet, Emily l'avait toujours balayé d'un revers de la main – tout allait bien.

– Fatiguée ? demanda Mandy, scrutant les demi-lunes noires sous les yeux de sa mère.

– Oh, répondit Emily, et l'espace d'un instant elle parut presque coupable. Oui, à vrai dire, je suis fatiguée.

– Pourquoi ne montes-tu pas prendre un bon bain ? proposa Mandy. Papa et moi pouvons nous occuper de tout ranger. Et l'un de nous t'apportera un chocolat chaud un peu plus tard, si tu veux.

Si elle avait passé une horrible journée, elle se sentait quand même plus en forme que sa mère ne le paraissait.

– Comme tu es gentille, répondit Emily en souriant. Merci, j'y vais.

Elle se redressa avec difficulté, resta quelques instants immobile, puis se traîna à travers la pièce, ouvrit la porte et disparut. Mandy écouta le bruit de ses pas grimpant lentement l'escalier.

– Papa ?

Adam, qui dévorait sa deuxième assiette de pâtes, leva les yeux.

– Il y a quelque chose qui ne va pas avec maman ? Elle a l'air tellement fatiguée tout le temps.

Adam fronça les sourcils.

– Je sais. Parfois, j'aimerais qu'elle en fasse moins. J'aurais dû aller acheter un dîner à emporter pour qu'elle n'ait pas à cuisiner ce soir. Je n'y ai même pas pensé.

Il passa une main dans ses cheveux, qui se dressèrent de toute part.

– Mais tu ne penses pas qu'elle aurait un vrai souci de santé ?

Mandy n'aimait se montrer insistante, mais cette fois-ci, elle était suffisamment inquiète pour oser.

Adam secoua la tête.

– Non, ta mère est forte comme un taureau ! Rien d'étonnant à ce qu'elle soit plus fatiguée ces jours-ci. Ça a toujours été un travail difficile et nous ne rajeunissons pas. Pour être honnête, je me sens un peu ralenti, moi aussi.

Mandy fut stupéfaite par cette confidence. C'était comme si, à ses yeux, ses parents avaient toujours été hors du temps, ils semblaient à peine avoir changé au fil des années.

– Ta mère est une adulte, poursuivit Adam. Si elle a besoin d'aide, elle nous demandera.

Mandy savait qu'il avait raison. Elle devait faire confiance à sa mère pour qu'elle prenne soin d'elle. Mais en attendant, elle pouvait faire plus dans la maison afin qu'Emily puisse se reposer correctement quand elle ne travaillait pas. Elle se leva, empila les assiettes sales, ouvrit la porte du lave-vaisselle et se mit à le remplir.

Chapitre 4

Le lundi matin était toujours synonyme d'un afflux d'animaux de compagnie tombés malades pendant le week-end. Le pic d'activité touchait à sa fin, et la salle d'attente d'Animal Ark se vidait enfin. Mandy s'occupait de son dernier patient de la matinée.

– Si vous voulez bien tenir sa tête..., demanda-t-elle à Mme Nolan, assise à côté de son colley à poil long.

– C'est un si gentil chien, commenta la dame âgée tout en immobilisant l'animal, une main de chaque côté de son cou.

Les époux Nolan avaient autrefois exploité Manor Farm, aux abords de Welford, sur la même route qu'Animal Ark. Ils avaient désormais transformé la ferme en maison d'hôtes, et louaient leurs champs aux bergers du coin.

Charlie, le colley, était étrangement beau avec un œil bleu et un visage souriant. Mandy avait été ravie quand Mme Nolan avait expressément demandé à la voir, elle. Dans les premiers temps, juste après son retour à Animal Ark, une poignée de clients avaient paru réticents à l'idée de consulter une nouvelle vétérinaire, mais plus aujourd'hui. Mandy étira la peau lâche sur la nuque de Charlie, inséra l'aiguille, et injecta rapidement le vaccin. Charlie ne semblait même pas s'en être aperçu. Relevant la tête, il lécha sa maîtresse, qui le remercia d'un éclat de rire.

– Et voilà pour toi, mon beau, dit Mandy en lui tendant une friandise, qu'il goba avant de se retourner pour en avoir encore. Ah ! D'accord, d'accord, ajouta Mandy en lui offrant une autre douceur.

Elle s'accroupit pour caresser l'épaisse fourrure recouvrant le poitrail du chien, et il ne tarda pas à se pencher vers elle et lui lécher l'oreille.

Mandy se releva en riant, et essuya la bave. C'était merveilleux de travailler avec des animaux heureux de se rendre à la clinique. Aider un patient anxieux à comprendre qu'une visite chez le vétérinaire peut être une expérience positive comptait parmi les défis qu'elle aimait le plus remporter.

Mme Nolan et Charlie quittèrent la salle d'auscultation, et Mandy s'assit devant son ordinateur pour mettre à jour le dossier et compléter la facture. Une fois cette tâche accomplie, à moins que d'autres clients ne soient arrivés d'ici là, elle aurait le temps de jeter un œil à quelques patients hospitalisés ainsi qu'à ses protégés du refuge avant son prochain rendez-vous. Quand elle s'avança vers l'accueil, Rachel était au téléphone. Helen, l'infirmière vétérinaire qui travaillait normalement ici en journée, était actuellement en congé. Rachel couvrait surtout les soirs et les week-ends, mais cette semaine, elle remplaçait Helen.

Elle sourit à Mandy et raccrocha.

– Un appel pour une visite cet après-midi, expliqua-t-elle. Un mouton avec un sabot douloureux.

Mandy la rejoignit et étudia l'agenda dans lequel les rendez-vous pour les gros animaux et les visites à domicile étaient consignés.

– M. Thomas, lut-elle, avant de se tourner vers la secrétaire. Ainthrop... Est-ce que M. Thomas est un client régulier ? Son nom ne me dit rien.

– On ne l'a pas vu depuis longtemps, répondit Rachel, mais il est déjà venu ici, pour des vermifuges. Je crois qu'il a quelques moutons domestiques sur sa ferme, mais je n'en sais pas plus.

– D'accord.

Mandy n'était pas surprise que les moutons de M. Thomas soient des animaux de compagnie. Il était devenu bien rare qu'un client de la clinique fasse venir le vétérinaire pour un simple mouton qui boite. La plupart d'entre eux préféraient régler le problème tout seul, ou amener l'animal à la clinique à l'arrière d'un véhicule tout-terrain. Elle jeta un œil à l'horloge – déjà onze heures et son prochain rendez-vous était à midi. Elle soupira.

– Est-ce que tout va bien ? demanda Rachel, hésitante. C'était un gros soupir, ça.

Mandy s'appuya contre le bureau.

– Tout va bien... C'est juste que parfois, il n'y a pas assez d'heures dans une journée.

– Est-ce que je peux faire quelque chose ? Si tu veux, je peux nettoyer la cage de Flocon et Bulle, après le déjeuner. Et celle des lapins aussi.

Mandy réfléchit quelques instants à la proposition. Même si elle se sentait coupable d'accepter de l'aide de la part du personnel d'Animal Ark, les cages des rongeurs du refuge avaient bien besoin d'un bon ménage. Rachel l'observait, optimiste, confiante, ce qui lui rappela Charlie espérant une deuxième friandise. Rachel avait toujours adoré les cochons d'Inde et Mandy se souvenait avec tendresse de moments partagés avec ses animaux quand elles étaient enfants.

– Merci, répondit-elle. Ça m'aiderait beaucoup, juste cette fois.

Bientôt, il faudrait pourtant qu'elle réfléchisse à une solution plus durable. Si elle ne pouvait se permettre de rémunérer un salarié, peut-être pourrait-elle trouver des bénévoles.

Une demi-heure plus tard, elle se tenait au milieu de l'enclos. Melon, le westie, cavalait de droite à gauche sur ses petites pattes, à la poursuite d'une balle de tennis. Il était étonnamment doué, fonçant à travers la pelouse chaque fois que Mandy lançait le jouet, l'attrapant et le rapportant pour le lâcher à ses pieds. Brindille était de sortie elle aussi, galopant dans tous les sens, pleine d'énergie. Les voir s'ébrouer ainsi redonna le sourire à Mandy : *ces chiens n'auraient aucun mal à trouver une nouvelle famille*, pensa-t-elle.

Au fond de sa poche, son portable vibra et elle le sortit : c'était Jimmy. Melon déposa la balle à ses pieds, et elle la relança tout en appuyant sur le bouton à l'écran. Distraite par l'appel, elle envoya la balle bien plus haut que d'habitude, mais Melon, déterminé, la poursuivit à travers le terrain. Mandy l'observa, ébahie, avant d'éclater de rire. Le petit chien venait de sauter en l'air, sans quitter des yeux le missile une seconde, d'effectuer un saut périlleux retourné et d'atterrir sur ses pattes, la balle entre les dents.

– On dirait qu'il y en a une qui s'amuse !

Mandy perçut un sourire dans la voix de Jimmy. Melon déboula à toute allure, et s'arrêta à ses pieds, son petit visage blanc et duveteux levé vers elle, ses yeux brillants d'impatience.

– Désolée, je joue avec l'un de mes chiens du refuge, répondit Mandy, levant la balle avant de la jeter au loin.

– Ne sois pas désolée. Je me demandais juste si tu aimerais revenir voir le centre. Tu n'as pas pu essayer le parcours de cordes dimanche dernier. Ça te dirait ?

Mandy suivit des yeux le petit westie tandis qu'il piquait un sprint dans l'enclos, mais cette fois-ci, il avait une concurrente. Alors qu'elle observait la scène, Brindille, sortie de nulle part, attrapa la balle avant de décamper. Elle dessina un huit entre deux vieux pommiers tordus, puis se laissa tomber au sol et se mit à mâchouiller son trophée.

– Ce serait super, s'exclama Mandy tout en se précipitant vers la chienne pour sauver la balle.

Melon était immobile et fixait la chienne plus imposante. Il avait un air tellement consterné que Mandy dut se retenir de rire encore.

– Le centre est fermé le mercredi…

Alors que Mandy s'approchait, Brindille fit tomber la balle au sol. La jeune femme se pencha pour la récupérer, tout en se concentrant sur les mots de Jimmy.

– … Donc si tu veux venir, on pourrait y aller ensemble.

– Désolée, Jimmy, haleta-t-elle. Tu as dit mercredi ?

Elle se redressa le dos, la balle au creux de la paume.

– Oui, répondit-il. Mercredi après-midi, si tu peux t'échapper quelques heures.

Mandy hésita. Ça faisait si longtemps qu'elle ne l'avait pas vu dans de bonnes conditions. Avec tous ses engagements, elle manquait perpétuellement de temps, et ne trouvait pas très correct de lui proposer un rendez-vous quand son planning était si chaotique. Mais elle avait tellement envie de le revoir ! Sa voix à l'autre bout de la ligne lui serra le cœur et piqua sa conscience.

– Je vais demander à papa et maman s'ils peuvent me remplacer deux ou trois heures, répondit-elle au bout de quelques secondes. Ça suffirait, s'ils sont d'accord ?

– Ce serait parfait, confirma-t-il, avant de reprendre après un court silence : Je sais qu'elle ne pourra pas faire le parcours, mais Zoe et Simba voudraient savoir si Sky aimerait venir aussi.

Mandy s'esclaffa.

– Eh bien, elle n'est pas avec moi pour l'instant, mais je crois pouvoir répondre en son nom. Ce serait absolument génial.

La route pour Ainthrop était magnifique. Le ciel était immense et si bleu au-dessus des collines. Le soleil hivernal dardait ses rayons froids sur les arbres nus, soulignant leurs silhouettes sombres contre l'horizon. Mandy pensa alors, et ce n'était pas la première fois, à quel point elle aimait cette région des Yorkshire Dales en toutes saisons. Même avec un pistolet contre la tempe, elle aurait été incapable de choisir sa période préférée de l'année.

Ainthrop était une minuscule propriété, la maison peinte en blanc posée au premier plan d'un décor de champs ondoyants. Après avoir fourré quelques produits et le matériel nécessaires dans ses poches, Mandy remonta l'allée principale. L'homme qui se présenta à la porte dans un costume trois-pièces en tweed traditionnel semblait avoir près de cent ans. Mandy songea alors qu'il ressemblait à un personnage de film tout droit sorti d'un plateau de tournage. Il incarnait l'image parfaite du gentleman champêtre des années 1940, avec sa chemise à carreaux et sa cravate verte.

– M. Thomas ? demanda-t-elle.

– C'est bien moi, répondit l'homme d'une voix étonnamment alerte. Vous devez être la vétérinaire ?

– Tout à fait. Je suis Mandy Hope. Vous nous avez appelés à propos d'un mouton qui boite ?

– Ah oui. Peut-être accepteriez-vous de passer par la porte de derrière ?

Mandy baissa les yeux sur les bottes en caoutchouc et le pantalon de protection imperméable qu'elle avait déjà revêtus. L'entrée de la maison semblait immaculée. Elle se retourna, revint sur ses pas puis suivit le chemin qui contournait la maison jusqu'à l'arrière. Elle y retrouva M. Thomas, resplendissant sous son chapeau Trilby en tweed, et qui enfilait une paire de bottes impeccables sur le pas de la porte.

– Les moutons sont par là, dans la grange, annonça-t-il d'un geste de la main, droit comme un piquet.

Il y avait à l'arrière de la demeure une cour pavée, telle une version miniature des traditionnels corps de ferme éparpillés dans la vallée. En face, à l'extrémité de ce qui semblait être un garage, se trouvait une immense porte coulissante à la peinture vive. Mandy ne pensait pas l'homme capable de l'ouvrir, et pourtant il plaça son épaule contre la poignée et poussa la lourde porte jusqu'à ce qu'elle glisse et s'ouvre.

À l'intérieur, le bâtiment ancien était exactement du genre de ceux que Mandy préférait. Les murs en grosse pierre avaient été blanchis à la chaux, dans un passé lointain. Dans une mangeoire, du foin, et au sol, un épais lit de paille. Et par-dessus tout, trois moutons à cornes se tenaient là, les observant avec curiosité. Leur toison était d'un joli crème, et leur tête large et leurs pattes d'une teinte dorée très pâle.

– Comme ils sont beaux ! s'exclama Mandy. De quelle race s'agit-il ?

Ils semblaient assez différents des moutons swaledale et des blackface auxquels elle était habituée.

– Ce sont des Portland, répondit M. Thomas, tout fier. Je les ai depuis qu'ils sont petits.

Mandy et lui s'appuyèrent contre la barrière en bois qui séparait la porte de l'enclos.

– C'est Jonquille qui m'inquiète, reprit-il en montrant du doigt le plus petit ovin des trois, le plus éloigné d'eux. Mon fils est venu samedi pour les faire rentrer et il a remarqué qu'elle boitait. Je lui ai laissé un jour ou deux, mais elle ne pose toujours pas son sabot correctement.

Mandy regarda attentivement la brebis, et remarqua qu'en effet, elle prenait moins appui sur sa patte avant droite.

– D'accord, dit-elle en souriant à M. Thomas. Allons voir ça de plus près, si vous voulez bien ?

Le vieil homme déverrouilla la barrière, et la tint ouverte pour Mandy, avant de la refermer une fois tous les deux dans l'enclos. La paille était épaisse et souple sous leurs pieds. *Heureusement, la grange n'est pas bien grande*, pensa Mandy. Elle n'avait pas franchement envie de pourchasser une brebis boiteuse dans tous les sens. Même si Jonquille était petite, elle les observait avec méfiance, immobile, mais tendue, aux aguets.

Bras tendus, Mandy et M. Thomas avancèrent vers la petite brebis. Pendant quelques secondes, tout laissa croire qu'ils réussiraient sans mal à la piéger dans un coin et que la partie serait terminée.

Mais à mesure qu'ils s'avançaient, et tandis que Mandy s'apprêtait à bondir, Jonquille s'échappa de sous ses mains pour se retrouver l'instant suivant dans l'autre angle de l'étable.

Tout s'était passé si vite que Mandy eut envie de rire. Jonquille lui avait paru si tranquille. D'ailleurs, elle semblait toujours plutôt sereine, même si elle gardait le regard fixé sur ses poursuivants. De nouveau, Mandy et M. Thomas se mirent en position, mais cette fois, Jonquille n'attendit pas qu'ils s'approchent avant de fuser. Mandy était sidérée par la vitesse que pouvait atteindre la brebis, surtout avec uniquement trois pattes en bon état ! Dieu seul savait comment le fils de M. Thomas avait réussi à les faire rentrer tous les trois. Après trois quarts d'heure, Mandy s'inquiétait pour le vieil homme. Si Jonquille était encore fraîche comme une rose, M. Thomas, lui, semblait éreinté. Même Mandy commençait à fatiguer.

– Est-ce que quelqu'un pourrait venir nous donner un coup de main ? demanda-t-elle, à bout de souffle.

Le vieil homme claudiqua jusqu'à elle et s'appuya contre le mur.

– Je suis désolé, expira-t-il, son regard bleu troublé. Je pensais vraiment qu'avec sa patte malade, nous n'aurions aucun mal à l'attraper. Je n'arrive à penser à personne. Mon fils travaille, voyez-vous. Mais c'est à Welford, et il ne sera pas de retour avant longtemps.

Mandy s'adossa au mur à côté de lui. Les trois moutons étaient maintenant bien réveillés. Pour espérer attraper Jonquille, il leur fallait un autre plan.

– Avez-vous des barrières ou des planches ? demanda-t-elle après quelques instants de réflexion. On pourrait construire un genre de tunnel pour la capturer.

Elle repensa au passage en palettes qu'elle avait érigé l'été précédent avec Seb Conway, l'agent de protection des animaux du coin. Elle aurait dû y penser une demi-heure plus tôt, mais ils étaient passés à ça d'attraper cette brebis maligne tellement de fois qu'elle s'était persuadée que ce n'était qu'une question de persévérance.

– On pourrait utiliser la barrière qui donne sur la cour, suggéra M. Thomas, tout en se redressant.

Mandy était stupéfaite de le voir se remettre d'aplomb si vite. Malgré cette vitalité apparente, Mandy espérait que la barrière ne soit pas trop lourde. Dehors, elle fut ravie de constater que le portail était assez petit. Heureusement, les barreaux étaient bien rapprochés. À son grand soulagement, le portail sortit aisément de ses gonds, et à deux, ils réussirent sans mal à le transporter dans la grange.

– On peut le caler ici, lança M. Thomas, en bloquant l'une des extrémités entre les barreaux de la mangeoire.

Ensemble, Mandy et le vieil homme dirigèrent la brebis dans l'espace entre le portail et le mur. Cette fois, au moment où elle tenta de fuir, Mandy se jeta en avant et, ouf, parvint à l'attraper par le cou, attira à elle la brebis qui ne cessait de se tortiller, avant de guider enfin Jonquille dans le coin le plus éclairé de l'enclos.

Il fallut un moment pour tourner la tête de la brebis et faire basculer son corps léger, de sorte que le mouton était assis sur sa croupe, le dos contre les jambes de Mandy. Ses pieds compacts étaient noirs et brillants grâce à la paille neuve. Mandy attrapa sa patte avant droite, et inspecta le sabot. Les deux onglons étaient bien formés et propres, mais quand elle les écarta, elle aperçut une inflammation de l'espace entre les deux doigts qui semblait douloureux. Les tissus rouges et gonflés étaient recouverts d'une fine couche de blanc.

– Elle a du piétin, annonça Mandy en montrant la lésion infectée à M. Thomas. Est-ce qu'elle a traîné dans de la boue dehors ? Il a beaucoup plu ces derniers temps.

– J'ai bien peur que oui. Nous aurions dû les faire entrer plus tôt, mais il faisait si doux en novembre que j'ai préféré les laisser dehors un peu plus longtemps.

Le vieil homme examina le petit sabot, avant de demander :

– Pouvez-vous la soigner ?

Mandy étudia à nouveau le pied. La corne avait l'air saine et il n'y avait pas d'odeur nauséabonde.

– Je crois que oui. Cette dermatite est causée par une infection bactérienne. Elle est localisée, donc elle devrait disparaître avec un spray antibiotique.

Elle sortit une bouteille d'oxytétracycline de sa poche, se félicitant d'avoir pensé à la prendre dans la voiture. Elle la secoua, puis pulvérisa un jet d'aérosol bleu-vert entre les ongles de la brebis.

– Votre fils pourra-t-il vous aider pour continuer le traitement ? demanda-t-elle.

M. Thomas hocha la tête.

– Il vient me voir presque tous les soirs avant de rentrer chez lui. Il dit qu'il vient voir les moutons, mais je crois plutôt qu'il vient s'assurer que je vais bien !

Ses yeux bleus pétillèrent sous ses sourcils blancs broussailleux.

Mandy ne put s'empêcher d'être soulagée : c'était rassurant de savoir que quelqu'un veillait sur M. Thomas et ses moutons.

– Aimeriez-vous une tasse de thé ? Après tous ces efforts.

Mandy soupira en reposant doucement la brebis sur ses pieds. Elle adorerait une bonne tasse de thé, mais elle avait déjà perdu trop de temps.

– Puis-je simplement me laver les mains ? J'aimerais beaucoup prendre un thé avec vous, mais je dois vraiment y retourner.

Le vieil homme sourit.

– Une autre fois, alors.

– Avec plaisir, c'est promis ! répondit Mandy.

Quand elle retira ses bottes à la porte du cottage, Mandy fut ravie de voir sa mère assise à la table de la cuisine devant une tasse de thé.

– Où est papa ?

Emily lui sourit.

– Il s'occupe d'un chien qui s'est blessé à la patte. Comment s'est passée ta visite ?

– Bien, bien, répondit Mandy en sortant une tasse d'un placard, puis en allumant la bouilloire. Une brebis appelée Jonquille avec du piétin. M. Thomas, son propriétaire, est un véritable amour.

– Formidable. Je ne crois pas l'avoir déjà croisé, lança Emily tout en attrapant une boîte sur le comptoir et en la posant sur la table en pin brossé. Que penses-tu de ça ?

Mandy suivait des yeux ses mouvements, tandis que sa mère soulevait le couvercle. À l'intérieur, une pile de cartes de vœux. Emily en sortit une et la tendit à sa fille. Au recto, une image de saison : des vaches aux poils longs et quelques moutons éparpillés dans un paysage enneigé. Des rayons de soleil d'hiver glissaient sur la scène.

– Magnifique ! s'exclama Mandy. Ce sont les cartes de vœux de la clinique ?

Chaque année, d'aussi loin qu'elle se rappelle, ils avaient offert des cartes pour Noël aux clients réguliers d'Animal Ark. Les yeux rivés sur l'image, Mandy ressentit une pointe de regret. Elle aurait dû songer à envoyer des cartes aux fournisseurs et contacts de Vert-Cottage. Il était trop tard pour en commander maintenant.

– J'aurais dû y penser aussi, pour mon refuge, soupira-t-elle.

– Regarde à l'intérieur, la pressa Emily, en souriant de plus belle.

Mandy ouvrit la carte et sentit son cœur gonfler dans sa poitrine. « Joyeux Noël et bonne année de la part d'Animal Ark et de Vert-Cottage. » Elle était constamment émerveillée de voir tout ce que ses parents faisaient pour elle. Elle était tellement fière de voir son refuge inclus dans la carte de vœux officielle de la clinique. Elle se pencha vers Emily et la serra très fort dans ses bras.

– Merci beaucoup, maman. Elles sont parfaites !

Chapitre 5

– Désolée du retard.

Mandy se tenait sur le seuil du Lilac Cottage, où ses grands-parents vivaient, d'aussi loin qu'elle se souvienne. Heureusement, elle avait enfin fini sa journée de travail. Après sa conversation avec Emily, elle avait été appelée pour un vêlage, puis s'était trouvée coincée derrière un tracteur sur le chemin du retour. Ça l'avait mise en retard pour la fin des consultations, toujours un peu frénétiques le lundi soir.

Dorothy Hope, la grand-mère de Mandy, lui sourit.

– Tu es là maintenant, c'est tout ce qui compte, l'accueillit-elle en la serrant dans ses bras.

Elle la guida à l'intérieur, où papy Hope, qui les guettait, lui prit son manteau et l'accrocha.

– Tu es bien occupée ces temps-ci, commenta-t-il.

– J'espère que je n'ai pas gâché votre délicieux repas, répondit Mandy, désolée.

Une lueur malicieuse traversa les yeux de sa grand-mère.

– J'ai passé suffisamment d'années à attendre ton grand-père, toujours en retard, que je sais qu'il ne faut rien préparer qui ne supporte pas d'être réchauffé quand un chirurgien-vétérinaire vient dîner.

Mandy suivit ses grands-parents jusqu'à la salle à manger.

– J'ai fait de la soupe, annonça mamie.

Tom Hope tira une chaise et invita Mandy à s'asseoir. Sur la table trônait une énorme boule de pain croustillant. Que sa mamie trouve l'énergie de faire tant la cuisine, c'était un petit miracle aux yeux de Mandy dont les talents culinaires étaient terriblement rudimentaires. Elle devrait vraiment essayer de s'y mettre, pensa-t-elle, tandis que Dorothy apportait la soupe : légumes d'hiver aux oignons et à la patate douce, avec une touche inattendue de piment.

Tom Hope finit de tartiner de beurre une tranche de pain et leva les yeux.

– Quoi de neuf au travail aujourd'hui ?

– Je n'ai fait que deux visites, répondit Mandy, mais deux sacrées paires de manches. D'abord, une brebis boiteuse à Ainthrop.

Ses grands-parents l'observaient avec compassion et intérêt.

– Oh, la petite propriété près de chez Jack Mabson ? intervint Tom Hope.

– Celle-là même, confirma Mandy, toujours émerveillée par les connaissances locales de son papy. Ça m'a pris un temps fou d'attraper la brebis à la patte malade. Après, je suis allée sur un vêlage juste avant de reprendre les consultations à la clinique.

Elle étira la main qui tenait sa cuillère. Les muscles de son avant-bras protestèrent. Le veau s'était trouvé en siège, et elle avait eu très mal tandis que l'utérus de la vache se contractait autour d'elle. Elle avait finalement réussi à enrouler la corde autour du pied du petit, mais à plusieurs reprises elle avait bien eu l'impression que ses bras se transformaient en bouillie.

– Le veau allait bien ?

Son papy la fixait avec fierté, comme s'il savait déjà très bien que tout s'était passé le mieux du monde.

– Très bien, sourit Mandy. Une fois sa position corrigée, le veau était sorti facilement. La vache s'était retournée pour lécher cette petite créature, qui avait alors levé la tête vers sa mère.

Il avait esquissé ses premières tentatives bancales pour se mettre à quatre pattes avant que Mandy n'ait quitté la ferme. Elle était repassé rapidement à l'étable après s'être débarbouillée. Le veau avait réussi à se lever, en appui sur ses pattes arrière, et essayait, assez maladroitement, de coordonner la partie avant de son corps.

– Bravo. Dois-je couper plus de pain ? proposa papy en tendant la main vers le couteau.

– Oui, merci.

Mandy suivit des yeux son grand-père tandis qu'il coupait une épaisse tranche de pain et tirait l'assiette vers elle.

– Je suis allée à la poste aujourd'hui, reprit mamie en repoussant son bol vide et en s'adossant à sa chaise. Ils avaient de superbes cartes de Noël peintes à la main. Et Gemma Moss me disait que le révérend Hadcroft avait invité les enfants de la maternelle à jouer la Nativité à l'église. C'est un spectacle que j'ai hâte de voir… Tu en veux encore ?

Mandy avait fini son bol, et le lui tendit.

– Merci, c'est délicieux.

– Je n'arrive pas à croire que Noël soit si proche ! s'exclama Dorothy. J'ai l'impression que tu viens juste de revenir de Leeds, et regarde-toi aujourd'hui, tu es là, bien installée.

C'était vrai, pensa Mandy. Le temps s'était tout simplement envolé.

– Nous sommes si fiers de toi, ajouta papy. Réussir à monter et gérer Vert-Cottage sans le moindre souci. Nous avons toujours su que tu pouvais tout accomplir !

Pendant quelques instants, Mandy hésita à leur raconter la fugue de Flamme et tous les problèmes avec Geoff Hemmings. C'était étonnant que personne n'ait narré ce potin juteux à sa grand-mère au bureau de poste. Mieux valait ne rien leur dire, décida-t-elle. Elle espérait que la situation était réglée maintenant qu'elle en avait discuté avec la brigadière Armstrong. C'était déjà de l'histoire ancienne.

– Alors, dis-nous, comment ça se passe avec ce gentil jeune homme du parcours d'accrobranches ?

Mamie était bien calée sur sa chaise, immobile, et Mandy voyait bien que ce sujet comptait pour elle. Ses deux grands-parents l'avaient si bien soutenue quand elle avait quitté Simon, son petit ami de Leeds, et avec qui elle avait prévu une vie bien différente avant son retour à Welford. Même s'ils ne l'avaient pas ouvertement encouragée à foncer tête baissée dans une nouvelle relation avec Jimmy, elle savait bien qu'il avait bonne réputation à leurs yeux.

– Je le revois mercredi, répondit Mandy.

Une sensation de douce chaleur l'envahit : les deux visages ridés tournés vers elle exprimaient toute leur bénédiction. Son papy, surtout, n'avait jamais vraiment apprécié Simon, et elle était ravie que Jimmy lui plaise.

– Formidable, sourit mamie, tout en tendant la main vers le bol vide de Mandy.

– Je l'ai croisé hier, intervint papy. Il sortait de chez Harper avec un stock de nourriture pour ses deux magnifiques chiens.

Harper ? La chaleur quitta instantanément le corps de Mandy quand elle repensa à la facture impayée.

– Qu'est-ce qui ne va pas ?

Papy la dévisageait – il la connaissait trop bien. Mamie s'était levée pour remporter la vaisselle dans la cuisine, mais impossible de ne pas se confier à son grand-père.

– Il y a eu une erreur dans la facture de Harper, admit-elle. Ils ont oublié le mois d'octobre. Je n'ai pas assez sur le compte du refuge pour la régler d'un coup… Je devais appeler Sally Harper aujourd'hui, mais ça m'est sorti de la tête.

En prononçant ces mots, elle sentit la culpabilité la gagner. Comment avait-elle pu zapper ça ?

Mais son papy souriait, cherchant à la réconforter.

– Rien d'étonnant à ce que tu aies oublié. Ça arrive souvent quand on est très occupé, mais ça peut se régler facilement aussi. Ce sont eux qui ont fait l'erreur, et Sally est adorable. Je suis sûr qu'elle se montrera conciliante.

– Tu as raison, soupira Mandy. Quand j'ai ouvert Vert-Cottage, je savais que ce ne serait pas un long fleuve tranquille. Tout allait bien jusqu'à maintenant, mais cette histoire vient tout chambouler.

Son grand-père tendit la main et serra la sienne.

– Essaie de ne pas t'inquiéter. Appelle Sally demain, et s'il y a le moindre souci, passe-moi un coup de fil. Tu sais qu'on est là pour toi.

L'espace d'un instant, Mandy sentit les larmes monter. Ses grands-parents avaient toujours été d'un immense soutien, mais elle voulait tellement se prouver qu'elle était capable de réussir par elle-même.

– Merci, souffla-t-elle.

La porte s'ouvrit et mamie s'approcha avec un gâteau de Battenberg rose et blanc bien appétissant.

– Oh, je sais que ce n'est pas encore tout à fait Noël, mais une répétition générale me semblait appropriée, dit-elle à Mandy, un rictus espiègle aux lèvres.

Mandy retrouva son sourire. Mamie adorait Noël presque autant qu'elle, et depuis toujours, ses desserts étaient un des plus beaux cadeaux de la fin d'année. Papy avait raison : rien ne servait de s'inquiéter. Elle appellerait Sally le lendemain matin, et trouverait une solution. Elle observa Dorothy couper une grosse part de gâteau et prit l'assiette qu'elle lui tendait.

– Merci, il a l'air délicieux.

La pluie tombait quand Mandy prit le chemin du retour. Elle avançait à grandes enjambées sur le sentier de campagne, les gouttes glacées mouillant son visage. Les muscles de ses jambes tiraient non seulement à cause des efforts du jour, mais aussi des heures passées la veille à remettre en place la matrice renversée d'une vache. Il lui avait fallu un temps fou pour parvenir à faire rentrer l'utérus gonflé à l'intérieur. Elle avait mal au dos, aussi. La douleur n'avait pas été si intense plus tôt, mais là, Mandy ne souhaitait qu'une chose : rentrer à la maison et aller se coucher. Impossible, elle devait d'abord passer voir ses petits protégés au refuge. Tout était heureusement tranquille. Elle resta un instant immobile, lumières éteintes, le regard tourné vers l'obscurité, à travers la vitre constellée de gouttes de pluie, avant de retourner au cottage, et de grimper les escaliers.

Sur le palier, elle croisa Emily en robe de nuit, visiblement sur le point d'aller au lit.

– Le dîner s'est bien passé ?

– Très bien, répondit Mandy, repensant tout à coup à l'appel de Jimmy un peu plus tôt. Maman, est-ce que mercredi après-midi vous pourriez me remplacer deux-trois heures, s'il te plaît ?

– Je suppose que c'est possible, bien sûr. Et tu as bien mérité un peu de temps pour toi.

Mandy fut soulagée que sa mère ne lui demande pas plus de détails. Depuis son emménagement ici, ses parents avaient été vraiment parfaits avec elle. Ils ne se mêlaient que rarement de sa vie privée.

Emily lança à sa fille un sourire fatigué, ce qui raviva l'inquiétude de Mandy au sujet de sa santé. Elle songea qu'elle devrait peut-être annuler son rendez-vous avec Jimmy, et plutôt passer l'après-midi avec sa mère. Emily se retourna vers sa porte, et pendant un instant, Mandy caressa l'idée de lui proposer, mais il était trop tard ce soir pour appeler Jimmy de toute façon. Elle resta là, face à la chambre parentale désormais fermée, avant d'ouvrir la sienne et de s'y glisser.

Chapitre 6

La semaine passa si vite que Mandy fut stupéfaite de s'apercevoir que mercredi était déjà là – c'était l'heure de rejoindre Jimmy au parcours d'accrobranches. Après un rapide déjeuner, Mandy monta dans sa chambre et s'étudia dans le miroir. Elle avait bien besoin d'une coupe de cheveux, pensa-t-elle. Elle pouvait les attacher en queue-de-cheval, mais les mèches dégradées qui entouraient son visage étaient bien trop longues et commençaient dangereusement à ressembler à des oreilles d'épagneul.

Mandy ouvrit son dressing et jeta un œil à l'intérieur, à la recherche d'un peu d'inspiration. Même si le soleil de novembre brillait haut dans le ciel, la campagne s'était réveillée sous le gel, et l'air était glacial. Elle choisit un jean qu'elle ne portait pas pour côtoyer les animaux, un pull en laine douce et son bonnet rouge assorti. Une doudoune sans manches complétait sa tenue, qui devait par-dessus tout rester pratique. Ils allaient escalader des cordes, pas sortir en ville. Pour autant, elle voulait marquer le coup, et s'empara du mascara acheté l'été passé. Ses cils vaguement épaissis amélioraient quand même un peu son apparence, décida-t-elle.

Près de là, Sky observait sa maîtresse, tête penchée sur le côté, les cils naturellement si longs.

– Toi, tu as de la chance de ce côté, dit Mandy à son colley, qui s'inclina davantage. Ah, maintenant tu me nargues ! s'exclama-t-elle en souriant.

Mandy conduisit jusqu'à Welford Hall, et se gara près du portail. Elle éteignit le moteur, sauta du véhicule et en fit le tour pour ouvrir à Sky. Une rafale de vent froid passa sur son visage, soulevant ses cheveux. Un frisson la parcourut. L'air sentait la fumée de bois.

Jimmy se trouvait à l'autre bout de l'enclos le plus proche. En jean délavé, chaussures de randonnée, bonnet de laine jusqu'aux oreilles et veste de chasseur, il était penché au-dessus d'une pile de cordes et les enroulait minutieusement.

Mandy se glissa dans le pré, et fendit l'herbe, des papillons dans le ventre. En dehors de leur rapide rencontre à la cérémonie d'ouverture, et leur brève conversation au téléphone, elle ne l'avait pas vu depuis un bon mois, songea-t-elle. Il l'avait contactée à deux reprises, mais chaque fois, un animal avait eu besoin d'elle. Il n'avait pas été en colère, non, ce n'était pas son genre. D'abord, il y avait eu ce retard inévitable quand elle avait assisté sa mère sur une torsion gastrique. Puis, elle s'était précipitée à York pour aider James avec un chaton abandonné. Elle n'avait pas eu la force de laisser tomber son vieil ami. Vert-Cottage comptait beaucoup pour James aussi, le souvenir de Paul restant étroitement lié au refuge.

Jimmy ne s'était pas fâché, mais il avait semblé très déçu qu'elle annule. Elle espérait bien qu'il n'en reparle pas, mais c'était compliqué. Parfois, elle avait l'impression d'être tellement prise par son projet qu'il n'y avait plus de place pour quoi que ce soit d'autre.

Sky n'avait pas autant de réserve : à peine le portail était-il ouvert qu'elle s'échappa dans le champ, une fusée noire et blanche fonçant à la rencontre de Zoe et Simba, le husky et le berger allemand de Jimmy. Les trois chiens se saluèrent comme de vieux amis, se reniflant et se tournant autour, la queue dressée. Mandy était ravie de la distraction.

Quand elle détourna son regard des chiens, elle vit Jimmy avancer vers elle, un sourire aux lèvres. Pendant quelques secondes, Mandy se demanda s'il allait essayer de l'embrasser, mais fut soulagée qu'il s'arrête à quelques pas et lui fait un signe de la tête.

– Bonjour, lança-t-il, tout en se penchant pour caresser Sky venue le saluer.

– Salut, répondit-elle avant que Zoe et Simba n'exigent toute son attention, sautant autour d'elle et lui faisant la fête.

Mandy s'accroupit et passa ses doigts dans leur épaisse fourrure. Tandis que les chiens lui léchaient le visage, elle sentit un peu de sa nervosité s'évanouir.

Jimmy attendit que ses chiens s'intéressent de nouveau à Sky, et laissent enfin Mandy seule, avant de parler.

– Alors, tu es en forme ? demanda-t-il avec un large sourire.

– À peu près ! s'exclama Mandy en contractant les muscles de ses bras, avant d'attraper les gants en cuir léger que Jimmy lui tendait.

– Ça t'évitera d'avoir des brûlures de corde, expliqua-t-il en enfilant les siens. Mais ne t'inquiète pas, je ne te prépare pas d'entraînement militaire, promis !

Côte à côte, ils avancèrent en direction des marches en bois qui menaient à la plateforme au départ du parcours. Le vent soufflait dans les branches hautes des arbres, et Mandy dut se baisser pour en éviter une lors de son ascension. Une feuille morte tourbillonna dans l'air, avant d'atterrir sur le sol, si loin. Mandy eut soudain le vertige.

– Ne regarde pas en bas ! lui lança Jimmy depuis la plateforme. Si tu as la tête qui tourne, arrête-toi et respire lentement.

Mandy le rejoignit sur le rebord en bois.

– Je vais bien, le rassura-t-elle, en essayant de contrôler son souffle, les yeux levés vers les cimes. Quelle vue incroyable !

Jimmy acquiesça.

– Et c'est encore plus beau après.

Il s'approcha du bord de la plateforme, d'où partait un petit filet robuste, montant plus haut dans la forêt.

Jimmy passa en premier, et grimpa habilement en utilisant les cordes horizontales comme prises pour ses pieds, et se hissant avec les cordes verticales. Mandy l'observa quelques instants, puis le suivit. En bas, les chiens firent le tour de la plateforme, penchant la tête en arrière pour les voir tout là-haut. Mandy était tentée d'appeler sa chienne, mais ne voulait pas que Sky essaie de monter les marches pour l'atteindre.

Le filet était rugueux sous ses doigts, et elle était contente de porter des gants en cuir. Heureusement, ses bras étaient forts, grâce à tous ses efforts physiques avec les gros animaux. Au sommet, Jimmy l'attendait, assis à cheval sur un épais poteau de bois. Il hocha la tête, admirateur, tandis que Mandy se hissait à côté de lui, vacillant légèrement sous les mouvements du filet.

– Bravo, dit-il, et de petites rides apparurent aux coins de ses yeux verts quand il lui sourit.

Mandy l'imita. Déjà, Jimmy n'était plus autant un étranger, et même si les cordes poussaient Mandy hors de sa zone de confort, elle se sentait clairement mieux en sachant qu'il était.

– Maintenant, pour arriver jusque là-bas, il faut que tu montes encore un peu pour passer ton bras juste au-dessus. Puis tu attrapes l'une des cordes à droite avec ta main droite.

Mandy l'observa s'élancer afin de se retrouver à côté d'elle.

– Après, poursuivit-il, tu prends une des cordes de ce côté avec ta main gauche. Comme ça, tu resteras bien stable pendant ton escalade.

Il s'agrippa de part et d'autre du filet, et balança ses jambes sans effort par-dessus le poteau, et atterrit de l'autre côté du filet, face à Mandy.

Elle le suivit, avec un peu moins d'élégance et un peu plus d'hésitation pour trouver le filet du bout de son pied gauche, mais heureusement sans perdre son emprise.

– C'est super, l'encouragea Jimmy.

De là, le parcours crapahutait facilement jusqu'à une autre plateforme, à l'autre extrémité plus étroite du filet. Devant eux, un pont de cordes.

– Toi d'abord, proposa Jimmy en faisant signe à Mandy d'avancer.

L'exercice avait empourpré ses joues, et des boucles brunes s'échappaient de sous son bonnet. Mandy imagina alors le petit garçon qu'il avait dû être autrefois, grimpant aux arbres autour de chez lui à Lake District. C'était bizarre de penser qu'ils avaient grandi plus ou moins à la même période, chacun d'un côté de la chaîne des Pennines, entourés d'une campagne qui allait devenir le centre de leur vie.

Mandy saisit les cordes parallèles au-dessus de la passerelle et les serra fort tout en avançant, posant ses pieds sur les nœuds du filet, plus épais, et en contractant ses abdominaux pour éviter de trop bringuebaler. Elle était à mi-chemin quand elle sentit Jimmy s'approcher derrière elle. Certes, elle était un peu plus confiante, mais pas suffisamment pour oser se retourner et lui jeter un coup d'œil. Lorsqu'elle atteignit le bout du pont, elle éprouva un fort sentiment de fierté, quelque peu essoufflé.

– C'est vraiment génial, s'enthousiasma-t-elle, alors que Jimmy la rejoignait sur la large planche en bois.

Il lui sourit, la tête penchée sur le côté.

– Content que ça te plaise.

Mandy observa la suite du parcours qui serpentait à l'orée de l'ancien bois. Elle ne put s'empêcher de remarquer que Jimmy avait tenu sa promesse : son installation restait bien éloignée du nid des milans, et du cœur de la forêt où la vie sauvage était la plus intense. Il fallait en premier dépasser un filet d'escalade, puis une série de balançoires suspendues, et enfin, une échelle étroite.

– Je peux le faire ! s'exclama-t-elle, exaltée.

Avant de se lancer dans l'ascension du deuxième mur de cordes, elle se retourna pour jeter un œil à Jimmy, qui attendait son tour. Il lui laissa quelques secondes d'avance, puis se mit à grimper une fois qu'elle eut franchi le sommet. Ça paraissait si facile pour lui, une main puis l'autre, les pieds tâtonnant à la recherche de prises, au plus près des nœuds.

Aussi vite que possible, Mandy redescendit le filet de l'autre côté. Quand ses pieds touchèrent le sol, elle leva la tête vers Jimmy qui atteignait le point culminant du parcours.

Au lieu de s'accrocher au filet de part et d'autre et d'enrouler son corps autour du poteau en bois, il se pencha pour empoigner une corde horizontale dans chaque main, et plongea tête la première par-dessus la structure. Il resta pendu là quelques instants, le regard tourné vers Mandy, puis soudain, dévala le chemin de cordes comme si ce n'était rien de dur qu'un simple escalier. Pied gauche, pied droit, il descendait, un sourire aux lèvres. Mandy avait les yeux rivés sur lui, admirant son agilité quand tout à coup, il perdit pied et il vacilla, se rattrapant à l'une des cordes verticales juste à temps pour éviter de se vautrer tête la première dans le tapis d'écorces qui recouvrait le sous-bois.

Son air apeuré frôlait le comique. Malgré sa frayeur, Mandy se mit à rire, avant de tendre la main pour le stabiliser, tandis qu'il posait pied sur le sol entre le filet et l'obstacle suivant.

Jimmy secoua la tête, chagriné.

– Voilà ce que je gagne à essayer de t'impressionner.

– Tu devrais savoir qu'il ne faut pas essayer de m'impressionner à proximité d'un filet… Tu aurais dû te douter qu'un sauvetage serait de mise ! D'abord, un daim, et maintenant, un humain maladroit !

Lors de leur première rencontre, ils avaient libéré ensemble une femelle de cervidé qui s'était emmêlée dans les cordes de Jimmy.

– Peut-être que la prochaine fois, je pourrai te sauver toi, murmura Jimmy.

Il tendit la main, frôla sa hanche, et glissa ses bras autour d'elle. Son corps robuste se colla contre le sien tandis qu'il se penchait et l'embrassait, d'abord doucement, puis avec plus de fougue. Ses bras se refermèrent autour d'elle, et pendant un instant, elle sentit les battements de son cœur contre le sien, et son esprit tourbillonna de plaisir. Puis un long museau poilu se fraya entre eux et elle fut repoussée en arrière, le souffle court, Sky cherchant à enfouir son visage entre leurs corps joints. Ses mains tremblaient légèrement – ce baiser avait été merveilleux, mais tout était allé trop vite, trop fort, et ce qu'elle avait éprouvé était presque trop intense.

Jimmy lui lança un grand sourire, inconscient de l'étrange sensation qui la balayait.

– Ta chienne n'est pas d'accord, susurra-t-il.

Ses yeux brillaient de plaisir, mais Mandy y lut aussi la même nervosité qu'au début de leur rendez-vous.

– J'ai beaucoup pensé à toi depuis cet été, Mandy, continua-t-il.

Il tendit la main pour prendre la sienne, mais un réflexe presque involontaire la poussa à reculer d'un pas. À son plus grand désarroi, elle sentait une boule se former dans sa gorge.

– Je…

– Quelque chose ne va pas ? demanda-t-il, l'air soucieux.

Elle déglutit, complètement confuse, et secoua rapidement la tête.

– Non, pas vraiment…, réussit-elle à articuler. Je… je ne suis pas sûre d'être prête.

Mandy se tut, la boule dans sa gorge rendant chaque mot plus difficile.

Il fallait qu'elle lui explique, sans quoi Jimmy imaginerait qu'elle ne voulait pas de lui dans sa vie, et c'était tout le contraire. Elle avait juste tellement d'autres choses à gérer avec les animaux, le financement de son refuge, et toute la comptabilité et l'administratif qu'elle devait maîtriser. Et puis, la mort de Paul était toujours présente à son esprit, et elle ne pouvait s'empêcher de penser à James – toutes ces émotions si intenses virevoltaient encore plus fort depuis ce baiser.

– C'est juste que je ne suis pas prête, répéta-t-elle, forçant la boule à descendre et disparaître dans son ventre. C'est trop tôt pour moi.

Elle se sentit rougir, embarrassée. Elle voulait expliquer ce qu'elle ressentait, mais comme souvent quand l'image de Paul traversait ses pensées, elle dut retenir ses larmes.

Jimmy l'étudiait, fouillant son visage à la recherche de réponses. Mandy aurait voulu savoir ce qu'il lisait sur ses traits. Elle sentait qu'elle avait chaud, qu'elle était troublée. Le rouge lui brûlait les joues.

– Ce n'est pas grave, dit-il enfin, après un long silence. Je n'allais pas te demander en mariage ou un truc du genre. Je pensais seulement qu'on apprenait à mieux se connaître. Je suis désolé si j'ai mal interprété la situation. Tu veux rentrer ?

Mandy secoua la tête. Il avait posé la question sans la regarder, les yeux rivés sur le parcours, sur un ton calme, mais elle voyait bien qu'il était blessé.

– Non, je ne veux pas rentrer, mais pouvons-nous… y aller doucement ? Tu sais, avec Paul, et tout ce qui se passe, je suis tellement occupée et…

Elle ne finit pas sa phrase – elle ne voulait en aucun cas se servir de Paul comme excuse. Elle se détourna en sentant une larme rouler sur sa joue, et elle s'empressa de l'essuyer de sa main tremblante. Quand elle le regarda de nouveau, elle lut la compassion sur son visage.

– Bien sûr, la rassura-t-il. On ira à la vitesse que tu veux.

Une autre larme s'échappa et il la fit disparaître d'une caresse de son pouce.

– Tu veux bien qu'on parle d'autre chose maintenant ?

Sa voix était encore frêle, mais il lui sourit encore et lui obéit avec un air déterminé.

– Ça avance bien avec Lamb's Wood ? demanda-t-il tout en l'aidant à se hisser sur la plateforme suivante, puis en lui montrant comme bien tenir la corde et se balancer jusqu'à la première planche.

Pendant les quelques minutes, Mandy se concentra sur sa progression bancale entre les balançoires de corde, mais lorsqu'elle atteignit l'autre côté, elle ne put s'empêcher de regretter son choix de conversation.

– Ça n'avance pas du tout, avoua-t-elle.

– Je croyais que tout serait réglé et signé depuis le temps, s'étonna Jimmy en haussant les sourcils.

– Pas du tout, c'est au point mort, répondit Mandy en secouant la tête. J'ai eu tellement de problèmes avec l'obtention du prêt…

Entre eux, le silence s'installa, et elle sentait bien qu'il s'efforçait de trouver un autre sujet. Elle prit donc son courage à deux mains et lâcha :

– J'aurais eu moins de mal à avoir un crédit immobilier pour une maison faite de paille, ou même si le cottage était en bois et rempli de grands méchants loups.

À son immense soulagement, l'éclat de rire de Jimmy dissipa toute tension. Il mit les mains sur les hanches et prit un ton faussement sérieux :

– Eh bien, Petit Chaperon rouge, à moins que tu ne veuilles traverser la forêt dans le noir, nous devrions nous dépêcher de finir ce parcours.

Mandy lui rendit son sourire, bien plus légère.

– Après toi ! s'exclama-t-elle, en ajoutant un geste de sa main gantée.

– On arrive à la fin... Enfin, pour aujourd'hui, en tout cas ! lança Jimmy une demi-heure plus tard, alors qu'ils atteignaient un dernier filet juste au-dessus de la terre battue à l'abri des arbres.

Mandy savait que le parcours slalomait plus loin dans la forêt, mais la lumière commençait déjà à baisser.

– Puis-je te proposer une tasse de thé, pour te réchauffer ? reprit-il.

– Oui, avec plaisir, répondit-elle en jetant un œil à sa montre.

Elle avait encore un peu de temps avant de devoir retourner à la clinique. Ils traversèrent le champ, les chiens bondissant autour d'eux.

Mandy s'était souvent demandé où habitait Jimmy. Malgré toutes ses visites professionnelles à Welford Hall, elle n'avait jamais remarqué de logements de fonction près de la grande cour. Après quelques minutes de marche le long de la route principale, ils empruntèrent une petite piste bordée de murs de pierre et d'un enchevêtrement de végétation. À deux cents mètres de là, cachée dans un écrin de verdure, Mandy devina une maison de briques rouges au toit d'ardoises. En s'approchant, elle s'aperçut qu'il s'agissait de deux anciens cottages mitoyens. Chacun était entouré d'un jardin à la clôture peinte en blanc, et orné d'un arbre. Un cerisier nu d'un côté, et un très vieux pommier tordu de l'autre, aux branches envahies de gui blanc.

Jimmy s'arrêta devant le cottage de droite, celui au pommier. Il poussa le portail et recula d'un pas pour laisser passer Mandy. Une allée menait jusqu'à une porte peinte en blanc. Les trois chiens bousculèrent Mandy et s'immobilisèrent devant la porte, haletants.

– Bienvenue au Cottage du Gui-Blanc ! annonça Jimmy.

– Quel nom parfait, approuva Mandy en admirant l'arbre chargé de rameaux.

– C'est Jared Boone, le gérant de Welford Hall, qui vit à côté, au Cottage du Cerisier, ajouta Jimmy en désignant du menton la maison voisine, avant de glisser une clé dans la serrure.

La porte s'ouvrit en grinçant, et les chiens se précipitèrent à l'intérieur, tandis que Jimmy allumait la lumière.

Dans l'entrée, les murs étaient blancs et le sol recouvert de carreaux rouges. Mandy s'essuya les pieds sur le paillasson et se baissa pour caresser Sky, qui n'osait plus avancer, soudain méfiante dans cet environnement inconnu.

– Par ici, chuchota Jimmy, en se dirigeant vers la cuisine à l'arrière.

La pièce austère, mais fonctionnelle, avec des placards en bois peints en blanc, un plan de travail sombre et une vieille cuisinière à gaz près de la fenêtre à guillotine sans rideau. Derrière la vitre, le paysage baignait dans l'obscurité, rendu invisible par la lumière de la cuisine.

Zoe et Simba s'amusaient par terre tandis que Jimmy remplissait une bouilloire. Il ouvrit un placard, en sortit deux tasses de couleur crème, et dans un autre, attrapa deux sachets de thé. Puis il se retourna, s'appuya contre le comptoir et sourit à Mandy. Il grimaça en la voyant balayer la pièce des yeux.

– Désolé pour le manque de décoration intérieure.

Mandy, qui avait tiré une chaise de cuisine et s'était assise, haussa les épaules.

– Mes compétences en matière de déco sont assez comparables, avoua-t-elle. J'espère que James saura me guider dans la bonne direction.

Jimmy éclata de rire.

– Peut-être que je devrais moi aussi demander conseil à James.

Il se retourna, laissant la bouilloire cliquer, puis versa de l'eau frémissante dans les tasses.

– Du lait ? demanda-t-il en ouvrant le réfrigérateur.

– Oui, volontiers.

– Viens par ici, lui lança-t-il en s'emparant des tasses.

Jimmy repartit vers l'entrée, attendit que Mandy et Sky le rattrapent avant de se tourner vers le salon. Les murs étaient couverts d'un papier peint ingrain bleu clair et une cheminée en briques à l'ancienne trônait contre le mur du fond.

– Il faut que je fasse du feu.

Mandy remarqua qu'il y avait déjà du papier et du bois dans l'âtre. Il gratta une allumette et enflamma le papier et, lorsque le feu prit, il empoigna quelques morceaux de charbon dans un seau tout proche, et les posa sur le petit bois.

– Je crains qu'il ne faille un certain temps pour réchauffer la pièce, dit-il.

Mandy enjamba un tapis usé et s'affala dans le canapé. Une légère odeur de chien l'accueillit.

– C'est très sympa.

Elle lut le soulagement dans ses yeux verts.

– Il faut juste que je me lave..., expliqua-t-il en remuant ses doigts noirs de suie. Je reviens tout de suite.

Mandy s'installa confortablement et étudia la pièce, une main posée sur la tête de Sky. Le seul élément décoratif semblait bien être un pot en étain rempli de stylos au-dessus de la cheminée. Dans le coin, près du feu, une petite télévision trônait sur un guéridon en pin. À l'autre bout, deux paniers, même si pour le moment, Zoe et Simba étaient allongées de tout leur long sur le tapis devant le feu.

– Aimerais-tu un gâteau ? demanda Jimmy en apparaissant dans l'encadrement, une boîte en fer dans les mains.

Il retira le couvercle et la tendit à Mandy : à l'intérieur, un assortiment de petits cupcakes, de toutes les tailles et de toutes les formes, copieusement décorés. Certains étaient verts, d'autres roses, surmontés de milliers de confettis de sucre multicolores.

– Les jumeaux étaient avec moi ce week-end, expliqua-t-il, on les a faits ensemble.

Mandy s'efforça de ne pas sourire en imaginant Jimmy décorer des cupcakes avec Abi et Max, âgés de huit ans. Elle choisit un gâteau rose.

– Merci.

Heureusement, il était bien meilleur que son aspect laissait espérer, admit-elle en le goûtant.

– C'est très bon.

– Oui, hein ? confirma Jimmy, l'air satisfait, en s'asseyant près d'elle.

– Combien de temps vous avez mis pour faire tout ça ? La dernière fois que j'ai fait un gâteau, ça m'a pris tout l'après-midi. Et malgré ça, c'était à peine mangeable. Après toutes ces années à regarder mamie cuisiner, on pourrait penser que je suis devenue experte, et bien pas du tout, ajouta-t-elle avant de reprendre une bouchée.

Jimmy se pencha pour attraper un des petits gâteaux, et le posa bien à plat dans sa main, comme s'il montrait une œuvre d'art.

– Sublime, n'est-ce pas ? sourit-il. On y a passé tout l'après-midi, mais au moins, ils sont bons !

Une tornade noire et blanche s'abattit et soudain, la main de Jimmy était vide. Il parut tellement consterné que c'en était comique, et Mandy ne put s'empêcher d'éclater de rire.

– Il semble bien que Sky soit d'accord avec toi.

Jimmy se tourna vers la chienne, assise près de la cheminée, toute miette engloutie. Elle avait l'air assez contente d'elle, pensa Mandy.

– Bon, je suppose qu'elle n'est pas encore parfaitement dressée côté nourriture.

Jimmy étudiait Sky, la tête penchée sur le côté.

– Elle était tellement maigrichonne quand tu l'as récupérée, elle ne laisse probablement passer aucune occasion de manger, dit-il tout en se resservant dans la boîte. Mais le petit moule en papier ne va pas lui donner mal au ventre ?

Mandy observa Sky s'approcher de Zoe, étendue aussi près que possible du feu. Son colley adoré semblait se sentir beaucoup plus à l'aise alors qu'elle se recroquevillait à côté des autres chiens. Elle aussi, songea-t-elle. Elle se sentait bien, assise avec lui devant ce feu douillet.

– Ça devrait aller. Ce n'est pas la première fois qu'elle mange quelque chose qu'elle devrait éviter.

– Au moins, elle est entre de bonnes mains si un problème survient.

Jimmy lui tendit à nouveau la boîte à gâteaux. Mandy, affamée par ses efforts sur le parcours d'accrobranches, en choisit un vert et mordit dedans.

– Tu as eu du monde au centre déjà ?

Elle avait été si occupée qu'elle n'avait pas eu beaucoup de temps pour réfléchir à la nouvelle entreprise de Jimmy.

– Je n'ai pas à me plaindre, surtout pour un mois de novembre.

Mandy prit sa tasse sur la table basse rayée, et avala une gorgée de thé. Même si les cupcakes étaient adorables, ils restaient très sucrés.

– Un grand groupe débarque de Leeds la semaine prochaine, poursuivit-il. Et toi ? Je suppose que tu n'as pas le temps de te poser, entre Vert-Cottage et les patients de la clinique.

– On peut dire ça, acquiesça Mandy. Papa et maman parlent d'embaucher un nouveau vétérinaire, mais ils ne sont pas encore sûrs. J'imagine qu'ils veulent attendre de voir comment ça se passe au printemps, à nous trois, et décider après.

– Il y a plus ou moins de travail selon les saisons ?

– Eh bien, il y a pas mal de travail sur les fermes en automne-hiver, et encore plus au printemps. L'été est la période la plus calme, ce qui m'a bien aidée pour monter Vert-Cottage… Je suis désolée, il va falloir que j'y aille, soupira-t-elle en jetant un coup d'œil à sa montre. J'ai vraiment passé un bon moment, en tout cas.

C'était la stricte vérité, pensa-t-elle, malgré le léger malaise entre eux un peu plus tôt. Jimmy était si gentil et drôle, elle avait adoré ces quelques heures loin du stress de la clinique et du refuge.

Mandy vida son thé et s'avança sur le bord du canapé. Il avait été si compréhensif tout à l'heure quand elle avait demandé s'ils pouvaient y aller en douceur. Elle devrait certainement proposer une sortie appropriée, mais aucune idée ne lui vint. Heureusement, Jimmy fut plus rapide :

– Est-ce que tu accepterais de dîner avec moi vendredi ? Pas ici, mais peut-être au *Fox and Goose* ?

Mandy lui sourit. Le pub était un endroit familier, où elle était à l'aise – elle s'y sentait comme à la maison.

– Ce serait parfait.

Ils se dirigèrent vers l'entrée, et Jimmy décrocha son manteau. Un peu gauche, elle enfila les mains dans les manches.

– Merci, pour le thé. Et cet après-midi génial.

À l'instant où elle se tourna vers lui, Jimmy ouvrit les bras, et après une fraction de seconde d'hésitation, elle se glissa contre lui. L'intensité de leur première embrassade avait disparu, mais Mandy avait toujours la même impression de flotter quand il desserra son étreinte. Ses yeux verts fouillèrent son visage, et il parut satisfait de ce qu'il y lut, car il sourit de nouveau.

– Tout va bien ?

– Très bien, répondit-elle.

Elle appela Sky, qui la rejoignit au portail, et jeta un dernier regard par-dessus son épaule. Jimmy se tenait sur le seuil du cottage, et elle lui adressa un signe de la main, avant de refermer derrière elle.

Sky leva la tête vers sa maîtresse, les yeux remplis d'espoir.

– Allez, ma grande, il est temps de rentrer à la maison.

Chapitre 7

Mandy prit une grande inspiration avant de se pencher pour détacher la laisse du collier de Flamme. Même si le portail avait été rehaussé, elle était toujours nerveuse au moment de libérer la chienne.

En voyant le lurcher doré galoper à travers l'enclos, elle se retint de l'appeler au pied. Il était essentiel que tous les chiens du refuge apprennent à se passer d'une laisse : les jambes humaines ne leur offraient pas assez d'activité physique. Mandy enfonça ses mains dans les poches, et observa Flamme renifler une piste. La truffe à ras du sol, l'animal aux longues pattes se précipita vers la haie qui séparait le terrain privé de la route.

Mandy eut le souffle coupé. Là où poussaient auparavant des buissons touffus, il n'y avait plus qu'un léger voile de verdure, à un tiers environ de la hauteur de la haie. Est-ce que ça pourrait être un trou ? Elle courut aussi vite que possible tandis que Flamme s'apprêtait à bondir à travers le feuillage, son corps tout entier remuant d'excitation. Mandy plongea en avant comme dans un match de rugby et sentit ses doigts se refermer autour du collier de la chienne. Ses genoux s'écrasèrent contre le sol et elle resta là quelques instants, à bout de souffle.

Une fois remise, elle entreprit de dépêtrer Flamme des branches. La chienne recula, renifla et secoua la tête pour faire tomber quelques feuilles de ses oreilles. Elle tirait encore sur son collier pour suivre l'odeur qu'elle avait repérée, mais Mandy la retint fermement, tout en rattachant sa laisse. Elle jeta un coup d'œil dans la haie – elle aurait juré que ce trou n'était pas là hier. Une fois Flamme en sécurité à l'intérieur, il faudrait qu'elle revienne inspecter ça de plus près.

Flamme semblait abattue lorsque Mandy referma la porte du chenil derrière elle. La chienne tourna sur elle à plusieurs reprises, puis se laissa tomber sur sa couverture en soupirant, comme si elle trouvait la vie très injuste.

– Mieux vaut être enfermée ici que d'errer dans les rues de Welford, lui expliqua Mandy en glissant une friandise entre les barreaux.

Elle ressortit, traversa l'enclos et s'accroupit pour voir ce trou plus en détail. Il n'était guère plus grand qu'un pot de fleurs, mais à travers, Mandy voyait parfaitement le chemin de terre de l'autre côté. En un sens, elle avait de la chance que ce soit Flamme qui ait essayé de déguerpir. Un des plus petits chiens aurait facilement pu passer et s'enfuir.

Mandy fronça les sourcils : cette ouverture était vraiment bizarre. Si un animal avait voulu creuser un passage dans la haie, le trou se serait trouvé au niveau du sol, et la terre serait grattée. Mais là, le trou était plus haut, bien trop haut pour qu'un lapin ou même un blaireau en soit responsable. Certaines des branches semblaient même repoussées exprès, coincées par d'autres tiges pour créer un espace bien net.

Est-ce que quelqu'un avait réellement essayé de faire un trou dans la haie de Mandy ?

Elle tenta de se ressaisir – est-ce qu'elle n'était pas juste un peu paranoïaque suite à sa conversation avec la brigadière Armstrong ? Même si certains voisins n'appréciaient pas les aboiements, était-ce suffisant pour qu'ils veuillent aider les chiens à s'échapper ? Mandy eut la nausée en imaginant qu'une personne serait capable de risquer la vie de l'un de ses protégés. Du bout des doigts, elle démêla les branchages et remit les tiges en place, s'efforçant de reboucher le trou. En attendant que la haie repousse, elle devrait couvrir le trou. Pour le moment, elle se contenta de glisser une palette à cet endroit, elle trouverait bien une solution permanente plus tard. Tandis qu'elle mettait la planche en position, son portable sonna dans sa poche.

– Bonjour, Mandy, c'est Seb Conway.

– Seb ! répondit Mandy, toujours ravie d'entendre sa voix, malgré les soucis de la matinée. Qu'est-ce que je peux faire pour toi ?

À l'autre bout de la ligne, elle sentit l'officier de protection des animaux sourire.

– Tu peux me rejoindre à Walton ? J'ai un cas un peu particulier pour toi…

Une demi-heure plus tard, Mandy tourna sur une des rues, au fin fond du vieux Walton. Certes, cette histoire de trou dans la haie la préoccupait, mais elle était curieuse de voir ce que Seb avait à lui montrer. Il avait reçu un appel concernant deux ânes enfermés dans un jardin, à l'arrière d'une maison, et Mandy n'espérait qu'une chose : que le tuyau se révèle faux. Elle se trouvait dans un lotissement de maisons individuelles, les jardins étaient spacieux, mais les ânes avaient besoin d'au moins deux mille mètres carrés de terrain pour paître correctement. Le quartier semblait si impeccable qu'elle n'imaginait même pas qu'un âne puisse s'y faire un nid douillet. Est-ce que Seb se trompait ?

Elle était presque arrivée à l'adresse qu'il lui avait donnée. À la sortie du dernier virage, elle repéra sa camionnette blanche et bleue officielle stationnée devant une maison imposante au jardin bien entretenu. Un arbrisseau trônait au centre de la pelouse fraîchement taillée. Elle se gara et vit la porte du véhicule de l'agence de protection s'ouvrir, et Seb en descendre, élégant dans sa veste imperméable noire, avant de fermer la portière.

– Bonjour ! lui lança-t-il tandis que Mandy sortait de sa voiture.

– Salut, Seb.

Même si c'était loin d'être sa première visite de contrôle, Mandy sentait toujours la même poussée d'adrénaline. La plupart des propriétaires étaient agacés ou effrayés par l'arrivée d'un officier de protection des animaux, et la situation pouvait vite se crisper – sans même parler des problèmes éventuels avec un animal. Côte à côte, Mandy et Seb remontèrent l'allée pour venir frapper à la porte vernie de blanc.

La sonnette tinta à l'intérieur, provoquant des bruits de pattes agités et des aboiements affolés. Une femme en pull rouge et pantalon noir ajusté leur ouvrit. En plus du tout-petit sur sa hanche, deux enfants un peu plus âgés lui tournaient autour. Le chien aboyeur était un staffie bringé, à moitié dissimulé derrière les jambes de sa maîtresse.

– Je peux vous aider ? Il y a un souci ?

Mandy éprouva un élan de compassion pour cette mère : elle semblait épuisée, et en apercevant Seb dans sa tenue officielle, elle prit peur.

Seb lui sourit.

– Bonjour, vous êtes Mme Powell ? Je m'appelle Sebastian Conway, et je travaille à l'agence locale de protection des animaux. On nous a appelés à propos de deux ânes qui vivraient dans votre jardin. Pourrions-nous jeter un coup d'œil, s'il vous plaît ?

La femme fronça les sourcils tout en ouvrant grand la porte.

– Je vous en prie, allez donc les voir.

Devant sa réaction, Mandy ne put s'empêcher de se demander si la femme n'avait pas déjà assez de choses à gérer sans avoir besoin d'ajouter des ânes à tout ça. Alors qu'ils traversaient la maison, Mandy regarda autour d'elle. Des jouets par terre, mais le tapis semblait neuf et propre. Un véritable sapin de Noël dans un coin, entouré de boîtes de guirlandes et de décorations. Le staffie remuait et aboyait beaucoup autour de sa maîtresse, mais avait l'air en forme et en bonne santé.

À sa grande surprise, une des enfants courut vers elle et attrapa sa main. Elle avait un large ruban vert dans les cheveux et un joli visage.

– Est-ce que vous êtes venus pour voir Robin et Holly ?

Mandy baissa les yeux, elle avait l'impression d'être une géante.

– Ce sont les ânes ?

– Oui. Je m'appelle Mia.

– Eh bien, Mia, tu as raison, nous sommes venus voir comment ils vont.

Le grand frère de Mia s'approcha et prit l'autre main de Mandy. Ce garçonnet aux cheveux et aux yeux bruns paraissait méfiant.

– Comment tu t'appelles ? demanda Mandy, à la fois ravie et décontenancée face à ces enfants si accueillants.

– Je m'appelle Stephen, répondit-il en la fixant. Allez, viens, on va te les montrer.

Mandy se laissa entraîner vers la porte de derrière, un enfant pendu à chaque main. Elle jeta un coup d'œil pardessus son épaule et s'aperçut que Seb les suivait, s'efforçant de ne pas rire.

Une fois la porte donnant sur le jardin ouverte, Mme Powell sembla encore plus surmenée. Pas étonnant, se dit Mandy en observant alentour. Là où de jolis petits parterres de fleurs avaient été plantés, il y avait des millions de minuscules empreintes de sabots. La pelouse était retournée, la terre boueuse de novembre suintant entre les mottes broutées. Pire, une haie de troènes le long de la clôture au fond du jardin. Même si rien n'indiquait qu'elle ait été grignotée, c'était complètement inapproprié pour des animaux en enclos.

Heureusement, la saison des baies était passée, mais la plante elle-même était toxique pour les ânes. Les massifs de bruyère n'avaient pas eu cette chance. Aucun signe d'animaux, mais Mandy remarqua un cabanon dans un coin. Est-ce que les ânes étaient là-dedans ?

Mme Powell suivit le regard de Mandy.

– Les enfants les adorent, expliqua-t-elle, la voix creuse et résignée, mais je n'aurais jamais imaginé que c'était autant de souci.

D'un côté, c'était un soulagement qu'elle soit prête à admettre qu'il y avait bien des ânes dans son jardin ; Mandy était sans cesse étonnée par ce que les gens essayaient de cacher à Seb. Ils avaient déjà trouvé un bullmastiff enfermé dans un placard de salle de bains, le propriétaire jurant aux grands dieux qu'il n'avait jamais eu de chien chez lui. Mais c'était tellement frustrant de voir ce que ces ânes avaient fait à ce jardin bourgeois bien soigné, sans que les propriétaires se rendent compte qu'ils avaient besoin d'un environnement complètement différent pour vivre.

Mandy retint les larmes qui menaçaient de jaillir. Pourquoi les gens ne se renseignaient-ils pas avant d'acheter des animaux ? Ou ne faisaient simplement pas preuve de bon sens ?

– Je crains que le jardin ne convienne pas pour des ânes, dit-elle, une fois apaisée.

Mme Powell secoua la tête.

– Ce sont des ânes miniatures, l'éleveur nous a assuré qu'ils ne deviendraient pas plus hauts qu'un gros chien. Il nous a dit que tout irait bien.

Mandy plissa les yeux. Même des ânes miniatures auraient besoin de plus d'espace que ça. Mia lâcha sa main.

– Ils sont dedans, annonça-t-elle, en avançant vers l'abri, un sourire fier aux lèvres.

La petite fille souleva le verrou et recula pour laisser la porte s'ouvrir.

Deux silhouettes grises duveteuses sortirent en trombe, tapant leurs sabots et agitant la tête.

Malgré leurs visages adorables et les grands yeux noirs, Mandy sentit l'inquiétude poindre. Même s'ils n'étaient pas tellement plus gros qu'un labrador, ils lui paraissaient minces, leur musculature encore immature, leurs pattes excessivement longues.

– Quel âge ont-ils exactement ?

– L'éleveur nous a assuré qu'ils avaient deux ans, répondit Mme Powell.

Mandy étudia les petits équidés. Ils galopaient en cercle, dérapaient pour s'arrêter, laissant des traces de sabots dans l'herbe, puis reprenant leur trot, ravis d'être à l'air libre. Mandy n'avait pas croisé beaucoup d'ânes miniatures, mais son instinct lui criait que ces deux-là n'avaient pas du tout deux ans.

– Il faut que je vérifie leurs dents.

Tant qu'elle n'était pas sûre d'elle, elle ne dirait rien.

– Est-ce que vous pouvez les attraper pour nous ? demanda Seb à Mme Powell, dubitatif.

La propriétaire se montra en fait très efficace, à la grande surprise de Mandy. Elle entra dans le cabanon et secoua de la nourriture dans un seau en métal. En entendant le bruit, les animaux agités passèrent à toute vitesse devant eux et se précipitèrent dans leur maisonnette. Mandy et Seb se glissèrent aussi à l'intérieur, et fermèrent derrière eux. Certes, l'abri était propre, mais bien trop petit pour accueillir des ânes.

Deux licols étaient suspendus au mur, un rose et un bleu. Dans cet espace exigu, Seb et elle parvinrent à coincer l'un, puis l'autre. De toute évidence, ils n'aimaient pas porter de harnais, et n'avaient pas l'habitude d'être tenus en longe. Comme il n'y avait pas assez de lumière ici pour qu'elle puisse les examiner correctement, Mandy ouvrit la porte et fit ressortir les animaux récalcitrants, sans jamais lâcher la corde. En tout état de cause, ils avaient l'air en bonne santé. Leur fourrure était douce, surtout derrière leurs oreilles scandaleusement longues. Holly surtout adorait les caresses. Mandy ne fut pas étonnée, en soulevant la queue de Robin, de constater qu'il n'était pas castré. S'ils étaient aussi jeunes qu'elle le pensait, c'était préférable pour lui de ne pas avoir encore été opéré, mais ça risquait de rendre son éducation difficile au fil du temps.

Il ne restait qu'une étape : s'assurer de leur âge. Les soupçons de Mandy se vérifièrent quand elle parvint finalement à ouvrir la bouche d'Holly, et découvrit que la petite ânesse avait toujours ses dents de lait. L'incisive latérale n'avait même pas encore percé. Un rapide examen de la bouche de Robin montra la même chose.

– Ce ne sont pas des ânes miniatures, annonça-t-elle en se redressant. Ce sont juste des ânons.

Même pas en âge d'être sevrés, enragea-t-elle face à l'ignorance de Mme Powell et la tromperie délibérée de l'éleveur.

Celui qui leur avait vendu les animaux était au moins aussi responsable de cette situation – ce n'était pas un environnement approprié pour deux bébés ânes !

– Je suis désolé, un espace si petit ne convient pas à l'élevage de bétail, dit Seb à Mme Powell qui portait toujours son bébé.

– Mais ce ne sont pas des ânons, contesta-t-elle, ce sont des ânes miniatures.

– Non, ce ne sont pas des miniatures, insista Mandy. Ils sont juste très jeunes. Dans dix-huit mois, ce seront des ânes adultes.

– Eh bien, ce n'est pas de notre faute, répliqua Mme Powell, le visage fermé, les lèvres pincées. C'est l'éleveur qui nous a menti !

Mandy jeta un œil à Seb, qui laissa échapper un soupir avant de reprendre :

– On se moque un peu de savoir qui est coupable, dit-il, et Mandy fut impressionnée par sa patience. Ils ont tout simplement besoin d'un vrai pré.

– Et d'un abri, intervint Mandy. Le cabanon du jardin n'est déjà pas assez grand pour eux maintenant… et ils ont probablement encore besoin de lait. Les avez-vous vermifugés ? Et ils ont des couvertures ? Les robes des ânes ne sont pas imperméables, et il faut donc qu'ils portent des couvertures de protection quand il pleut.

Elle se tut – Mme Powell commençait à paniquer.

– Mais, nous n'avons pas les moyens d'acheter des trucs sophistiqués comme ça, protesta-t-elle.

Mandy se demanda combien ils avaient payé pour les deux ânons. Très certainement beaucoup d'argent.

Derrière eux, une porte claqua. Mandy se tourna et vit un homme en veste noire et jean de marque avancer vers eux à grandes enjambées dans l'herbe broutée. Il se dirigea droit vers Seb, s'arrêtant si près de lui que leurs nez se touchaient presque.

– Qu'est-ce que c'est que ça ? s'écria-t-il, ses yeux passant de Seb à Mandy et aux enfants. Qu'est-ce que vous faites avec mes ânes ?!

Mandy remarqua que les enfants ne faisaient plus un bruit et fixaient l'homme avec des yeux inquiets.

Seb recula lentement, mais garda un visage neutre.

– On nous a signalé la présence d'ânes dans un jardin privé, expliqua-t-il. Je suis Seb Conway, agent de protection des animaux, et voici Amanda Hope, chirurgienne-vétérinaire. Je comprends bien que vous avez acheté ces ânes avec les meilleures intentions du monde, mais je suis navré : le jardin n'est pas un espace de vie adapté pour eux.

Mandy était épatée par le calme apparent de Seb. M. Powell parut gonfler dans ses vêtements et sa nuque vira au rouge. Mandy se figea, se demandant si elle devrait dire quelque chose, mais quoi ?

– Ce sont mes ânes et ils vont très bien ! hurla M. Powel.

Holly, la petite ânesse, recula. Mandy lui donna du mou, sans lâcher la longe. Robin, à côté de Seb, tira aussi sur sa corde.

– Vous pensez que vous pouvez venir comme ça chez moi et me filer des ordres, c'est ça ? reprit M. Powel en grognant et en poussant Seb du bout du doigt. Sacré duo de Samaritains. Vous les gens de la campagne, vous êtes bien tous les mêmes !

Robin balança brusquement la tête en arrière avant de s'éloigner sur le côté. Mandy eut à peine le temps de bondir hors de son chemin, puis elle essaya de piétiner la corde qui traînait derrière lui. Elle rata son coup et ne réussit qu'à s'éclabousser de boue. Robin courut à travers la pelouse, laissant un tas de mottes de terre fraîches dans son sillage.

Mandy serra les poings, ses ongles s'enfonçant dans la paume des mains. Elle se rappela que les Powell n'avaient pas fait de mal volontairement aux ânes, et qu'ils les avaient achetés en toute bonne foi pour qu'ils deviennent de petits animaux de compagnie. *Mais on ne peut garder aucune sorte d'âne dans un jardin !* Mandy sentit la colère monter. Elle fut à nouveau impressionnée par Seb, qui s'éloigna simplement de M. Powell et se tourna vers elle.

– Tu veux bien me donner un coup de main pour l'attraper ?

Mandy tendit la corde de Holly à Mme Powell, affolée.

– Tenez ça fermement. Ne l'enroulez pas autour de votre main. Vous risqueriez de vous blesser.

Elle n'eut aucun mal à récupérer la corde qui traînait derrière Robin, et l'ânon avec. Mia et Stephen étaient au bord des larmes, comme s'ils venaient juste de comprendre que leurs ânes avaient des ennuis. Quand Seb mit la main sur Robin, Mandy se retourna vers Mme Powell et reprit la longe de Holly.

M. Powell secoua la tête.

– Je veux que vous partiez maintenant, ordonna-t-il en désignant un portillon au fond du jardin. J'en ai assez que vous vous mêliez de nos affaires.

Puis, comme Seb et Mandy ne réagissaient pas assez vite à son goût, il reprit, avançant vers eux, les yeux fous, au bord de l'explosion :

– Vous m'entendez ? hurla-t-il à Mandy, immobile à quelques centimètres de lui, fermement arrimée à la corde de Holly, presque en apnée. Qu'est-ce que vous faites encore là !

Du coin de l'œil, Mandy vit une tête apparaître au-dessus de la haie, puis une autre. Super, des spectateurs.

Seb sortit son portable et composa un numéro.

Très lentement, les paumes ouvertes devant elle, la longe toujours en main, Mandy recula de quelques pas, mettant un peu de distance entre l'homme furieux et elle. Il fallait qu'elle discute avec Seb de la suite des opérations. Les ânes n'étaient pas en sécurité ici, l'espace était bien trop restreint, et la haie toxique, pour autant Mandy ne voulait pas provoquer davantage M. Powell.

Cinq têtes curieuses observaient désormais la scène pardessus la clôture, témoins du sauvetage des ânes. La situation devenait ridicule. Mandy s'approcha au plus près de Seb et lui glissa :

– On devrait peut-être partir, non ?

– Tu as sûrement raison, répondit Seb à voix basse. On devrait les remettre dans le cabanon. Laisse-leur les licols, donnons un peu de temps à M. Powell pour se calmer.

Mais à peine Mandy avait-elle tiré sur la corde pour guider Holly, que le silence fut déchiré par le bruit des sirènes dans la rue.

Chapitre 8

Mandy se figea. Elle glissa un regard oblique à Seb, qui zieutait M. Powell avec un air affolé.

– J'ai bien précisé que ce n'était pas une urgence, déclara-t-il, d'une voix forte.

M. Powell faisait les cent pas dans le jardin, jurant dans sa barbe. Mia et Stephen s'étaient réfugiés derrière les jambes de leur mère.

– Tu devrais peut-être te calmer, Jason.

Mandy se tourna vers Mme Powell, surprise. Si ces mots n'avaient visiblement aucun effet sur son mari, Mandy était déjà stupéfaite que la femme ait osé dire quoi que ce soit.

Un bel homme à la peau ébène apparut par-dessus le portail. Mandy, tout près, tira doucement sur la longe de Holly et s'approcha pour ouvrir le verrou. Deux policiers entrèrent dans le jardin, leur képi sous le bras.

– Je suis le sergent Dan Jones, et voici la brigadière Ellen Armstrong.

Mandy ne savait pas si elle devait se réjouir ou s'inquiéter de la présence de la brigadière. D'un côté, c'était réconfortant de voir un visage connu, mais d'un autre, une fois encore Mandy et ses animaux se trouvaient au centre d'un problème exigeant l'intervention de la police. Elle observa l'officier qui accompagnait Ellen, persuadée de l'avoir vu lui aussi à Lamb's Wood, sans pour autant avoir eu l'occasion de lui parler. Malgré le sérieux de la situation, Mandy ne pouvait freiner sa curiosité envers celui qui, elle le savait, était désormais marié à l'ex-femme de Jimmy. Il avait l'air courageux, songea-t-elle, et intelligent.

Il ne fallut pas longtemps à M. Powell pour réagir. Il traversa le jardin à leur rencontre, le cou tendu comme un coq prêt au combat.

– De mieux en mieux ! grogna-t-il, en offrant ses poignets. Allez-y, arrêtez-moi, c'est pas pour ça que vous êtes là ?

– Ça ne sera pas nécessaire, répondit le sergent Jones calmement. Nous sommes uniquement ici pour nous assurer que M. Conway puisse faire son travail.

Les deux hommes se tournèrent vers Seb, qui donnait un spectacle un peu incongru, à côté de cet âne qui lui arrivait au genou. Seb regarda Mandy, haussant les sourcils.

– Les ânons ne peuvent pas rester ici, éclaircit-elle. Le jardin n'est pas assez grand et il y a des plantes toxiques.

– Balivernes ! s'indigna M. Powell. Vous ne savez pas de quoi vous parlez. Ce ne sont même pas des ânons, mais des ânes miniatures.

Mme Powell, en revanche, se redressa, comme si elle était soulagée de la décision de Mandy. Baissant les yeux vers Mia et Stephen, qui se tenaient aussi près d'elle que possible, elle leur expliqua :

– Je sais que vous aimez Robin et Holly, mais cette dame, dit-elle en montrant Mandy du doigt, est vétérinaire, et elle pense qu'ils n'ont pas assez d'espace ici. Et qu'ils ne sont pas aussi âgés qu'on le pensait. Ils vont encore grandir et ne rentreront même plus dans le jardin.

Mia fit une moue triste, et Stephen était au bord des larmes. Mandy s'accroupit au bout de la longe de Mia, pour parler aux petits les yeux dans les yeux.

– Je ne vais pas les emmener bien loin, promit-elle. Et vous pourrez venir leur rendre visite tant qu'ils habitent avec moi, si vous voulez.

Stephen cligna des yeux, et Mia hocha courageusement la tête. Mais leur père, lui, n'en avait pas fini.

– Comment osez-vous vous adresser à mes enfants ! Ces ânes étaient leur cadeau de Noël et vous leur volez avant même que Noël n'arrive. Vous avez gâché nos fêtes de fin d'année. C'est votre faute, sale peau de vache trop curieuse !

D'abord, la bouche de Mia s'ouvrit et elle poussa un grand cri, puis Stephen grimaça et se mit à sangloter bruyamment. Le tout-petit dans les bras de Mme Powell se joignit à lui. Mandy plongea la main dans sa poche et en sortit son portable.

– Pourriez-vous tenir Holly quelques instants, Ellen ? murmura-t-elle à la brigadière, qui fit un pas vers l'animal et saisit sa longe.

Mandy composa le numéro de la clinique en s'éloignant autant que possible, le téléphone contre une oreille et une main plaquée sur l'autre pour atténuer le volume des hurlements des enfants et des ronchonnements de leur père.

Heureusement, Adam répondit :

– Salut, papa, lança Mandy, en articulant bien pour être sûre de se faire comprendre. J'ai besoin que tu m'apportes la remorque à Walton, si possible. Je dois ramener deux ânes.

Elle avait acheté pour un très bon prix une remorque d'occasion à Brandon Gill et elle s'en félicitait. Sans quoi, ils auraient passé la soirée à trouver un moyen de transport adéquat.

– Est-ce que tout va bien ? demanda son père, après avoir noté l'adresse et l'avoir répété à sa fille par précaution.

– Oui, oui, le rassura-t-elle. Ça a fait des histoires ici, voilà tout.

Après trente longues minutes, elle fut soulagée de voir son père arriver. M. Powell s'était finalement lassé des insultes, mais répétait désormais aux enfants, aux voisins et à qui voulait l'entendre que personne n'avait le droit de lui retirer ses ânes de Noël. Que tout ça, c'était du vol. Mme Powell n'essayait même plus de discuter avec son mari, elle avait juste l'air démoralisée, pensa Mandy.

Avec l'aide de son père et de Seb, Mandy hissa Holly, puis Robin sur la rampe et jusque dans la remorque. Elle était ravie que les deux ânons ne soient pas plus gros. Adam et elle avaient presque dû soulever Robin pour le poser sur la planche, entrelaçant leurs mains derrière lui et le poussant, tandis que Seb le tirait vers l'avant. Une fois les ânes en sécurité dans la remorque, Adam s'installa au volant du Discovery.

Seb se tourna encore une fois vers M. Powell.

– Je sais que vous n'êtes pas d'accord sur ce point, mais nous ne volons pas vos ânes, expliqua-t-il, haussant le ton pour couvrir les protestations de l'homme. Nous les emmenons dans un endroit approprié jusqu'à ce que vous puissiez leur trouver un lieu pour vivre. Ils ont au minimum besoin d'un pré clôturé et d'un abri étanche.

– Et si on ne trouve pas d'endroit où les mettre ? s'enquit Mme Powell, contre toute attente enthousiaste à l'idée que les animaux ne reviennent pas. Est-ce que vous les garderez ?

Mandy épia son mari, qui virait de nouveau au cramoisi.

– Ne pensons pas à ça pour le moment. Je peux les garder quatre semaines, ce qui vous laisse bien assez de temps pour trouver un pré.

– Pouvons-nous aller à l'intérieur ? demanda Seb à Mme Powell. J'ai quelques papiers à vous faire remplir.

Mme Powell se dirigea vers la porte, ses enfants dans son sillage. Le sergent Jones et la brigadière Armstrong restèrent auprès de M. Powell, le temps que Mandy monte dans sa voiture. Alors qu'elle s'éloignait, suivant la voiture de son père et la remorque, elle jeta un coup d'œil dans le rétroviseur, et vit M. Powell la fixer, furieux. Elle vida entièrement ses poumons, le souffle chevrotant. Ses études ne l'avaient pas préparée à gérer un conflit autour d'ânons !

Elle fut soulagée de rentrer à Vert-Cottage. Heureusement, pour l'instant, les deux équidés étaient les seuls gros animaux du refuge, et il y avait donc assez de place pour eux.

Adam recula la remorque dans l'enclos, et quand Mandy sortit de son véhicule, elle vit son père et Helen Steer, de retour de congé, abaisser la rampe.

– Oh, comme ils sont mignons ! s'exclama Helen, tandis que les deux silhouettes grises débarquaient en trottant. Je vais t'aider à rapporter de la paille.

Robin balaya le pré des yeux, ses oreilles ridiculement longues dressées. Holly baissa la tête et renifla l'herbe. Au bout de quelques instants, les deux s'échappèrent dans l'enclos, fouillant chaque recoin.

Les deux femmes observèrent les ânes faire un tour complet du pré et du verger, puis entreprirent de recouvrir l'abri encore vide d'une épaisse couche de paille, et remplirent l'abreuvoir. À leur retour, les ânons étaient plantés devant la clôture en contrebas de la colline, comme s'ils rêvaient de plus grandes aventures.

– Laissons-leur un jour ou deux pour prendre leurs marques, dit Mandy, ensuite nous pourrons commencer le dressage.

Elle s'apprêtait à rentrer quand elle aperçut la palette qu'elle avait appuyée contre le feuillage un peu plus tôt.

– Tu peux me donner un coup de main ? demanda-t-elle à Helen. Il y avait un trou ce matin dans la haie. J'ai posé une planche, mais il faut que je trouve une meilleure idée.

– Un trou dans la haie ? répéta Helen en fronçant les sourcils. Comment ça a pu arriver ?

Ensemble, elles retirèrent le cache temporaire et s'accroupirent pour inspecter l'ouverture étrange.

– Je n'en ai aucune idée, avoua Mandy. Tu penses que c'est quelqu'un qui a fait ça ? Ça ne ressemble pas à un animal.

– Je vois ce que tu veux dire, répondit Helen, dubitative. Mais qui chercherait à faire un truc comme ça ? Est-ce que les gens du coin n'ont pas peur de tes chiens sauvages ?

Mandy voyait bien qu'Helen voulait faire une blague, mais elle avait du mal à prendre ça avec humour. C'était déjà assez grave que Flamme se soit mise en danger une fois, en fuguant dans le village. Si ça devait encore se produire, la réputation de Mandy s'effilocherait plus vite qu'un vieux pull.

– Je pense que tu ne devrais pas t'inquiéter, reprit Helen sur un ton plus sérieux, ayant compris que Mandy n'était pas d'humeur à rire. Personne ne serait assez méchant pour faire un truc pareil. C'est sûrement un accident. Peut-être une voiture ?

Il était peu probable qu'un accident quelconque se produise sur la piste sans qu'ils le découvrent, mais ce n'était pas impossible, songea Mandy. Peut-être que la personne avait perdu le contrôle et que sa voiture avait causé ces dégâts. Mais elle ne voyait pas comment une voiture aurait pu percuter la haie et faire un trou aussi net. Avec un haussement d'épaules, elle aida Helen à boucher le trou avec de petits morceaux de planche et à les attacher avec du fil de fer.

– Jimmy m'a invitée à dîner au *Fox and Goose* ce soir, confia Mandy en faisant tourner sa pince pour serrer deux bouts de fil de fer ensemble.

– Super !

Mandy sentit ses joues rosir sous le regard insistant d'Helen.

– On a décidé d'y aller doucement.

– Vraiment ? s'étonna Helen qui avait l'air de retenir un sourire. Je croyais que tu l'aimais bien.

– C'est le cas, admit Mandy. Mais il y a tellement de choses à gérer ici, (du bout de sa pince, elle désigna le refuge,) et avec l'achat du cottage et… bref, on est tous les deux pas mal pris.

Elle n'ajouta pas qu'elle estimait que Jimmy méritait quelqu'un de moins occupé, l'infirmière lui répondrait d'arrêter de dire des bêtises.

Impossible de se résoudre non plus à expliquer la culpabilité profonde qu'elle ressentait dès lors qu'elle ne faisait pas passer Vert-Cottage et James en premier. Son ami avait besoin d'elle, mais même lui répétait qu'elle devait vivre sa vie. Elle préféra se taire, laissant le silence s'installer.

Helen ne sembla pas s'en rendre compte. Elle se leva et tapota le bras de Mandy de sa main gantée.

– Je comprends que ça puisse être difficile, conclut-elle, avant de froncer les sourcils, d'un air sérieux. Tu as raison de prendre ton temps, mais… Ne te renferme pas trop. Je me rends bien compte que ce travail peut être très exigeant, mais il faut savoir profiter aussi. Jimmy semble être un bon gars.

Mandy resta silencieuse, ce qui encouragea Helen à poursuivre, un sourire aux lèvres :

– Souviens-toi quand il vous a aidés pour le sauvetage de Lamb's Wood. Et nous savons tous les deux qu'il est très beau ! J'ai bien failli passer à côté de Seb parce que je ne me sentais pas prête. Mais je n'ai aucun regret.

Mandy savait bien qu'Helen avait raison. Elle serait folle de repousser Jimmy et de risquer ainsi de le perdre. Être adulte, c'était tellement compliqué ! Puis elle pensa à James, effondré de chagrin pour Paul, son mari, et se rappela à quel point elle avait de la chance : aucun de ses proches n'était mort.

– Bon, d'accord, ô Femme sage, lâcha-t-elle avec un grand sourire tout en serrant le dernier fil de fer et en se redressant. Je ne vais pas me précipiter dans ses bras, mais je ne vais pas non plus m'enfuir dans l'autre direction. Ça te va ?

Helen se releva aussi, et se frotta le bas du dos.

– Ça sera parfait !

Chapitre 9

Quelques heures plus tard, devant son miroir, Mandy fronçait les sourcils. Comment faisaient les autres femmes pour avoir l'air si belles avec du maquillage ? Ça modifiait les traits de son visage et la mettait mal à l'aise. Elle attrapa un mouchoir pour absorber un peu de son rouge à lèvres, atténuant le contraste des couleurs, et s'étudia de nouveau. *C'est mieux*, se dit-elle. Elle se ressemblait bien plus comme ça.

Avec Simon, son précédent petit ami, les choses avaient été différentes : elle avait travaillé à ses côtés et appris à le connaître avant de sortir avec lui. Quand ils s'étaient mis en couple, Mandy se sentait déjà parfaitement détendue avec lui. Ça ne voulait évidemment pas dire qu'elle ne souhaitait pas faire d'efforts, à la fois pour lui et pour elle, mais elle savait déjà au fond d'elle que Simon l'aimait comme elle était. Elle avait l'impression de devoir faire un peu plus pour Jimmy, surtout pour ce dîner qui aurait lieu en intérieur. Mandy avait entendu dire que son ex-femme était esthéticienne : jamais elle ne pourrait se pomponner aussi bien qu'elle !

Avec un dernier coup d'œil à sa montre, elle se leva. Au moins, elle n'aurait pas à s'inquiéter du froid ou des brûlures de corde ce soir. Elle avait choisi un de ses pulls préférés, en cachemire écru, un jean noir moulant qui mettait en valeur ses longues jambes et une paire de bottes noires élégantes. Ce n'était pas comme si Jimmy et elle ne se connaissaient pas déjà, se rassura-t-elle. Ils s'étaient même déjà embrassés. Et il s'était montré adorable après coup, quand la situation aurait pu devenir gênante. Tout irait très bien si elle arrêtait de se prendre la tête.

Elle dévala l'escalier, Sky sur ses talons, s'efforçant d'ignorer les papillons dans son ventre. Aller au *Fox and Goose*, c'était comme rendre visite à un vieil ami, mais Mandy ne pouvait s'empêcher de se rappeler sa conversation avec la brigadière Armstrong. Est-ce que son nouveau refuge était vraiment au cœur des commérages des clients ?

Adam et Emily étaient assis à la table de la cuisine et finissaient leur repas. Ils levèrent tous deux les yeux vers elle quand elle entra dans la pièce.

– Tu es très jolie, lui dit sa mère en souriant.

Mandy l'imita.

– J'espère que ce jeune homme te ramènera à une heure raisonnable, la taquina son père.

– Je le préviendrai que tu surveilleras la porte, armé d'un rouleau à pâtisserie, plaisanta Mandy, avant de se pencher pour serrer Sky dans ses bras. Toi, tu restes ici.

La chienne regarda sa maîtresse et gémit doucement.

– Ne t'inquiète pas, Sky, dit Adam, nous aussi elle nous abandonne.

Emily dut sentir la nervosité de sa fille et intervint :

– File, et passe une bonne soirée, on s'occupe de Sky. Allez, viens ici, ma belle.

Sky jeta un dernier regard à sa maîtresse, puis se traîna jusqu'au pied d'Emily et se laissa tomber en soupirant.

– Merci, maman, lança Mandy en enfilant son manteau et en fourrant son portefeuille dans sa poche. À plus tard !

Jimmy l'attendait devant le *Fox and Goose*, en jean droit et pull à col roulé noir ajusté, sous une veste. C'était plus fort qu'elle : il l'impressionnait. *Ressaisis-toi*, s'ordonna-t-elle, en tentant d'ignorer le rouge qui lui montait aux joues.

Jimmy semblait vraiment content de la voir.

– Tu es magnifique, lui dit-il en souriant tendrement.

Il n'essaya pas de l'embrasser, mais tendit la main pour prendre l'une des siennes. Ses doigts étaient chauds.

– Viens, suis-moi, reprit-il en tenant la porte ouverte à Mandy.

Sur le seuil, elle prit un peu peur. Le pub était bondé, même pour un vendredi. Elle avait été ravie de venir aux *Fox and Goose*, s'attendant à ce que la familiarité du lieu la mette à l'aise. Elle avait imaginé un repas tranquille avec un Jimmy, dans un coin de la salle, mais c'était clairement impossible ce soir. Ils se frayèrent un chemin jusqu'au bar.

Bev Parsons leva les yeux de la bière pression qu'elle tirait.

– Jimmy ! cria-t-elle pour se faire entendre par-dessus le brouhaha. Et Mandy Hope ! Vous êtes venus assister à notre grande cérémonie ?

Mandy crut détecter dans la voix de la barmaid un soupçon de surprise, mais son sourire lui sembla sincère.

– Quelle cérémonie ? répondit Jimmy tout aussi fort.

– L'illumination des guirlandes de Noël ! On décore chaque année, mais cette fois, on s'est dit qu'on allait vraiment marquer le coup.

Et c'était complètement réussi, songea Mandy en balayant le bar des yeux – le pub était plein à craquer.

– En fait, on est venus pour dîner, admit Jimmy en se penchant par-dessus le comptoir. Une chance d'avoir une table ?

Pendant quelques secondes, Bev parut embêtée, puis son visage s'éclaira.

– On peut vous ouvrir la petite salle à l'arrière, brailla-t-elle. Ça sera un peu plus intime.

Elle leva un sourcil suggestif à Jimmy, puis croisa le regard de Mandy, qui sentit son ventre se serrer. Pire, Bev fit un clin d'œil à Mandy, qui réussit, non sans mal, à lui sourire en retour. Jusqu'alors, Jimmy et elle ne s'étaient vus qu'en extérieur, ou en privé. En septembre, ils étaient allés deux fois en randonnée ensemble, mais l'œillade entendue de Bev la mettait mal à l'aise.

Avant de partir à l'université, elle n'était jamais sortie avec personne du village. Elle aurait dû se souvenir à quel point les gens du coin étaient fascinés dès qu'un couple d'ici se « faisait la cour », comme mamie dirait. Elle espérait presque que Jimmy décline la proposition, et se retourna pour inspecter le pub. Il n'y avait évidemment aucune chance qu'une table se libère rapidement.

– Ce serait super, merci, répondit Jimmy.

La petite salle à l'arrière n'était utilisée que pour les événements privés – sans aucun doute, tous les clients du pub allaient remarquer la faveur qui leur était tout spécialement accordée. À reculons, Mandy suivit Bev à travers la salle principale, et jusqu'à une porte de l'autre côté.

Mandy avait l'impression de se balader avec un néon géant au-dessus de la tête, informant bien tout le monde de sa présence ici ce soir. En passant devant une table de quatre, Mandy reconnut Christopher et Lola Gill, qui habitaient Graystones Farm avec leur frère Brandon. Elle ne connaissait pas les deux autres convives, mais tous avaient les yeux rivés sur Jimmy et elle. Finalement, les époux Gill se rappelèrent les convenances et saluèrent Mandy de la tête, et elle les imita. Son regard croisa ensuite celui d'un des hommes assis seuls au comptoir – M. Farmer, le garagiste local. Il avait presque fait un demi-tour complet sur son tabouret pour les observer, sans même chercher à dissimuler sa curiosité. Et pour couronner le tout, le niveau sonore de la salle chuta à mesure qu'ils fendaient la foule. Mandy se demanda s'ils espéraient tous que Jimmy et elle leur fassent un petit spectacle.

Fort heureusement, Bev ne perdit pas de temps à déverrouiller la porte de la pièce privée. Une fois à l'intérieur, Mandy se sentit moins épiée au microscope. Elle choisit la table près de la fenêtre et s'installa. Jimmy s'assit face à elle, clairement amusé.

– Vous voulez boire quelque chose ? demanda Bev depuis le seuil, un grand sourire aux lèvres.

– Ça serait super, répondit Mandy. Je vais prendre un *long vodka*, s'il te plaît.

Elle hésita à en commander un double, vraiment perturbée par les réactions des gens à sa présence ici ce soir. Mandy était pourtant venue ici plein de fois, accompagnée de différents amis, et jamais personne n'y avait prêté attention. Est-ce que c'était parce qu'elle était avec Jimmy, songea-t-elle, ou parce qu'ils discutaient tous de Vert-Cottage dans son dos ? Elle sentit ses épaules se contracter, et se tourna vers Jimmy. Lui ne semblait pas le moins du monde dérangé par le trouble que leur arrivée avait causé.

Au moins Bev savait faire de bons *long vodkas*. Dans certains bars, elle devait parfois expliquer comment faire ce cocktail écossais.

– Et moi je vais prendre une pinte de John Smith's, merci, ajouta Jimmy tout en se relevant. Je vais juste accrocher ma veste, je peux te débarrasser ?

Mandy ôta son manteau et lui tendit. Alors qu'il quittait la pièce, Mandy lança un sourire à Bev, se demandant si elle attendait qu'ils passent commande. Mais après un coup d'œil rapide par-dessus son épaule gauche, la barmaid se tourna vers Mandy, les deux pouces en l'air.

– Un bien bel homme, chuchota-t-elle sur un ton complice.

Mandy sentit son visage s'empourprer.

– On est juste là pour dîner, balbutia-t-elle, avant de se taire, abasourdie.

Pour quelle autre raison seraient-ils ici ? Est-ce que Bev croyait qu'ils allaient se sauter dessus à la seconde où elle les laisserait seuls ?

– Je vais vous chercher des menus, lui dit Bev, et elle revint en même temps que Jimmy. Venez commander au bar quand vous aurez décidé ce que vous voulez, ajouta-t-elle, en leur tendant la feuille dactylographiée présentant les spécialités du jour.

Un autre sourire pétillant et elle disparut.

– Tu sais ce que tu aimerais ? demanda Jimmy en levant les yeux vers Mandy quelques instants plus tard.

– Tu veux dire, à part un trou dans le sol pour m'y planquer ?

Elle craignit que Jimmy trouve sa réaction idiote, mais il se contenta de hocher la tête et de la fixer de ses yeux verts, un peu chagriné, mais sérieux.

– Ah oui. Désormais, je sais ce que ressentent les célébrités, dit-il, la tête penchée. Tu préfères qu'on aille ailleurs ? Il est encore temps de changer d'avis.

Mandy grimaça tout en y réfléchissant.

Même si elle aimait beaucoup Welford, Leeds ou même York avaient l'avantage d'offrir un peu d'anonymat. Mais elle secoua la tête : partir maintenant attirerait encore plus l'attention sur eux.

– Je vais survivre. Au moins, ils ne nous ont pas suivis jusqu'ici ! s'exclama-t-elle en baissant les yeux sur le menu. Je crois que je vais prendre le Yorkshire pudding avec sauce à l'oignon, s'il te plaît.

– C'est noté, dit Jimmy en récupérant son menu et se levant de table. La célébrité est un fardeau que je dois porter : souhaite-moi bonne chance !

Mandy rit de voir que tout ça semblait l'amuser.

– Bonne chance.

Il disparut, laissant Mandy seule, mais une seconde plus tard, une silhouette se dessina dans l'encadrement de la porte. Gary Parsons apportait leurs boissons sur un plateau. Comme Bev, il jeta un rapide coup d'œil derrière lui, puis se pencha vers Mandy.

– C'est très sympa de vous voir tous les deux ici, chuchota-t-il. Il a beaucoup de chance.

L'espace d'un instant, Mandy envisagea sérieusement de s'enfuir. Est-ce qu'ils allaient être épiés et jugés par tout le monde ici ? Heureusement, Gary posa les boissons sur la table et s'éclipsa vite, sans lui laisser le temps de réagir. Elle fut soulagée de voir Jimmy revenir. Quoi qu'il se passe, elle préférait l'affronter avec lui. Elle avala une gorgée de son cocktail, espérant que ça l'aiderait à se détendre.

Jimmy goûta sa bière, puis la reposa sur la table.

– Alors, qu'est-ce que tu as fait aujourd'hui ?

Mandy réfléchit un instant, se remémorant ses aventures matinales.

– Je suis allée faire une visite de contrôle avec Seb Conway, de la protection des animaux, raconta-t-elle. Deux ânons… la situation s'est un peu envenimée quand la police est arrivée, résuma-t-elle.

Même si ça aurait dû être un sujet de conversation facile, discuter de son travail en public était toujours compliqué. Elle pouvait parler du déplacement, mais pas des détails, surtout dans le cas d'une inspection officielle.

Jimmy ouvrit grand les yeux.

– C'est vrai ? Les ânes étaient enragés ?

Mandy grimaça.

– Pas les ânes, non. En revanche, l'homme qui les avait achetés s'est mis dans une colère noire quand il fallut les emmener avec nous. C'est vraiment une tempête dans un verre d'eau : ils peuvent sans mal récupérer les ânes s'ils trouvent un enclos approprié… mais je ne pense pas que l'épouse se donne beaucoup de mal. Des ânes pour Noël ? Pire idée de cadeau au monde !

Jimmy s'esclaffa.

– Est-ce que ça veut dire que tu héberges deux boules de poils à Vert-Cottage ? Je devrais peut-être venir les voir.

– Oh, je t'en prie. Robin et Holly, les deux ânons, sont super adorables, mais ce sont juste des bébés et Helen et moi allons devoir passer pas mal de temps à les éduquer avant qu'ils ne puissent espérer un nouveau foyer.

Quand il souriait, les yeux de Jimmy se plissaient aux coins des paupières.

– Vaches, moutons, chiens, ânes… Y a-t-il seulement un animal qui échappe à l'expertise d'Amanda Hope ?

Mandy sentit ses joues rosir de nouveau, mais cette fois, ce n'était pas d'embarras.

– Je ne suis pas vraiment au point sur les arachnides, admit-elle avec un rictus.

– Ah oui, j'imagine que ce serait un peu compliqué de soigner une araignée aux huit pattes cassées, alors…

Dans la salle principale du bar, il y eut comme un mouvement de foule : tout le monde se leva et repoussa sa chaise. L'heure des illuminations était probablement venue. Avant que Mandy ne puisse proposer de sortir les rejoindre, les lumières du bar s'éteignirent, et elle se sentit terriblement mal en voyant que le plafonnier de leur petite pièce éclairait par-delà la porte, les plaçant littéralement sous les projecteurs. Heureusement, Jimmy tapa l'interrupteur sur le mur et ils se trouvèrent aussitôt dans l'obscurité.

Repoussant sa chaise, Mandy se leva en même temps que Jimmy. Elle s'approcha de l'embrasure de la porte pour avoir une meilleure vue, et sentit son corps contre le sien.

La voix de Bev résonna derrière le comptoir :

– Désolée, on n'a dégoté aucune célébrité pour appuyer sur le bouton ! plaisanta-t-elle. Vous allez devoir vous contenter de moi. Trois, deux, un… Joyeux Noël à tous !

Soudain, le bar étincela de centaines de lumières chamarrées, et de l'assemblée monta un brouhaha approbateur que Mandy associait aux spectacles de feux d'artifice. De minuscules loupiotes brillantes formaient une canopée au-dessus de leurs têtes, et aux murs, des ampoules plus grosses se mêlaient aux ornements festifs. Le sapin près de l'âtre resplendissait des couleurs de saison, ses boules et décorations scintillaient tour à tour au rythme des guirlandes électriques. Mandy sentit un sourire grandir sur son visage. Malgré la gêne qu'elle avait ressentie en début de soirée, ce spectacle était magnifique. Jimmy posa sur son épaule une main chaude et ferme, et Mandy s'appuya contre lui.

Quelques instants plus tard, la lumière revint. Jimmy se rassit à leur table et ralluma leur pièce. Mandy cligna des yeux, se réhabituant à l'éclairage normal.

– Eh bien, c'était plutôt joli, dit Jimmy en souriant.

– Oui, ça nous plonge dans l'esprit de Noël, admit Mandy.

Elle attrapa son verre et avala la dernière gorgée. Devrait-elle s'en commander un autre ? Il restait encore à Jimmy la moitié de sa bière.

Gary apparut alors, les bras chargés de deux énormes Yorkshire puddings, qu'il se hâta de déposer devant Jimmy et Mandy, d'un geste théâtral.

– Bon appétit, lança-t-il, avant de reprendre le verre vide de Mandy. Puis-je vous apporter autre chose à boire ?

– La même chose, merci, répondit Mandy.

– Moi aussi, ajouta Jimmy en levant son verre et en le vidant aussitôt.

Il le tendit au serveur qui haussa les sourcils.

– Est-ce que je peux vous proposer une bouteille de vin pétillant ? Il nous reste peut-être même du champagne au fond du frigo, si vous voulez que je me renseigne.

Mandy ouvrit la bouche pour répéter que ce n'était qu'un dîner amical, mais Jimmy fut plus rapide.

– Juste nos deux boissons, ça sera parfait, merci, dit-il en jetant un coup d'œil prudent à Mandy.

Gary parut déçu, mais retourna vers le bar.

– Je ne suis pas sûr d'être amateur de champagne de fond de frigo, souffla Jimmy avec un soupçon d'espièglerie. Ce n'est pas une année que je connais.

Mandy souffla lentement.

– Je pense que personne n'a jamais commandé de champagne ici, en dehors des grandes occasions.

Son cœur se serra en repensant au mariage de James et Paul l'été précédent, rempli de joie, de soleil et, en effet, de bulles. Elle s'efforça de repousser la tristesse.

– Je ne pensais vraiment pas que notre venue ferait un tel tapage.

Jimmy lui fit un clin d'œil.

– Tout le monde à Welford a l'air de te connaître depuis que tu es haute comme trois chiots, je ne suis pas étonné qu'ils s'intéressent à toi. J'espère seulement être à la hauteur !

– Oh, ne t'inquiète pas pour ça, tu l'es largement, répondit Mandy sans même réfléchir, avant de se reprendre. Mange pendant que c'est chaud ! Le Yorkshire pudding de Bev est une légende par ici, je préfère ne même pas penser à ce qui nous arriverait si on ne leur faisait pas honneur !

Malgré la charmante compagnie de Jimmy, elle n'avait pas été très à l'aise pendant le repas, se dit Mandy en sortant du *Fox and Goose* une heure plus tard. La soirée avait été plaisante, et elle aurait été heureuse de la prolonger autour d'un verre et d'un dessert. Mais le temps qu'ils terminent leurs savoureux puddings du Yorkshire, le bar était si plein que des clients commençaient à se déverser dans leur pièce voisine. Une fois de plus, Mandy s'était sentie observée, et elle était convaincue d'avoir entendu son nom murmuré. Elle avait caressé l'idée de demander à Jimmy s'il avait entendu des rumeurs au sujet du refuge, mais elle n'osait pas lui raconter les mésaventures de Flamme et l'hostilité qu'elle semblait susciter parmi les habitants.

Jimmy referma la porte du pub derrière eux. Pour la première fois de l'hiver, l'air était si froid que leur respiration créait de petits nuages dans la nuit. Du givre dansait dans la brise. Tout près l'un de l'autre, immobiles, sans vraiment se toucher, ils levèrent les yeux vers les décorations de Noël devant le pub.

– Tu penses qu'on peut les voir depuis l'espace ? murmura Jimmy contre l'oreille de Mandy.

Elle sourit jusqu'aux oreilles.

– C'est bien possible, surtout lui là, le plus gros père Noël du monde, répondit-elle en montrant du doigt un personnage barbu aux proportions généreuses, perché sur le toit, resplendissant de lumière rouge et blanche.

Elle espérait qu'il était solidement attaché : il ferait pas mal de dégâts si une rafale soufflait par là.

Mandy se tourna vers Jimmy. Elle voulait lui dire qu'elle avait passé un très bon moment, mais ce n'était pas complètement vrai. Plus elle le fréquentait, plus elle se sentait à l'aise, mais cette soirée avait été bien trop bizarre pour qu'elle puisse se détendre. C'était comme s'ils avaient été exposés en cage, et que tout Welford s'était déplacé pour les observer. En revanche, elle était sûre d'une chose : elle voulait le revoir.

– Peut-être que la prochaine fois, on devrait sortir à York, proposa-t-elle.

Jimmy lui sourit.

– Ou au beau milieu de la lande. En tout cas, ça m'a fait plaisir de te voir. Est-ce que je pourrais te convaincre de ressortir avec moi bientôt ?

– Tu pourrais, je pense.

Soudain, elle sentit la chaleur l'envahir. Malgré tout ce qui s'était passé ce soir, il voulait continuer autant qu'elle.

– Je suis désolé, je ne serai pas disponible ce week-end, reprit Jimmy en remontant la fermeture éclair de sa veste. J'emmène Abi et Max à Keswick voir ma mère. Et dimanche, un groupe d'hommes d'affaires en excursion. Mais je t'appellerai la semaine prochaine, si ça te va.

– Ça sera parfait. Peut-être que les jumeaux pourront t'accompagner voir les ânes.

– Ils aiment vraiment bien les ânes.

Une sensation de malaise la traversa. Elle aurait pensé qu'il sauterait sur l'occasion – est-ce que tous les enfants n'aimaient pas les ânes ? Elle leva les yeux vers lui, mais il se détourna et se mit à marcher. Côte à côte, ils descendirent la route de campagne. Devant l'entrée d'Animal Ark, Jimmy se pencha pour lui offrir un baiser bien trop fugace, avant de reculer.

– Je t'appelle, lui promit-il, avant de repartir à grandes enjambées dans l'autre direction.

Envahie d'une pointe de déception inattendue, Mandy le regarda disparaître au coin de la rue, puis écouta dans la nuit jusqu'à ce que le bruit de ses pas s'estompe.

Ne sois pas stupide, se dit-elle. *C'est toi qui lui as dit que tu voulais y aller lentement.* Elle se ressaisit : si elle avait changé d'avis, c'était à elle de le lui faire savoir. La prochaine fois qu'ils se verraient, elle s'y emploierait.

Chapitre 10

– Alors, on fait comment ? demanda Helen. Je n'y connais pas grand-chose en ânes.

Debout côte à côte, Mandy et elle observaient l'enclos du refuge à travers l'immense fenêtre.

Holly fixait une grive qui fouillait la terre, et Robin galopait à vive allure dans le verger, les oreilles plaquées en arrière, la queue voletant dans l'air.

Mandy était fascinée par la différence entre la si calme Holly et les folles pitreries de Robin. Elle le regarda boucler un autre tour du terrain, ses petits sabots tambourinant la terre battue. Heureusement que le pré n'était pas boueux, sinon ce serait un vrai champ de bataille.

– J'avoue ne pas être experte non plus, avoua-t-elle. J'ai dû faire quelques recherches.

Robin dérapa près de Holly, et se mit à la renifler, avant de repartir à toute vitesse dans l'autre sens. Mandy eut envie de rire, mais reprit :

– Il faut qu'on trouve ce qu'ils aiment et prendre le temps de créer un lien de confiance. Ce sera très difficile d'obtenir qu'il fasse quoi que ce soit s'ils ne coopèrent pas. Tout est une question de persuasion, ajouta-t-elle en grimaçant. Je ne sais pas comment je vais m'en sortir avec Robin. Une fois qu'on sera sûres qu'il a bien six mois, on pourra le castrer. Pour l'instant, je crois que nous devons nous concentrer sur un seul objectif : qu'ils s'habituent à nous approcher et à être manipulés.

– D'accord, approuva Helen.

Mandy se tourna vers le comptoir pour remettre en ordre une pile de brochures sur les vermifuges.

– Je vais jouer avec eux tous les jours, mais une séance de dressage seulement un jour sur deux. Ça nous facilitera la tâche s'ils ont le temps de réfléchir à tout ça.

Helen éclata de rire tandis que le petit ânon passait en trombe devant la fenêtre.

– Oh, je crois qu'il prend vraiment le temps de bien réfléchir, là !

Mandy s'esclaffa aussi, puis leva les yeux vers Helen.

– Tu veux me donner un coup de main ?

– Désolée, répondit-elle en secouant la tête, je dois voir Seb. Sinon, ça aurait été avec plaisir.

– Une autre fois, alors.

Une fois Helen partie, Mandy se rendit dans la cuisine du refuge et empoigna une planche en bois. Elle choisit une poire et quelques navets, et les découpa en bâtonnets suffisamment petits pour ne pas risquer d'étouffer les ânons. Elle avait acheté un sac banane, le glissa autour de sa taille, le remplit de fruits et légumes et sortit. Il ne lui restait plus qu'à attraper les deux licols et leurs longes fournies par les Powell.

Dès que Mandy entra dans le verger, Robin s'arrêta tout net, les quatre pattes tournées en dehors. Une de ses longues oreilles de peluche tressaillit et ses yeux s'arrondirent. Mandy resta immobile quelques instants, puis recula d'un pas. Elle ne voulait surtout pas que l'ânon la considère comme une menace. Pendant ce temps, au plus grand bonheur de la jeune vétérinaire, Holly s'approcha d'elle, les oreilles aux aguets, et se mit à renifler sa ceinture remplie de friandises.

Mandy tendit lentement la main et caressa la fourrure grise si douce sous l'oreille d'Holly. Elle plongea l'autre main dans la poche de la ceinture et en sortit une tranche de poire. Avec mille précautions, elle laissa l'ânesse la prendre. Les oreilles de Holly étaient tellement douces que Mandy sentait à peine son crin sous ses doigts. Sa robe était plus épaisse et frisée, mais s'arrangerait avec un bon brossage. Holly cligna des yeux comme si elle cherchait à décider si elle aimait bien être tripotée ou non. Elle grignota la poire, puis s'approcha encore de Mandy, jusqu'à poser son front contre sa cuisse.

Mandy fit de son mieux pour ne pas piailler de joie. Faire un câlin à un bébé âne, c'était le paradis, ou presque.

– Coucou, ma jolie, murmura-t-elle.

Elle laissa ses doigts courir dans la crinière noire de l'ânesse, et suivit la ligne sombre qui remontait le long de sa colonne vertébrale, puis redescendait de part et d'autre de ses épaules. Mandy avait toujours aimé l'histoire selon laquelle les ânes possédaient cette croix dorsale si caractéristique parce qu'ils avaient porté Jésus dans Jérusalem le dimanche des Rameaux.

Elle entendit un reniflement tout près. Robin les fixait, les narines frémissantes.

– Tu veux de la poire, toi aussi ? lui proposa Mandy, l'air de rien.

Robin replia une de ses oreilles vers l'arrière, puis vers l'avant. Il tenta un pas, et un autre. Mandy se tourna vers

Holly, observant Robin du coin de l'œil. Elle glissa la main dans sa ceinture, et en tira un bâtonnet de poire et un de navet. Robin étira le cou, mais il était encore trop loin. D'un bond, il recula et remua la tête.

– Allez, bout de chou, tu peux le faire, chuchota Mandy.

L'âne fit deux petits pas, puis tendit le museau. Mandy le laissa renifler la récompense et la saisir entre les dents. Au même moment, elle donna le morceau de navet à Holly. La petite ânesse l'engloutit et agita la tête pour en réclamer encore. Robin mangea plus lentement, puis s'approcha une fois de plus de Mandy. Elle recula petit à petit jusqu'à ce que Robin avance avec davantage de détermination, prenant ainsi confiance en lui. Puis elle s'arrêta et lui offrit une autre collation tout en lui caressant le cou de sa main libre.

– Brave petit, le félicita-t-elle.

Le blanc des yeux de l'ânon était bien visible, il était clairement toujours aux aguets, mais ne réagit pas quand elle lui gratta le dos et l'épaule. L'étape suivante consistait à leur faire porter à nouveau un licol, ce qui avait semblé être une expérience assez terrifiante dans le jardin des Powell. Lorsque Mandy se dirigea vers le poteau où elle avait accroché les harnais, les deux ânes s'éloignèrent, leurs oreilles aplaties en signe de panique. Mandy s'efforça à garder une respiration calme et régulière en prenant les licols et en les passant sur ses bras. Elle déposa un morceau de navet dans chaque paume et les tendit à Holly et Robin. Même Holly se montra méfiante cette fois-ci, mais Mandy leur parla d'une voix rassurante jusqu'à ce que les ânes s'avancent et engloutissent les friandises. Puis Mandy se promena quelques minutes, offrant des douceurs lorsque les petits s'approchaient d'elle, mais sans essayer de leur mettre un collier.

Quand il lui sembla que Robin et Holly étaient à l'aise avec la présence des harnais aux bras de Mandy, elle décida de mettre fin à la séance. Après une dernière caresse et quelques gratouilles, elle retourna dans le bâtiment.

Elle voulait ensuite faire un peu de dressage individuel avec les chiens. À l'exception de Sky, ce serait la première fois qu'un des chiens approcherait les ânes. Les premières minutes, les deux croisés observèrent avec curiosité les créatures grises et duveteuses, mais se concentrèrent bientôt sur Mandy. Leur éducation était suffisamment poussée pour que Mandy puisse faire avec eux des exercices d'assise, de station debout et de rappel pour qu'ils restent vigilants. Holly et Robin semblaient fascinés. Au début, ils se tenaient à distance, méfiants, mais au bout de quelques séries, ils s'étaient avancés jusque sous les pommiers et surveillaient attentivement la scène. Gardant Brindille au pied, Mandy guida la chienne à leur rencontre. Les ânes soufflèrent fort par les naseaux, Brindille les renifla poliment tout en remuant la queue. Lorsque Mandy la rappela, la petite croisée trotta à ses côtés jusqu'au refuge. Robin, apparemment ravi de s'être fait une nouvelle amie, leva la queue et s'offrit un tour d'honneur du paddock.

Ensuite, Mandy sortit Melon de sa cage. Elle s'était vraiment attachée à lui, avec ses yeux brillants et son caractère fougueux. Dans un premier temps, il se montra méfiant envers les ânes, aboyant d'inquiétude et s'éloignant d'eux. Mandy le garda en laisse et lui permit de rester au pied jusqu'à ce qu'il soit détendu. Holly et Robin semblèrent se lasser de ce public canin, et baissèrent tous deux le nez pour grappiller un peu d'herbe. Mandy avait détaché Melon et lui lançait sa balle préférée quand elle entendit une voiture se garer devant le refuge. Elle tourna la tête pour voir qui arrivait – elle n'attendait personne, mais il n'était pas rare que des gens s'arrêtent ici le week-end. Elle rappela Melon et le rattacha avant de sortir de l'enclos, et de se diriger vers l'entrée du bâtiment.

Les quatre portières de la voiture s'ouvrirent et un couple d'âge moyen en sortit, suivi de deux enfants, un garçon d'une dizaine d'années, aux cheveux courts et aux yeux noirs, et une adolescente. Contrairement au reste de sa famille, elle ne portait pas de jean et de gros pull en laine, mais une longue robe noire et des Dr. Martens écarlates. Son oreille droite était ornée de piercings, et un diamant vert étincelait sur une de ses narines. Ses cheveux d'un noir corbeau se dressaient en pics sur sa tête, comme s'ils avaient peur des cercles sombres peints autour de ses yeux. *C'est un style*, pensa Mandy, secrètement admirative de sa confiance en elle.

– Est-ce que je peux vous aider ?

Elle s'avança vers eux, Melon sur ses talons. Le petit westie jeta un coup d'œil à la famille et fonça immédiatement vers la jeune fille. Oubliant toute son éducation, il tira sur sa laisse, agita sa queue dans tous les sens, l'air surexcité. L'adolescente parut un instant décontenancée, les yeux arrondis, puis s'accroupit pour caresser la tête de Melon. Il s'assit près d'elle, bouche ouverte en guise de sourire, la queue s'agitant frénétiquement.

L'homme fit un pas vers Mandy.

– Bonjour, je suis Peter Dillon et voici Annie, mon épouse, ma fille Sam et ce jeune homme, là, c'est Buddy, se présenta-t-il en tendant la main. Je suis désolé de vous déranger, on a découvert votre enseigne en passant. Ça fait quelque temps qu'on cherche un chien, on pensait plutôt à un chiot, mais en voyant le refuge, on s'est demandé si ce serait possible de visiter ? On peut revenir à un autre moment si vous préférez.

– Non, non, pas de souci, j'ai du temps. Vous imaginiez un type de chien en particulier ?

Mandy baissa les yeux sur Melon et Sam, intriguée. Melon faisait son numéro devant un auditoire subjugué, s'asseyait avec un air implorant, puis sautait de joie dès que Sam le félicitait. Mandy était impressionnée : la jeune fille ne bronchait pas lorsque Melon lui léchait la joue. Elle espérait juste qu'il ne se retrouve pas avec la bouche pleine de fond de teint.

– Ce petit bonhomme a-t-il besoin d'une nouvelle famille ? demanda Mme Dillon. C'est une vraie boule d'énergie, n'est-ce pas ?

– Ça, c'est sûr, reconnut Mandy. Et oui, Melon est prêt pour l'adoption. J'ai d'autres chiens à l'intérieur. Voulez-vous les voir ?

– Ce serait super, dit M. Dillon en passant une main dans ses cheveux. Qu'est-ce que tu en penses, Sam ?

– Vous avez dit qu'il s'appelait Melon ? lança Sam en levant les yeux vers Mandy.

– Tout à fait. Tu peux l'emmener avec toi si tu veux, et lui offrir une friandise.

Sam se leva lentement, remettant les plis de sa robe en place. Mandy avait l'impression qu'elle aurait volontiers passé la journée à gratter Melon derrière l'oreille. Elle lui tendit la laisse et Sam rougit lorsque Melon se mit à trotter à côté d'elle.

– Il y en a trois autres disponibles, précisa Mandy en ouvrant la porte du chenil.

Un sentiment de fierté l'envahit tandis que les chiens, sans même un seul aboiement, se levèrent et avancèrent jusqu'aux barreaux en remuant la queue. Mandy fit entrer Melon dans sa cage et sortit Flamme, bien tenue en laisse. Alors que les Dillon s'extasiaient devant la chienne croisée lévrier à la robe dorée, Mandy entendit la porte principale s'ouvrir puis se refermer. Elle vérifia que M. Dillon acceptait volontiers de s'occuper de Flamme, puis se faufila jusqu'à la réception.

– Bonjour, ma puce !

C'était son papy. Il se pencha en avant, toujours aussi souple malgré son âge, et ôta les serre-pantalons qu'il portait habituellement à vélo, avant de les glisser dans une poche.

– Bonjour, ça me fait plaisir de te voir, répondit Mandy en souriant.

– Je suis venu te donner un coup de main, annonça-t-il. Dorothy et moi sommes un peu inquiets, nous craignons que tu en fasses bien trop toute seule, alors j'ai pensé que je pourrais être utile.

– Tu n'aurais pas dû, je m'en sors, promis !

– Je sais bien, répliqua Tom Hope, les yeux brillants. Tu as toujours été très débrouillarde.

Il glissa une main dans sa veste et en sortit une enveloppe qu'il tendit à Mandy. Elle la prit, ravie. Elle avait déjà reçu deux cartes de vœux, qu'elle avait posées sur son bureau.

– Ouvre-la, insista son papy.

Souriant toujours, elle obtempéra, découvrant une superbe carte montrant un cerf gracieux au milieu d'arbres enneigés.

– C'est très beau, dit-elle, avant de l'ouvrir pour lire le petit mot à l'intérieur.

Il y avait là une feuille de papier qu'elle déplia, se demandant bien ce que ça pouvait être. Elle poussa un petit cri de surprise : c'était un reçu.

– *Magasins Harper*, lut-elle. Facture payée en totalité...

Elle leva les yeux vers son grand-père qui souriait jusqu'aux oreilles.

– J'ai parlé de tes soucis avec ta grand-mère, expliqua-t-il, la voix rauque. Elle était d'accord avec moi pour dire que c'était le cadeau de Noël en avance parfait pour cette année.

Mandy s'élança, l'entourant de ses bras, et il la serra très fort aussi.

– Vous êtes tous les deux merveilleux, dit-elle.

Elle avait eu Sally Harper au téléphone au sujet de la facture. Sally avait accepté de la laisser payer en plusieurs fois, mais Mandy s'était sentie mal à l'aise devant le solde exorbitant qu'il restait à régler. Malgré sa détermination à se débrouiller seule, ce cadeau si prévenant allait vraiment lui simplifier la vie à l'approche de Noël.

– Bref, poursuivit Tom Hope, comme je l'ai dit en arrivant, je suis ici pour bosser.

– Tu n'es vraiment pas obligé, répéta Mandy, même si elle se sentait toujours privilégiée de l'avoir près d'elle.

– Je veux aider, insista-t-il d'une voix ferme, avant d'ajouter, un rictus au coin des lèvres et une main sur l'épaule de Mandy : Et ta grand-mère aimerait que je la laisse un peu tranquille ! Ne pense même pas à me renvoyer chez moi. Il n'y a rien que je préférerais faire que d'aider ma petite-fille favorite.

Mandy le serra à nouveau dans ses bras.

– Comment pourrais-je dire non à mon grand-père préféré ? le taquina-t-elle. Il y a pas mal de trucs à faire, mais tu peux attendre une minute ou deux ? Je montre juste les chiens à des clients.

– C'est vrai ? lança-t-il, l'air ravi. Ne les laisse pas partir les mains vides ! Tu n'as pas à me donner de consignes, ma chérie. Si tu as besoin de moi, je serai avec les lapins.

Sans attendre, il se dirigea vers la zone réservée aux petits animaux. Mandy jeta un coup d'œil par la fenêtre. Le camion de Harper devait passer ce matin pour livrer de la nourriture, mais aucun signe d'eux pour l'instant. Il fallait qu'elle se remette au travail. De retour dans le chenil, Mandy surprit les Dillon caressant Flamme, qui se repaissait de leur attention. Mandy remarqua que Sam observait Melon à travers les barreaux de sa cage, et le westie appuyait sa truffe contre le métal, remuant sa minuscule queue.

– Comment ça se passe ? demanda-t-elle.

M. Dillon, accroupi à côté de Flamme, se redressa.

– Ils sont tous adorables, avoua-t-il. C'est difficile de n'en choisir qu'un.

– Je comprends complètement, gloussa-t-elle. Mais vous n'avez pas besoin de vous décider immédiatement. Si vous pensez que l'un d'entre eux pourrait vous plaire, je peux noter vos coordonnées et vous donner un peu de temps pour y réfléchir. Adopter un chien, c'est un engagement important, et nous ne voulons pas que nos chiens soient de nouveau abandonnés. Il faudra aussi que je vienne chez vous pour vérifier que l'environnement est adapté. Pourquoi ne pas remplir un formulaire ? Si vous prenez une décision, appelez-moi.

– Ce serait formidable, dit Mme Dillon.

Après avoir guidé Flamme dans sa cage, Mandy conduisit la famille à l'accueil. Alors que M. Dillon notait ses coordonnées, Mandy s'aperçut que Sam fixait toujours le chenil des yeux. Elle se retourna vers eux, l'air rêveur. Sam croisa le regard de Mandy et lui offrit un sourire, et la jeune vétérinaire le lui rendit. Derrière une apparence plutôt surprenante se cachait une fille très douce, songea-t-elle.

Après avoir dit au revoir aux Dillon, Mandy rentra dans le bâtiment. Elle se demandait comment son grand-père s'en sortait. Avant qu'elle n'ait pu le trouver, son téléphone sonna. Elle était de garde cet après-midi et, l'espace d'un instant, son estomac se serra, comme à chaque fois : ça pouvait être n'importe quoi, d'un poulinage à un hamster qui saignait du nez. Une chose était sûre, elle s'ennuyait rarement dans son travail.

C'était Molly Future des Écuries Six Oaks. L'été dernier, elle avait accueilli Bill, l'ancien cheval de trait que Mandy avait sauvé.

– Salut, Mandy, lança-t-elle à l'autre bout, pétillant de gaieté, comme d'habitude. Rien d'urgent, mais je me demandais juste si tu pouvais venir râper les dents de Bill, s'il te plaît ?

– Bien sûr, répondit Mandy, les battements de son cœur revenant à la normale. Un jour de la semaine prochaine ?

– Ben…, hésita Molly, si c'est ce qui t'arrange, pas de souci. Mais je me disais que tu aimerais monter à cheval aussi ? Tu m'as raconté la dernière fois que tu n'étais pas montée depuis longtemps, et tu m'as paru nostalgique. Il doit faire beau demain.

Mandy devina un sourire dans sa voix.

– Waouh ! s'exclama Mandy, tout à coup surexcitée.

Elle avait en effet parlé de son souhait de reprendre l'équitation lors d'une précédente visite, c'était touchant de voir que Molly s'en souvenait. Mandy n'aurait normalement pas effectué une telle visite de routine le week-end, mais la carotte que Molly lui tendait était vraiment tentante.

– Je risque d'être un peu rouillée.

– Je suis sûre que tu vas t'en sortir, ça va te revenir vite, lui promit Molly.

Par la fenêtre, le soleil rasant d'hiver baignait les landes d'une lumière dorée. Mandy ne pouvait pas résister à l'idée de chevaucher au galop l'une des pistes qui sillonnaient la terre de son enfance.

– Bon, eh bien, dans ce cas, j'adorerais.

– Super, conclut Molly, qui semblait toujours sourire à l'autre bout de la ligne. On se voit demain.

Chapitre 11

Quand Mandy rejoignit finalement son papy, il avait nettoyé les cages des cochons d'Inde et même celle des lapins.

– Est-ce que l'un des chiens a besoin de sortir un peu ? demanda-t-il.

– Pas vraiment, même si en effet, j'ai un peu abrégé la séance de Melon. Peut-être qu'on pourrait jouer avec lui quelques minutes.

Elle jeta un œil à sa montre – James devait venir un peu plus tard, elle avait juste le temps de s'occuper de Melon et des chats. Après, il faudrait qu'elle rentre pour aider ses parents à préparer le dîner.

En pensant à la nourriture, Mandy fronça les sourcils. La livraison de Harper n'était toujours pas arrivée. Elle était pourtant certaine de l'avoir prévue pour samedi matin, et là, il était déjà quatorze heures. Non seulement elle devait nourrir les chats et les chiens, mais elle attendait également des aliments spécialisés pour les ânes récemment arrivés. Ils étaient trop âgés pour boire du lait maternisé, mais auraient besoin d'une alimentation particulière jusqu'à la fin de leur croissance.

– Je vais juste passer un coup de fil à Harper, lança-t-elle à son grand-père.

Il retira un thermos de son sac à dos et s'assit sur le canapé de l'accueil.

– Je prends une petite pause !

Mandy sortit son portable et composa le numéro. Ça ne ressemblait pas à Harper de s'emmêler dans les commandes. Avait-elle oublié de les appeler ? Pourtant, elle se souvenait parfaitement de la conversation : elle avait parlé des ânes avec Sally Harper elle-même, et samedi était le premier jour disponible pour une livraison au plus tôt.

– *Magasins Harper*, Sally, j'écoute.

– Sally ! s'exclama Mandy, soulagée d'entendre sa voix. C'est Mandy Hope, de Vert-Cottage.

– Bonjour, Mandy, répondit Sally, sur un ton accueillant. Qu'est-ce que je peux faire pour vous aujourd'hui ?

Mandy s'était plutôt attendue à une excuse pour le retard, ou à une explication tout du moins, mais Sally semblait aussi enjouée qu'à l'accoutumée. Y aurait-il eu un malentendu sur la date de livraison ?

– Je croyais que le livreur devait passer ce matin ? Ma commande d'aliments pour chats et chiens et la nourriture spécifique pour les ânons ?

Après quelques secondes de silence, Sally répondit avec un soupçon d'étonnement :

– Oh, oui. Je me souviens de votre appel l'autre jour, mais il n'y avait rien sur le bordereau de ce matin. C'est bizarre, ça. Je vais vérifier, ne quittez pas !

Il y eut un bruit de frottement et le cliquetis des touches d'un clavier. Des voix en arrière-fond. Mandy s'accouda au comptoir.

– Alors…, dit Sally.

– Dites-moi.

– J'ai les détails à l'écran. Vous avez bien passé la commande, mais elle a été annulée il y a deux jours. Ce n'est pas vous qui l'avez annulée ?

Mandy se redressa et secoua la tête.

– Ah non, certainement pas.

Le silence s'étira. Des voix lointaines à nouveau. Les yeux de Mandy s'égarèrent par la fenêtre. Holly et Robin se tenaient côte à côte sous un pommier. Leur fourrure était presque de la même teinte que l'écorce grise vieillie. Holly avait posé la tête sur le dos de Robin.

Une main reprit le combiné.

– Ce n'est pas moi qui ai pris l'appel, poursuivit Sally, c'est notre assistante Janice. Je suis désolée, elle n'a pas noté de nom, mais la commande a bien été annulée. Je suis navrée s'il y a eu un malentendu.

Mandy réprima un autre soupir. Ce n'était pas la faute de Sally, mais elle avait vraiment besoin de ces aliments.

– Est-ce que je pourrais parler à Janice, s'il vous plaît ? demanda-t-elle, s'efforçant de ne pas laisser paraître son agacement.

– Oui, bien sûr. Je vais la chercher.

Dehors, les ânes changèrent de position. Robin s'était tourné et fouillait du museau l'oreille de Holly.

Quelques mots étouffés, puis une nouvelle voix.

– Bonjour, mademoiselle Hope. Je suis vraiment désolée pour votre commande.

Mandy ressentit un élan de sympathie pour l'assistante. Si Janice n'avait pas pris de nom, peut-être se rappelait-elle un détail ?

– Merci, répondit Mandy. J'ai bien compris que vous ne saviez pas qui a annulé ma commande, mais vous souvenez-vous de l'appel ?

– Oh, lâcha Janice avant de réfléchir. Alors, c'était après le déjeuner jeudi. Je venais de revenir de ma pause et des clients patientaient au comptoir. Le téléphone a sonné pendant que je m'occupais d'eux, mais j'ai décroché. C'était un homme, il n'a pas donné son nom. Je ne me rappelle pas ses mots exacts, mais je sais qu'il a dit qu'il était de Vert-Cottage. Il a voulu savoir si nous devions livrer quelque chose, et je lui ai mentionné la commande pour samedi. Il m'a alors répondu que ça n'était plus nécessaire. Juste ça : que ça n'était plus nécessaire.

Janice reprit son souffle avant de poursuivre :

– Je lui ai demandé s'il y avait un souci, et il m'a juste dit que vous aviez trouvé les aliments moins chers ailleurs. Que vous n'auriez plus besoin de rien désormais. J'ai été un peu étonnée, car il n'y a pas d'autre fournisseur à part Gosling, et ce n'est pas tout près. Et ils ne sont clairement pas moins chers, surtout si on ajoute les frais de livraison et tout ça…

La voix de l'assistante s'évanouit, et Mandy se demanda si elle était toujours si bavarde, ou si elle était nerveuse. Toute cette histoire était bizarre, quand même. Vert-Cottage avait été mentionné. Et pourquoi l'homme avait-il dit qu'elle n'achèterait plus rien chez Harper ? Pourquoi ferait-il ça, qui que soit ce type ? Un million de questions tourbillonnèrent dans la tête de Mandy. Qu'avait-elle appris précisément de tout ce babillage ? Le seul indice vraiment utile, c'était que l'appel avait été passé par un homme.

– C'était donc une voix d'homme ? vérifia-t-elle.

– Sans aucun doute.

– Et il n'a pas donné mon nom ?

– Non, il a dit Vert-Cottage. Rien d'autre.

– Et vous ne vous souvenez de rien d'autre à son sujet ? Son accent ou… s'il avait l'air jeune ou vieux ?

Les yeux de Mandy se tournèrent vers son grand-père. Il avait trouvé un catalogue d'accessoires pour chats et semblait absorbé par sa lecture.

– Il était plutôt jeune, je crois, dit Janice, mais je n'en suis pas sûre. Je suis vraiment désolée.

Mandy changea de pied d'appui. Ses jambes lui faisaient l'effet de deux échasses raides.

– Ce n'est pas grave, la rassura Mandy. Je peux ravoir Sally, s'il vous plaît ?

– Je suis vraiment navrée pour tout ça, reprit Sally d'une voix forte. J'ai bien peur qu'il n'y ait rien que nous puissions faire aujourd'hui. Le camion est déjà parti. Je vais quand même jeter un coup d'œil à la liste.

Mandy écouta encore une fois le silence, et une pluie de cliquetis.

– Nous pouvons vous livrer mardi à la première heure, annonça Sally. Désolée de ne pouvoir rien faire plus tôt.

Elle a vraiment l'air de s'excuser. Mandy ne pouvait pas s'empêcher de se sentir un peu coupable pour son interrogatoire. Rien de tout cela n'était la faute de Sally ou de Janice.

– Merci, Sally. À quelle heure fermez-vous aujourd'hui ? Je vais devoir passer prendre quelques trucs pour me dépanner.

– On est ouvert jusqu'à dix-sept heures, répondit Sally, soulagée. À tout à l'heure !

Tout en raccrochant, Mandy tourna les yeux vers la fenêtre et fronça les sourcils. D'après ce que Janice avait dit, il ne semblait pas y avoir d'erreur. L'homme, quel qu'il soit, avait mentionné Vert-Cottage. Mais pourquoi quelqu'un ferait une chose pareille ? Voulait-on lui causer des soucis ?

Même s'il y avait eu des rumeurs au sujet des aboiements, il y avait un fossé entre quelques complaintes au *Fox and Goose* et un appel délibéré au magasin pour annuler une livraison de nourriture.

Papy posa son catalogue et la dévisagea, les sourcils arqués.

– Un problème ? demanda-t-il sur un ton compatissant.

Mandy hocha la tête, et il tapota le canapé à côté de lui. Elle glissa le portable dans sa poche et s'approcha.

– C'est très étrange. Quelqu'un a appelé Harper pour annuler ma commande d'aliments pour animaux.

Papy Hope parut surpris.

– Exprès ? Ça n'a aucun sens. Il doit s'agir d'une erreur, non ?

Mandy secoua la tête.

– Ça n'y ressemble pas, souffla-t-elle en fixant ses mains. Et ce n'est pas tout : j'ai trouvé un trou dans la haie hier. Juste la bonne taille pour qu'un chien puisse s'enfuir. J'ai d'abord pensé qu'un animal l'avait fait, mais ça ne collait pas. Le trou était trop rond, trop haut.

Elle glissa un regard à Tom, et lut le trouble dans ses yeux bleus. Il avait l'air choqué.

– Tu crois que quelqu'un l'a fait exprès ?

Mandy haussa une épaule. Elle ne savait pas quoi croire.

– C'était juste bizarre.

Son grand-père posa une de ses mains chaudes et burinées sur la sienne.

– Si tu penses que quelqu'un fait ça avec malveillance, dit-il, tu devrais tout noter. Si quelque chose d'autre se produit et que tu vas voir la police, ça sera utile d'avoir tout à l'écrit.

– La police ? répéta Mandy.

Elle n'avait pas pensé que ça pourrait devenir une affaire judiciaire. Qui voudrait commettre un crime contre le refuge ?

Tom Hope pinça les lèvres, puis son expression s'adoucit.

– Ça n'ira probablement pas aussi loin, la réconforta-t-il, mais il vaut toujours mieux être préparé. Je suis sûr que tout ira bien… Quoi qu'il se passe, tu as bien plus d'alliés que d'ennemis.

Il la prit dans ses bras et la serra fort, et Mandy se laissa aller contre lui. Au moins, sa famille était de son côté.

Relâchant son étreinte, Tom Hope s'avança au bord du canapé.

– On devrait terminer ici, proposa-t-il. Après ça, je peux aller chez Harper pour toi. Qu'en penses-tu ?

– Ce serait génial, lui dit Mandy.

Il la suivit jusqu'au chenil, où Melon patientait, près de la porte de sa cage, assis sur ses pattes arrière, la tête inclinée.

– Tu es un petit animal très persuasif, souffla Mandy en ouvrant et en attachant sa laisse. J'ai l'impression qu'il ne va pas rester longtemps avec nous. Je crois qu'il s'est fait une amie plutôt improbable aujourd'hui !

Quand James arriva, peu après dix-huit heures, Mandy se jeta dans ses bras. Elle le serra fort, soulagée de sentir qu'il avait repris un peu de poids et n'était plus aussi maigre qu'avant. Elle avait déjà prévu de remplir son assiette de plats riches en bon gras et en glucides sains. James allait dîner avec eux, puis passer la nuit chez ses parents.

– Tu m'étouffes ! souffla James.

Mandy le lâcha et il s'extirpa de son manteau.

– Comment vas-tu ? lança-t-elle, et elle s'en voulut immédiatement, comme si une telle question ne pouvait appeler d'autre réponse que : « Mon mari est mort, comment penses-tu que je vais ? »

Mais James était bien plus généreux que ça, et c'était l'une des très nombreuses raisons pour lesquelles Mandy l'aimait tant.

– Un peu mieux chaque jour. Et toi ? Tu te laisses gagner par l'esprit de Noël ?

Mandy s'efforça de ne plus songer à la fugue de Flamme, au trou dans la haie et à la commande de nourriture annulée, et parvint à rire.

– Pas encore tout à fait ! Nous ne sommes même pas en décembre.

James accrocha son manteau sur une patère libre.

– Dans deux petits jours, lui rappela-t-il. Et à ce moment-là, tu seras bien obligée de l'accepter : tu ne peux pas éviter le compte à rebours jusqu'au 25.

Ce serait le premier Noël de James sans Paul, pensa-t-elle. Elle se détourna, cligna plusieurs fois des yeux et prit une grande inspiration avant de se diriger vers la cuisine.

– Je n'aurai pas beaucoup de temps pour faire la fête si je suis de garde toute la journée.

– Ça pourrait être marrant de passer un Noël complètement différent, glissa James, nostalgique.

Mandy se demanda s'il ne souhaiterait pas lui aussi travailler ce jour-là. Elle savait que le café très fréquenté qu'il tenait à York l'occupait bien. Mais il n'ouvrait jamais à Noël, car tous ses clients restaient en famille.

– Je vais passer Noël avec les parents de Paul, lui confia-t-il, comme s'il avait pu lire dans ses pensées.

– Oh, quelle merveilleuse idée, répondit Mandy, soulagée qu'il ne soit pas seul pour cette célébration.

Même si, évidemment, elle l'aurait forcé à venir fêter Noël avec elle à Animal Ark, s'il n'avait pas eu d'autre projet.

– Bon, reprit-elle, maintenant : prépare-toi. Papa a fait du chili, avec de la crème sure, du guacamole et tout ce qu'il faut.

L'arôme des tomates les assaillit dès qu'ils atteignirent la cuisine. James fit rouler ses épaules et craquer ses phalanges.

– Je suis prêt, confirma-t-il, et Adam et Emily l'observèrent un instant, perplexes, avant d'éclater de rire.

Deux heures plus tard, le ventre bien rempli, Mandy raccompagna James jusqu'à l'entrée pour lui dire au revoir.

– Passe une bonne nuit, lui souhaita-t-elle en décrochant son manteau et en l'aidant à l'enfiler. Quand repars-tu ?

Mandy ouvrit la porte. Un brouillard compact avait envahi le village et, à l'autre bout du champ, les réverbères scintillaient à travers un halo de bruine.

– Demain soir, répondit-il en franchissant le seuil et en relevant son col. Tu fais quelque chose demain matin ? Je voudrais me rendre sur la tombe de Paul et… j'aimerais bien que tu m'accompagnes, si bien sûr tu es d'accord.

Il avait dit ces mots avec tant de simplicité qu'elle sentit son cœur se serrer. Mandy le connaissait si bien, mais sa dignité, sa manière de rester debout malgré tout, la poussaient à l'aimer encore plus.

– J'en serais honorée.

Les deux amis se prirent par la main, puis James se retourna et s'enfonça dans la brume, son gros manteau lui donnant une allure étrangement imposante.

– Bonne nuit ! cria Mandy, et il lui fit un signe de la main.

Le clocher carré de l'église se dressait au-dessus d'eux, sous le ciel couvert de novembre. La terre sur la tombe de Paul était encore nue, mais ne semblait plus fraîchement creusée. Les pluies d'automne avaient lissé le sol argileux et quelques minuscules brins d'herbe jaillissaient du monticule. James avait l'air calme, même si l'éclat triste dans ses yeux donnait envie à Mandy de le serrer dans ses bras, tout en lui conseillant de s'abstenir. Si ni l'un ni l'autre ne portait de noir, le caban anthracite de James et le trench de laine marron de Mandy étaient conformes à l'atmosphère morose.

Mandy se tenait à côté de la tombe, tête baissée. James restait silencieux. Elle leva très légèrement la tête et risqua un coup d'œil vers son ami. Son bras gauche pendait à son côté, sa main formant un poing serré, les articulations blanchies. Dans sa main droite, il tenait un pot de roses de Noël. Les fleurs ivoire et vert clair paraissaient transparentes contre son manteau gris charbon. Lorsque Mandy le contempla, elle grimaça devant sa pâleur. Ses yeux sombres semblaient immenses derrière ses lunettes sans monture et ses joues creuses. Quand il croisa son regard, il réussit un petit sourire.

– Merci d'être venue, dit-il.

– Merci de m'avoir invitée, murmura-t-elle.

Des feuilles mortes jonchaient le cimetière. James s'accroupit pour balayer celles qui s'accrochaient au petit tas de terre à ses pieds. Puis, il posa délicatement le pot au centre, l'enfonçant jusqu'à ce qu'il soit bien calé.

Mandy fouilla dans sa poche et sentit la douce froideur d'un petit objet qui se trouvait dans sa chambre depuis leur enfance. Lorsqu'elle était retombée dessus en vidant un tiroir quelques semaines auparavant, ça lui avait rappelé si clairement Seamus, le chien de James, qu'elle voulait que ce dernier l'ait. Elle le sortit, et le tendit à son ami. Il le saisit, les doigts glacés.

– Seamus ? demanda-t-il, une lueur amusée dans les yeux. Mon Dieu, je me souviens de ça ! Où l'as-tu trouvé ?

Mandy sourit.

– Je l'ai trouvé dans un tiroir quand je faisais le ménage. Je n'ai pas pu résister à l'envie de te le garder. Je ne me souviens même pas d'où ça vient.

James tourna et retourna la petite silhouette brune, contemplant le museau étroit et les yeux noirs brillants.

– Je peux le laisser ici avec Paul ? demanda-t-il. Avec les roses ?

– Bien sûr. C'est à toi.

Il se baissa et posa la petite figurine à côté de la plante.

– Où sont les chiens ? s'enquit Mandy.

– Chez mes parents, admit-il. Je n'étais pas sûr qu'il soit bien approprié de les emmener ici.

Il se tut un instant, et parut réfléchir. Ses yeux s'éclairèrent soudain.

– Tu te souviens quand tu les as conduits à l'hôpital de York ?

Comment aurait-elle pu oublier ? Mandy laissa échapper un petit rire, ses oreilles rougissant d'embarras.

– Oh oui. Je ne suis pas du genre à me soucier de ce qui est approprié ou pas.

James tendit la main et serra la sienne.

– Heureusement que tu existes, dit-il avec conviction.

Un instant, Mandy se sentit réconfortée, mais James lâcha sa main et elle l'entendit soupirer. Jetant un coup d'œil sur son visage, elle y lut toute la douleur qu'il ressentait.

– C'est si dur, reprit-il doucement. Je veux parler de Paul tout le temps. Mais c'est comme si tout le monde était terrifié à l'idée que je m'effondre si je mentionne son nom… Je comprends, bien sûr, moi-même je n'aurais pas su quoi dire, avant…

Sa voix retomba, mais ses mâchoires étaient encore crispées.

Mandy reprit sa main et serra ses doigts.

– Tu peux me parler, à moi. Je suis toujours là, quand tu as besoin.

Le vent se levait, et les feuilles d'automne voletaient et tourbillonnaient. Elle sentit les premières gouttes de pluie sur sa joue, entendit le craquement d'un if ployant sous la brise.

– Je l'aimais tellement, souffla James, le visage baissé sur le monticule de terre qui marquait la dernière demeure de l'amour de sa vie.

Finalement, il leva les yeux, embués de larmes, vers le fond du cimetière, par-delà le mur. Mandy suivit son regard jusqu'au mémorial de guerre dans le jardin public. D'autres jeunes hommes y étaient commémorés. Ils étaient morts il y a longtemps, mais avaient été aimés eux aussi.

– Au moins, nous avons eu le mariage, continua James. Quelle journée magnifique.

Ils quittèrent la tombe, franchirent le portail et prirent la route qui mène au parc, leurs mains toujours entrelacées. James et Paul avaient parfaitement illustré le bonheur et le romantisme, malgré le raz-de-marée qui fonçait déjà vers eux.

– C'était vraiment une fête incroyable, confirma Mandy. Seamus et Lily ont été les meilleurs porteurs d'alliance que j'aie jamais vus, c'est sûr.

– J'avais tellement peur qu'ils ne trouvent le moyen d'ouvrir ces petites boîtes et d'avaler ces fichues bagues, avoua James, un sourire aux lèvres, malgré ses larmes aux yeux.

– Vraiment ? lança Mandy en le dévisageant, puis en souriant. Ça ne m'a même pas traversé l'esprit. Ça n'aurait pas été la fin du monde. Il aurait suffi de repousser le mariage de quelques jours.

– Quelle pensée agréable, grimaça James.

Côte à côte, ils se dirigèrent vers le chêne où la cérémonie avait eu lieu. Le jardin public était très différent maintenant, mais le village et les chênes restaient comme ils l'avaient toujours été.

James baissa les yeux vers Mandy, retrouvant le sourire.

– Et le beau Jimmy Marsh ? demanda-t-il. Tu l'as beaucoup vu ces derniers temps ?

Mandy sentit le rouge lui monter aux joues. Les yeux de James s'étaient éclaircis et il la fixait comme s'il connaissait déjà la réponse. Il lisait bien trop facilement en elle, pensa Mandy.

– Il semble bien y avoir une évolution dans ce sens, avoua-t-elle.

– Je suis tellement heureux pour toi. Tu ne mérites rien d'autre que le bonheur, tu le sais ?

Et sans prévenir, James ouvrit les bras et la serra contre lui. Les gouttelettes de pluie rafraîchirent les joues chaudes de Mandy, et elle ferma les yeux pour l'étreindre un peu plus.

Chapitre 12

Après avoir dit au revoir à James, attendu pour le déjeuner du dimanche chez ses parents, Mandy courut à l'étage. Il était l'heure de partir pour les Écuries Six Oaks. Elle n'avait pas vu Bill, le cheval de trait charismatique qu'elle avait sauvé l'été passé, depuis près de trois mois. Elle enfila un jean souple et ses vieilles bottes d'équitation, puis chercha son ancienne bombe au fond de l'armoire. Si les bottes lui allaient encore, le casque, en revanche, était bien trop petit. Avec un peu de chance, Molly en aurait un à lui prêter.

Elle repensa à l'été dernier, et à la déception inattendue qu'elle avait ressentie en voyant Molly et Jimmy en tête à tête au *Fox and Goose*. C'était à cet instant qu'elle avait admis pour la première fois que Jimmy lui plaisait, songea-t-elle. Helen lui avait dit que Jimmy et Molly étaient sortis ensemble et qu'ils s'étaient probablement remis en couple.

Mandy avait été déconcertée par son propre chagrin, même si Molly ne lui avait jamais donné aucune bonne raison de la détester. C'était le jour de la mort de Paul, se remémora-t-elle. Elle céda à une vague de tristesse désormais familière en y repensant. Tellement de choses la ramenaient vers Paul.

Elle resta quelques instants immobile, perdue dans ses souvenirs, puis reprit ses esprits, dévala l'escalier et grimpa dans sa voiture.

Arrivée dans la cour immaculée de l'écurie, elle descendit de son SUV. Au-dessus de sa tête, le ciel se dégageait enfin, et le vent retombait. Mandy admira l'endroit complètement rénové : les portes des écuries récemment repeintes en bleu roi, des jardinières en bois laissaient imaginer des massifs de fleurs en été, et des licols colorés étaient suspendus à des crochets devant chaque box, leur longe parfaitement enroulée. Il y avait plus de chevaux qu'à l'époque du centre d'équitation délabré où Mandy avait suivi des cours.

Sur sa gauche, un superbe cheval à la belle face blanche l'observait avec attention. Du fond de la cour lui parvint un bruit de paille piétinée et une tête noire apparut, les yeux brillants et les oreilles aux aguets. *Quel visage intelligent*, pensa Mandy. Elle contourna sa voiture et attrapa les instruments nécessaires pour le soin dentaire de Bill : la longue râpe et le spéculum de Haussmann.

– Bonjour ! s'exclama une voix, et Mandy se retourna, s'attendant à voir Molly.

C'était une jeune fille d'une quinzaine d'années qui s'approchait. Des jambes immenses, de longs cheveux blonds tressés et des yeux bleus éclatants sous le soleil timide.

– Bonjour, répondit Mandy.

– Vous devez être Mandy Hope, reprit la jeune fille sans expliquer d'où elle tenait l'information. Molly m'a demandé de vous emmener jusqu'à Bill.

Elle offrit à Mandy un rapide sourire avant de retraverser la cour à grandes enjambées, puis de tourner à l'angle d'un bâtiment, ne laissant d'autre choix à Mandy que de trottiner derrière elle.

Bill, le shire, se reposait, attaché devant une rangée de box, une patte arrière repliée. Il avait l'air en excellente forme, au-delà des espérances de Mandy. Il était encore si maigrichon l'été précédent que ses côtes ressortaient, et que ses joues creusaient dangereusement son visage. Aujourd'hui, sa robe grise tachetée était épaisse et duveteuse, prête pour l'hiver, son ventre dessinant un bel arrondi sain sous les poils, et il faisait bien quelques millions d'années de moins que son grand âge. Mandy se tourna de profil afin que le vieux cheval puisse tendre les naseaux vers elle à son propre rythme. Il ne lui fallut pas longtemps : le doux hongre fouilla ses cheveux et renifla dans son oreille, et elle gloussa.

– Il est tellement adorable, dit la fille qui avait accueilli Mandy. Molly m'a raconté votre sauvetage l'été dernier. Les photos de Bill sur votre site internet sont géniales, même s'il est encore plus beau maintenant qu'il a repris un peu de poids.

– Il est sans aucun doute au paradis ici, approuva Mandy. Comment t'appelles-tu ?

– Nicole. Nicole Woodall.

La jeune fille penchait de nouveau la tête, le visage empourpré, comme si elle était gênée qu'on parle d'elle, tout en étant ravie de discuter du cheval. Elle défit la longe attachée à l'anneau de métal et tendit la main pour lisser son toupet.

– Est-ce que vous voulez que je le tienne pendant que vous vous occupez de lui ? reprit-elle.

– Ça serait super, merci, répondit Mandy.

Elle scruta Bill, concentrée. Elle donnait souvent aux équidés une petite dose de sédatif quand elle voulait faire un examen buccal complet. Mais vu son âge avancé, elle n'était pas très à l'aise avec cette idée, et elle l'avait suffisamment fréquenté pour savoir que Bill était d'un calme exceptionnel, et se laissait manipuler facilement.

Nicole retira le harnais de Bill et le descendit autour de son cou, libérant sa tête. Mandy permit au cheval de renifler le mors et la râpe en métal, qui avaient l'air plutôt intimidants.

– Tu n'as pas à t'inquiéter, mon vieux, lui murmura Nicole de l'autre côté, tout en caressant le cou de Bill du plat de la main.

Mandy sourit. Nicole la faisait penser à elle au même âge, tellement plus à l'aise avec les animaux qu'avec les êtres humains. Elle passa les mains sur la face de Bill à la recherche de masses et de grosseurs. L'articulation temporo-mandibulaire avait l'air bien. L'haleine de Bill sentait bon le foin, encore un bon signe. Espérant que ses doigts n'étaient pas trop raides à cause du froid, Mandy s'approcha encore de la tête de Bill. Très lentement, elle lui glissa le spéculum dans la bouche et l'ajusta derrière ses oreilles. Il tenta de pivoter la tête, mais Nicole tira légèrement sur la longe et il s'immobilisa à nouveau, battant ses longs cils. Une fois qu'il sembla bien installé, Mandy fit tourner le cliquet du spéculum pour ouvrir en grand la bouche de Bill. Il eut l'air un peu surpris, mais ne bougea pas.

– Bon garçon, le félicita Mandy.

Elle sortit la lampe frontale de sa poche et l'alluma.

Bill resta aussi immobile qu'une statue pendant l'inspection minutieuse de sa bouche. Aucun signe de carie sur ses dents, aucune ulcération des joues. Après un examen visuel approfondi, Mandy inséra la main à l'intérieur. Le spéculum en métal était froid contre sa peau, tandis qu'elle étirait ses doigts jusqu'à l'arrière de la cavité. Comme elle s'y attendait étant donné son âge, ses dents du fond étaient légèrement ébréchées. Elle attrapa la râpe, la fit glisser en position et, Nicole tenant toujours la tête du vieux cheval, elle la frotta d'avant en arrière contre les bords rugueux des dents inférieures jusqu'à ce qu'elles soient lisses.

Mandy sentit son bras fatigué quand elle s'appliqua à faire de même sur la mâchoire supérieure. Bill était si grand qu'elle devait presque se tenir sur la pointe des pieds pour l'atteindre, et travailler plus haut qu'elle était généralement difficile. Elle fut satisfaite lorsqu'une nouvelle vérification des dents du bout des doigts lui confirma que les bords tranchants avaient disparu.

– Je pense que ça devrait aller, annonça-t-elle à Nicole en reposant la râpe sur le bord de la fenêtre.

Après un derrière coup d'œil dans la bouche de Bill, elle desserra le spéculum, lui permettant ainsi de refermer ses mâchoires. Elle défit ensuite la sangle en cuir.

Avec un grognement de soulagement, Bill laissa le mors glisser dans la main de Mandy. Il ouvrit et ferma la bouche à plusieurs reprises, comme s'il appréciait le relâchement de la pression. Mandy appuya sa tête contre le cou de Bill. De la main gauche, elle caressa son épais pelage, savourant la douceur de ses poils et la robustesse de ses muscles.

Lorsqu'elle regarda à nouveau autour d'elle, Nicole lui souriait.

– C'est un cheval tellement spécial.

Mandy acquiesça.

– Il est retombé sur ses pattes, ici – ou devrais-je dire sur ses sabots ?

– Vous aimeriez voir mon cheval ? demanda Nicole avec un soupçon d'hésitation.

– J'aimerais beaucoup, répondit Mandy.

Après une dernière tape à Bill, elle ouvrit la porte de l'écurie pour que Nicole puisse le faire entrer. Elle en sortit un instant plus tard, le licol entre les mains. Elle le suspendit à un crochet, et guida Mandy vers la cour principale.

– Il s'appelle Braveheart.

Mandy percevait de la fierté dans la voix de la jeune fille. *Pas étonnant*, pensa-t-elle, quand elle comprit où Nicole l'emmenait. Braveheart était le cheval qu'elle avait admiré un peu plus tôt. Noir de jais, avec une énorme tête noble et une crinière bien soignée, les oreilles dressées vers l'avant lorsqu'il écoutait Nicole.

– Il est moitié irlandais de trait et moitié pur-sang, expliqua la jeune fille à Mandy, en se grandissant sur la pointe des pieds pour caresser les oreilles de son cheval. Nous avons commencé à faire du concours complet cette année, et il se débrouille très bien.

Mandy imaginait bien que le hongre était parfait pour la compétition, avec son regard curieux et réfléchi et sa solide carrure.

– Bonjour, Mandy. Je vois que tu as été présentée à Braveheart.

Cette fois, la voix appartenait bien à Molly. Mandy se retourna et la vit s'approcher depuis l'autre côté de la cour.

– En effet, sourit Mandy. Il est fabuleux.

– Oh oui, dit Molly avant de se tourner vers Nicole. As-tu fini de laver Sasha ?

Nicole jeta un coup d'œil dans la cour. Suivant son regard, Mandy aperçut un cheval pie avec un œil bleu qui les fixait.

– Oui, répondit-elle. J'ai commencé Moondance, aussi.

– C'est super, lui dit Molly avant d'ajouter à l'intention de Mandy : Nicole est une grande travailleuse. Je l'embaucherais à plein temps si je pouvais !

– Tu aimes travailler avec tous les animaux, ou seulement avec les chevaux ? demanda Mandy, une petite idée en tête.

– Tous les animaux, sans hésitation, répondit Nicole. J'aime surtout les chevaux, mais les chiens, les chats, les lapins, les poissons... Je les trouve tous incroyables.

La jeune fille se tut quelques instants, et Mandy vit ses joues rosir.

– J'adore votre site web, reprit-elle. C'est vraiment super que vous ayez ouvert Vert-Cottage.

C'est peut-être pour ça que Nicole l'avait immédiatement reconnue à son arrivée, pensa Mandy. Sa photo se trouvait sur le site, ainsi que celle de Bill. C'était un soulagement d'entendre un avis positif. Des idées noires tourbillonnaient dans sa tête plus souvent qu'elle ne le souhaitait depuis les récents événements.

– Tu aimerais donner un coup de main avec les animaux de temps en temps ? demanda Mandy, espérant avoir trouvé une solution à l'un de ses soucis au moins. Enfin, si Molly peut te dégager quelques heures ?

– Ça me va, si c'est ce que tu désires, dit Molly à Nicole. Ce serait très formateur pour toi de t'occuper de différents animaux.

Nicole observait Mandy, les yeux brillants.

– J'aimerais beaucoup. Je pourrais facilement venir chez vous à vélo. Je n'habite pas très loin. Juste à la limite de Graylands.

C'était le plus ancien des nouveaux lotissements qui s'étendaient le long de la vallée. Elle se redressa, une main toujours posée sur le cou de Braveheart.

– Combien de fois puis-je venir ?

Mandy avait envie de rire. Elle avait l'impression de se regarder dans un miroir, prête à tout faire pour passer du temps avec les animaux.

– Peut-être deux soirs par semaine ? Le mardi et le jeudi, par exemple ?

– Je peux venir le samedi aussi ?

Mandy lui lança un grand sourire.

– Bien sûr, avant d'ajouter, revenant subitement sur terre : Je ne peux pas te rémunérer pour le moment, tu es sûre que ça te va ?

– Aucun problème, promis. Je ne m'attendais pas à être payée, rétorqua Nicole.

Mandy se sentit submergée de gratitude. Dès qu'elle aurait les moyens de dédommager la jeune fille, elle le ferait. Elle était convaincue que ses petits protégés du refuge allaient adorer Nicole, et ça leur ferait du bien de voir un autre visage.

– Eh bien, c'est réglé ! intervint Molly, qui semblait également ravie. Tu as toujours envie de monter à cheval ? On devrait se mettre en route.

Mandy salua rapidement Nicole de la tête et suivit Molly qui traversait déjà la cour.

– Comment ça s'est passé avec les dents de Bill ? lança la propriétaire des écuries par-dessus son épaule.

– Oh très bien, quelques bords à râper, mais rien de bien grave.

– Super, répondit Molly en s'arrêtant près d'un box d'où sortait la tête d'une jument pie. Voici Sasha, il lui arrive de prendre peur pour rien, mais si tu restes ferme avec elle, tout ira bien.

Mandy observa Sasha. Son unique œil bleu lui donnait un air bancal, mais elle avait un visage large et très intelligent.

– Elle est adorable. Il faut que je t'emprunte une bombe, en revanche. La mienne était trop petite… enfin, si tu en as une à me prêter ?

Molly parut amusée.

– On en a plein, lança-t-elle en guidant Mandy vers une sellerie bien remplie et en montrant du doigt une étagère croulant sous des casques des différentes tailles. Par ici !

Mandy choisit une bombe toute noire et l'essaya. Elle était trop grande, mais pas de beaucoup. Elle l'ôta, l'échangea pour une autre, juste une taille en dessous. Cette fois, c'était parfait. En ressortant, elle s'aperçut que Molly avait déjà presque fini de seller Sasha.

– C'est presque bon, annonça Molly en ajustant la sangle, et en désignant du menton une grande jument alezane qui les observait par-dessus une porte de box, déjà sellée. Je vais monter Georgie, c'est une ancienne jument de course, Sasha et elle vont bien ensemble.

Molly attrapa les rênes de Sasha et conduisit la jument dans la cour.

– Tu as besoin d'un montoir ? reprit-elle.

Mandy secoua la tête, croisant mentalement les doigts. Elle suivit Molly des yeux tandis que celle-ci tournait autour du cheval, resserrant encore un peu la sangle, puis en abaissant les étriers. Sasha n'était pas si grande que ça, peut-être 1,60 m au garrot, devina Mandy, mais ça faisait encore haut pour réussir à passer son pied dans l'étrier. En faisant appel à des muscles en sommeil depuis des années, elle se hissa et fut soulagée d'atterrir délicatement sur la selle. Elle était ravie que Molly garde une main sur Sasha tout en réglant les étriers – la jument était plutôt agitée.

Molly leva la tête vers elle et lui sourit.

– Comment tu te sens ?

Mandy bougea les pieds dans les étriers, poussant ses talons vers le sol. Elle se sentait à l'aise des deux côtés.

– Bien, dit-elle à Molly.

Elle se pencha légèrement vers l'avant, serra ses genoux et ajusta les rênes. Molly lâcha la bride et Sasha bondit de côté, ses sabots claquant sur le béton. Résistant à la tentation de se cramponner des deux jambes, Mandy laissa retomber un peu plus son poids sur la selle et raccourcit très légèrement les rênes. De l'autre côté de la cour, Molly avait monté Georgie en prenant appui sur un tas de parpaings.

Nicole leur ouvrit le portail.

– Bonne promenade ! s'exclama-t-elle en leur faisant signe de la main.

Mandy la salua de la tête, préférant ne pas retirer une main des rênes. Sasha était très nerveuse. Elle avait une démarche hésitante, avec une tendance à dévier sur le côté, mais une fois à côté de Georgie, elle sembla se calmer un peu.

Depuis le haut de la jument alezane, Molly fit un sourire à Mandy.

– Sasha se porte mieux si tu gardes un contact léger avec elle. Utilise tes jambes pour la faire avancer, et tes mains pour l'aider à rester concentrée.

Au début, Mandy s'efforça de rester bien attentive. À travers les rênes, elle sentait que la jument avait envie de presser le pas. Mais la balade, même à une allure rapide, était régulière et facile à suivre, et Sasha ne sourcilla pas quand un pigeon s'envola d'une haie à leur passage. Mandy redressa ses épaules et se détendit enfin.

Quand elles arrivèrent à la barrière menant à la piste sillonnant la lande, Mandy était déjà parfaitement à l'aise. Molly était une vraie pipelette, et la conversation s'était d'abord orientée vers Vert-Cottage et Noël, avant de revenir vers Welford.

– Qu'est-ce qui t'a poussée à emménager ici ? demanda Mandy, réussissant enfin à en placer une.

Elle espérait presque que Molly lui parlerait de Jimmy, mais elle ne voulait pas être celle qui le mentionnerait en premier. Une partie d'elle souhaitait avouer à Molly qu'elle sortait avec lui. Mais leur relation n'en était qu'à ses débuts, et elle n'avait pas encore envie d'en parler. En plus, pour autant qu'elle sache, il était possible que Molly souffre encore de cette rupture.

– J'ai entendu dire que les écuries allaient être mises en vente et dès que je les ai vues, j'ai su que je voulais les acheter, répondit Molly. Mme Forsyth allait prendre sa retraite, alors elle m'a vendu une grande partie de sa sellerie et de son équipement. J'avais déjà Georgie et Sasha. Coco était le hongre de Mme Forsyth et j'ai accepté de le garder.

– Alors, ce n'est donc pas Welford qui t'a attirée ? insista Mandy.

Molly, qui s'était arrêtée pour ouvrir la barrière menant à la lande, se tourna vers le village. Elles avaient déjà grimpé si haut qu'elles voyaient par-dessus les toits des maisons.

– Pas exactement, mais dès que je suis arrivée, j'ai su que je voulais vivre ici, admit-elle avec un large un sourire. Et il y a sans aucun doute de grands avantages à vivre à la campagne dans le Yorkshire, n'est-ce pas ? Même s'il semble bien que j'aie une préférence pour les hommes des Lakes.

Mandy la fixa pendant un instant. Jimmy avait grandi dans le Lake District, et Molly et lui étaient sortis ensemble il y a quelques années. Molly avait-elle craqué pour un autre homme de Cumbria ? Le sourire de Molly était si grand que Mandy ne put s'empêcher d'être contente pour elle. Qui que ce soit, il rendait clairement Molly heureuse. La barrière s'ouvrit et Mandy guida Sasha en serrant les rênes. Les oreilles de la jument étaient en alerte, son corps tendu. Elle demanderait à Molly plus tard, pensa Mandy. Pour l'instant, Sasha avait besoin de toute son attention.

– Tu veux tenter un galop ? proposa Molly, après avoir refermé derrière elles, un sourire toujours dessiné sur le visage.

Mandy remarqua que Georgie avait relevé la tête, prête à filer.

– J'adorerais !

Elle eut à peine le temps de reprendre son souffle que Georgie fit un tête-à-queue et s'élança le long de la piste herbeuse. Sasha n'eut besoin d'aucun encouragement. Le corps musclé se contracta et bondit sous Mandy, et soudain, les seuls bruits qu'elle percevait étaient ceux des sabots qui frappaient la terre battue et du vent autour d'eux. Penchée en avant, Mandy savourait le frisson de l'air sur son visage, cette sensation de picotement, fraîche et grisante : elle se sentait profondément vivante. Elle gardait ses mains près du cou de Sasha, enfouies dans l'épaisse crinière brune et blanche. La jument galopait à pleine vitesse, mais Mandy n'avait pas l'impression de perdre le contrôle. Elle voyait bien que Molly devait mieux maîtriser Georgie, qui tirait sur les rênes comme si elles n'allaient pas assez vite à son goût.

Devant elles, le chemin serpentait de la vallée bordée d'arbres jusqu'à la crête surplombant le village. Elles étaient déjà à mi-chemin, la lande s'élevant à pic, verdoyante sur leur gauche, les champs clos de murs s'éloignant sur la droite. Le ciel sembla se rapprocher à mesure qu'elles gravissaient la crête. Même Georgie ralentit en atteignant le sommet. En quelques enjambées, Sasha ralentit jusqu'à retourner au pas et s'ébroua. Mandy se pencha en avant pour lui tapoter le cou et lui donna du mou. Il faisait plus froid ici et l'haleine des chevaux formait des panaches blancs de vapeur dans l'air. En se calant au fond de la selle, Mandy eut envie de rire à gorge déployée.

– C'était incroyable ! dit-elle en haletant.

Molly se contorsionna sur sa selle et lui sourit.

– Il n'y a rien de mieux au monde ! confirma-t-elle.

Soudain, Mandy se sentit observée, et au même instant, une voix résonna :

– Bonjour !

Elle aurait reconnu cette voix parmi cent autres. Quand elle tourna la tête, elle sentit ses joues déjà bien roses s'empourprer de plus belle. Jimmy se tenait là, près de la piste, entouré d'un groupe de marcheurs en tenue imperméable, allant du vieil homme à la barbe grise, bien essoufflée, à la jeune femme très glamour. Certains levaient des appareils photo et des portables pour prendre des photos. Mandy n'aurait pas su dire s'ils voulaient capturer le paysage ou les chevaux.

Jimmy lança un sourire éclatant à Mandy.

– Je vois que tu es passée du côté obscur, dit-il. La randonnée est plus facile à quatre pattes.

– Techniquement, il y en a six, remarqua Mandy.

Le sourire de Jimmy s'élargit encore tandis que Molly immobilisait Georgie et jetait un œil derrière elle.

– N'oublie pas pour vendredi ! s'exclama-t-elle.

Un court instant, Mandy se demanda à qui s'adressait Molly, mais Jimmy lui fit un signe de tête.

– Pas d'inquiétude, répondit-il.

Mandy cligna des yeux. Jimmy lui avait dit qu'il devait passer le week-end avec ses enfants et ses clients lors de leur soirée au *Fox and Goose*. Il n'avait en aucun cas mentionné Molly.

Elle caressa brièvement l'idée de lui poser la question directement, mais Jimmy s'était déjà tourné vers ses troupes et les avait ralliées pour entamer le trajet du retour.

– Mieux vaut se dépêcher, leur disait-il. Ce n'est pas bon pour nos muscles de rester immobiles trop longtemps dans le froid.

Les téléphones et appareils furent aussitôt rangés.

– On devrait y aller aussi, reprit Molly. Les chevaux ont besoin de redescendre plus lentement et il ne faut pas manquer de lumière.

Elle guida Georgie vers un bosquet d'où partait un chemin de pierre menant à la vallée. Mandy jeta un coup d'œil en arrière, Sasha suivant à travers l'herbe. Le groupe de randonneurs de Jimmy avait déjà disparu comme s'ils n'avaient jamais été là. Elle refusait de se laisser perturber par cette histoire entre Jimmy et Molly, et profita plutôt de la vue spectaculaire. Loin en contrebas, la fumée commençait à monter des cheminées. Elle imagina les gens bien confortablement installés dans leur salon, les pieds tournés vers le feu. Elle préférerait de loin être dehors, le vent battant son visage.

L'odeur chaude des chevaux emplissait ses narines. Le froid mordait ses mains et elle les enfonça dans la crinière de Sasha. Elle s'amusait beaucoup trop pour ressasser la question de Molly et Jimmy. Helen et elle n'avaient-elles pas déjà sauté une fois aux mauvaises conclusions ? Jimmy ne lui avait jamais donné aucune raison de ne pas lui faire confiance.

Elles entrèrent dans la cour alors que le soleil se couchait derrière la lande. Passant la jambe par-dessus la selle, Mandy glissa jusqu'au sol et atterrit avec un bruit sourd. Elle était contente de voir Nicole arriver et attraper les rênes.

– Je peux m'occuper de Sasha, lui proposa-t-elle.

Mandy hésita à accepter, mais finalement, elle se pencha en avant pour frotter ses cuisses endolories. Depuis qu'elle avait repris le travail auprès des animaux de ferme, elle s'était habituée à sentir des douleurs inattendues, mais celle qui se réveillait là ressemblait plutôt à une vieille amie.

– Merci beaucoup, dit-elle à Molly, qui était aussi descendue et se tenait aux côtés de Georgie. C'était fantastique.

– Reviens quand tu veux, répondit-elle en souriant et en caressant le cou de sa monture. Il y a toujours un cheval en manque d'exercice. Et puis, c'est vraiment un échange équitable contre les soins de Bill.

C'est ce que Mandy pensait. Elle ne connaissait pas Molly depuis longtemps, mais l'amour de sa nouvelle amie pour les chevaux et les soins généreux qu'elle prodiguait à Bill la rendait aux yeux de Mandy digne de confiance.

Mandy se redressa et sentit ses genoux protester. Nicole ressortit du box de Sasha, la selle sur les bras, la bride posée sur une épaule.

– On se voit mardi, dit-elle à Mandy avec un sourire timide.

– J'ai hâte, répondit Mandy. J'espère juste que tu ne manqueras pas trop à Molly !

Chapitre 13

On frappa à la porte de la salle de consultation. Avant que Mandy n'ait le temps de réagir, la tête d'Helen surgit dans l'embrasure.

– Un appel pour toi, glissa-t-elle avant de disparaître.

Mandy sourit à Susan Collins, qui avait amené son chat pour ses vaccins.

– Je suis désolée, je reviens tout de suite.

Susan lui rendit son sourire. Son fils Jack se tenait près d'elle, ses yeux sombres rivés sur Mandy. Susan était une ancienne camarade de classe de Mandy, et elles étaient devenues de bonnes amies depuis le retour de la jeune vétérinaire à Welford. Jack venait souvent faire un tour à Vert-Cottage avec sa mère.

– On peut attendre quelques minutes, la rassura Susan, avant de se tourner vers la boîte de transport depuis laquelle un chat rouquin aux yeux ronds l'observait. Tout ira bien, n'est-ce pas, Marmalade ?

Marmalade ne répondit pas, même si Mandy eut presque l'impression qu'il haussait les épaules. Ce qui était sûr, c'était que le matou n'était pas pressé d'être examiné.

Helen était assise à la réception lorsqu'elle entra. Pour l'instant, la salle d'attente était vide. Le téléphone était raccroché, mais la lumière de la ligne 1 clignotait.

– Qui est-ce ? s'enquit Mandy à voix basse.

Lorsqu'un client appelait et demandait à lui parler, à elle, personnellement, elle aimait être préparée avant de décrocher le téléphone. Il n'y avait rien de pire que d'être confrontée à une question importante, et se rendre compte qu'elle ne se souvenait pas des antécédents d'une situation compliquée.

– C'est le notaire, lui répondit Helen en chuchotant. Il a essayé ton portable, mais il était éteint, bien sûr.

Son portable était toujours éteint quand Mandy était avec des patients. Il semblait incroyablement peu professionnel de répondre à des appels ou consulter ses messages alors qu'elle était censée se concentrer sur un animal malade.

– Je sais que tu n'aimes pas être dérangée, sauf en cas d'urgence, mais je me suis dit que tu voudrais prendre cet appel, précisa Helen.

Mandy souleva le combiné et appuya sur le bouton la mettant en communication avec la ligne 1.

– Amanda Hope à l'appareil.

Cinq minutes plus tard, elle reposa le téléphone et se laissa tomber de tout son poids contre le comptoir, le souffle coupé. Helen l'observa, amusée.

– Bonne nouvelle ? s'aventura-t-elle.

– Oui ! s'exclama Mandy, prise d'une folle envie de lever les bras en l'air et de faire une danse de la joie. Oui ! Mon crédit pour le cottage de Lamb's Wood a été accepté ! Les contrats sont prêts et je peux récupérer les clés ce soir !

Elle secouait la tête, abasourdie – après tout ce temps, elle n'y croyait plus.

– Félicitations ! s'écria Helen, et son sourire était aussi large que celui de Mandy. Tu vas y monter ce soir ? Je suis disponible, si tu veux de la compagnie… enfin, je comprendrai si tu préfères t'y rendre avec quelqu'un d'autre, pour ta première visite officielle.

À ces mots, elle lui fit un clin d'œil. Mandy savait qu'Helen faisait référence à Jimmy. L'infirmière avait été ravie que Mandy lui confie qu'elle avait changé d'avis : elle ne voulait plus y aller doucement avec Jimmy après leur soirée au *Fox and Goose*. Helen approuvait tout à fait la « nouvelle relation de Mandy », comme elle avait pris l'habitude de l'appeler. Mandy avait dit à Helen qu'elle avait l'intention de le lui faire savoir et l'infirmière l'avait encouragée. C'était agréable de savoir que son amie estimait qu'elle prenait la bonne décision.

– Je vais peut-être envoyer un SMS à Jimmy, concéda-t-elle.

– Fonce, répliqua Helen, le regard brillant et triomphal.

Mandy sortit son portable de sa poche et l'alluma. Après quelques secondes de réflexion, elle tapa un court message :

Crédit immo accepté. Je peux avoir les clés de Lamb's Wood aujourd'hui. Es-tu dispo ce soir ?

Elle appuya sur « Envoyer » et éteint l'appareil, un doux sentiment d'anticipation montant en elle. Comme ça lui avait manqué d'avoir quelqu'un avec qui partager de bonnes nouvelles ! Maman, papa et Helen étaient adorables, mais avec Jimmy, c'était tout à fait différent.

Lorsqu'elle retourna en salle d'examen, Susan était assise, Jack sur ses genoux.

– Merci d'avoir été si patients, s'excusa-t-elle.

– Pas de problème, lui assura Susan, en se penchant pour embrasser Jack sur ses cheveux noirs. Je ne pense pas que Marmalade soit pressée de recevoir ses piqûres, de toute façon !

Une demi-heure plus tard, les consultations du matin s'achevaient enfin.

– Un café ? proposa Helen tandis que Mandy fermait la porte derrière le dernier client.

– Oui, volontiers.

Même si le café était une bonne idée, ce dont Mandy avait vraiment besoin, c'étaient quelques minutes pour rassembler ses pensées. Elle avait été largement distraite durant ces trente dernières minutes. Alors même qu'elle procédait au calcul complexe de la dose de vermifuge pour traiter une perruche, une minuscule partie de son esprit s'était accrochée à une étincelle d'impatience.

Ce soir serait sa première réelle visite à Lamb's Wood depuis le sauvetage l'été passé avec Seb Conway. Enfin, elle allait visiter le cottage qui deviendrait son premier véritable chez-elle. Elle voulait que Jimmy soit avec elle. Le délai était court, mais elle avait déjà en tête l'idée d'explorer les lieux ensemble. Ils allaient traverser le jardin de devant envahi par la végétation. Peut-être s'embrasseraient-ils sur le seuil de la porte d'entrée. Pas comme ce baiser fugace échangé après le dîner au *Fox and Goose* pour lui souhaiter bonne nuit, non. Un baiser bien plus intense. Elle se souvenait encore de la délicieuse sensation de tourbillon quand il l'avait enlacée dans le bosquet près du parcours d'accrobranche. Cette fois, elle ne reculerait pas.

Lorsqu'elle ralluma son téléphone, elle fut déconcertée de constater que Jimmy n'avait toujours pas répondu à son message. Il l'avait lu juste au moment de l'envoi. Et puis plus rien. Pas même un pouce en l'air ou un smiley. Elle fixait les lettres minuscules : « Lu à 09:30 ». S'efforçant de balayer sa déception, elle remit le téléphone dans sa poche. Son message était probablement arrivé exactement au même moment qu'un de ses clients. Ou peut-être qu'il n'avait plus de batterie. Elle lui donnait jusqu'au déjeuner. Si elle n'avait pas de nouvelles d'ici là, elle l'appellerait.

Alors qu'elle rejoignait Helen dans la cuisine, son portable sonna au fond de sa poche. Son cœur fit un bond, mais l'écran affichait un numéro inconnu. Essayant de ne pas paraître trop abattue, elle décrocha :

– Amanda Hope.

– Bonjour, répondit une voix qui lui semblait familière, mais qu'elle n'arrivait pas à resituer. Je suis bien à Vert-Cottage ?

– Tout à fait, confirma Mandy en retenant son souffle.

Ça pouvait être tout et n'importe quoi, de la plainte à la demande d'aide. Mais par chance, l'homme se présenta : c'était Peter Dillon, qui avait visité en famille le refuge le samedi précédent.

– En quoi puis-je vous aider ? demanda Mandy.

– On est vraiment tombés amoureux de Melon, le petit westie. Est-ce qu'il est encore disponible ?

Mandy laissa sa tête reposer contre le mur avec un frisson de satisfaction. N'avait-elle pas dit à Tom Hope qu'elle pensait que Melon les intéressait ?

– Complètement, il est toujours à l'adoption.

– Eh bien, dans ce cas, nous aimerions l'accueillir chez nous, annonça M. Dillon. Je crois que vous aviez parlé d'une visite à domicile ? De quoi s'agit-il exactement ?

La porte de la clinique claqua derrière elle. Mandy était sur le point de demander à M. Dillon si elle pouvait le mettre en attente quand elle s'aperçut que c'était mamie. Mandy lui fit un geste de la main, l'invitant à passer dans le cottage.

– Ça veut juste dire que je vais venir faire un tour chez vous, expliqua-t-elle à M. Dillon. Je dois vérifier que tout est sécurisé et que vous avez toutes les informations nécessaires avant d'accepter de prendre Melon.

Elle essayait toujours de décrire la visite à domicile comme un événement positif et palpitant. Elle souhaitait à tout prix éviter que les gens soient nerveux et trop préparés, ou qu'ils changent complètement leur environnement. Elle voulait se faire une image la plus fidèle possible du foyer proposé.

– D'accord. Ça semble être une bonne idée, répondit M. Dillon d'un air pensif. Est-ce que mercredi après-midi vous conviendrait ?

Au bureau, Mandy vérifia le planning de rendez-vous pour mercredi. Il n'y avait rien de trop prenant pour le moment.

– Ce serait parfait, confirma-t-elle. Quatorze heures, ça vous va ?

– Super. Merci beaucoup. On se voit mercredi ! lança M. Dillon, tout excité, et Mandy se surprit à sourire en raccrochant.

Elle vérifia encore l'écran – Jimmy n'avait toujours pas répondu. Pour autant, il semblait qu'elle avait trouvé une famille pour Melon. Elle ajouta la visite au planning de mercredi. Puis, après un dernier coup d'œil à la salle d'attente toujours vide, elle se dirigea vers la porte qui séparait la clinique de la maison.

Dans la cuisine, elle fut accueillie par un merveilleux parfum de boulange. Helen avait fait asseoir sa grand-mère et lui avait offert un café. Les deux femmes levèrent les yeux quand Mandy entra.

– Qu'est-ce qui sent si bon ? demanda Mandy en balayant des yeux la pièce.

Sur le côté de la table, mamie avait posé une boîte de pâtisseries dorées et moelleuses.

– J'ai apporté des gougères au fromage et aux oignons, dit Dorothy Hope. Je me suis entraînée pour la foire de Noël du Club des femmes de Welford. J'ai pensé que ça vous ferait plaisir.

Mandy prit une grande inspiration. La délicieuse odeur flottait partout dans la pièce.

– Tu pourrais t'asseoir, suggéra Helen.

– Je pourrais, en effet, gloussa Mandy en tirant une chaise.

– Grand-père t'embrasse, lui dit mamie, en prenant sa tasse et en la portant à ses lèvres. Il s'est tellement amusé samedi.

Mandy sourit.

– Il est toujours le bienvenu, répondit-elle avant de se pencher pour serrer sa grand-mère dans les bras. Et pendant que j'y pense, merci beaucoup pour votre merveilleux cadeau.

Elle fut heureuse de lire de la satisfaction sur le visage de Dorothy Hope.

– Je sais que tu peux te débrouiller, assura-t-elle en souriant, mais chaque petit geste compte. En parlant de ça, j'ai eu une idée de génie pour le Club. Certains membres n'arrêtent pas de discuter de toi et de tout le bien que tu fais. Je me demandais si tu pourrais envisager d'organiser une journée portes ouvertes à Vert-Cottage ? Je suis sûre que pas mal de gens aimeraient y jeter un coup d'œil. Et tu pourrais solliciter des dons ou faire payer un petit droit d'entrée. Nous pourrions peut-être faire une vente de pâtisseries. Qu'en penses-tu ?

Au milieu de son visage ridé, les yeux bleus de sa mamie débordaient d'amour.

– C'est une très bonne idée, approuva Mandy.

Peut-être qu'elle pourrait obtenir un peu de publicité. Mandy était sûre de pouvoir convaincre le journal local de couvrir l'événement. Plus les gens par ici comprendront tout le bien qu'elle essaie de faire, mieux ils l'accepteront, pensa-t-elle.

– Et comment ça se passe avec tes adorables pensionnaires ? Papy doit-il revenir te donner un coup de main ?

Mandy sourit, se souvenant de ce que lui avait confié Tom Hope : sa mamie voulait qu'il la laisse un peu tranquille.

– En fait, j'ai trouvé une nouvelle bénévole, Nicole. Elle aide Molly Future aux Écuries Six Oaks et elle a accepté de faire quelques soirées à Vert-Cottage.

– C'est super, s'exclama Helen.

– Tu parles de Nicole Woodall ? demanda mamie. Celle qui a emménagé dans la maison à la lisière de Graylands ?

Mandy observa Dorothy, partagée entre étonnement et hilarité. Elle n'avait aucune idée de comment sa mamie connaissait toujours tout sur les habitants de Welford, alors que le village s'étendait maintenant sur des kilomètres le long de la route de Walton.

– Elle-même, confirma-t-elle. Je me suis dit qu'il fallait que j'engage quelqu'un avant que les services sociaux ne débarquent. Ils seraient sûrement curieux de savoir pourquoi Vert-Cottage emploie des octogénaires.

Mamie éclata de rire, pour le plus grand bonheur de Mandy.

Malgré sa faim, Mandy n'apprécia pas les pâtisseries de sa mamie autant qu'elle l'aurait espéré. Non qu'elles ne soient pas appétissantes, au contraire, elles étaient délicieuses. Mais elle ne pouvait s'empêcher d'être déroutée par le silence persistant de Jimmy. S'il ne lui avait pas répondu à treize heures trente, elle l'appellerait. Adam était toujours en vadrouille quand elles passèrent à table, mais Emily était de retour. Elle paraissait plus pâle encore que d'habitude, songea Mandy.

C'était sûrement bête, mais jusqu'à ce qu'elle ait enfin des nouvelles de Jimmy, elle ne se voyait pas parler à sa mère de l'appel du notaire. Tout au long du déjeuner, elle supplia intérieurement son portable de sonner, mais à treize heures quarante-cinq, elle repoussa sa chaise.

– Je monte une minute, annonça-t-elle.

À son grand soulagement, sa mère se contenta de lui sourire.

– À tout de suite.

Même si elle se répétait qu'elle était idiote, Mandy ne parvenait pas à empêcher ses doigts de trembler en composant le numéro de Jimmy. Elle se demandait si son portable était éteint, ce qui expliquerait pourquoi il n'avait pas répondu. Elle se percha sur le bord du lit, les yeux rivés sur le verger juste devant la fenêtre. À l'autre bout, le téléphone de Jimmy sonnait. Il était donc bien allumé, pensait Mandy.

Au bout de ce qui parut durer mille ans, elle entendit sa voix essoufflée :

– Mandy ! Désolé de ne pas t'avoir rappelée. C'était la folie ici ce matin, lança Jimmy, qui semblait être en train de courir.

Mandy fronça les sourcils. Même s'il avait été bien occupé, n'aurait-il pas pu trouver le temps de répondre à son message ? Ça n'aurait pris qu'une minute. Il devait savoir que c'était important pour elle.

– Je me demandais si tu voulais venir avec moi ce soir, dit-elle, grimaçant en entendant la note d'espoir dans ses mots.

En arrière-plan, elle perçut d'autres voix, puis de nouveau celle de Jimmy, crispée.

– J'ai peur de ne pas pouvoir, rétorqua-t-il. Pas ce soir. J'espère que ça se passera bien. Je t'appelle dès que possible.

La ligne redevint silencieuse, il avait raccroché.

Mandy sentit le cadre du lit s'enfoncer dans ses cuisses. Est-ce qu'il s'était passé quelque chose à Running Wild ? S'il y avait eu un accident, ça expliquerait le ton étrange de Jimmy. Mais ne le lui aurait-il pas dit ?

Elle tendit les mains sur le lit, et se pencha en arrière. Était-il vraiment nécessaire de se montrer aussi sec avec elle ? Elle avait été si excitée. Maintenant, elle se sentait juste inquiète. Mandy se releva, traversa la chambre puis le palier et s'engouffra dans la salle de bains. Après s'être aspergé le visage d'eau froide, elle se sentait un peu mieux. Elle savait ce que c'était que d'être débordée. Après tout, elle n'était pas une petite chose fragile à ménager, elle n'allait pas prendre la réponse de Jimmy personnellement. Non, elle demanderait plutôt à Helen de l'accompagner à Lamb's Wood. Et il était temps aussi qu'elle l'annonce à sa mère.

Emily fut enchantée, elle embrassa et félicita Mandy. À son retour, Adam se montra tout aussi enthousiaste. Mais le bonheur de Mandy restait tempéré par le malaise avec Jimmy. Il ne l'avait même pas félicitée. Qu'est-ce qui pouvait bien être si urgent pour qu'il ne se soucie même pas de son acquisition immobilière ?

– Vous avez passé une bonne soirée la dernière fois, n'est-ce pas ? s'enquit Helen, les sourcils froncés, en s'asseyant derrière le comptoir de la réception.

Jusqu'à présent, les consultations de l'après-midi étaient calmes. Avec un peu de chance, elles finiraient tôt aujourd'hui.

Mandy repensa au dîner de vendredi au *Fox and Goose*. On pouvait difficilement parler d'une nuit de romance et d'étoiles dans les yeux, mais Jimmy et elle s'étaient bien entendus, non ?

– Ce n'était pas la meilleure soirée de tous les temps, concéda-t-elle. C'était bondé à cause des illuminations de Noël, mais… c'était bien.

Elle ponctua sa réponse d'un haussement d'épaules.

– Et la fin de la soirée ? insista Helen, tout en scrutant Mandy. Il t'a raccompagnée chez toi ? Qu'est-ce qu'il a dit ? Vous avez parlé de vous revoir ?

Mandy reconsidéra leur bref échange, quand Jimmy lui avait demandé si elle accepterait de changer d'avis, et de dire oui pour un vrai rendez-vous. Qu'avait-elle répliqué ? Avait-elle été assez précise ? Elle le pensait en tout cas.

– Oui… Il a dit quelque chose comme…

Elle hésita, une main sur le front.

– Pourrais-tu te laisser persuader d'aller à un autre rendez-vous… Quelque chose comme ça. Et j'ai répondu : « Peut-être que je pourrais. »

Elle fit rouler un stylo sur le comptoir avant de reprendre :

– Ça ne sonne pas très convaincant quand je le dis comme ça, mais je suis sûre qu'il ne l'a pas pris comme ça.

– Est-ce qu'il a dit quelque chose après ?

Mandy ferma les yeux, s'efforçant de faire remonter ses souvenirs. Elle lui avait suggéré autre chose, non ? Une image de Holly et Robin lui vint à l'esprit et elle sourit.

– Je lui ai proposé d'amener Abi et Max pour qu'ils rencontrent les ânes. Tu ne crois pas que ça leur plairait ?

Helen semblait un peu partagée, comme indécise.

– Je suis sûre que ça leur plairait, la rassura-t-elle, mais sa bouche s'étirait en une ligne droite et ses sourcils restaient arqués. Mais peut-être a-t-il pensé que tu précipitais les choses ? Quand ma sœur et son mari se sont séparés et qu'elle a rencontré quelqu'un, il lui a fallu beaucoup de temps avant de présenter les enfants à son nouveau petit ami. Même si elle l'aimait beaucoup, elle voulait être absolument sûre. Elle était vraiment en colère quand son ex a présenté ses deux filles à toute une série de petites copines. Ça a créé des problèmes interminables entre eux.

Mandy fixa Helen, confuse.

– Mais, j'ai déjà rencontré les jumeaux !

Helen hocha la tête plusieurs fois.

– Tu étais encore avec Simon à cette époque, non ? Même si Jimmy t'aimait déjà bien, il ne t'aurait jamais présentée comme sa petite amie.

Mandy fronça les sourcils. Était-il vraiment possible que sa proposition ait offensé Jimmy ? Il lui parlait régulièrement des jumeaux, mais c'est vrai, il n'avait jamais suggéré qu'ils fassent quoi que ce soit tous les quatre.

Elle se passa une main dans les cheveux. Il avait balayé sa question sans y répondre, et pourtant, elle n'arrivait pas à croire que ça suffisait pour expliquer son silence. C'était à la toute fin de leur conversation qu'il lui avait dit qu'il l'appellerait.

– Mandy ?

La voix d'Helen la sortit soudain de sa rêverie. Quelques instants plus tard, elle entendit la porte de la clinique s'ouvrir et se tourna pour accueillir son client suivant.

C'était Roo Dhanjal. En la voyant entrer, Mandy sentit la panique la gagner. Le beau visage de Roo était chiffonné d'inquiétude. Y avait-il un souci avec l'un des jeunes chats qu'elle avait adoptés cet été ?

– Qu'est-ce qui ne va pas ? lâcha Mandy. C'est un des chatons ?

Roo la fixa un instant, interdite.

– Non, ils vont bien. C'est..., hésita-t-elle, en tripotant la sangle de son sac à main. Nous... nous avons eu une très mauvaise critique. Sur Tripadvisor. À propos du camping.

Pauvre Roo. Mandy ressentit pour elle un élan de compassion.

– Je sais que la plupart des gens sont charmants, la réconforta-t-elle, mais certains ne sont pas aussi sympas. Tu ne devrais pas prendre tout ça trop à cœur.

Roo secoua la tête.

– Tu ne comprends pas, dit-elle, grimaçant de tristesse. Quelqu'un a écrit que leur séjour a été gâché par les aboiements des chiens et le bazar de Vert-Cottage. Il y a même le nom du refuge. Je suis désolée. J'ai pensé que tu devrais le savoir. Nous avons demandé à Tripadvisor de retirer l'avis, et ils l'ont fait, mais il est resté deux jours avant que nous ne tombions dessus.

Mandy fut submergée par une vague de nausée. Derrière le bureau, Helen avait l'air horrifiée.

– Je ne comprends pas, poursuivit-elle en secouant la tête. Nous n'avons jamais entendu les chiens aboyer. Même à l'extérieur. Et il n'y a aucun bazar à notre connaissance. Je sais que tu tiens tout en ordre.

Mandy baissa les yeux vers ses mains : elles tremblaient. *Est-ce que c'est ce que papy voulait dire quand il parlait d'escalade ?*

– Je ne sais pas exactement de quoi il s'agit, mais ça semblait si *personnel*, ajouta-t-elle, lèvres pincées, ses yeux noirs rivés vers Mandy. Tu ne penses pas… tu ne penses pas que quelqu'un chercherait à te causer des problèmes, n'est-ce pas ?

Mandy était sans voix. *C'est évident. Mais qui pourrait détester Vert-Cottage à ce point ?*

– Et le trou dans la haie et la commande de nourriture annulée ? intervint Helen.

Elle entreprit de tout raconter à Roo. Mandy voulait plaquer ses mains sur ses oreilles, oublier la liste des mésaventures et des coïncidences qui s'accumulaient. Au lieu de ça, elle posa les mains sur le comptoir, priant pour qu'elles restent immobiles.

– Pourquoi quelqu'un aurait-il un problème avec le refuge ? demanda-t-elle calmement quand Helen se tut. Ça n'a aucun sens.

– Et M. Powell, avec ses ânes ? suggéra Helen. Tu as dit qu'il était furieux.

– C'est vrai, acquiesça Mandy, mais le trou dans la haie est apparu avant que je ne le rencontre.

Papy avait raison, pensa-t-elle. Il fallait qu'elle mette tout ça à l'écrit. L'ordre exact des événements pourrait bien s'avérer important.

– Je me suis posé des questions sur Geoff Hemmings, reprit-elle. Il était très en colère quand Flamme s'en est prise à ses lapins, ce qui est compréhensible, mais elle n'a fait de mal à personne… Il a dit à Ellen Armstrong que quelqu'un se plaignait de Vert-Cottage au *Fox and Goose*.

Elle grimaça en se repassant cette conversation. Helen se leva et glissa le bras autour des épaules de Mandy.

– Je sais que ça paraît horrible, mais nous sommes nombreux à penser que Vert-Cottage est un lieu formidable. Si tu veux, je peux jouer les détectives. Nous pourrions tâcher de découvrir qui se cache derrière tout ça.

Elle avait l'air si enthousiaste que, malgré tout, Mandy éclata de rire.

– Tu peux essayer si ça te chante, Miss Marple, lança-t-elle. Mais je crois que je devrais appeler Ellen.

Quand Tom Hope avait suggéré d'en parler à la police, Mandy avait trouvé l'idée ridicule. Elle se donnait un jour ou deux, songea-t-elle, pour voir si Helen découvrait une preuve flagrante. Ensuite, si rien n'était réglé, elle passerait un coup de fil à Ellen.

– Je ferais mieux d'y aller, annonça Roo. J'ai laissé Josh s'occuper des enfants, de la cuisine et du camping. C'est un peu trop, même pour lui. Je suis vraiment désolée, Mandy.

Elle leva la main en signe d'excuse et quitta la clinique. Helen suivit Roo jusqu'à la porte et la verrouilla derrière elle, puis éteignit la lumière principale.

– Allez, viens. Même s'il y a un cinglé en liberté, nous devons toujours aller explorer ta nouvelle jolie propriété.

Mandy se fendit d'un immense sourire. Elle avait complètement oublié qu'elle était enfin propriétaire !

– Je vais conduire. Lucy ! Sky ! appela Helen en ouvrant la porte de la cuisine.

La chienne retriever à poil plat adorée de l'infirmière et le colley tant aimé de Mandy étaient recroquevillés devant le poêle à bois. Ils se levèrent aussitôt et trottèrent vers leurs maîtresses.

– Il vaut mieux qu'on prenne le Land Rover, suggéra Mandy. L'allée sera probablement assez impraticable.

Il faisait très sombre dehors. Tandis qu'Helen s'engageait sur la voie, Mandy remarqua que certains voisins avaient installé des décorations de Noël. Des rideaux ouverts laissaient voir des sapins chargés de boules de Noël et de lumières scintillantes multicolores. Le mois de décembre avait déjà commencé depuis trois jours, réalisa Mandy. Ne serait-ce pas merveilleux si elle réussissait à rendre Lamb's Wood habitable pour Noël ? Il ne restait pas beaucoup de temps, mais le travail acharné ne lui faisait pas peur. Il y a quelques mois, Simon avait essayé de la forcer à quitter Welford afin de lier son destin à Leeds et lui pour toujours. Ces derniers mois, elle était retournée vivre chez ses parents. Même si elle les aimait et était heureuse d'être à nouveau entourée de sa famille, l'achat de cette propriété semblait bien être une étape positive vers une véritable indépendance adulte.

La piste menant au cottage était en effet envahie par les mauvaises herbes. Le Land Rover cahota sur les ornières et Helen eut bien du mal à garder les roues droites. Des ronces s'accrochaient au pare-brise et s'agrippaient aux pneus. De temps à autre, les phares semblaient illuminer une haie impénétrable au milieu d'arbres anciens. Mais Helen garda le cap et, finalement, la végétation les recracha devant les dépendances en ruines.

Mandy ouvrit sa portière, descendit et attendit qu'Helen finisse de détacher les ceintures de sécurité de Sky et Lucy. Les deux chiennes sautèrent de la voiture et disparurent dans l'obscurité. Mandy attrapa les torches rangées dans la boîte à gants et en tendit une à Helen. C'était une nuit glaciale et, pendant quelques instants, les deux femmes restèrent immobiles dans la pénombre, laissant leurs yeux s'adapter. Le ciel était d'un bleu de velours limpide. Une pleine lune était suspendue au-dessus des cimes, sa lueur froide illuminant les branches d'hiver et le contour voûté de la lande à l'autre bout de la vallée. Sky revint quelques secondes à peine après son échappée, mais voyant que Lucy ne la suivait pas, Mandy sentit une vague de nervosité monter. Et s'il y avait vraiment un « cinglé en liberté », comme l'avait dit Helen ? Aurait-il pu les pister jusqu'ici ?

Elle frissonna avant de crier :

– Lucy !

Heureusement, des bruissements montèrent *crescendo* jusqu'à ce que tout à coup, la chienne noire surgisse de l'ombre, remuant de tous ses membres.

L'allée traversant le jardin de devant était presque invisible, mais certaines des mauvaises herbes étaient mortes avec l'arrivée de l'hiver et Mandy parvint à se frayer un chemin jusqu'à la maison. Sky et Lucy passaient et repassaient dans les rayons des lampes de poche. Toutes deux avaient le nez rivé au sol et la queue en l'air. Leur enthousiasme pour chaque sortie, aussi inhabituelle soit-elle, faisait toujours sourire Mandy.

Elle atteignit la porte d'entrée. Helen se tenait en retrait et fit un signe de tête à Mandy, les yeux pétillants d'excitation.

– Bienvenue chez toi, chuchota-t-elle.

Avec une étrange sensation de solennité, Mandy retira la clé de sa poche. Pour le meilleur ou pour le pire, le cottage lui appartenait. Même si la serrure était légèrement rouillée, elle tourna la clé de ses doigts gelés et, finalement, dans un grincement, la porte se déverrouilla. Elle fit jouer un peu la poignée et, avec l'aide d'Helen, ouvrit en grand.

En passant le seuil, Mandy sentit une vague d'émotions déferler. La première fois qu'elle avait mis les pieds ici, c'était avec James, bien des années auparavant, quand ils étaient venus aider Robbie avec ses furets. Déjà à l'époque, le petit cottage lui avait paru bien accueillant. L'été dernier, les circonstances de sa venue avaient été bien plus terribles : Robbie Grimshaw avait été emmené, au milieu d'animaux négligés. Mais cette demeure lui semblait toujours aussi spéciale. C'était là qu'elle avait rencontré Sky, après tout.

Elle avait depuis longtemps l'intention de rendre visite à Robbie. À présent, à l'intérieur de son ancienne demeure, s'y projetant, il lui semblait encore plus nécessaire de le voir. Après son séjour à l'hôpital, il avait été transféré dans une maison de retraite. Il n'était pas loin, juste à Walton. Elle allait essayer de trouver le temps de s'y rendre très bientôt, pensa-t-elle. Tandis que sa torche illuminait faiblement l'entrée jusqu'à la rampe d'escalier en bois sculpté, Mandy sentit un coup de pouce derrière ses genoux. C'était Sky. Ses oreilles étaient aplaties vers l'arrière, et ses yeux semblaient nerveux dans le faisceau de la lampe. Mandy s'accroupit à côté d'elle, caressant de la main sa douce fourrure.

– Tout va bien, chuchota-t-elle.

Elle se demandait ce que Sky se rappelait de ses années ici. Robbie n'avait jamais maltraité la chienne, mais sa vie avait été très limitée et malheureuse. Sky devait savoir que son maître était malade, incapable de s'occuper de ses animaux. La queue de Sky balaya le sol en pierre. Lorsque Mandy se leva et entra dans la cuisine, Sky resta près d'elle, une ombre anxieuse et légère sur ses talons. La dernière fois que Mandy était venue ici, des poubelles débordaient et des pommes de terre pourrissaient à même le sol. Quelqu'un était venu depuis et avait grossièrement déblayé, mais l'ancienne table en chêne se trouvait toujours sous la fenêtre. La lune brillait doucement à travers la pièce, faisant ressortir les vieux placards et le poêle délabré.

Mandy passa une main sur les portes des meubles. Elles semblaient plus ou moins en bon état, peut-être pourrait-elle se contenter de les nettoyer et de les frotter plutôt que de les remplacer. Le poêle se dressait au milieu du mur opposé à la fenêtre. En fonte, il paraissait plus lourd que Bill, le cheval de trait. Le dessus était plat, avec un feu massif où l'on pouvait poser une bouilloire. Ce n'est pas là qu'elle préparerait un repas de Noël sophistiqué, de toute façon, conclut Mandy avec dérision.

Remontant le mur, le faisceau de la lampe d'Helen repéra un fil dénudé traversant le plafond, au bout duquel était suspendue une ampoule électrique, juste au-dessus de leurs têtes. Par réflexe, Mandy se baissa pour l'esquiver. Il fallait absolument faire venir un électricien en priorité.

– Ça pourrait être très sympa ici, commenta Helen.

Elle était bien généreuse, pensa Mandy, tout en étant soulagée qu'Helen parvienne aussi à reconnaître le potentiel de cette petite maison. Elle dirigea sa lumière vers la table et les chaises en chêne.

– Je sais qu'elles sont sales, mais j'aime bien celles-là. Si je peux les décrasser, je pense que je vais les garder. Il serait difficile d'en trouver d'autres qui conviennent mieux.

– Ce sera vraiment très beau, soupira Helen.

Mandy se rapprocha de l'évier. Il était bien rouillé, mais elle réussit à ouvrir le robinet d'eau froide. L'eau qui jaillit avait aussi l'air rouillée, et après quelques secondes, le flot se tarit.

– Peut-être qu'il y a une arrivée d'eau fermée quelque part, suggéra Helen.

Mandy envisagea brièvement de se mettre à quatre pattes pour chercher sous le meuble, mais il valait mieux enquêter à la lumière du jour, décida-t-elle. De toute façon, en cas de vague de froid, c'était aussi bien que l'eau soit coupée.

Elles explorèrent le reste du cottage. Une jolie cheminée en brique trônait dans la pièce face à la cuisine. Il faudrait ôter le papier peint vert, mais il y avait des espaces de chaque côté de l'âtre où Mandy pourrait mettre des étagères. Le panier de Sky irait dans le coin de l'autre côté du feu. Elle imaginait déjà un grand canapé en L et des fauteuils confortables recouverts de plaids en tartan doux.

L'escalier semblait assez solide, il ne manquait plus que la peinture et une nouvelle moquette. Mandy demanderait des conseils à James pour le choix de la couleur. Quelque chose de chaud, peut-être, comme un fauve profond. Helen monta les escaliers et tourna à gauche dans la petite chambre sous les toits qui donnait sur la vallée, quand Mandy prit à droite vers la chambre principale. C'est là qu'elle avait trouvé Sky. Quand elle s'arrêta, le petit colley s'assit à côté d'elle et leva les yeux vers Mandy. Son épaisse queue noire se mit à remuer, caressant le plancher. Mandy se baissa et enfouit son visage dans les poils de Sky. Elle sentait le foin et les feuilles, le doux et le propre.

Sky inclina la tête, attentive, les oreilles dressées.

– Alors, tu en penses quoi, ma belle ? lui chuchota-t-elle. Tu aimerais revenir vivre ici, à la maison ? Je sais que tu as déjà dormi ici, mais cette fois, on serait ensemble.

La chienne remua encore la queue, et tendit le cou pour lécher l'oreille de Mandy.

– Je vais prendre ça pour un oui !

Chapitre 14

Mandy jeta un œil à l'horloge du tableau de bord – elle aurait tout juste le temps, pensa-t-elle. Elle était en route pour rendre visite à Robbie Grimshaw. Elle ne l'avait pas revu depuis cette horrible journée d'été quand elle avait aidé la police à désarmer ce vieil homme confus. Mandy avait préféré laisser Sky avec ses parents. Elle se dit que Robbie aimerait bien revoir Sky bientôt, mais il fallait d'abord qu'elle s'assure que la maison de retraite acceptait les animaux. Et que Robbie avait l'esprit suffisamment clair pour comprendre que la chienne ne pourrait pas rester auprès de lui. Mandy sentit son cœur s'arrêter un instant – elle ne pouvait imaginer ce qu'il avait dû ressentir, contraint d'abandonner ses animaux adorés à cause de son grand âge. Pauvre Robbie.

La maison de retraite des Sorbiers s'avéra être une imposante maison victorienne, la porte d'entrée entourée de part et d'autre de fenêtres, dressée au centre d'un parc, en retrait de la route. À l'avant, d'immenses pelouses étaient constellées d'arbres et de buissons sempervirents. Une vieille dame, bien emmitouflée, se promenait le long d'une allée bordée de chênes, aidée d'un déambulateur. À ses côtés, une infirmière, reconnaissable à sa coiffe, son pantalon clair et sa doudoune sans manches, la surveillait attentivement.

Devant la porte d'entrée, sous le porche, un homme en fauteuil roulant, habillé avec beaucoup d'élégance, semblait profiter des rayons de soleil de décembre. Il salua Mandy d'un signe de tête en la voyant s'approcher.

– Beau temps pour un mois de décembre, remarqua-t-il.

– Oui, c'est agréable, acquiesça Mandy.

La porte en bois vernis blanc surmonté d'un grand vitrail était fermée et Mandy sonna. De l'autre côté, elle aperçut un joli vestibule voûté.

Une auxiliaire de vie, portant les mêmes couleurs que l'infirmière, vint lui ouvrir. Une vague de chaleur frappa Mandy, accompagnée de l'odeur si caractéristique du chou trop cuit, mais au moins, le sourire de la femme était accueillant. Un badge sur sa tunique informait qu'elle s'appelait Linda.

– Puis-je vous aider ? demanda-t-elle en ouvrant plus grand la porte pour laisser entrer Mandy.

– Je suis Mandy Hope. Je suis venue voir Robbie Grimshaw, si c'est possible.

Par l'encadrement sur sa droite, elle entendit soudain un gémissement, montant *crescendo*, puis retombant en sanglots.

– Ne vous inquiétez pas, madame Outhwaite, je vais vous le ramasser, dit une voix, suivie d'un bruit étouffé. Et voilà. Ça va aller.

Au bout de quelques secondes, les pleurs cessèrent.

– Robbie Grimshaw ? lança l'auxiliaire de vie en souriant. Bien sûr que vous pouvez le voir. Il est parfois un peu confus, mais très doux, et il adore observer les oiseaux par la fenêtre. Il a déjà un visiteur là, son neveu qui vient assez souvent. Je suis sûre qu'il ne verra pas de problème à ce que vous les rejoigniez.

Mandy fut soulagée d'apprendre que M. Grimshaw avait trouvé une certaine sérénité ici. Il avait paru si hostile et terrifié lorsqu'elle l'avait vu cet été. En plus, un neveu lui rendait visite. Mandy n'avait pas pris conscience qu'il avait de la famille dans les environs. Il avait semblé si seul.

Grâce aux indications de l'auxiliaire, Mandy trouva son chemin, grimpa un large escalier et longea un couloir jusqu'à la chambre de Robbie. Le bâtiment était superbe et bien entretenu. Les murs étaient fraîchement peints dans des couleurs chaudes et le tapis avait l'air neuf. Par une porte entrouverte, elle aperçut une autre auxiliaire en grande conversation avec l'un des résidents.

Elle passa la porte ouverte de la chambre de M. Grimshaw, également décorée avec soin dans un vert apaisant. Dans un coin, une porte entrebâillée laissait apparaître une salle de bains attenante. La chambre elle-même était spacieuse et lumineuse, avec un lit double au centre et une haute fenêtre donnant sur le jardin de devant. Deux fauteuils se trouvaient près de la fenêtre, chacun occupé. Dans l'un d'eux, Robbie Grimshaw lui-même. Mandy se réjouit de voir qu'il était bien habillé, avec un pantalon et un polo à manches longues. En face, un jeune homme grand et mince, aux cheveux noirs, était si absorbé par son téléphone qu'il ne leva même pas les yeux quand Mandy s'approcha.

– Bonjour, lança Mandy.

Au son de sa voix, le jeune homme releva la tête, surpris. Il avait les yeux les plus bleus et les plus éclatants qu'elle ait jamais vus. Ils étaient immenses et saisissants, bordés de cils si sombres qu'on aurait pu croire qu'il portait de l'eye-liner.

Mandy avait voulu éviter de le surprendre, et elle avait formidablement échoué. L'expression sur son visage lui rappela celle d'un renard surpris en train de fouiller une poubelle. Il bondit de son siège, puis s'arrêta juste assez longtemps pour se baisser et serrer la main de M. Grimshaw.

– Je dois y aller maintenant, oncle Bob, murmura-t-il.

– C'est bon. Vous n'avez pas besoin de partir. Je peux prendre une autre chaise, lui proposa-t-elle en lui adressant ce qu'elle espérait être un sourire rassurant.

Il doit être terriblement timide, pensa-t-elle.

Mais le jeune homme secoua la tête.

– Je dois y aller, répéta-t-il en jetant un coup d'œil à son téléphone, serré entre ses longs doigts pâles. Au revoir.

Un dernier signe de tête, et il quitta la pièce.

Mandy le suivit des yeux, un peu déçue. Elle était ravie que Robbie reçoive de la visite, et elle regrettait de l'avoir fait fuir. Elle aurait aimé parler à un membre de la famille de Robbie et leur dire combien elle était honorée d'être la nouvelle propriétaire de Lamb's Wood.

Robbie ne sembla pas remarquer qu'il avait perdu un visiteur et gagné une autre. Il regardait par la fenêtre comme si sa tête débordait de pensées paisibles. Mandy sentit son cœur se serrer s'apercevant que ses cheveux bien coiffés avaient été peignés dans le mauvais sens, si elle en croyait ses souvenirs. Elle tenta de se rassurer : Robbie était bien traité, c'était tout ce qui comptait.

– Bonjour, monsieur Grimshaw, dit Mandy.

Elle se dit qu'elle pouvait tout aussi bien s'asseoir sur le siège que le neveu de Robbie avait quitté. Le vieil homme semblait encore ignorer sa présence. Mandy suivit son regard à travers la fenêtre. Au-delà des pelouses, on apercevait d'autres grandes maisons parmi des arbres bien taillés. Les toits de Walton se déployaient à mesure que les collines s'élevaient, et derrière eux, au loin, on devinait les landes. Mandy se demandait si M. Grimshaw se souvenait des jours anciens où les vallons étaient son terrain de jeu.

– Voyez-vous la lande d'ici, notre Norland ?

Pas de réponse, pourtant elle avait parlé fort. En bougeant un peu sa chaise, elle entrevit la longue crête qui coiffait la haute lande.

– Je ne vois pas bien la ferme de High Cross, poursuivit-elle, mais j'y suis passée il y a quelques jours.

C'était là que M. Grimshaw avait aidé Mandy et James avec des lapins, il y a tant d'années.

– Vous vous rappelez y être allé avec vos furets ? tenta-t-elle encore.

Pour la première fois, Robbie réagit.

– Kirsty, dit-il, en se retournant pour la fixer de ses yeux arrondis.

– C'est bien ça. Kirsty, fit écho Mandy.

Elle imaginait Robbie berçant sa créature préférée, les yeux perçants de celle-ci fixés sur les siens.

Le vieil homme observa Mandy, la tête penchée sur le côté.

– Qui êtes-vous ? demanda-t-il. Où est Kirsty ?

Il tendit la main vers Mandy et elle l'imita, avant de la serrer. Sa main était aussi fragile qu'un oisillon et sa peau fine était mouchetée de taches de vieillesse, mais la poigne de l'homme âgé restait étonnamment solide.

– Kirsty est en sécurité, lui assura Mandy.

C'était en quelque sorte vrai, pensa-t-elle : Kirsty n'avait plus rien à craindre.

– Tous vos animaux sont en sécurité. Les vaches et les moutons, votre beau cheval de trait. Votre chienne Shy.

Elle utilisa le nom de naissance que Robbie avait donné à sa chienne adorée.

– Shy ?

M. Grimshaw la contemplait comme s'il essayait de se souvenir et il serra la main de Mandy. Pendant un instant, elle crut qu'il allait dire autre chose, mais ses épaules s'affaissèrent et la pression sur sa main s'estompa.

– Kirsty, dit-il à nouveau, alors que l'auxiliaire à qui Mandy avait parlé plus tôt entrait dans la pièce.

– Qui est Kirsty ? demanda la femme à M. Grimshaw, qui n'offrit aucune réponse.

– C'était l'un des furets de M. Grimshaw, il y a bien des années, expliqua Mandy. Il avait une petite ferme.

– Oh, réagit Linda, son regard compatissant passant de Mandy au vieil homme. C'est gentil de lui avoir rappelé de bons souvenirs. Et je suis désolée, Mandy, mais M. Grimshaw a rendez-vous avec le kinésithérapeute dans cinq minutes. Je suis venue le préparer.

Si Robbie Grimshaw suivait la conversation, il n'en laissait rien paraître.

– Pas de problème, répliqua Mandy.

Elle jeta un coup d'œil à sa montre : il était presque l'heure des consultations de l'après-midi. Elle posa sa main sur celle de Robbie Grimshaw.

– Je reviendrai un autre jour, promit-elle, mais le vieil homme fixait à nouveau le paysage par la fenêtre et ne réagit pas.

– C'est gentil d'être venue, lui assura Linda. Je suis heureuse que vous ayez pu parler de ses animaux avec lui et ce serait formidable de vous revoir.

Mandy réussit à sourire. Il était impossible de dire si sa visite avait été bénéfique pour Robbie. Le sentiment de mélancolie qui l'avait ébranlée à l'aller se renforça lorsqu'elle redescendit les escaliers. Aussi charmant que soit cet endroit, elle était certaine que les animaux et l'espace auquel Robbie avait été habitué toute sa vie devaient lui manquer. Mandy se souvint du jeune homme qu'elle avait dérangé. Au moins, Robbie avait quelqu'un qui l'aimait suffisamment pour lui rendre visite. Mandy décida de revenir bientôt, cette fois-ci avec Sky. Peut-être pourraient-ils l'emmener se promener dans le jardin, et rappeler à Robbie une époque révolue, mais heureuse. Peut-être que d'autres résidents apprécieraient d'être présentés à certains de ses petits protégés. Elle savait qu'il y avait de nombreuses maisons de retraite où les chiens étaient les bienvenus. La prochaine fois, elle essaierait de se renseigner et découvrir si les Sorbiers avaient mis en place un tel programme. Plus Vert-Cottage s'efforcerait de devenir une présence positive au sein de la communauté locale, mieux ce serait.

– Tu as quelque chose de prévu ce soir ? demanda Adam à Mandy tandis qu'ils débarrassaient la table après le dîner.

Pour une fois, Mandy n'avait pas à retourner aussitôt au refuge pour finir ses corvées. Nicole était venue pour la première fois cet après-midi-là, et la jeune fille apprenait vite, toujours prête à s'attaquer aux tâches les moins reluisantes. Elle avait nettoyé les cages des lapins et des cochons d'Inde toute seule, puis avait aidé Mandy à manipuler les ânes avant de toiletter les chats. Comme le père de Mandy, Nicole était tombée amoureuse de Tango, et était retournée à plusieurs reprises pour lui faire des câlins.

Mandy glissa les dernières assiettes dans le lave-vaisselle.

– Rien de prévu du tout. Pourquoi ?

Adam se dirigea vers la chaîne stéréo dans le coin et brancha son portable sur la prise, le reliant ainsi aux enceintes.

– Nous allons écrire des cartes de Noël. Et puisque tu fais maintenant partie du cabinet, nous avons pensé que tu devrais te joindre à nous.

Mandy sourit.

– Ce serait un honneur ! Dois-je mettre la bouilloire en marche ?

Adam tripotait son smartphone. Le son pur d'une voix de choriste s'échappa des baffles : des chants de Noël.

Adam se retourna vers Mandy.

– J'ai quelque chose de mieux ici, dit-il avec un clin d'œil, tout en ouvrant un placard, sortant une bouteille et la montrant à Mandy. Un cadeau de Mme Anthony.

Mme Anthony était une de leurs clientes régulières, qui avait un jardin rempli de précieux lapins.

– « Vin chaud de Murgatroyd », lut Mandy sur l'étiquette.

– Je suis de garde ce soir, annonça Emily. Pas pour moi, j'en ai peur.

Adam souriait à Mandy.

– Rien que nous deux, alors. Oh et…, s'exclama-t-il, un doigt en l'air. Attends ici.

Il se précipita hors de la cuisine, réapparaissant aussitôt avec un serre-tête décoré d'une paire de bois rouges en plastique. L'air content de lui, il se leva et appuya sur un petit interrupteur. Les bois se mirent à clignoter et une petite interprétation de *Rudolph le petit renne au nez rouge* fit concurrence à la chorale sur la chaîne hi-fi.

Mandy secoua la tête. Son père fonçait toujours tête baissée dans les festivités de fin d'année. Noël à Welford ne serait pas le même sans lui.

– Comment Nicole s'en est sortie ? demanda Emily, en posant des stylos à côté des cartes de Noël.

Mandy se rassit et rangea ses cartes en une pile bien rangée avant d'en prendre une pour la signer.

– Vraiment bien, dit-elle. Je vais devoir faire attention à ne pas monopoliser son temps. Je dois la partager avec Molly Future !

Alors qu'elle écrivait son nom sous le message imprimé, l'esprit de Mandy retourna vers le travail accompli avec Robin et Holly cet après-midi-là. Les deux ânes devenaient beaucoup plus faciles à manipuler, et Holly avait même laissé Nicole attraper chacun de ses petits sabots et les frotter doucement avec une brosse. Elles avaient également sorti Flamme, et la chienne avait été fascinée par les ânons, les observant tout en remuant discrètement la queue jusqu'à ce que Nicole plaisante en disant que Mandy devrait peut-être envisager de les faire adopter tous les trois ensemble.

Elle leva son verre, avala une gorgée de vin chaud, savourant les arômes de cannelle et de clou de girofle. Adam l'avait réchauffé sur la plaque de cuisson et y avait glissé un bâton de cannelle et plusieurs tranches d'orange, et c'était délicieux. La cuisine sentait aussi très bon. Qui que soit Murgatroyd, il savait ce qu'il faisait.

– Un autre verre ? proposa Adam en se mettant debout.

– Ce serait adorable, dit-elle, enjouée.

– Et toi, Emily ? demanda Adam à son épouse, qui penchait la tête au-dessus de la carte en la signant. Tu veux encore du jus d'orange ?

Emily leva les yeux et secoua la tête.

– Pas pour l'instant, merci, répondit-elle.

Il s'approcha de la casserole de vin encore chaud, brandit sa louche et revint avec un verre rempli à ras bord.

– Eh, Mandy, comment appelle-t-on un chat tombé dans un pot de peinture le jour de Noël ?

Mandy posa son stylo. Chaque année, il arrivait un moment où Adam commençait à la régaler de ses blagues de Noël ridicules. Cette année ne ferait évidemment pas exception. Elle se creusa la tête pour essayer de trouver une réponse. *Un chat tombé dans un pot de peinture ?*

– Je donne ma langue au chat, capitula-t-elle.

Adam avait un air triomphant.

– Un chat-peint de Noël, lâcha-t-il.

D'un geste de la main, il fit une révérence. Le grognement de Mandy se transforma en rire lorsque son père cogna ses bois contre une chaise, les brisant en deux. Il se releva, l'air embarrassé, un de ses bois en plastique clignotant à un angle bizarre derrière son oreille gauche.

– Ça va ? demanda Mandy, une fois remise de son fou rire.

– Je vais bien, répliqua-t-il en attrapant les bois, avant de les éteindre et de les jeter sur le comptoir de la cuisine. Tant pis pour Rodolphe.

Mandy attendit que son père se réinstalle et tourne les yeux vers elle.

– Bon, eh bien, si on commence les blagues pourries..., prévint Mandy, devant les sourcils arqués de son père. Que dit un sapin de Noël qui arrive en retard le soir du réveillon ?

Adam leva les mains en guise de reddition.

– Vas-y, donne-nous la réponse.

– « Je vais encore me faire enguirlander ! »

Adam roula les yeux.

– Alors celle-là, elle est vraiment nulle ! Dix sur dix en nullité, tu gagnes. Noël est enfin arrivé !

Il semblait enchanté, et Mandy se demanda s'il n'allait pas se lever et faire un tour d'honneur de la cuisine. Mais le regard de son père venait de tomber sur Emily, assise à l'autre bout de la table. Elle était restée bien calme pendant toutes les sottises, se dit Mandy, alors qu'elle était plutôt du genre à participer.

– Ça va, ma chérie ?

Mandy prit peur : sa mère était blême.

– J'ai juste besoin de boire un peu d'eau, murmura-t-elle.

Elle recula sa chaise et tenta de se lever, mais ses jambes cédèrent et elle s'effondra sur le sol en gémissant.

Mandy repoussa son siège et se précipita vers elle.

– Allonge-toi, maman, la pressa-t-elle. Reste allongée, s'il te plaît.

Elle passa le bras autour des épaules d'Emily et la guida jusqu'à ce que son dos touche le sol. Ensuite, elle tourna la chaise et souleva délicatement les pieds de sa mère pour les poser sur l'assise. Une touche de couleur revint à ses joues. Les mains de Mandy tremblaient.

Adam s'accroupit à côté de son épouse et lui caressa les cheveux.

– Emily ? lança-t-il, la voix creuse. Tout va bien, nous sommes là.

Il releva les yeux vers Mandy.

– Tu peux attraper le téléphone ? Il faut qu'on appelle une ambulance.

Emily secoua la tête, ses cheveux fouettant la moquette.

– Je n'ai pas besoin d'une ambulance, j'ai juste eu un petit coup de mou, ça ira mieux dans quelques minutes.

Mandy scruta sa mère. Elle avait l'air moins pâle, certes, mais ses pupilles restaient très dilatées, ses yeux cernés de noir.

– Je vais appeler la régulation du Samu, laissons-les décider.

Elle se dirigea vers l'entrée, la poitrine serrée et les épaules tendues. Ça faisait longtemps qu'elle s'inquiétait pour sa mère : pourquoi n'avait-elle donc rien fait plus tôt ? Une boule dans la gorge, elle composa le numéro.

– Ils nous rappellent, annonça-t-elle à son père en revenant à la cuisine.

Adam avait aidé Emily à se relever, et la soutenait jusqu'au salon. Il l'installa sur le canapé et déplia une couverture sur ses genoux, avant de se redresser et de l'observer, immobile, les sourcils froncés. Mandy grimaça. Elle avait toujours trouvé son père infiniment fort et à la hauteur de n'importe quelle situation. Ce soir pourtant, il avait l'air dépassé. Emily était encore allongée, les yeux fermés, mais elle respirait calmement et ses joues étaient d'une teinte plus rose.

L'attente de l'appel du régulateur parut interminable. Après avoir répondu à ce qui lui sembla être des centaines de questions, Mandy passa le combiné à Emily.

– Ils veulent te parler.

Elle écouta la moitié de la conversation auprès de sa mère. L'échange était bien trop désinvolte à son goût, Emily parlant de son évanouissement comme d'un léger vertige.

– Merci beaucoup. Je vais faire ça, dit Emily pour conclure, avant de repasser le téléphone à Mandy. Je n'ai pas besoin d'un rendez-vous en urgence ce soir. Je vais aller chez notre médecin de famille demain à la première heure. Ne vous inquiétez pas pour moi, je vais bien.

Elle posa la tête sur un coussin, épuisée, et ferma à nouveau les yeux.

– Tu ne vas pas bien, intervint Adam sèchement. Mais nous ferons tout notre possible pour que tu ailles mieux. Allez, je t'emmène te coucher.

Mandy s'efforça de ravaler les larmes qui lui piquaient les yeux. Elle se mordit la lèvre et aida son père à guider Emily jusqu'à l'étage, puis se dirigea vers sa propre chambre. Elle resta longtemps éveillée cette nuit-là.

Chapitre 15

Mandy fut ravie qu'aucun cas compliqué ne se présente le lendemain matin. Son père avait emmené Emily au cabinet médical pendant que Mandy gérait les consultations, et elle avait vraiment beaucoup de mal à rester concentrée.

Helen Steer, évidemment, s'était montrée adorable en apprenant la nouvelle. L'infirmière était arrivée chargée de décorations de Noël, mais dès qu'elle avait vu l'expression de Mandy, elle les avait rangées dans un coin.

– Qu'est-ce qui ne va pas ? avait-elle demandé, et Mandy lui avait tout raconté en détail.

Comment Emily semblait fatiguée et pâle depuis si longtemps, et sa chute épouvantable de la nuit passée. Helen avait réagi posément, sans balayer ses inquiétudes, mais sans se monter la tête non plus. Elle était d'accord avec Mandy : Emily paraissait épuisée ces temps-ci, et elle décida donc de redistribuer la charge de travail. Elle appela un client qui avait pris rendez-vous pour son chien avec Emily, pour un soin dentaire non urgent, et un autre dont le chat devait être stérilisé. Mandy fut soulagée que le premier accepte de reporter son rendez-vous. Elle pouvait s'occuper du chat elle-même. Il lui restait un dernier appel à passer, mais ça devrait attendre car, pour le moment, elle voulait juste savoir ce que leur généraliste avait dit.

Mandy souffla enfin en voyant son père se garer, Emily à ses côtés dans la voiture. Elle s'était presque attendue à ce que sa mère soit transférée directement à l'hôpital. Le temps qu'elle se lave les mains et passe vers la cuisine, Emily était déjà assise à table. Adam était ressorti et déplaçait la voiture qui gênait devant la porte. Il pleuvait fort, et il avait préféré épargner à Emily quelques pas détrempés jusqu'à l'entrée.

– Maman ? lança Mandy, et aussitôt Emily se tourna pour lui ouvrir ses bras, au creux desquels Mandy se blottit. Qu'est-ce qu'il a dit ?

Elle relâcha son étreinte, tira une chaise et s'assit tout près de sa mère, leurs mains enlacées.

– Le docteur n'était pas sûr, répondit Emily d'une voix rauque. Peut-être une légère anémie, mais il veut vérifier s'il n'y a rien d'autre. On m'a pris un bon litre de sang.

Adam entra et sourit à sa femme et sa fille, avant d'ôter ses chaussures.

– Oh oui, c'est bien vrai. Si elle n'était pas anémiée avant, elle l'est sans aucun doute maintenant.

C'était bien le genre de son père de faire des blagues pour dédramatiser une situation, songea Mandy. Même Emily laissa échapper un sourire en coin.

– Mandy ? reprit son père. Tu peux t'occuper de maman quelques minutes ? Je dois appeler M. Hapwell de Twyford au sujet de son taureau.

– Bien sûr, le rassura Mandy.

– Je ne suis pas invalide ! protesta Emily.

Adam s'approcha de son épouse, posa une main sur son épaule et la serra quelques instants.

– Je reviens aussi vite que je peux, lui dit-il en se penchant pour déposer un baiser sur son front.

Un dernier regard inquiet, et il disparut.

– Qu'est-ce que je peux faire pour toi, maman ? s'enquit Mandy, les doigts froids d'Emily entre ses mains. Tu veux t'allonger un peu ? Je peux t'aider à te lever et t'apporter une tasse de thé, si tu veux.

– Ça semble très attentionné, dit sa mère. Merci, mon amour.

Mandy soutint le bras de sa mère pendant qu'Emily se relevait de la chaise et montait lentement les escaliers. Ce n'était pas normal. Emily avait toujours refusé qu'on l'aide. Des larmes menacèrent de jaillir quand elle redescendit, mais elle les repoussa. Même Sky semblait inquiète, collée aux talons de Mandy alors qu'elle préparait le thé et le montait dans la chambre. Emily était presque endormie. Après avoir posé la tasse sur la table de nuit, Mandy descendit sur la pointe des pieds et se rendit à la clinique.

– Comment va-t-elle ? demanda Helen dès que Mandy apparut. Ton père s'est précipité ici, a passé un coup de fil, puis est rentré à la maison. Je n'ai pas voulu le déranger.

Mandy soupira.

– Nous n'en savons pas beaucoup plus qu'avant, admit-elle. Ils ont fait une prise de sang. Les résultats ne seront pas disponibles avant le début de la semaine prochaine.

Le délai lui semblait impossible à supporter. Perchée sur une des chaises de la réception, Mandy consulta le planning.

Il n'y avait rien avant le début d'après-midi, et sa visite de la maison des Dillon.

– Il n'y a vraiment rien à faire, dit-elle à Helen. Un peu de distraction ne me ferait pas de mal, pour être honnête.

Helen rejeta sa lourde queue-de-cheval dans son dos et haussa les épaules.

– J'allais décorer la clinique, mais ça ne paraît pas très approprié avec ta mère malade.

Mandy balaya la salle d'attente des yeux. Certes, elle était propre et bien éclairée, mais elle avait l'air triste, contre la pluie hivernale battant de l'autre côté de la vitre. Emily ne s'offusquerait pas de quelques décorations, pensa-t-elle. *Maman adorait Noël autant qu'Adam.*

– Où as-tu mis mes décorations ? demanda-t-elle à Helen.

– Dans le placard avec les produits d'entretien. Ton père a descendu le sapin du grenier hier et l'a rangé là aussi.

Mandy se leva et ouvrit la porte du placard. Helen la rejoignit et regarda par-dessus son épaule. L'arbre et ses ornements gisaient en un triste tas dans le noir.

– On pourrait peut-être au moins installer le sapin, proposa Mandy, en ramassant un morceau de guirlande de Noël qui cherchait à s'enfuir. Ça égayerait un peu la clinique.

– Lutin de Noël au rapport ! répondit Helen en riant.

Elle se pencha à l'intérieur et saisit le tronc de l'arbre artificiel.

– Tu peux prendre le socle ? lança-t-elle en empoignant le sapin.

Mandy sortit le support en plastique de la boîte et suivit Helen dans la salle d'attente. Ensemble, elles emboîtèrent la base et le tronc et commencèrent à déployer les branches vertes et cotonneuses. Mandy ressentit un pincement de nostalgie pour les épicéas frais que son père et elle avaient l'habitude d'aller chercher à la ferme de sapins de Noël près de York. Rien n'égalait l'odeur des vraies aiguilles de pin. Mais elles n'étaient pas recommandées pour les pattes des chiens, et les chats étaient moins enclins à grignoter les branches artificielles, alors Animal Ark avait fait le choix de l'option festive et sécuritaire.

Il ne leur fallut pas longtemps pour accrocher quelques lumières, des guirlandes argentées et toute une série de boules de Noël, certaines remontant à l'enfance de Mandy, si ses souvenirs étaient bons.

– Je trouve que c'est très joli, déclara Helen, en tapotant du bout du doigt une boule d'or scintillante pour la faire tournoyer lentement.

Mandy farfouilla au fond du carton de décorations. Elle en retira un amas de papier de soie blanc et le déballa pour révéler une lampe en forme d'étoile.

– Je n'arrive pas à croire que ce truc fonctionne encore, murmura-t-elle, en la posant sur le comptoir de la réception et en la branchant.

Helen se fendit d'un large sourire.

– Les Rois mages seront là en un rien de temps, dit-elle en repliant le papier bulle dans lequel les ornements avaient été rangés. As-tu contacté la police à propos des choses bizarres qui se sont passées ? Roo Dhanjal a appelé pendant que tu étais avec ta mère. Ils n'ont pas eu d'autres critiques étranges, mais elle a demandé de tes nouvelles.

Mandy sentit ses épaules s'affaisser. Elle avait eu tellement de choses à penser, entre la visite à Robbie Grimshaw et sa mère malade, qu'elle avait complètement oublié d'appeler Ellen Armstrong. Elle secoua la tête.

Helen l'observait, compatissante.

– Je sais que c'est certainement la dernière chose que tu as envie de faire, mais je crois vraiment que tu devrais l'appeler.

Mandy fut tout à coup submergée de fatigue.

– Je le ferai plus tard, après ma visite chez les Dillon.

Helen, toujours aussi hardie, tendit la main pour frotter le bras de Mandy.

– Je suis d'avis que tu le fasses maintenant. Pour t'en débarrasser.

– Bon, d'accord, soupira Mandy.

Elle balaya la pièce du regard, du sapin fraîchement décoré jusqu'à l'étoile sur le comptoir. Noël était censé être une période de fête. Cette année, c'était bien difficile de se sentir habité par la bonne humeur. Elle emporta son téléphone dans le cottage et jusque dans sa chambre. Elle voulait un peu d'intimité pour cet appel.

Elle se repassa la liste des incidents – le trou dans la haie, le sabotage de la commande de nourriture et l'avis sur Tripadvisor – et se demanda si Ellen ne risquait pas de se moquer un peu d'elle. Mais non, la brigadière la prit très au sérieux immédiatement.

– N'oubliez pas les rumeurs au *Fox and Goose*, rappela-t-elle à Mandy. Avec moins de preuves, il aurait pu s'agir d'une simple poisse, mais là, ça commence à ressembler à une cabale.

Une cabale, vraiment ? Mandy s'approcha de la fenêtre et observa les ânes. Holly frottait sa petite croupe contre le tronc d'un pommier. Robin mâchouillait un chardon. *Est-ce que tu te prends pour Bourriquet ? Lui ne mangeait que des chardons.*

La voix d'Ellen interrompit sa rêverie.

– Est-ce qu'à votre connaissance quelqu'un pourrait vous en vouloir ?

Il pleuvait toujours. La structure en bois et pierre du refuge semblait robuste et sûre contre le ciel gris. Mandy pensa aux animaux à l'intérieur, enfin sains et saufs. Pourquoi quelqu'un voudrait leur faire du mal ?

– Je ne vois personne.

– Et Geoff Hemmings ? proposa Ellen. Ou M. Powell ?

Mandy avait déjà parlé de tout ça avec Helen.

– Le trou dans la haie, c'était avant M. Powell. Et M. Hemmings… ? ajouta-t-elle avant de se taire, chassant la poussière du bout du doigt sur le bord de la fenêtre. Pourrait-il être suffisamment en colère ? Ce n'est pas comme si Flamme avait abîmé quoi que ce soit.

Elle entendit Ellen soupirer.

– Ce genre de campagne de dénigrement peut être très complexe à démêler, la prévint-elle. Notez bien tout ce qui vous paraît étrange, même si ça semble insignifiant. Je vais contacter les Dhanjal et Tripadvisor pour savoir si on peut en savoir plus sur l'identité de la personne qui a laissé l'avis. Et d'ici là, surtout, tenez-moi au courant si quoi que ce soit se produit.

Mandy la remercia et raccrocha. C'était bientôt l'heure du déjeuner, mais elle n'avait absolument pas faim. En bas, elle retrouva Adam dans la cuisine.

– Comment va maman ?

Adam lui sourit.

– Elle a dormi presque toute la matinée. Je vais monter dans une minute pour voir si elle veut manger un morceau.

– J'y vais, proposa Mandy.

Elle se sentait au moins un peu utile en s'occupant d'Emily, contrairement à son ennemi invisible, qui la laissait malheureusement bien impuissante.

Juste avant quatorze heures, Mandy chargea son sac dans le RAV4 et se rendit chez les Dillon pour une visite préparatoire à l'adoption de Melon. Elle espérait vraiment que la westie vivrait bientôt dans une adorable nouvelle famille. Maman dormait encore lorsqu'elle monta la voir, et le déjeuner avec Adam avait été annulé. Les Dillon résidaient de l'autre côté de Walton, non loin de la maison de retraite où Mandy avait rendu visite à Robbie Grimshaw. Mme Dillon ouvrit la porte, vêtue d'un pantalon bleu en lin et d'un chandail en mohair. L'odeur délicieuse des biscuits faits maison accueillit Mandy.

– Bonjour !

Elle jeta un coup d'œil sur les papiers qu'elle avait apportés. Bien qu'elle ait fait plusieurs de ces visites, elle aimait avoir une liste de points à vérifier.

– Ravie de vous revoir. Sam et Buddy sont à l'école, expliqua Mme Dillon en invitant Mandy à passer dans la cuisine.

La maison semblait très propre et rangée, et très calme. Une image de Sam, avec sa coupe de cheveux rebelle et ses piercings, dans un uniforme scolaire, se dessina dans l'esprit de Mandy. Elle se demanda ce qu'en pensaient ses enseignants, et espérait qu'ils avaient perçu la gentille fille cachée en dessous.

– Par où voulez-vous commencer ? reprit Mme Dillon.

Mandy remarqua qu'une porte ouvrait directement de la cuisine au jardin.

– Peut-être qu'on pourrait jeter un œil dehors d'abord ?

La pluie avait cessé, même si la pelouse était toujours détrempée. Mme Dillon suivit Mandy dans le jardin, mais s'arrêta sur la terrasse pendant que Mandy faisait le tour de la propriété et prenait des notes. Des massifs de fleurs entouraient une pelouse bien entretenue, ponctuée de quelques buissons et d'un bel eucalyptus. Il ne lui fallut que quelques minutes pour s'assurer qu'aucune plante toxique pour les chiens ne poussait, au cas où Melon aurait une petite faim. Mandy fit le tour, longeant la clôture en bois aux barreaux suffisamment rapprochés pour que le chien ne risque pas de passer la tête.

– La palissade est-elle assez haute ? s'enquit Mme Dillon.

Elle avait l'air assez nerveuse, se dit Mandy avec une pointe de compassion. Heureusement, elle pourrait très bientôt se détendre : de ce qu'elle avait vu, la maison et le jardin semblaient parfaits.

– C'est bien assez haut, lui assura Mandy. Je vérifie s'il y a de petits trous en bas. Melon est un terrier typique, s'il pense qu'il peut se faufiler quelque part, il va essayer.

Mme Dillon sourit.

– Je ferai attention aux signes de fouille !

– Il y a quelques coins où le sol s'enfonce jusqu'à la base des lames de bois, reprit Mandy en se penchant pour signaler les zones à risque. Il faudra ajouter un peu plus de terre.

Elle se redressa et reprit :

– Mais tout le reste est génial. Je vais vous donner une liste de recommandations et si vous voulez poursuivre l'adoption, vous pouvez les appliquer et je reviendrai dans quelques jours pour vérifier.

Elle passa la tête à travers la clôture donnant sur le jardin d'à côté.

– Vos voisins ont des chiens ?

Elle fut soulagée de voir Mme Dillon secouer la tête. Elle conseillait généralement à tous les chiens nouvellement adoptés d'aller faire une promenade avec les voisins éventuels et leurs canidés, mais c'était une chose de moins à faire pour Mme Dillon.

– Si des chiens emménagent dans le quartier, expliqua-t-elle, c'est une bonne idée de les socialiser ensemble. Essayez de les emmener en balade, etc. De cette façon, Melon aura moins tendance à réagir s'ils font du bruit. Vous n'avez pas envie de déclencher un scandale d'aboiements crépusculaires à Walton !

Après avoir noté une dernière information, Mandy rentra par la cuisine.

– Savez-vous déjà où va dormir Melon ? Il aura besoin d'un endroit rien qu'à lui, où il pourra se reposer s'il veut rester un peu tranquille.

Mme Dillon fronça les sourcils.

– Nous lui avons déjà trouvé un lit, mais je ne sais pas encore trop où le mettre. Que recommanderiez-vous ?

Mandy ouvrit une porte et découvrit un petit cellier à côté de la cuisine.

– Pourquoi pas ici ? suggéra-t-elle.

– Je fais pas mal d'allers-retours ici, répondit Mme Dillon en entrant et en observant la petite pièce. Mais il y a de la place dans le coin près du sèche-linge, si vous pensez que ça pourrait convenir. Je ne veux pas qu'il ait l'impression d'avoir été puni dans l'arrière-cuisine.

Mandy lui sourit. C'était de plus en plus évident à ses yeux : Mme Dillon était la nouvelle maman de Melon.

– Je pense qu'il y sera bien, dit-elle. Pourrez-vous aussi lui donner à manger là ?

– On pourrait mettre son bol de nourriture à côté de son lit, hasarda Mme Dillon. Mais peut-être que son bol d'eau devrait être posé près de la porte de la cuisine, pour qu'il puisse toujours y avoir accès ?

– Ça me semble parfait. Bon, je sais que Sam et Buddy seront ravis d'avoir un nouvel animal de compagnie, mais vous leur expliquerez bien l'importance d'offrir à Melon son propre espace s'il a l'air d'en avoir besoin ?

– Absolument. Je ne les laisserai pas l'embêter, je le promets.

– Et quand vous sortirez, il pourra rester ici avec de l'eau et quelques jouets pour l'occuper. Je peux vous conseiller quelques-uns de ses préférés si vous le souhaitez.

Mme Dillon acquiesça.

– Voudriez-vous une tasse de thé ? proposa-t-elle en retournant vers la cuisine, où elle attrapa une paire de maniques. Il faut que je les sorte, expliqua-t-elle.

Lorsqu'elle ouvrit la porte du four, un délicieux effluve de biscuits qui avait accueilli Mandy s'accentua.

Mandy s'assit à table pour remplir un autre formulaire tandis que Mme Dillon mettait la bouilloire à chauffer.

– Avez-vous pensé aux meubles ? demanda Mandy. Les vôtres, je veux dire. Pensez-vous qu'il aura le droit de monter sur le canapé ou préférez-vous qu'il reste par terre ? On peut parler dressage, si ça peut vous aider. Certains chiens ont une couverture spéciale, et ils savent que c'est la leur. Cette couverture, vous pouvez la sortir quand vous voulez qu'il vous rejoigne.

Mme Dillon versa de l'eau chaude sur les sachets de thé dans deux tasses et en déposa une devant Mandy.

– Pourrions-nous voir ces questions lors de la deuxième visite ? demanda-t-elle. J'en discuterai d'abord avec Peter et ensuite vous pourrez en parler avec les enfants quand nous irons chercher Melon, si nous avons votre accord, bien sûr.

Elle fit glisser les biscuits du plateau sur une grille pour les laisser refroidir.

– Vous en voulez un ?

– J'aimerais beaucoup ! Merci, lança Mandy en se rendant compte qu'elle avait l'eau à la bouche. Je serais ravie de vous donner quelques conseils d'éducation quand toute la famille sera réunie.

Elle croqua dans le gâteau et mâcha quelques instants, les yeux rivés sur ses papiers. Puis, elle releva la tête en souriant.

– Il ne reste plus que quelques points à valider, que nous avons déjà évoqués pour la plupart. Si vous avez des questions, n'hésitez pas. Je reviendrai dans quelques jours pour une dernière inspection, et vous devriez avoir Melon auprès de vous pour Noël ! Qu'en dites-vous ?

– Ça me semble merveilleux, répondit Mme Dillon, un sourire jusqu'aux oreilles. Ça fait tellement longtemps que je n'ai plus de chien. J'ai vraiment hâte d'avoir un peu de compagnie, et Melon est un petit être très spécial, je crois.

Mandy acquiesça et leva sa tasse.

– Trinquons à l'adoption de Melon !

Chapitre 16

– C'était le dernier, annonça Helen à Mandy alors que les clients sortaient et guidaient leur épagneul enthousiaste dans l'obscurité.

Mandy était rentrée de chez les Dillon de bien meilleure humeur. Avant les consultations de l'après-midi, elle avait pris soin des ânes, chiens, chats, lapins et cochons d'Inde dans un tourbillon d'énergie, ragaillardie par la possibilité d'avoir trouvé une nouvelle famille pour Melon. Malgré tous ses soucis, ou peut-être à cause d'eux, c'était important pour elle de savoir que le travail qu'elle faisait à Vert-Cottage était utile et bénéfique.

Quand la porte de la salle d'attente s'ouvrit brusquement, Mandy leva les yeux, guettant un client retardataire. Elle fut ravie de voir Seb Conway sur le seuil, un sac plastique blanc dans chaque main.

– Surprise ! s'exclama-t-il, avant de frotter ses chaussures sur le paillasson et de traverser rapidement la pièce pour embrasser Helen. Les consultations sont terminées ?

Il déposa les deux sacs sur le comptoir.

– Oui, répondit Helen un peu confuse. Qu'est-ce que tu fais ici ? Tu ne m'as pas dit que tu passerais.

Seb parut tout penaud.

– J'ai entendu dire qu'Emily n'était pas en forme, j'ai pensé que tu pourrais être trop occupée pour cuisiner, lança-t-il à Mandy. J'espère que je ne dérange pas. J'en ai apporté assez pour tout le monde, mais je ne voudrais pas vous embêter…

– Tu ne nous embêtes pas ! le rassura Mandy.

Quel homme attentionné, Helen avait bien de la chance. Soudain, l'image de Jimmy surgit dans son esprit – il n'avait toujours pas téléphoné. Mandy avait été tentée de l'appeler pour lui parler d'Emily, mais après sa réaction étrange quand elle lui avait annoncé qu'elle était enfin propriétaire, lundi dernier, elle avait décidé de s'abstenir. Repoussant ce léger doute, elle renifla l'air : d'après le parfum qui s'échappait des sacs, il sembla bien que Seb avait rapporté de délicieux plats de chez Roo Dhanjal. Mandy le fit passer dans la cuisine.

– Je vais mettre la table, proposa Helen à leur suite.

– Merci, dit Mandy.

Elle était sur le point de monter voir sa mère quand la porte s'ouvrit. À sa grande surprise, Emily entra dans la cuisine. Même si Adam restait près d'elle, elle avait l'air en bien meilleure forme, et sourit en voyant Seb et Helen dans la cuisine avec Mandy.

– Quelle belle surprise, lança-t-elle.

Avec Adam toujours sur les talons, elle se dirigea vers la table et s'assit. Helen avait déjà sorti des couteaux et des fourchettes et ouvrait le placard pour en sortir des assiettes.

– Qu'y a-t-il dans ces sacs, Seb ? demanda Adam en humant l'air comme un labrador affamé. J'allais faire réchauffer des restes, mais ça sent bien meilleur.

Seb posa les deux sacs sur la table, et en sortit plusieurs boîtes en plastique.

– Ce sont des plats à emporter que j'ai récupérés chez les Dhanjal. En fait, Roo m'a appelé et m'a suggéré de les apporter, expliqua-t-il, les yeux tournés vers Mandy, le dernier récipient posé sur la table. Elle a dit qu'elle voulait donner un coup de main.

– C'est vraiment gentil de sa part.

Mandy espérait que Seb ne dirait rien de plus. Emily n'était pas au courant de l'étrange critique sur Tripadvisor et, pour l'instant, Mandy ne voulait pas lui en parler.

– Roo est adorable, ajouta Seb.

– On devrait manger pendant que c'est chaud, intervint Helen.

Mandy lui lança un regard reconnaissant. Elles avaient toutes deux discuté de la réaction de la brigadière Armstrong un peu plus tôt, et Helen avait été ravie d'apprendre qu'elle avait pris Mandy au sérieux. Elle avait aussi l'air de comprendre que ce n'était pas le bon moment pour partager la nouvelle avec Emily.

Au grand soulagement de Mandy, sa mère réussit à avaler une portion de curry et de riz ainsi qu'un peu de pain naan de Roo. Après le dîner, Emily insista pour aller voir la salle d'attente fraîchement décorée.

– Nous n'avons plus besoin que de quelques cadeaux à mettre sous le sapin, déclara-t-elle. Et pour toi, Mandy ? Tu aimerais une autre boîte de gants en latex ? Nous pourrions t'emballer un nouveau cric de vêlage, peut-être. Qu'est-ce que tu en penses ?

Mandy était heureuse que sa mère se sente suffisamment remise pour la taquiner. Elle rit en repensant à cette boîte de gants en plastique que lui avaient offerte ses collègues de Thurston, où elle avait travaillé avant de revenir à Animal Ark.

– J'espérais une nouvelle râpe à sabots, plaisanta-t-elle. J'ai déjà usé la mienne !

Emily se rendit à la réception et vérifia le planning de rendez-vous.

– Ah, je vois que l'examen dentaire félin a été reporté. Merci, Helen.

– Pas de problème, dit Helen. M. Hodges était tout disposé à attendre la semaine prochaine pour prendre un autre rendez-vous.

Mandy attendit que sa mère proteste en arguant qu'elle serait de retour au travail bien avant cette date, mais au lieu de cela, Emily la surprit en bâillant et faisant demi-tour vers le cottage.

– Je retourne me coucher, annonça-t-elle. Le médecin m'a dit de me reposer et je ne vais pas me faire prier. Merci à vous tous de vous être occupés de tout.

– C'est pour ça qu'on est là, maman, dit Mandy en la serrant dans ses bras. Dors bien.

Adam apparut dans l'embrasure de la porte pour accompagner Emily à l'étage, et Helen et Seb enfilèrent leurs manteaux.

– À demain matin ! s'exclama Helen en s'éclipsant.

– Bonne nuit !

La clinique était très calme quand tout le monde était parti.

Mandy sortit son téléphone. Elle n'avait pas perdu tout espoir d'y lire un message de Jimmy, mais l'écran restait vide. Il avait dit qu'il appellerait dès que possible, et ça faisait déjà deux jours. La confiance en leur relation naissante, qu'elle ressentait encore à la fin de la semaine précédente, commençait à s'évanouir. Helen avait-elle eu raison, Jimmy était-il réticent à l'idée qu'elle passe du temps avec les jumeaux ? Lui avait-elle trop mis la pression ?

Elle soupira et balaya sa liste de contacts. Elle avait besoin de se changer les idées et ne plus penser à Jimmy Marsh. Peut-être pourrait-elle passer un coup de fil à Jenny, de Thurston, songea-t-elle, en se souvenant de cette ridicule boîte de gants. Mandy pourrait lui souhaiter un joyeux Noël, et prendre des nouvelles de la vie à Leeds.

Elle trouva son numéro et appuya sur « Appel ».

– Mandy ! Quelle bonne surprise, répondit Jenny, et sa voix chaleureuse tira un sourire à Mandy. Comment vas-tu ?

– Bien, merci, dit Mandy en tirant une chaise et en s'asseyant, un coude posé sur le comptoir de la réception. Et toi ?

Elle regarda la lampe en forme d'étoile qui brillait d'une douce lumière jaune.

– Oh, tu sais, beaucoup de boulot, rien de bien neuf, mais avec l'esprit de Noël en plus ! s'esclaffa Jenny. Angela est stricte avec tous les clients et devient folle quand les chiens lèvent la patte contre son bureau. Peter râle encore chaque fois qu'il reçoit un animal de taille inhabituelle. Amy, en bonne cheffe autoritaire, joue à la cheffe autoritaire comme d'habitude. Rien ne change jamais à Thurston, affirma-t-elle. Oh, sauf que…

Sa voix traîna avant de s'éteindre.

– Quoi ? Qu'y a-t-il ?

Mandy mourait d'envie d'entendre ce que Jenny avait failli dire. Jusqu'à il y a six mois, les ragots de Thurston avaient occupé une place importante dans sa vie.

Jenny soupira.

– Je suppose que je ferais aussi bien de te le dire. Ce n'est pas un secret. Samantha a emménagé avec Simon.

Mandy était contente d'être assise. Bien que Simon et elle, ce soit de l'histoire ancienne, elle ressentit un choc qui la fit vaciller.

– Mon Dieu, dit-elle. Ça a été rapide.

Elle prit une grande inspiration et souffla doucement, et la stupeur se dissipa aussitôt. L'idée ne la faisait pas autant souffrir qu'elle l'aurait pensé.

– Pour autant que je sache, rien ne s'est passé avant ton départ, ajouta Jenny rapidement, comme si elle essayait de rassurer Mandy.

Mandy constata, peut-être contre toute attente, qu'elle croyait ce que Jenny disait, du moins en ce qui concerne Simon. Elle repensa à six mois plus tôt, lorsqu'elle avait laissé Simon à Leeds pour venir à Welford. Simon et Samantha étaient devenus plus proches au moment où la porte s'était refermée derrière elle, c'était incontestable. Ils étaient même allés ensemble visiter des locaux pour que Mandy et Simon puissent ouvrir une clinique. Mandy voulait rire de sa naïveté. Avec le recul, il semblait évident que Samantha avait tenté de lui piquer son petit ami. Samantha avait mis une photo flatteuse de Simon sur le réfrigérateur de leur appartement en colocation. Et elle s'était montrée agaçante à flirter avec lui un soir d'été où ils étaient tous sortis ensemble. Mais il n'y avait eu aucun signe de réciprocité de la part de Simon à l'époque.

– Et toi, alors ? lança Jenny, sortant Mandy de ses pensées. Un nouvel amoureux sous le soleil de Welford ?

Mandy hésita un instant, mais où était le mal après tout ?

– En fait oui, je vois quelqu'un, admit-elle. Tout se passait bien jusqu'à vendredi, mais nous avons été très occupés depuis, donc nous n'avons pas été en contact.

Ça n'avait pas l'air trop grave quand elle le dit comme ça. Ce n'était qu'une histoire de quelques jours, et Jimmy avait l'air très stressé au téléphone. Il avait dû se passer quelque chose.

– Peut-être qu'il s'est passé quelque chose ! Il a de la famille dans le coin ?

Les mots de Jenny firent un écho tellement parfait de ses propres pensées que Mandy sursauta.

– Il a deux enfants, avoua Mandy, se demandant soudain si un drame impliquant les jumeaux s'était produit.

Elle connaissait assez Jimmy pour être certaine qu'il laisserait tout en plan si son fils ou sa fille avait besoin de lui. La réaction de Jenny lui offrit une perspective différente sur ce silence radio, même si Mandy espérait que rien de grave ne soit arrivé.

– Bon, je crois qu'il faut que j'y aille, dit Jenny. Je suis censée aller promener le chien de ma mère et il se fait tard.

Mandy sourit. Il faudrait aussi qu'elle y aille. Elle devait aller voir une dernière fois les animaux du refuge ce soir. Les border dans leur lit avant de s'effondrer dans le sien.

– Bonne soirée, Jenny. Ça m'a fait plaisir de te parler.

– À moi aussi. Ne nous oublie pas ici ! s'écria Jenny avant que la ligne ne redevienne silencieuse.

Tandis que Mandy se levait pour sortir, la porte s'ouvrit et Adam entra.

– Maman dort. Elle a l'air d'aller déjà beaucoup mieux.

– C'est bien, dit Mandy. Je vais juste sortir pour vérifier que tout va bien.

– Je viens avec toi, annonça-t-il.

Mandy en fut ravie. Il avait l'air beaucoup plus enjoué, au plus grand soulagement de Mandy. Avec un peu de chance, le médecin découvrirait une anomalie dans les analyses de sang d'Emily, elle serait vite soignée et tout rentrerait dans l'ordre.

– Je viens de parler à Jenny de la clinique Thurston, lui dit-elle, en ouvrant la porte de derrière et en sortant.

L'air était glacial et vivifiant, le ciel parsemé d'étoiles. En traversant l'herbe pour se rapprocher des ânes, Mandy sentit le sol plus ferme déjà, comme s'il avait commencé à geler.

– Comment va Jenny ? demanda Adam.

Bien qu'il n'ait jamais rencontré ses anciens collègues, à part Simon, Mandy avait souvent parlé d'eux.

– Elle va bien.

Holly et Robin se tenaient l'un contre l'autre sous leur abri. Grâce à leur épaisse fourrure, recouverte d'huiles saines, ils ne semblaient pas inquiets du changement de temps. Mandy donna à chacun un morceau de carotte. Ils s'approchèrent d'elle et poussèrent leur tête contre son corps, fermant les yeux de plaisir tandis qu'elle passait les doigts dans le duvet gris derrière leurs oreilles. C'étaient d'adorables petites créatures, et Mandy savait qu'elles lui manqueraient.

– Simon sort avec Samantha, avoua-t-elle à son père, prononçant ces mots presque comme un test, pour voir ce qu'elle allait éprouver, et, finalement, ils ne faisaient pas trop mal. Ça ne me pose pas de problème, ajouta-t-elle en secouant la tête. Je suis juste contente d'être de retour à Welford.

Elle voyait son père l'observer sous la faible lumière du cabanon. Il tendit la main et lui tapota le bras.

– C'est bon de le savoir, dit-il.

Ils se dirigèrent vers le refuge pour jeter un œil aux chiens, chats et rongeurs. Mandy scruta Adam attentivement quand ils passèrent dans la chatterie ; comme elle s'y attendait, il fonça directement vers le vieux chat Tango.

– Du nouveau suite à l'horrible critique de Tripadvisor sur le camping de Roo ? lança Adam qui avait ouvert la cage de Tango et lui caressait l'oreille, tout en fixant Mandy. Je voulais demander plus tôt quand Seb a dit qu'elle avait préparé le dîner, mais je ne savais pas si ta mère était au courant.

– Dieu merci, tu n'as rien dit, répondit Mandy. Je ne l'ai pas dit à maman et je ne lui dirai rien tant que nous ne saurons pas ce qui ne va pas chez elle.

Elle ouvrit la cage de l'une des chattes, une délicate tabby grise aux pattes blanches. Elle caressa sa douce fourrure et écouta avec plaisir son doux ronronnement avant de refermer la cage.

– Mais j'ai appelé Ellen Armstrong tout à l'heure, reprit-elle. Tu sais, la policière.

– Et qu'a-t-elle dit ?

Adam grattait toujours Tango derrière l'oreille.

– Elle semble prendre ça au sérieux, dit Mandy en rejoignant son père.

Tango pressait sa tête contre la main d'Adam, les yeux clos, et ronronnait si fort que toute la cage vibrait.

– Je crois que ce chat t'aime bien, ajouta-t-elle en le taquinant.

Un instant, elle envisagea de proposer à son père de le prendre dans les bras et de l'adopter, mais elle voulait que ce soit Adam qui prenne cette décision.

– Je sais que c'est inquiétant, répondit Adam, avant de retirer enfin sa main et de fermer la porte de la cage. Mais je suis sûr que ceux qui causent ces problèmes ne feront rien de bien méchant. Nous sommes là pour toi. Nos clients aussi. Chaque jour quelqu'un me dit comme c'est formidable d'avoir un refuge au village.

Alors qu'ils retournaient dans l'air froid, il passa le bras autour des épaules de Mandy et la serra contre lui. Mandy se laissa envelopper dans sa chaleur si robuste. Elle espérait, plutôt qu'elle ne croyait, que son père avait raison quand il disait que tout allait bien se passer.

Chapitre 17

Derrière l'immense baie vitrée, l'herbe était blanche de givre, et de minuscules cristaux de glace s'accrochaient aux branches des pommiers. La température avait chuté pendant la nuit. À l'intérieur de Vert-Cottage, tout allait bien, même si Mandy avait dû porter deux seaux d'eau aux ânons, leur abreuvoir ayant gelé.

Emily se ménageait toujours, mais les consultations du matin étaient si calmes qu'Adam avait proposé à sa fille de passer un peu de temps au refuge. Elle était heureuse d'avoir quelques minutes pour mettre à jour son site internet avec des photos des chats, et un très joli cliché de Holly et Robin se partageant un bout de navet.

Dehors, un mouvement attira le regard de Mandy et elle leva les yeux. Une silhouette élancée et mince passa à toute vitesse sur un vélo, puis le posa contre le mur et ôta son casque pour libérer une crinière blonde. C'était Nicole. Mandy était un peu déconcertée de voir la jeune fille : n'était-ce pas un jour d'école ?

– Salut, Mandy ! s'exclama Nicole, essoufflée, en entrant. Des canalisations ont éclaté à l'école ! Je suis venue voir si tu avais besoin d'un coup de main.

– Tu es vraiment un ange, répondit Mandy, touchée par le dévouement de Nicole. J'allais justement installer quelques décorations de Noël.

Ce n'était pas tout à fait vrai, mais ce serait amusant de s'en occuper avec elle. Mandy avait acheté un petit sapin en plastique et Nicole se mit au travail, y accrochant de minuscules lumières et des boules miniatures, pendant que Mandy ornait de guirlandes les cadres au mur et le comptoir de la réception. À la fin, l'accueil avait un air très festif, surtout grâce à la jolie scène hivernale aperçue par la fenêtre. Même si Mandy n'était pas particulièrement d'humeur à faire la fête en cet instant, elle voulait que le refuge respire l'esprit de Noël et soit accueillant pour tous les clients potentiels.

– Qu'est-ce qu'on fait maintenant, cheffe ? lança Nicole en fixant Mandy, la tête inclinée et les sourcils arqués.

Encore une fois, Mandy avait l'impression de se regarder dans un miroir rajeunissant. Nicole avait un véritable don avec les animaux, tout en étant capable de l'écouter et de suivre ses consignes. La jeune vétérinaire avait déjà le pressentiment qu'elle pouvait confier tous ses protégés à Nicole, même les plus difficiles à gérer.

– Pourrais-tu sortir les chiens ? demanda-t-elle. Tu sais ce qu'on fait avec chacun d'eux.

Ainsi, Mandy pourrait de son côté nettoyer les cages des autres animaux. Elle n'allait pas laisser toutes les tâches ingrates à sa bénévole.

– J'aimerais beaucoup, dit Nicole en lui offrant un sourire éclatant.

Mandy avait presque envie de la serrer dans ses bras. Tandis que Nicole sortait accompagnée de Melon, elle se dirigea vers la chatterie. Elle voulait examiner Tango qui, malgré son bon caractère, surtout lors des visites d'Adam, l'inquiétait quelque peu ces derniers jours. Malgré un brossage régulier, son pelage semblait terne et clairsemé. Elle avait bien tenté de changer son alimentation, mais il ne mangeait pas suffisamment. Il parut quand même ravi de la voir, et ronronna si fort quand elle lui caressa la tête qu'on aurait cru qu'il allait s'envoler et tournoyer au plafond.

Mandy le prit dans les bras et le maintint contre sa poitrine. Il se blottit sous son menton le temps qu'elle le porte jusqu'à la table d'examen. Elle ne fut pas rassurée en le détaillant à la lumière. En plus de sa robe abîmée, le visage de Tango, vieillissant, était plus décharné que jamais. Sous son pelage, elle sentit les côtes et les arêtes de sa colonne vertébrale. En soupirant, elle le posa sur la petite balance qu'elle gardait spécialement pour les chats. Il pesait cinq cents grammes de moins qu'à son arrivée. Son état de santé n'était pas catastrophique, mais il ne pouvait pas se permettre de maigrir davantage. Elle décida de lui faire une prise de sang. Une fois que Nicole aurait fini avec les chiens, elle lui demanderait de l'aide.

Le temps que Mandy nettoie le chenil, Nicole avait déjà sorti les quatre chiens. Mandy passa la tête par la porte tandis que Nicole ramenait Flamme vers sa cage.

– J'ai besoin d'un coup de main avec un des chats, s'il te plaît.

Quand Nicole la rejoignit, Mandy était en train de replacer Tango sur la table. Elle s'était offert une armoire chauffante pour ranger les serviettes propres et en avait étalé une pour Tango. Lorsqu'elle le déposa, il se mit à malaxer le linge une ou deux fois de ses pattes avant, avant de s'enrouler sur lui-même, le menton sur le tissu moelleux. Mandy replia délicatement les bords de la serviette autour de son corps. Quand elles auraient le temps, pensa-t-elle, elle donnerait à Nicole sa leçon particulière : *101 façons d'envelopper un chat*. Pour l'instant, elle espérait pouvoir y parvenir avec un minimum de contention.

– Je voudrais prélever un échantillon de sang, lui expliqua-t-elle en pointant les creux sur les côtés du cou de Tango, dans la veine jugulaire qui passe ici. J'aimerais que tu le tiennes pour moi comme ça.

Elle contourna Tango et se pencha sur la table. Elle glissa ses index sous le menton du chat, les pouces derrière les oreilles, et leva la tête du félin de sorte que son cou soit tendu. S'il ne restait pas immobile ainsi, il y aurait d'autres techniques à tenter, mais moins elles le contrarieraient, mieux ce serait.

Nicole se mit soigneusement en position et saisit la tête de Tango. Au grand soulagement de Mandy, le chat se contenta de bâiller de l'intérieur de sa couverture en éponge. Ce nouveau jeu lui convenait bien, semblait-il dire. Mandy prit une petite tondeuse sans fil, beaucoup plus discrète que l'ancienne version qu'elle avait utilisée dans sa prime jeunesse. Elle l'alluma loin du chat, ne l'approchant de son cou qu'après qu'il a eu le temps de s'habituer au bruit. Même si certains vétérinaires préconisaient de ne pas tondre, elle trouvait plus facile de repérer la veine au premier essai si elle dénudait la peau.

– S'il se met à bouger, prévint-elle, tu peux le distraire en lui frottant les oreilles.

Elle appuya son pouce gauche à la base du sillon jugulaire, et repéra le tracé de la veine sous la peau. De la main droite, elle mania la seringue à l'aiguille pointue, faisant glisser le bord biseauté dans la peau et jusqu'à la veine. Il ne lui fallut que quelques secondes pour prélever le sang.

– C'est parfait, dit-elle à Nicole quelques secondes plus tard. Peux-tu appuyer ici ?

Elle laissa la jeune fille faire pression sur la veine et entreprit de décanter le sang dans deux tubes, tournant et retournant celui contenant de l'anticoagulant plusieurs fois pour s'assurer qu'il était bien homogène. Plus tard, elle les enverrait au laboratoire qui pouvait faire des tests bien plus poussés qu'ici.

Mandy observa Nicole remettre Tango dans sa cage, s'arrêtant pour une caresse en passant. Ses cheveux blonds retombèrent sur la tête de Tango, et une mèche voleta lorsqu'il respira. Nicole éclata de rire et embrassa le bout de l'oreille du vieux chat.

– Envie de chuchoter à l'oreille des ânes ?

– Oh oui ! Je vais chercher mon manteau.

Nicole semblait partante pour tout ce que Mandy proposait. Dehors, l'air était littéralement glacial, se dit-elle, en s'efforçant de ne pas respirer trop fort. Même avec des gants, le froid lui mordait les doigts.

Elle sentit son cœur gonfler en s'avançant sur l'herbe craquante, et en voyant Robin et Holly s'approcher rapidement, curieux de la trouver avec Nicole, chacune avec un licol sur le bras. C'était génial de voir à quel point ils avaient progressé en une semaine. Les ânons restèrent immobiles pendant qu'elles attachaient leur harnais. Holly marchait docilement à côté de Nicole, réagissant à la moindre pression sur la longe, et faisant sourire à chaque fois l'adolescente. Robin était toujours enclin à freiner des quatre fers et à tirer sur la laisse, mais lui aussi commençait à comprendre.

– Je suis si contente que ces deux-là soient ici, dit Nicole à Mandy, s'arrêtant sous un arbre en attendant que Robin avance. Je n'ai jamais travaillé avec des bébés ânes avant. Ce sont les créatures les plus adorables que j'ai jamais rencontrées.

Elle se pencha et posa sa joue sur la douce fourrure sur le côté de la tête de Holly. La jeune ânesse remua les oreilles et retroussa sa lèvre supérieure comme si elle souriait.

– Et si on les entraînait un peu au nettoyage des sabots ? suggéra Mandy.

Nicole tint les deux longes tandis que Mandy faisait le tour des animaux, soulevant un par un chacun de leurs petits sabots. Après quelques tours tenus en laisse et une poignée de câlins supplémentaires, elles reconduisirent les ânes dans leur abri recouvert de paille et les détachèrent. Holly fonça vers le tas de foin, mais Robin s'accrocha à Nicole, cherchant à grignoter sa manche.

– Je pense que le foin a meilleur goût, dit Nicole en riant, en l'éloignant de son manteau.

– Il ne reste plus qu'à préparer leur repas, déclara Mandy.

Alors qu'elles se tenaient côte à côte dans le coin réservé à la préparation de la nourriture, Nicole se tourna vers Mandy, l'air pensif.

– Crois-tu qu'il soit possible de faire venir plus de gens au refuge ?

Mandy fut surprise. Nicole espérait-elle que des amis à elle puissent lui rendre visite ?

– En théorie, oui, répondit-elle. Tant qu'ils respectent les animaux. Y a-t-il quelqu'un en particulier que tu souhaitais inviter ?

Ce serait bien d'avoir un peu plus d'aide, mais Mandy n'allait pas accueillir tous les adolescents errants du coin. Elle attrapa une poignée de petites carottes, les posa sur la planche et se mit à les couper en tranches.

– Non, non, ce n'est pas ça, répliqua Nicole tout en ouvrant un paquet de croquettes pour chats à l'aide de ciseaux, et en saisissant une cuillère doseuse en plastique. Je me demandais juste si nous pourrions offrir des bons de parrainage en guise de cadeaux de Noël. Comme les gens qui achètent une chèvre pour quelqu'un en Afrique, mais à l'échelle locale.

Elle mesura une dose parfaite et la versa dans un bol en métal avant de reprendre :

– Si la personne qui reçoit le bon cadeau peut ensuite venir voir à quoi sert l'argent, ça serait fantastique. Caresser les ânes, t'accompagner en promenade avec les chiens, ce genre de trucs.

Quelle idée géniale, se dit Mandy, s'immobilisant, couteau en l'air, son regard passant de Nicole aux ânes dehors, puis revenant à sa carotte.

– Je pourrais créer un bon cadeau sur mon ordinateur à la maison si tu veux, ajouta Nicole, les joues rosies.

Elle n'avait jamais entendu la jeune fille parler autant en une seule fois, se dit Mandy.

– Je pense que c'est une excellente idée, lui dit Mandy de bon cœur. Si tu peux dessiner quelque chose, ce serait merveilleux. Nous pourrions en discuter avant que tu ne rentres chez toi.

On aurait dit que Nicole venait de recevoir un âne en cadeau de la part de Mandy. Elle porta les bols de nourriture aux chats, sifflotant un chant de Noël. Mandy sourit en râpant des morceaux de carotte dans une assiette. Peu importe les ennemis invisibles dissimulés derrière la haie, Nicole était la meilleure alliée qu'elle aurait pu espérer !

Mandy consacra la première moitié de sa pause déjeuner à consulter les comptes bancaires de Vert-Cottage. Jusqu'à ce mois-ci, elle avait placé une bonne partie de son salaire de la clinique dans le refuge, mais même ainsi, l'erreur avec la facture de Harper lui avait fait comprendre que sa situation était un peu trop précaire. Maintenant qu'elle allait devoir rembourser un emprunt immobilier et rénover Lamb's Wood, il était indispensable de trouver une autre source de revenu. Elle avait récupéré un peu d'argent grâce aux frais d'adoption et aux dons. Même si l'idée du bon cadeau de Nicole était brillante, ça ne garderait pas le refuge à flot bien longtemps.

Mandy ferma le tableur Excel et soupira. Malgré tout son amour pour Vert-Cottage et les animaux y vivant, elle n'avait plus l'énergie nécessaire pour gérer ça en ce moment. Elle releva la tête et ses yeux s'arrêtèrent sur une des photos que James lui avait offertes lors de l'inauguration du refuge. Peut-être pourrait-il l'aider. Il avait toujours été meilleur qu'elle pour trouver des solutions dans les situations les plus délicates. Elle pourrait aller lui rendre visite à York. Ce serait bien de passer une journée loin d'ici, et elle pourrait faire quelques achats de Noël dans le rayon librairie de son café.

Elle avait retrouvé sa bonne humeur en entrant dans la maison. Emily rejoignit Mandy dans la cuisine pour le déjeuner. Lorsque Mandy lui demanda comment elle se sentait, elle répondit vaguement. Hormis un « pas trop mal », elle refusa de discuter de sa santé.

Elle avait l'air encore bien pâle, pensa Mandy.

– Une tasse de thé ? proposa-t-elle tout en engloutissant la dernière bouchée de son sandwich.

– Oui, volontiers, répondit sa mère en souriant.

Mandy prit une grande inspiration et se détourna, se concentrant sur la bouilloire et les tasses. Sa mère avait cet air épuisé qui l'effrayait tant. Même si elle essayait d'agir normalement, c'était comme si l'ombre de l'être merveilleux et chaleureux que Mandy avait connu toutes ces années avait pris le dessus. Une ou deux fois, elle avait surpris une expression perplexe sur son visage, comme si Emily elle-même ne comprenait pas ce qui se passait.

Ça faisait si longtemps que sa mère n'avait pas été vraiment en forme. Même au mariage de Paul et James, elle lui avait paru fatiguée, se rappela Mandy. Le souvenir de Paul la fit encore grimacer. Elle avait toujours pensé que ses parents vieilliraient sereinement comme Tom et Dorothy, mais cette vision si sûre du monde s'était obscurcie. Elle aurait dû insister auprès de sa mère pour qu'elle aille voir le docteur il y a quelques mois.

Mais y serait-elle seulement allée, songea Mandy. Elle se retourna et posa la tasse d'Emily sur la table, se forçant à sourire. Il n'y avait rien à faire à part attendre ses résultats et laisser les médecins décider de la prochaine étape.

Les consultations de l'après-midi furent beaucoup plus chargées que la matinée. Mandy souffla lorsque Mme Gill, qui avait amené Muffy pour faire vérifier ses dents, prit un autre rendez-vous avec Helen à la réception et sortit enfin. Muffy, le petit terrier, semblait ravi de venir chez le vétérinaire ces jours-ci. Malgré tout ce qui se passait, le cœur de Mandy battait plus fort chaque fois qu'elle constatait que son dressage portait ses fruits et que les animaux qu'elle manipulait se sentaient en sécurité entre ses mains.

Elle avait juste le temps d'aller au bureau de poste à pied avant la levée du jour, pensa-t-elle. Elle voulait faire partir les prélèvements de Tango, et ce serait sympa de discuter avec Gemma, qui tenait aussi la Poste. Elle était toujours au courant de tout ce qui se passait à Welford.

Helen avait déjà emballé les tubes dans du papier bulle.

– Et voilà, dit-elle en lui tendant une épaisse enveloppe matelassée. Dis à Gemma que je la verrai à Six Oaks, tu veux bien ?

Mandy savait qu'Helen et Gemma montaient parfois ensemble, Helen sur sa jument grise, Moondance, et Gemma sur Jarvis, son hongre palomino.

– J'y penserai, répondit-elle.

Elle appela Sky puis quitta la clinique et descendit le chemin.

Elle était bien contente d'avoir une veste chaude et un bonnet de laine. Les haies dénudées n'offraient que peu de protection contre le vent polaire.

Elle s'immobilisa devant le bureau de poste. Elle était venue ici si souvent quand elle était enfant, pour envoyer des échantillons de la part de ses parents. Elle s'était même arrêtée devant la fenêtre pour jeter un coup d'œil à son reflet avant le mariage de James cet été. À travers la vitre, elle apercevait Gemma derrière le comptoir, penchée sur une feuille de papier. Ses longs cheveux blonds étaient retenus en arrière, mais quelques mèches s'échappaient autour de ses joues. Elle portait un sweat-shirt sur lequel on lisait « Attention : jument lunatique », au-dessus d'un jean moulant et des bottes à talons. Elle était si différente de Mme McFarlane, qui avait tenu l'endroit il y a bien des années. Mme McFarlane avait toujours porté un tablier en vichy bleu et des collants opaques, avec des chaussures plates et confortables. Mandy poussa la plaque en laiton brillant et ouvrit la porte.

Gemma leva la tête en percevant un mouvement. Elle rougissait bizarrement, le regard nerveux.

– Mandy, s'exclama-t-elle. J'étais juste…

La jeune femme ne termina pas sa phrase. Mandy fronça les sourcils.

– Est-ce que tout va bien ?

Gemma laissa échapper un soupir à travers ses lèvres pincées, l'air peiné.

– Je viens de trouver une pétition sur le tableau d'affichage, dit-elle. Je suis contente que tu sois venue. Je ne savais pas ce que je devais faire.

Ses yeux passaient rapidement du visage de Mandy au papier sur le comptoir.

– Qu'est-ce que ça dit ? demanda Mandy, la poitrine tout à coup serrée.

La pétition pouvait porter sur n'importe quoi, se dit-elle.

Le visage de Gemma se décomposa de tristesse.

– J'ai bien peur que ce ne soit à propos de Vert-Cottage.

– Je peux voir, lança Mandy en tendant la main.

Elle devait se concentrer pour ne pas trembler. Gemma tourna la feuille vers elle.

« NOUS SOUSSIGNER APELONS À LA FERMETURE DU REFUJE DE VERT COTTAGE. »

Mandy sentit la bile lui piquer la gorge. Elle déglutit. Sous le titre bourré de fautes, il n'y avait qu'une seule signature complètement indéchiffrable. Le document était très mal fichu, mais son intention était limpide.

– Tu as vu qui l'a accrochée ?

Elle fixa Gemma, espérant contre toute attente qu'elle pourrait donner une description à Mandy, mais celle-ci secoua la tête.

– Je crains que non. Ce n'était pas là à l'ouverture ce matin. Je pense qu'elle a dû être accrochée quand je m'occupais de la livraison des produits laitiers. Je vais la jeter à la poubelle bien sûr, ajouta-t-elle, sur un ton soudain furieux. Qui ferait une chose pareille ? C'est horrible !

Mandy ressentit un élan de gratitude, mais cela ne rendait pas la situation moins effroyable.

– S'il te plaît, ne la jette pas à la poubelle, insista-t-elle. Ce n'est pas la première fois qu'un truc pareil arrive. Quelqu'un a écrit une critique sur Tripadvisor pour se plaindre de moi. Ils ont saboté ma commande de nourriture, et fait un trou dans la haie.

Le trou, c'était le pire, pensa Mandy. Un des animaux aurait facilement pu être blessé sur la route ou même tué.

– C'est horrible, répéta Gemma, l'air encore plus consternée. Tu es allée voir la police ?

– Je leur en ai parlé, oui, reprit Mandy après une profonde inspiration. C'est pourquoi je ne veux pas que tu jettes la pétition. La brigadière Armstrong voudra peut-être venir t'interroger.

Gemma tortilla une mèche de cheveux entre ses mains.

– C'est dur à encaisser. Tant de haine. Je ne comprends pas. Tout le monde a toujours aimé Animal Ark, et

Vert-Cottage est un endroit merveilleux. Pourquoi quelqu'un ferait ça ? demanda-t-elle tout en secouant à nouveau la tête, comme si elle essayait de comprendre la logique de tout ça. Bref, qu'est-ce que je peux faire pour toi aujourd'hui ?

Mandy avait presque oublié l'échantillon de Tango. Elle lui remit le paquet.

– Pour une livraison demain, s'il te plaît, dit-elle. Je ne suis pas arrivée trop tard, n'est-ce pas ?

– Non, tu es dans les temps, la rassura Gemma.

Après avoir récupéré Sky qui l'attendait devant la porte, Mandy reprit sa route à pied, les jambes lourdes. Elle pensa à Robin et Holly, à Melon et Flamme, aux autres chiens, aux chats, aux lapins et aux cochons d'Inde. Qui pourrait être dérangé par ces animaux ? Qui risquerait de les blesser ? La clinique se profilait déjà à l'horizon, et elle n'avait pas plus de réponses.

Elle baissa les yeux vers Sky et soupira.

– Bon sang, qui déteste le refuge à ce point ? se demanda-t-elle à voix haute.

Sa chienne remua la queue, mais sa maîtresse avait juste envie de pleurer.

Chapitre 18

En se réveillant vendredi matin, Mandy décida qu'elle avait suffisamment remis ça à plus tard : elle allait devoir reprendre contact avec Jimmy. Elle voulait désespérément parler avec quelqu'un d'autre qu'Helen de son horrible visite de la veille à la Poste. Ses parents avaient déjà assez de soucis à gérer.

Elle hésita, main tendue. Devrait-elle attendre encore un peu ? Il était trop tôt pour un coup de fil, mais elle pourrait lui envoyer un message. Elle aurait peut-être même alors une réponse immédiate. Cette perspective l'apaisa : s'il ne lui écrivait pas, alors elle l'appellerait plus tard.

Il valait mieux s'en débarrasser. Jimmy avait peut-être de très bonnes raisons de ne pas l'avoir appelée. Elle s'empara de son téléphone sur la table de chevet, et tapa rapidement un texto.

Tu es libre pour dîner ce soir ? J'aimerais beaucoup te voir.

Elle le fixa quelques instants avant d'appuyer sur « Envoyer ». Aurait-elle dû se montrer plus réservée ? Plus fâchée qu'il ne l'ait pas contactée ? Difficile de faire passer ce genre d'émotions par message. Si Jimmy s'était lassé d'elle,

elle le saurait vite. Si ce n'était pas déjà le cas… Elle prit une profonde inspiration, puis appuya enfin sur le bouton d'envoi avant de se glisser hors du lit et d'attraper sa robe de chambre.

Le téléphone émit un bip avant même qu'elle n'atteigne la porte de la chambre. La gorge serrée, elle vérifia sa boîte de réception : *Pas disponible ce soir. Libre demain. Beaucoup à te raconter.*

Une vague de soulagement la traversa. Jimmy ne l'avait pas oubliée. *Il avait dû se passer quelque chose.* Demain soir arriverait bien vite.

Tout premier dîner à Lamb's Wood ? tapa-t-elle.

Réponse immédiate :

J'apporterai des burgers végétariens et des frites si tu t'occupes du champagne.

Mandy se rassit sur le lit et s'autorisa à sourire. La tension qu'elle avait ressentie plus tôt s'évanouissait comme neige au soleil. Elle aurait dû envoyer un texto à Jimmy bien plus tôt, plutôt que de laisser le doute l'envahir. Elle lui renvoya :

C'est parfait !

Et fut ravie de voir deux pouces en l'air apparaître à l'écran. Ils se voyaient le lendemain soir. Malgré tous ses autres soucis, ce problème au moins était résolu.

Après le dîner de la veille, Mandy ne s'attendait pas à revoir Seb Conway de sitôt, pourtant il passa à la clinique juste après les consultations du matin.

– Comment ça va avec Holly et Robin ? demanda-t-il.

– Ils sont fantastiques, répondit Mandy. N'hésite pas à t'arrêter au paddock pour leur faire un câlin.

Seb tripota le badge plastifié d'officier municipal accroché à sa ceinture.

– Je suis passé te dire que Mme Powell a appelé, dit-il. Apparemment, le charmant M. Powell a investi dans des mini-motos. Pour paraphraser, Noël n'est plus gâché et pourrait-on garder les ânes ?

Il leva les yeux au ciel dans un geste théâtral. Son expression et son choix de mots prudents donnèrent envie de rire à Mandy.

– C'est une excellente nouvelle, déclara-t-elle. On peut les garder un peu plus longtemps sans problème. Dommage que M. Powell n'ait pas réfléchi avant d'acheter ces pauvres ânes.

Seb avait l'air soulagé.

– J'espérais que tu dirais que tu pouvais t'en occuper, dit-il. Ce serait presque impossible de leur trouver un autre foyer pour le moment. J'ai aussi essayé de retrouver l'éleveur. Il est à Sheffield, alors j'ai transmis l'information. Désolé, je dois filer, j'ai un chat errant à récupérer.

Il lança à Helen, occupée à ranger l'une des salles de consultation, qu'il la verrait plus tard, avant de saluer Mandy d'un geste de la main et de se sauver.

Mandy décida de mettre à jour le site web pour annoncer que les ânes étaient disponibles à l'adoption. Un peu plus de dressage leur serait bien utile, mais le temps qu'elle effectue les vérifications habituelles sur un éventuel propriétaire, ils seraient prêts à partir. Elle démarra son ordinateur portable, ajouta les ânes à sa liste d'animaux à adopter, et rouvrit ses mails. Elle était heureuse de voir que Mme Dillon avait envoyé la confirmation d'un deuxième rendez-vous de visite à domicile pour Melon. Il n'y avait qu'un seul autre message dans sa boîte de réception.

Cher Vert-Cottage,

J'ai consulté votre site web et je serais très intéressé par les deux lapins que vous avez présentés, afin de les offrir à un ami pour Noël. Pourriez-vous me dire s'ils sont toujours disponibles ?

Mandy ferma les yeux pour réfléchir. À première vue, le courriel était une requête standard. Normalement, elle répondait en demandant plus d'informations, et joignait un formulaire électronique à remplir. Mais avec tous les problèmes qu'elle avait eus, elle sentait devenir méfiante. Et si c'était quelqu'un qui essayait de la coincer ? Ella poussa un soupir et réagit en expliquant que les animaux n'étaient en général pas faits pour être offerts en cadeau. C'était un exercice sacrément périlleux, songea-t-elle. Pour autant qu'elle le sache, la question pouvait venir d'une personne qui avait toujours voulu avoir des animaux et qui était prête et préparée à s'engager. Elle laissa son message suffisamment ouvert pour que l'expéditeur se sente autorisé à lui répondre.

Elle se redressa et passa dans la salle des petits rongeurs. Comme toujours, les cochons d'Inde accueillirent la jeune femme avec une série de couinements et de sifflements, leurs drôles de petits visages tournés vers l'extérieur dans l'espoir d'obtenir quelques feuilles. Malgré tout, ses locataires miniatures parvenaient toujours à faire sourire Mandy.

– Vos vies sont si simples, leur dit-elle. J'espère que vous savez à quel point vous êtes chanceux !

– Tu as des projets pour ce soir ? demanda Helen à Mandy quelques heures plus tard. Seb et moi allons essayer ce nouveau bar en périphérie de Walton. Tu veux te joindre à nous ?

Mandy considéra l'invitation. Elle avait besoin de distraction et Seb et Helen étaient très sympas, mais n'aurait-elle pas l'impression de leur tenir la chandelle ?

– Gemma et Luke viennent aussi, ajouta Helen.

Les doutes de Mandy s'évanouirent. Gemma était toujours de bonne compagnie, même si Mandy espérait qu'elle n'essaierait pas trop de parler de la pétition. Elle voulait oublier un peu ses problèmes et ce serait super de voir le nouveau bar, ouvert depuis quelques semaines seulement. Luke, le mari de Gemma, connaissait également bien Jimmy. Tous deux s'étaient portés volontaires pour l'unité locale de sauvetage en montagne. Mandy aimerait bien avoir des détails sur leurs sorties récentes.

– J'adorerais me joindre à vous, répondit-elle avant de terminer la rédaction de ses dernières notes dans le dossier des patients, avec un regain d'énergie. Je vais juste me changer ! dit-elle à Helen.

Une fois que Mandy eut échangé son jean teinté contre une paire propre, et son sweat-shirt contre un pull rayé, elles marchèrent toutes les deux jusqu'au centre de Welford, où Gemma et Luke les attendaient déjà. Quelques minutes plus tard, Seb arriva et moins de deux minutes plus tard, le taxi que Luke avait appelé les conduisait vers Walton. Il faisait froid dehors, mais c'était assez amusant, tous serrés les uns contre les autres dans le petit véhicule.

Le chauffeur les déposa devant un bâtiment plutôt moderne, situé un peu après l'école que Mandy avait fréquentée pendant tant d'années. Des lettres lumineuses au-dessus de la porte annonçaient que le bar se nommait *Sheep from the Goats*. Ça avait l'air très élégant.

L'intérieur n'aurait pas pu être plus différent du *Fox and Goose* si vieux jeu. Des fauteuils en cuir blanc incurvés étaient disposés en rangées autour de petites tables circulaires au centre et le long d'un mur, et des sièges de box surélevés entouraient d'autres tables laquées noires. Mandy s'assit en premier. Luke leur lança un grand sourire, ses cheveux bruns brillant sous les lumières bleues. Il sortit son portefeuille.

– Qu'est-ce que je vous offre ?

Au grand soulagement de Mandy, Gemma ne semblait pas avoir envie de partager la dernière attaque contre Vert-Cottage. Luke revint avec un plateau de boissons et ils se mirent rapidement à discuter du froid glacial et de leurs projets pour Noël.

– Nous allons passer la journée ensemble, annonça Helen, jetant un coup d'œil à Seb en tendant la main pour serrer la sienne.

Mandy se réjouit de la voir si heureuse. Il y a six mois, Helen et Gemma étaient assises au *Fox and Goose*, discutant de Jimmy Marsh. Aujourd'hui, Helen et Seb semblaient si proches qu'il était difficile d'imaginer qu'ils n'étaient pas ensemble depuis toujours.

Mandy avait une vue magnifique sur le reste du bar depuis son siège dans le coin. Gemma et Luke s'étaient glissés dans le box à côté d'elle. Helen était assise en face, Seb à sa gauche. Beaucoup de gens allaient et venaient. Les tabourets chromés du bar se remplissaient et se vidaient. Helen venait juste de terminer de donner à Seb les dernières nouvelles de Holly et Robin quand le regard de l'infirmière sembla être attiré par quelqu'un ou quelque chose à la porte. Un froncement de sourcils perplexe apparut sur le visage habituellement serein d'Helen. Sa réaction piqua la curiosité de Mandy, qui tourna la tête pour voir qui venait d'entrer. C'était Molly Future. Derrière elle, la main posée sur le creux de ses reins, marchait Jimmy Marsh. Il guida Molly vers une table tranquille, presque à l'autre bout de la salle. Il tira une des chaises blanches incurvées, et s'installa dos à Mandy.

Helen écarquillait toujours les yeux, mais Seb avait sorti son portefeuille et regardait à l'intérieur, ne se rendant absolument pas compte de ce qui se passait. Helen se pencha en avant et s'adressa à Mandy de l'autre côté de la table.

– Tu savais que Jimmy venait ici avec Molly ce soir ? demanda-t-elle en chuchotant.

Mandy secoua la tête. Certes, ça lui faisait un choc de voir Jimmy et Molly ensemble, mais elle savait depuis longtemps qu'ils étaient amis. L'été dernier, elle les avait vus ensemble au *Fox and Goose* et ils avaient manifestement prévu de se voir lorsqu'ils s'étaient croisés sur la lande quelques jours auparavant. Elle devrait aller les voir et leur dire bonjour, pensa-t-elle, mais quand elle regarda autour d'elle, Gemma et Luke semblaient être en pleine conversation et elle ne voulait pas les déranger en demandant à sortir du box.

Ses yeux se posèrent de nouveau sur Molly et Jimmy. En les contemplant, elle ne pouvait pas s'empêcher d'être un peu mal à l'aise. Pourquoi Jimmy ne lui avait-il pas dit ce qu'il faisait ce soir ? Molly et lui semblaient très proches pour de simples amis. Molly observait intensément Jimmy. Un instant plus tard, elle avait tendu la main pour prendre celle de Jimmy, posée sur son genou. L'estomac de Mandy se serra lorsqu'elle vit Molly entrelacer ses doigts dans les siens.

De très loin, la voix de Seb lui parvint : il demandait si quelqu'un voulait un autre verre.

– Je vais t'aider.

C'était la voix de Luke. Aucun d'eux ne semblait avoir remarqué quoi que ce soit.

Gemma se leva.

– Je vais juste me repoudrer le nez, annonça-t-elle en s'éloignant vers les toilettes des dames.

La sortie était désormais dégagée, mais Mandy avait l'impression de ne plus pouvoir bouger. Son cerveau était en surchauffe. Elle savait que Molly et Jimmy étaient censés être amis, mais leur intimité était flagrante. Ils se tenaient toujours la main, se dévisageaient, en pleine conversation. Alors qu'elle les surveillait, Molly se leva de sa chaise, fit le tour de la table et passa ses bras autour de Jimmy. Elle déposa un baiser sur sa chevelure sombre, avant de se relever et de se diriger vers le bar.

Est-ce pour cette raison que Jimmy n'avait pas appelé cette semaine ? Ce n'est sûrement pas possible, pensa-t-elle. Jimmy était trop honnête pour la quitter sans le lui dire. Et s'il la trompait, il aurait été dingue de voir Molly dans un endroit aussi fréquenté.

En face d'elle, Helen était toute hérissée, un vrai chat en colère.

– À quoi il joue ? siffla-t-elle.

Mais Mandy ne savait pas quoi répondre. Son verre presque vide était encore dans sa main. Son reste de vin vacilla lorsqu'elle se pencha pour le poser sur la table. Elle avait du mal à respirer.

– Ça va ? demanda Helen, les yeux rivés sur elle.

Mandy secoua la tête. Si elle ne les avait pas vus ensemble, elle n'aurait jamais cru, mais chaque action de Molly prouvait un niveau d'intimité avec Jimmy qui allait bien au-delà de la simple amitié.

– Tu veux partir ? reprit Helen.

Mandy serra les poings, essayant de faire cesser le tremblement de ses mains. Elle balbutia :

– Tu peux m'excuser auprès des autres ?

Sa langue était lourde, ses mots maladroits.

Helen l'observait, les yeux remplis de compassion, mais il serait plus facile de partir avant le retour des autres et Mandy n'était pas sûre de pouvoir supporter la compagnie de quiconque.

– Tu diras à Seb que je suis désolée pour le verre perdu ?

Elle ne savait pourquoi, mais ça lui parut important. Elle avait déjà dérangé assez de gens.

– Ne t'inquiète pas pour lui, vraiment ça ne l'embêtera pas, la rassura Helen en haussant les épaules.

Tête baissée, Mandy se glissa hors du box. Molly attendait toujours au bar et Jimmy n'avait pas bougé. Un instant plus tard, elle était dehors, dans le froid, sous la lumière du lampadaire. Elle allait devoir appeler un taxi.

Elle sortit son portable de sa poche. Les SMS de ce matin seraient toujours là, si elle voulait les consulter, se dit-elle, alors que la nausée montait. Ses doigts tremblaient alors qu'elle sélectionnait le numéro des Taxis Walton. Elle se demandait quand Jimmy avait prévu de lui parler de Molly. Demain soir, devant du champagne et des hamburgers végétariens ? Molly et lui avaient dû organiser leur jolie petite soirée en tête à tête avant dimanche dernier, comprit-elle, soudain chancelante. Molly en avait parlé devant Mandy lors de leur promenade à cheval et il lui avait répondu avec désinvolture. Mandy laissa échapper un sanglot. Comment pouvait-on être aussi culotté ? Ou bien avaient-ils prévu de garder leur relation platonique, mais s'étaient sentis de nouveau attirés l'un vers l'autre ? L'image de Molly embrassant les cheveux ébouriffés de Jimmy était gravée dans la mémoire de Mandy.

Ses pensées rebondirent sur une phrase que Molly avait prononcée pendant leur sortie. Qu'avait-elle dit ? Les mots flottaient dans l'esprit de Mandy. « Même s'il semble bien que j'aie une préférence pour les hommes des Lakes. » Molly l'avait évoqué avec tant de légèreté que Mandy avait supposé qu'elle avait rencontré un autre homme, alors qu'en fait, elle faisait référence à Jimmy.

Comme si elle était branchée sur pilote automatique, elle ouvrit la portière du taxi à son arrivée. À son grand soulagement, le chauffeur n'essaya pas de lui parler, sauf pour demander leur destination. Il la déposa dans l'allée d'Animal Ark. Son esprit était toujours en ébullition lorsqu'elle poussa la porte du refuge, errant de pièce en pièce. Tout était calme et bien rangé à l'intérieur, exactement comme Mandy le souhaitait. Les chiens levèrent les yeux vers elle, tout endormis. Les lapins et les cochons d'Inde étaient tapis dans leurs espaces de sommeil. Un des chats bâilla et s'étira. Comment son projet de sauvetage pouvait-il être parfaitement maîtrisé alors que le reste de sa vie déraillait sauvagement ? se demanda-t-elle avec tristesse. Des larmes lui piquèrent les yeux, mais elle les repoussa du bout des doigts. Si Jimmy était capable de la traiter ainsi, il ne valait pas la peine qu'elle pleure pour lui. Tout ce qui comptait se trouvait ici, au refuge et dans le cottage d'à côté. Rien d'autre n'avait d'importance. Mandy serra les dents, essayant de se convaincre.

Quand elle rentra à la maison, Adam était seul dans le salon, devant la télévision. À l'écran, un aigle planait dans un ciel bleu au-dessus d'une chaîne de montagnes enneigées.

– Tu es rentrée tôt, lança-t-il en la regardant, un sourire aux lèvres, animé d'une curiosité plutôt modérée.

Il était fatigué et préoccupé par maman.

– Oui, répondit Mandy en ôtant son manteau. J'ai un peu mal à la tête, je pensais aller me coucher de bonne heure.

– Tu as besoin de quelque chose ?

Il l'observait attentivement maintenant. Elle était contente de ne pas avoir cédé aux larmes qui menaçaient de couler.

– Non, merci.

À son grand soulagement, son père ne posa plus de questions. Elle appela Sky et monta à l'étage. Le plafonnier du palier était allumé et la porte de la chambre d'Emily entrouverte. Mandy passa devant sur la pointe des pieds.

Dans le noir, elle se déshabilla et se glissa sous la couette. Elle était sortie ce soir-là pour se distraire et oublier ses soucis, entre Emily et la campagne de dénigrement contre le refuge. Son projet s'était retourné contre elle d'une manière spectaculaire. Molly et Jimmy, Jimmy et Molly. L'image de ces deux-là, assis, les mains enlacées sur la petite table noire, tourbillonnait dans la tête de Mandy, entrecoupée de photos de Simon et de Samantha dans la maison où Mandy s'était autrefois sentie si bien accueillie.

Elle se demanda à quoi il jouait. Avait-il toujours secrètement voulu que Molly le reprenne ? Avait-il été troublé, incapable de choisir ? Il avait paru si stable. C'était elle qui avait fait tanguer le navire.

Mandy entendit son père monter l'escalier, puis le silence. Elle ferma les yeux et força son esprit à se vider. Elle ne pouvait pas se permettre de perdre une nuit de sommeil. Elle avait beaucoup trop de choses à faire demain.

Elle n'était pas sûre d'être en train de rêver quand elle entendit un chien aboyer dehors. Elle se redressa, le cœur battant la chamade, les oreilles tendues. Mais il n'y avait plus de bruit et, après quelques minutes, elle se recoucha. À côté d'elle, sur le sol, Sky ronflait paisiblement. Mandy baissa la main et posa ses doigts sur la douce fourrure du colley. Les yeux grands ouverts, elle fixait l'obscurité.

Jimmy et Molly. Molly et Jimmy. Ce fut une longue nuit.

Chapitre 19

Quand Mandy s'extirpa d'un sommeil agité, la lumière grise du matin se déversait à travers les rideaux à moitié fermés. Elle leva la tête de l'oreiller et s'aperçut qu'il était déjà huit heures passées. Un court instant, elle songea à se retourner et se rendormir, mais elle avait des animaux à nourrir. Elle se força à se lever et enfila un jean et un sweat-shirt ample. En bas, elle ouvrit le réfrigérateur. Avait-elle faim ? Rien ne lui faisait envie. Avec un soupir, elle le referma et se dirigea vers la porte pour enfiler ses bottes.

À l'intérieur du refuge, les décorations de Noël semblaient déplacées. Leur fausse promesse de joie avivait la peine de Mandy et elle dut résister à la tentation de les remettre toutes dans leur boîte. Alors qu'elle terminait sa tournée de petit déjeuner, Nicole fait irruption dans la pièce. Mandy avait oublié que l'adolescente avait dit qu'elle viendrait ce samedi. Au moins elle aurait un peu de compagnie et contrairement à Helen, Nicole ne savait rien des événements de la nuit passée.

– Bonjour !

C'était réconfortant d'être saluée ainsi, comme si Nicole n'aurait voulu pour rien au monde se trouver ailleurs. Mandy retrouva le sourire et la conduisit jusqu'au chenil. Elles commenceraient par quelques séances d'exercice.

Flamme aussi était de bonne humeur. Même si elle ne réagissait toujours pas très bien au rappel au pied, au moins semblait-elle apprécier Nicole. La jeune fille était très patiente, elle attendait le bon moment pour attirer l'attention de Flamme et l'appeler. La chienne paraissait toujours fascinée par Robin et Holly aussi. Ils se tenaient de l'autre côté de la clôture, deux animaux gris aux longues oreilles, observant le lurcher bringé doré. Lorsque Flamme se pencha sur ses pattes avant, réclamant qu'ils jouent avec elle, les ânes bondirent vers l'arrière. Robin secoua la tête en grognant, mais Holly tourna la tête sur le côté, étudiant Flamme.

Mandy s'était attendue à ce qu'il gèle ce matin, mais au cours de cette longue nuit, des nuages s'étaient amoncelés dans le ciel. Elle les voyait se détacher au-dessus des landes, sombres et menaçants. Il faisait beaucoup plus doux qu'hier et Nicole et elle ôtèrent rapidement leur manteau en suivant d'abord Flamme, puis Melon, et enfin Brindille et Arthur tout autour du paddock.

Ce n'est que lorsque Nicole rentra chez elle et que Mandy reprit sa veste pour rentrer à la maison qu'elle découvrit un message.

C'était Jimmy.

Dîner ce soir au Lamb's Wood. Moutarde ou ketchup ? N'oublie pas les bulles !

Mandy dut le lire deux fois pour y croire. La nuit dernière, il s'était lové avec Molly.

Et là, il envoyait ce message désinvolte. Sa tromperie ne faisait plus aucun doute. « N'oublie pas les bulles » ?! C'était insultant. Il n'y avait absolument rien à fêter.

Que se passait-il donc dans la tête de Jimmy, bon sang ? se demanda-t-elle en refermant la porte du refuge derrière elle. Était-il possible qu'il pense pouvoir sortir avec Mandy quand Molly n'était pas disponible ? D'accord, il n'y avait encore rien d'« officiel » entre Jimmy et elle. Ils n'avaient pas abordé la question de l'exclusivité dans leur couple. Jimmy avait déjà eu une relation sérieuse avec Molly. S'il avait recommencé à la voir, il aurait dû avoir la décence d'en parler à Mandy. Elle n'avait jamais eu l'idée de sortir avec quelqu'un d'autre. Si Jimmy le lui avait demandé, elle aurait dit non. Il ne lui avait pas laissé ce choix.

Elle fourra le téléphone dans sa poche. Comment était-elle censée répondre à ça ? Elle n'en avait aucune idée, mais une chose était sûre : elle n'allait pas faire semblant que tout allait bien. Alors qu'elle traversait le champ en sens inverse, en direction du cottage, il se mit à pleuvoir et elle courut jusqu'à la porte. Elle devait lui renvoyer un message, songea-t-elle, frissonnant au beau milieu de la cuisine. Elle avait beau être en colère, elle n'avait pas l'intention de le faire attendre pour rien. Elle ressortit son portable et se mit à taper :

Plus disponible ce soir. Merci de ne plus me contacter.

Elle appuya sur la touche « Envoyer » et resta immobile, les yeux rivés sur l'écran. Elle relut une dernière fois le message de Jimmy qui la faisait tant souffrir, avant d'éteindre son téléphone.

À quinze heures trente, il faisait presque nuit et la tempête faisait rage. Adam était parti avec Tom à une vente privée agricole, laissant Mandy et Emily au cottage. Sa mère restait encore bien trop calme, se dit Mandy, même si elles avaient rigolé ensemble en imaginant le genre de bric-à-brac champêtre que les deux hommes allaient encore bien pouvoir dégoter. Elle mourait d'envie de parler de Jimmy avec quelqu'un, elle voulait essayer de comprendre ce qui se passait dans sa tête. Mais le visage blême d'Emily lui rappela que sa mère avait bien assez de soucis à gérer sans qu'elle ajoute les siens.

Mandy avait lancé un feu dans la cheminée, Emily et elle étaient assises, pieds tournés vers la chaleur, tandis que la pluie cognait contre la fenêtre. Sky renifla dans son sommeil, battant des pattes comme si elle pourchassait un lapin. Emily avait l'air de s'assoupir elle aussi. Mandy ne pouvait rien faire au sujet de Jimmy, à part surmonter sa tristesse, pensait-elle. Que ferait-il ce soir ? Resterait-il à la maison, blotti devant son propre feu ? Ou appellerait-il Molly quand il comprendrait que Mandy ne serait plus là pour lui ? Elle s'efforça de repousser cette idée malsaine de son esprit, attrapa la télécommande et alluma la télévision.

Les braises de charbon bougèrent sur la grille. Mandy en avait mis un bon paquet, et malgré le temps affreux, la pièce était douillette. La voix de velours de Bing Crosby s'échappait du poste au rythme des images brillant en noir et blanc. Elle allait se lever dans une minute, décida Mandy. Son corps était lourd. Elle était vraiment très fatiguée après la nuit dernière. Elle allait bientôt devoir se mettre à la préparation du dîner, mais elle se sentait si bien assise ici, avec Sky à ses pieds et sa mère sommeillant à côté d'elle.

Une volée de coups étouffés contre la porte de derrière la sortit de sa torpeur. Sky se releva, les oreilles aux aguets. Elle grogna doucement, les yeux tournés vers Mandy alors que le vacarme reprenait. Mandy jeta un œil à sa mère – elle dormait toujours.

Mandy se précipita dans la cuisine, se frottant les yeux, et ouvrit la porte : Jimmy se tenait là, sur le perron. La pluie ne lui avait laissé aucun répit. Ses cheveux étaient aplatis sur sa tête et des filets d'eau coulaient sur son visage. Un instant, Mandy songea à claquer la porte, mais il avait l'air si trempé et frigorifié qu'elle ne se résolut pas à l'abandonner sous l'orage. Elle ouvrit plus grand la porte et le laissa entrer dans la cuisine.

– Attends ici, dit-elle à voix basse.

Aussi silencieusement que possible, elle fila fermer la porte du salon, puis celle du couloir. La dernière chose qu'elle voulait, c'était qu'Emily entende leur conversation.

Lorsqu'elle revint, Jimmy était toujours debout sur le paillasson. Son manteau, ses cheveux, son pantalon, tout était trempé. Elle prit une serviette accrochée au mur et la lui lança. Elle ne put s'empêcher de le regarder se sécher le visage. Avec ses cheveux foncés, son air un peu sauvage, il était encore plus séduisant que jamais. C'était agaçant.

Jimmy fit un pas vers elle.

– Tout va bien ? demanda-t-il, et un léger frisson le traversa, ses yeux verts rivés sur elle. J'ai essayé de téléphoner. Je n'ai pas réussi à te joindre.

Mandy était transie, mais pas de froid.

– Oui, répondit-elle en serrant les poings pour empêcher ses doigts de trembler. Je l'ai éteint.

Il s'approcha encore d'elle.

– Pourquoi ? Je ne comprends pas. Quelque chose ne va pas ?

Mandy tint bon. Allait-il vraiment faire semblant de ne pas savoir ? N'avait-il pas plus de respect pour elle que ça ?

– Je crois que tu sais ce qui ne va pas, lâcha-t-elle, le visage crispé.

Elle ne devrait pas avoir à le lui expliquer, pensa-t-elle.

Il la dévisagea.

– Eh bien, non, je ne sais pas, répliqua-t-il, les sourcils froncés. Je ne comprends pas du tout ce qui se passe, pour être honnête. D'abord, tu dis que tu veux y aller doucement, et puis tout semble aller bien… Et maintenant, ça.

Mandy ferma les yeux et prit une grande respiration, cherchant à se vider la tête. Est-ce qu'il lui faisait porter le chapeau ? L'image de Molly contemplant Jimmy à table, sous les lumières bleues, lui traversa l'esprit. Elle aurait dû écouter son instinct, pensa-t-elle. Tout était allé trop vite et maintenant la réalité lui tombait dessus. Il ne pouvait même pas admettre ce qu'il avait fait la nuit précédente. Elle devrait rompre maintenant, songeait-elle. Elle avait besoin de quelqu'un en qui elle pouvait avoir confiance.

– Je crois que nous devrions arrêter de nous voir.

Les yeux de Jimmy s'assombrirent.

– Tu veux arrêter ? dit-il, incrédule. Pourquoi ?

Les mots étaient sur le bout de sa langue, mais Mandy ne pouvait pas se résoudre à avouer qu'elle l'avait vu avec Molly. Elle se retrouva plutôt à énumérer d'autres motifs, ceux qui avaient pourtant cessé de compter quand elle avait véritablement reconnu ses sentiments pour Jimmy.

– Il y a… il y a trop de choses à gérer en même temps. Je suis trop occupée ici, entre la clinique et le refuge, et tous les problèmes qui s'accumulent de tous les côtés.

– Quels problèmes ? répliqua-t-il, l'air inquiet.

Mandy secoua la tête. Elle n'avait aucune envie de discuter de la campagne contre Vert-Cottage ou de l'état de santé de sa mère. Des factures impayées et du coût de la literie d'hiver pour les chenils. Et dire que la semaine dernière encore, elle se disait qu'il serait agréable de pouvoir partager ces nouvelles avec lui… Comme elle avait été naïve.

– Ce n'est pas facile de lancer une nouvelle entreprise, finit-elle par lâcher.

– À qui le dis-tu, rétorqua-t-il en haussant les sourcils. Je sais que tu es occupée, Mandy, mais tu n'es pas la seule à avoir des problèmes. Si tu avais demandé de l'aide, tu ne crois pas que j'aurais tout laissé tomber et que je serais venu ? Tu es tellement déterminée à tout faire par toi-même que tu repousses les gens – que tu me repousses.

Sa voix tremblait.

Mandy sentit la colère monter et chauffer ses joues. Alors maintenant, c'était elle qui repoussait les gens ? L'avait-elle repoussé si loin qu'il avait atterri dans les bras de Molly ?

– Je repousse peut-être les gens, mais au moins je ne trompe personne.

Le regard de Jimmy s'embrasa.

– Je n'ai jamais trompé personne de ma vie !

– Ah oui, tu es bien sûr ? siffla-t-elle, les mots s'échappant de sa bouche comme si elle ne les contrôlait plus. Est-ce que tu étais, oui ou non, à Walton hier soir avec Molly Future ?

Une expression indéchiffrable traversa rapidement ses yeux verts. De la culpabilité ?

– Oui, j'y étais, admit-il, et pour la première fois, il semblait bien moins sûr de lui. Mais…

– C'est tout ce que j'ai besoin de savoir, le coupa-t-elle en redressant les épaules.

– Non, ce n'est pas ce que tu…

Le bruit d'une porte la surprit.

– Mandy ? lança Emily faiblement.

– Va-t'en maintenant ! s'écria Mandy en contournant Jimmy et en ouvrant la porte derrière lui.

Pas question qu'elle raconte à sa mère ce qui venait de se passer. Ni maintenant ni jamais.

– Mais…

– Va-t'en ! répéta-t-elle, une main toujours sur la porte, se retenant de le pousser dehors de l'autre.

Tout son corps était pris de tremblements.

Un court instant, Jimmy la regarda droit dans les yeux, puis sans un mot, il se retourna et se laissa avaler par la pluie et l'obscurité. Mandy referma la porte juste au moment où Emily entrait dans la pièce.

– Il y avait quelqu'un à la porte ? demanda Emily.

– Juste un client. Tout est réglé.

– Il s'est passé quelque chose, s'enquit Emily, perplexe. Tout va bien ?

Mandy enfouit ses ongles au creux de ses paumes et secoua la tête.

– Tout va bien, assura-t-elle. Il faut que j'aille voir les animaux.

Elle attrapa un parapluie et, avant que sa mère ne puisse réagir, ouvrit la porte. Les mains enroulées autour de la poignée en plastique, sous les rafales de vent, elle avança rapidement vers le refuge.

Quelques secondes plus tard, elle était à l'abri. Sans prendre la peine d'allumer la lumière, Mandy s'adossa au mur. Elle ferma les yeux, mais une larme s'échappa et coula sur sa joue. La pluie s'écrasait contre l'immense fenêtre. Mandy se laissa glisser jusqu'à se retrouver assise par terre.

Malgré la pluie, Sky l'avait suivie et se blottissait contre elle, une fidèle source de chaleur.

Elle voulait Jimmy, s'avoua-t-elle. Elle voulait le Jimmy qu'elle pensait avoir rencontré. L'ancre au milieu de la tempête, qui la serrerait fort et lui dirait que tout se passerait bien.

Une autre larme glissa jusqu'à son cou et Sky la lécha. Mandy tendit un bras et la chienne se glissa en dessous. Son manteau était trempé, mais Mandy s'en fichait.

– Foutus bonshommes.

Si elle le répétait assez de fois, est-ce qu'elle finirait par se sentir mieux ?

– Foutu Jimmy. Foutus BONSHOMMES !

Son visage était mouillé. Elle essuya les larmes avec sa manche, mais de nouvelles jaillirent aussitôt. Elle lâcha un sanglot et laissa sa tête retomber contre le mur.

Chapitre 20

Finalement, Mandy dormit bien mieux qu'elle ne l'aurait espéré. C'était comme si la tempête d'émotions avait balayé les nuages de son esprit, et elle se réveilla plus sereine le lendemain matin. Son moral remontait un peu, car elle se réjouissait d'avance de cette journée. Elle s'était arrangée avec son père pour qu'il s'occupe des animaux afin qu'elle puisse rendre visite à James à York.

Si une semaine seulement s'était écoulée depuis sa venue ici, Mandy avait l'impression que ça faisait bien plus longtemps. Il s'était passé tant de choses. *Plein de trucs positifs à raconter à James*, songea-t-elle, en abordant un rond-point en route pour son appartement. D'abord, la bonne nouvelle concernant Lamb's Wood. Et puis, l'arrivée de Nicole à Vert-Cottage qui était une vraie bouffée d'air frais. Et son ami voudrait sûrement tout savoir du dressage des ânons.

James l'attendait sur le pas de la porte aux côtés de Seamus et Lily, qui tournoyèrent autour de Mandy comme si leurs pattes étaient des balles de ping-pong. Sky resta accroupie derrière Mandy une bonne minute avant de se rappeler qu'elle avait déjà rencontré ces chiens déjantés, et de s'élancer vers eux.

– Je me suis dit qu'on pourrait aller se promener, suggéra James, et Mandy opina de la tête en caressant les oreilles chocolat si douces de Lily.

Les chiens bondissant à leurs pieds, ils prirent le chemin du centre de York et descendirent jusqu'à la rivière. Une énorme boîte de décorations de Noël semblait avoir explosé partout : des sapins et des guirlandes embellissaient les vitrines des boutiques, et des lumignons multicolores habillaient les bâtiments anciens. La rive de l'Ouse était calme. Les trois chiens trottaient devant, le nez collé au sol, tandis que Mandy et James flânaient le long du sentier jonché de feuilles.

Un étudiant affublé d'une paire de bois lumineux les dépassa à vélo. Le serre-tête festif rappela à Mandy son père et leur atelier d'écriture des cartes de vœux, qui avait si bien commencé, mais s'était terminé avec le malaise d'Emily. Elle soupira.

– Tu ne te sens pas d'humeur festive ?

– Pas vraiment, avoua Mandy.

– Moi non plus, dit James. Je n'arrête pas de penser à cette période de l'année dernière.

L'année dernière, James avait passé les fêtes de fin d'année avec Paul dans un hôtel près de Whitby. Paul était alors encore assez en forme pour Noël et tout ce qui allait avec, et James avait raconté à Mandy leur promenade sur la plage balayée par le vent et leur déjeuner gargantuesque à la mode victorienne. Aujourd'hui, Mandy lisait la douleur gravée sur le visage de James. Comme elle aurait aimé pouvoir soulager le chagrin de son ami.

Un écureuil gris sautilla sur le chemin devant eux, jeta un coup d'œil alentour puis s'enfuit en courant dans l'un des arbres. Mandy l'observa disparaître. Trop tard, Seamus repéra l'odeur du petit animal et tira sur sa laisse, griffant les cailloux de la piste.

– Alors, qu'est-ce qui ne va pas ? demanda James en se penchant pour démêler Lily, qui avait réussi à s'enrouler la laisse autour des pattes. C'est Jimmy ? Tu as dit que tu le voyais, mais tu n'as pas l'air de flotter sur le nuage de la romance.

Il se releva et se remit en marche. Devant eux, Mandy aperçut une rambarde d'un bleu éclatant : un pont chevauchant l'un des affluents de la rivière.

– On devait se voir hier soir, admit-elle. Mais vendredi, je suis sortie avec des amis et je l'ai vu dans un bar à Walton avec son ex.

– Son ex ? répéta James alors qu'ils atteignaient le pont.

Ils firent une pause au milieu et s'accoudèrent à la balustrade. En amont, le barrage en briques restait ouvert malgré la pluie de la veille.

– Eh bien, c'était son ex, jusqu'à la semaine dernière, se corrigea Mandy. Maintenant, ils semblent s'être remis ensemble.

James la fixa, les yeux débordant de compassion.

– Ça craint.

Ils se décollèrent du garde-corps et reprirent leur balade.

– Il y a eu d'autres trucs aussi.

Mandy ne voulait pas l'embêter avec ses histoires, mais prit conscience qu'elle avait besoin de parler à quelqu'un avant que son cerveau n'implose.

– Quel genre de trucs ?

Ils longeaient désormais des maisons sur leur gauche. Au loin, Mandy devina le Millennium Bridge et son arc reconnaissable entre mille.

– Des trucs bizarres. Un trou est apparu dans la haie et les chiens auraient pu se faufiler sur la route. Quelqu'un a appelé Harper et a annulé ma livraison de nourriture. Il y a eu aussi une horrible critique du camping sur Tripadvisor à propos des aboiements au refuge, et une pétition stupide à la Poste. C'est comme si quelqu'un était déterminé à fermer Vert-Cottage !

Elle se tut alors, légèrement horrifiée par la longueur de la liste.

James restait silencieux, et Mandy éprouva un flot de culpabilité, ce qu'elle ressentait toujours ces temps-ci quand elle s'épanchait sur lui.

– Je suis désolée. Je sais que tu as bien assez de choses à penser sans que j'en rajoute.

Mais James la fixait, atterré. Il prit les deux laisses dans la même main, et serra Mandy dans ses bras.

– Tu n'as pas à être désolée. C'est horrible, observa-t-il avant de relâcher son étreinte et de se remettre en route. Personne n'a été blessé au moins ? À cause du trou dans la haie. Aucun animal n'a réussi à s'échapper ?

Tellement typique de James, se dit Mandy. Comme elle, il pensait toujours aux animaux avant tout.

– Aucun des chiens ne s'est échappé, le rassura-t-elle. Et personne n'a été blessé.

– Ça reste horrible, répliqua-t-il avec véhémence. Es-tu allée voir la police ?

Mandy acquiesça.

– Assure-toi bien qu'ils suivent l'affaire, l'exhorta James. Reste en contact avec Ellen Armstrong. Ça ressemble à une sorte de crime haineux.

Mandy grimaça. Dit comme ça, on estimerait presque qu'elle s'en sortait à bon compte. Jusqu'à présent.

James semblait lire dans ses pensées.

– On dirait que ça s'intensifie. Il faut que tu découvres qui est derrière tout ça avant que de réels dégâts ne surviennent.

Il s'arrêta devant un pont et la détailla, ses yeux bruns sérieux derrière ses lunettes.

– Pas étonnant que tu ne sois pas d'humeur festive.

À mi-chemin, ils se penchèrent par-dessus le bord pour admirer l'eau sombre et tourbillonnante. James se baissa pour gratter la tête de Seamus.

– Et à propos de Jimmy et de son ex, reprit-il. Y a-t-il une chance que ce soit un malentendu ?

Mandy secoua la tête.

– Je me suis posé la même question, admit-elle. Je savais qu'ils étaient toujours amis. Je les avais déjà vus ensemble une fois, à l'époque où je sortais encore avec Simon. Mais là ils se tenaient la main sur la table. Elle l'a même embrassé avant d'aller au bar.

Mandy se pinça les lèvres pour s'empêcher d'en dire plus.

– Je suis désolé que tu l'aies appris comme ça, lui dit James en lui serrant l'épaule. Quoi qu'il arrive, il vaut toujours mieux savoir la vérité, tu ne crois pas ? Si Jimmy n'est pas celui qu'il te faut, tu es libre de chercher ailleurs.

– Et toi ? Tu penses parfois à trouver quelqu'un d'autre ?

Ils étaient toujours appuyés contre le muret. En contrebas, l'eau glissait, impassible, jusqu'à la mer du Nord.

À côté d'elle, Mandy sentit un violent frisson traverser son ami, et les muscles de sa mâchoire se contracter.

– Désolée, chuchota-t-elle, en maudissant son manque de tact. Un jour, j'apprendrai à fermer ma grande bouche.

James parvint à décrocher un sourire triste.

– S'il te plaît, ne change jamais, dit-il. Tant de gens ne savent pas quoi dire qu'ils ne disent rien du tout. Rien de ce que tu pourrais dire ne m'offenserait.

Ils laissèrent leurs pas les guider un peu plus loin.

– Comment vont tes parents ? s'enquit James en attendant que Seamus finisse de renifler un lampadaire.

Mandy se sentit blêmir. Elle espérait que James ne pose pas de questions sur eux. Il n'était pas juste de lui faire porter le fardeau de l'incertitude quant à la santé d'Emily si tôt après Paul. James aimait Emily comme sa tante préférée. Mandy savait qu'elle pouvait essayer de lui mentir, mais qu'il verrait clair en elle.

Leurs pas semblaient soudain résonner fort sur le chemin. Près d'eux, un bateau remontait la rivière, luttant contre le courant.

– Maman ne va pas bien, avoua Mandy, quand le silence entre eux s'était tellement étiré que l'air semblait aussi fin que du verre. Elle s'est évanouie mardi.

James continua de marcher. Son visage était pâle, mais il fixait Mandy, impatient d'avoir plus d'informations.

– Elle est à la maison, poursuivit Mandy. Elle se repose beaucoup. On attend les résultats de sa prise de sang.

Elle se tut, retenant son souffle. Comment James allait-il réagir ?

– Je suis vraiment désolé, parvint-il difficilement à répondre. Je sais…

Mais les mots lui manquèrent, et sa mâchoire se crispa. Il la connaissait mieux que personne, ou presque. Devant ses yeux embués de larmes, Mandy se décomposa. Sa relation avec ses parents était exceptionnellement intense. Elle avait été adoptée tout bébé, mais son père et sa mère l'avaient toujours aimée sans réserve, avec une telle constance qu'elle n'avait jamais eu l'impression d'être moins que leur si précieuse fille. Son père était un vrai papa, le meilleur père du monde, un homme travailleur, taquin et plein d'humour. C'était la personne la plus facile à vivre, une fontaine de positivité.

La relation de Mandy avec Emily avait été plus subtile : plus difficile à définir. Maman avait toujours fait confiance à Mandy. Elle avait soutenu ses avis, lui avait donné l'espace nécessaire pour se laisser guider par sa propre conscience. Elle était, d'une certaine manière, la personne qui avait le plus influencé Mandy. Sans elle, Mandy serait devenue une personne bien différente.

– Rien que je puisse dire ne t'aidera, reprit James d'une voix plus posée que Mandy n'aurait cru possible, la forçant à sortir de ses pensées. J'espère que vous aurez des réponses rapidement. Essaie de ne pas trop t'inquiéter.

Un bon conseil. Presque impossible à appliquer. James tendit la main pour attraper celle de Mandy et la serra fort, jusqu'à ce qu'elle ressente une pointe de douleur.

– Ne tire pas de conclusions hâtives, insista-t-il. Tu me tiendras au courant, d'accord ?

Mandy déglutit.

– Bien sûr, oui.

Ils marchèrent en silence plusieurs longues minutes. Devant eux, les chiens trottaient côte à côte, leurs fourrures se frôlant à chaque pas. Mandy enviait leur innocence, leur facilité à faire confiance aux humains les plus proches d'eux, à croire qu'ils feront tout pour les garder en sécurité et les protéger.

James accéléra la cadence.

– On devrait repasser par la librairie, proposa-t-il. J'ai quelque chose à te montrer.

– Bonne idée, répondit Mandy en essayant de se ressaisir.

Elle adorait le petit café-librairie de James, avec ses coins et recoins et ses piles impressionnantes de livres soigneusement sélectionnés.

Ils revinrent vers le bord de la rivière en passant par Rowntree Park. Quelques péniches étaient amarrées près de l'étroite route longeant la rivière, mais aucun signe de vie. Mandy commença à se sentir plus apaisée lorsqu'ils traversèrent le centre-ville. Ils se faufilèrent entre les touristes et les chalands jusqu'à la boutique de James. Mandy prit le temps d'admirer les décorations dans la vitrine. L'espace derrière la vitre avait été transformé en une scène enneigée sur le thème des animaux, avec des chatons en traîneau ainsi qu'un sapin miniature de bon goût, dans lequel étaient suspendus de petits animaux et des lueurs blanches dont la chaleur illuminait délicatement l'intérieur.

– Sherrie a fait du super boulot, s'exclama James à ses côtés et en lui ouvrant la porte. Allez, entre ! On peut laisser les chiens dans la salle de pause.

Il guida Lily et Seamus dans le café et ôta leur laisse. Mandy et Sky les suivirent.

– Qu'est-ce que tu voulais me montrer ? La vitrine ?

– Pas du tout.

Pour la première fois depuis la mort de Paul, les yeux de James pétillaient pour de vrai. Il l'emmena dans l'une des alcôves confortables au fond de la boutique.

– Regarde, dit-il en ouvrant les bras.

Une table était dressée dans une niche, couverte de tout un tas de livres sur les animaux, des documentaires et essais, ainsi que des romans classiques, magnifiquement agencés. Au-dessus, juste devant elle, une affiche était accrochée. Mandy y jeta un rapide coup d'œil, avant de l'observer de plus près. C'était une photo de deux ânons qui lui parurent bien familiers. Derrière eux, elle reconnut la silhouette singulière de son refuge. C'étaient Holly et Robin, comprit-elle. À gauche, elle remarqua une photo de Sky qu'elle avait prise l'été dernier au sommet de la lande. Lorsqu'elle tourna la tête à droite, elle se sentit rougir. Elle faisait face à un portrait d'elle-même, rayonnante, un agneau nouveau-né dans les bras. Elle espérait que ce n'était pas une trace de crotte sur sa joue. Une note était épinglée sur le bord avant de la table : « Tous les bénéfices de la vente de ces livres seront reversés au refuge de Vert-Cottage. »

– Qu'en penses-tu ? demanda Sherrie qui les avait rejoints et se tenait à côté de James.

Elle portait ses cheveux blond platine attachés en dreadlocks perlées, et une salopette turquoise rapiécée sur un pull violet tricoté à la main.

– C'est Sherrie qui a fait les affiches, expliqua James. En utilisant des photos de ton site.

– J'espère que ça ne t'embête pas, ajouta Sherrie, un peu anxieuse.

– Que ça ne m'embête pas ? répéta Mandy, les larmes aux yeux.

Elle secoua la tête – elle n'arrivait pas à y croire ! Elle se redressa pour admirer les posters, et se pencha vers les livres. Un petit projecteur dans le coin éclairait la table. Les livres semblaient adaptés à tous les âges et à tous les goûts des amateurs d'animaux, depuis les albums illustrés jusqu'à un guide sur les espèces félines menacées d'extinction en Asie.

– Ça ne m'embête vraiment pas du tout, reprit-elle. C'est merveilleux, merci, merci à tous les deux.

Elle serra la main de James, puis celle de Sherrie, tout en les remerciant encore.

– Nous vendons aussi des biscuits Vert-Cottage, poursuivit Sherrie.

Mandy la suivit jusqu'au comptoir recouvert de bocaux en verre remplis de biscuits en forme d'animaux. Il y avait des chats et des rennes, des lapins et des moutons. Et même une tortue. Ils étaient tous joliment décorés.

Sherrie désigna du doigt le bocal de biscuits lapins.

– Ma nièce India m'a aidée à faire ceux-là. Elle n'a que dix ans, mais je peux te dire qu'elle est bien plus douée en glaçage que moi ! C'était son idée d'utiliser des pépites de chocolat pour faire leur museau.

– Je peux en acheter un ? demanda Mandy.

Est-ce que James est devenu télépathe ? se demanda-t-elle. Elle avait justement prévu de lui demander s'il avait des idées pour une collecte de fonds, et il avait déjà plusieurs longueurs d'avance. Les recettes provenant des biscuits et des livres ne lui permettraient pas de réduire son découvert, mais contribueraient indéniablement à nourrir plusieurs animaux pendant un certain temps. Mandy porta les mains à ses joues.

– Je n'arrive pas à croire que tu aies fait tout ça.

James lui sourit.

– N'est-ce pas ce que nous avons toujours fait ? Nous aidons les animaux en équipe. Tu ne pensais quand même pas que je te laisserais faire tout ça toute seule, si ?

Elle voulait le serrer dans ses bras, mais la porte s'ouvrit et un client entra, puis un autre.

– Tu nous donnes un coup de main ? proposa Sherrie.

À mesure que les clients affluaient et que le café se remplissait, Mandy se sentit enfin d'humeur festive pour la première fois cette année. Les biscuits animaux partaient bien, surtout les lapins au museau en chocolat. Sherrie avait aussi confectionné une soupe de Noël spéciale, au brocoli et panais. Étonnamment, c'était délicieux et ça réchauffait bien.

– C'est bien meilleur que ça en a l'air, lançait Mandy aux clients.

Elle sentait son sourire s'élargir un peu plus chaque fois qu'elle prononçait ces mots.

– Joyeux Noël ! s'exclama-t-elle quand les derniers clients, un couple âgé aux bonnets à pompons identiques, quittèrent la boutique.

– À vous aussi, lui répondirent-ils.

Ensemble, ils commencèrent à nettoyer la vaisselle restante. Mandy essuyait les tables pendant que Sherrie comptait la caisse. James lavait quelques verres à la main. Quand ils eurent fini, Mandy balaya la pièce des yeux. L'après-midi avait été extraordinaire, et ses soucis s'étaient évaporés dans un brouillard de bonne volonté. Quelques personnes, la reconnaissant grâce à la photo, lui avaient posé des questions sur le refuge. Tous ceux avec qui elle avait discuté l'avaient encouragée.

– Tiens ! s'écria Sherrie en tirant un bout de papier de son manteau, qu'elle venait d'enfiler. C'est un chèque de six cents livres sterling. Pour acheter de la nourriture à tes animaux pour Noël !

– Et ce n'est pas fini, prévint James. Il y en aura d'autres à l'avenir !

Mandy sentit un élan de gratitude grandir en elle, et les larmes lui piquer les yeux. Elle se rua vers Sherrie et la serra dans ses bras, avant de se tourner vers James.

– C'est la meilleure journée que j'ai passée depuis bien longtemps, leur confia-t-elle. Merci à vous deux, pour tout.

Elle appela Sky, et sans lâcher ce précieux don, retourna à sa voiture – un long trajet l'attendait jusqu'à la maison.

Chapitre 21

– Vous savez que vous avez deux merveilleuses fées marraines à York ?

Mandy s'adressait aux chiens dans le chenil. Flamme regarda à travers les barreaux, sa longue queue remuant de gauche à droite. Brindille pencha la tête. Ses oreilles se dressèrent en écoutant la voix de Mandy.

– Quoique, avec un peu de chance, tu passeras Noël dans une belle nouvelle maison, dit-elle à Melon.

Ses yeux tout ronds brillaient et il lui offrit un minuscule aboiement en réponse. Mandy soupira. Si elle gagnait à la loterie, elle construirait une douzaine de refuges et garderait tous les animaux avec elle. Mais est ce que ça ne renforcerait pas l'hostilité de l'ennemi invisible de Vert-Cottage ?

Mandy secoua la tête. Elle ne voulait pas y penser, se répéta-t-elle. Tant qu'elle ne saurait pas qui était derrière ces attaques, elle ne pouvait rien faire, si ce n'est de rester vigilante à toute menace.

Elle referma derrière elle et se dirigea vers le cottage pour le petit déjeuner. Adam était dans la cuisine, et préparait des toasts. Emily était assise à la table devant une tasse de café.

– Je dois aller chez le médecin ce matin, annonça Emily.

Comme si elle risquait d'oublier, songea Mandy. L'heure du rendez-vous était gravée dans son cerveau.

– Tu sais que je dois aller à Twyford, répondit Adam, l'air tout à coup inquiet.

Il n'avait pas réussi à repousser un test de tuberculose indispensable, pour pouvoir emmener Emily au cabinet médical.

– Je sais, la rassura Emily, sans une once de ressentiment.

La pratique vétérinaire avait façonné leur vie depuis trop longtemps.

– Je peux venir avec toi, suggéra Mandy, même si elle craignait que sa mère refuse.

– C'est vrai ?

Mandy fut abasourdie. Elle détailla Emily et lut la peur dans ses yeux bleus. Si la situation était difficile pour elle, à quel point devait-elle l'être pour maman ?

– Bien sûr, répondit-elle, forçant sa voix à être aussi rassurante que possible.

Le lundi matin était traditionnellement très chargé, mais d'une manière ou d'une autre, elle arriverait à tout gérer dans les temps. Mandy se leva et redressa les épaules.

– Il vaut mieux que je m'y mette, alors.

Le planning lui sembla aussi chargé qu'elle le redoutait, même si, en examinant la liste des patients de près, elle se rendit compte que la plupart des consultations étaient routinières. Il y avait une stérilisation qu'elle pourrait faire à son retour. Deux vaccinations. Un chien qui toussait.

– As-tu rappelé à Mme Jenson de rester dans la voiture avec Boysie ? demanda-t-elle à Helen, qui acquiesça.

Des oreilles à nettoyer. Un suivi dermato pour un cas d'infection par des acariens demodex – Mandy espérait que le traitement était efficace. Puis une autre vaccination. À moins que quelqu'un n'appelle pour une urgence, elle devrait être en mesure de s'occuper de tout ça avant dix heures trente.

En entrant dans la salle de consultation, elle vérifia le nom du premier patient à l'écran. Damoclès Jamieson pour une vaccination de routine. Damoclès ? C'était un sacré nom pour un bouledogue français. Mandy sortit une seringue du tiroir et le vaccin du frigo. Elle inspecta la pièce. Le stéthoscope était suspendu à un crochet sur le mur, le thermomètre et les couvertures dans l'armoire, à côté des vermifuges. Elle entendit la porte de la clinique s'ouvrir, et passa à la réception pour observer Helen accueillir leur premier client. Contrairement à son nom de guerrier, Damoclès était un petit chien mignon, à la peau douce et aux yeux attendrissants. Mandy se détendit. Elle décida de prendre ça comme un bon présage du déroulement de la matinée.

Damoclès se révéla être une mascotte porte-bonheur fiable. Le dernier patient quitta la clinique à dix heures trente précises et Mandy se changea en deux temps, trois mouvements pour conduire sa mère au cabinet médical. Ce n'était pas loin, et elles auraient pu y aller à pied, mais Mandy ne voulait pas puiser dans la fragile réserve d'énergie de sa mère. Celle-ci s'installa à côté d'elle dans la voiture, le regard tourné vers la fenêtre. Les doigts de Mandy étaient crispés quand elle changea de vitesse. Elle fit rouler ses épaules, luttant contre l'anxiété qui menaçait de la submerger.

Lorsqu'elles entrèrent dans la salle d'attente, trois autres patients levèrent les yeux. Mandy jeta un coup d'œil à l'horloge sur le mur. Il était dix heures cinquante-cinq. Peut-être que certains d'entre eux attendaient de voir l'infirmière. Elle s'installait près d'Emily au moment où la porte de l'infirmerie s'ouvrit.

– M. Abott ?

L'infirmière portait un uniforme bleu foncé avec un liseré blanc. Elle tendit la tête vers le seul homme de la salle. M. Abott avait l'air d'avoir quatre-vingt-dix ans, mais il se leva comme s'il était beaucoup plus jeune. La porte se referma.

Mandy laissa son regard errer sur la pièce – des chaises bleues aux accoudoirs en bois, un tableau d'affichage bien rempli, deux grosses plantes en pot dans des coins. Rien de particulièrement austère, mais tout était bien trop silencieux, ici. Elle fut ravie de voir la porte s'ouvrir et le médecin les faire entrer. Dr Grace portait ses cheveux bruns courts, une coupe pratique et sans chichi, et avait des yeux marron très doux. Son expression restait indéchiffrable. Mandy sentit ses doigts picoter, et elle tenta de ralentir sa respiration. Sa mère n'avait vraiment pas besoin qu'elle se mette à avoir peur. Elle prit une grande inspiration et s'assit, s'efforçant de rester concentrée sur le visage de la doctoresse.

– Nous avons donc vos résultats, dit calmement le Dr Grace, et en plus d'être un peu anémique, vous avez une carence en vitamine B12. Vous devez vous sentir mal pendant un certain temps.

Elle leur souriait maintenant aussi sereinement qu'elle les observait. Pendant un instant, Mandy se sentit comme en apesanteur. À côté d'elle, elle sentait sa mère trembler. Elle se pencha vers elle, appuyant son épaule contre la sienne, tandis que les doigts de sa mère cherchaient les siens.

– Il y a quelques autres tests qu'on devrait faire, poursuivit le Dr Grace, mais je vais déjà vous prescrire des compléments en fer et une piqûre de vitamines.

– Et qu'est-ce qui aurait pu causer ça ? hésita Emily, comme si elle craignait une nouvelle bien pire encore.

La doctoresse se voulut rassurante :

– Oh, ça peut être lié à l'alimentation ou à des problèmes digestifs, mais rien de sérieux, je pense. Je vais préparer les injections, et vous faire une ordonnance. Vous devriez vous sentir mieux assez rapidement.

Les tremblements dans les doigts d'Emily se calmèrent un peu, même si sa main dans la sienne restait glacée.

Mandy avait une boule dans la gorge en retournant vers la voiture quelques minutes plus tard. Sa mère allait s'en sortir. Elle allait s'en sortir ! Mais son soulagement était teinté d'une once de frustration. Et si elle avait eu quelque chose de grave ?

– C'est vrai, ce que la doctoresse a dit ? la pressa-t-elle. Que tu devais être mal depuis quelque temps déjà ? Nous aurions certainement dû venir plus tôt, non ?

Emily soupira.

– Ça fait un moment, avoua-t-elle. Mais c'est arrivé si progressivement que je n'ai pas vraiment fait attention. Je me sentais juste fatiguée.

À côté d'elle, Mandy manœuvra pour sortir du parking, les yeux rivés sur la route à travers le pare-brise.

– Et peu à peu, c'était comme si je n'étais plus vraiment moi-même. J'avais du mal à me souvenir de certaines choses.

Je ne comprenais pas ce qui m'arrivait. Je me demandais si c'était juste le début de la vieillesse.

Mandy risqua à un coup d'œil vers sa mère, qui avait fermé les yeux. Une larme coula sur sa joue si pâle, qu'elle s'empressa d'essuyer, et Mandy fit semblant de ne pas la voir.

– Tu n'es pas vieille. Mandy tendit la main et serra son épaule. Tu ne seras pas vieille avant des années.

Elle éprouva un élan protecteur envers sa mère. Si la situation avait été effrayante pour elle, elle avait dû être insupportable pour Emily.

De retour à la clinique, avec l'aide d'Helen, Mandy pratiqua la stérilisation prévue au programme. Le croisé lévrier sur sa table ressemblait tellement à Flamme que c'en étant troublant. Même si la minceur de son patient rendait l'opération plus facile, l'anesthésie pour un chien aussi musclé exigeait une approche prudente et elle fut soulagée une fois l'intervention terminée.

– Je vais au refuge, annonça-t-elle à Helen après s'être lavé les mains.

Elle savait qu'elle pourrait réellement se détendre dans son magnifique bâtiment de verre et de pierre, au milieu de ces animaux qui ne lui confiaient rien de moins que leur vie.

C'était l'heure d'un peu de dressage avec les chatons. Mandy était en train de leur apprendre à ouvrir la bouche pour avaler des comprimés. Elle versa une petite quantité de thon dans un bol, se rendit à la chatterie et sortit le premier chaton, noir et blanc comme sa mère, aux grands yeux dorés. Il était déjà entraîné à se faire examiner la tête et les oreilles et s'intéressait suffisamment à ce qui se passait pour ne pas bouger. Mandy se mit alors au travail, habituant le chaton à ce que sa bouche soit ouverte manuellement. Chaque fois qu'elle y parvenait, elle le récompensait d'une miette de thon.

À la fin de la séance, Mandy pouvait saisir la tête du chaton, ouvrir grand sa bouche et y glisser un doigt afin de déposer un morceau de thon sur sa minuscule langue rose. Elle apprendrait aux nouveaux propriétaires potentiels comment faire, pour qu'ils puissent si besoin donner un médicament au chat, qui prendrait ça pour un jeu. Tant qu'une douceur était offerte une fois le comprimé gobé, ce serait beaucoup plus facile d'administrer un traitement Mandy répéta le même exercice avec le deuxième chaton, une femelle tabby plus grande. Ces deux-là étaient si mignons. Aussi répétitif que le processus puisse paraître, c'était l'une des facettes du travail que Mandy préférait.

Ensuite, elle consacra un peu de temps à Tango, l'encourageant à manger. Sa prise de sang était revenue normale, il était peut-être simplement déprimé. Certains chats avaient du mal à s'adapter à la vie en cage. Mandy l'emmenait maintenant tous les jours à l'accueil et le laissait se promener pendant qu'elle travaillait de son côté. Il semblait mieux manger quand il pouvait flâner en liberté.

Après avoir remis Tango dans sa cage, elle tira son portable de sa poche : elle devait appeler Sally Harper. La dernière commande était bien arrivée, mais elle devait en passer une autre avant Noël. Sally se montra très vigilante :

– Si quelqu'un essaie de changer la commande cette fois-ci, lui dit-elle, je lui parlerai moi-même. Et ne vous inquiétez pas, je n'annulerai ou ne changerai rien sans en avoir reçu l'ordre directement de votre part.

Mandy raccrocha, pleine de gratitude. Elle devait aussi appeler James, se dit-elle, pour le tenir au courant du rendez-vous d'Emily. Il fut soulagé, comme on pouvait s'y attendre. Mandy était heureuse de pouvoir lui donner de bonnes nouvelles.

Alors qu'elle remettait le téléphone dans sa poche, la porte du refuge s'ouvrit. Helen se tenait dans l'embrasure de la porte.

– Ton père est revenu de Twyford et je t'ai apporté du gâteau, annonça-t-elle.

– Ah, pile le genre de visite que j'aime bien.

C'est une excellente nouvelle pour sa mère. Helen avait apporté une part de bûche au chocolat pour chacune.

– Jimmy t'a déjà contactée ?

Mandy gonfla ses joues avant de souffler.

– Il s'est pointé au beau milieu de cette terrible tempête samedi, dégoulinant de partout. On a eu une effroyable dispute.

Ce souvenir lui donna la nausée.

– J'ai entendu dire qu'il s'était passé quelque chose de grave à Running Wild, lui raconta Helen. Je n'ai pas de détails, mais quelqu'un serait tombé malade.

Mandy ne savait pas quoi dire. La semaine dernière, quand elle attendait l'appel de Jimmy, cette information aurait pu avoir un sens. Mais après la soirée de vendredi, et son épouvantable visite de samedi, elle ne voyait pas en quoi ça changeait quoi que ce soit. Une image tournait en boucle dans son esprit : la main de Jimmy sur le dos de Molly. Les deux face à face, les mains enlacées sur la table.

– Le malade s'est bien remis ?

Sa voix lui parut creuse, même à ses propres oreilles.

Helen secoua la tête.

– Je ne pourrais pas te dire. La personne à qui j'ai parlé ne savait pas grand-chose. Jimmy ne t'en a pas parlé ? Tu as dit que vous vous étiez disputés samedi, mais il n'a rien expliqué du tout ?

– Pas à ce sujet, reconnut Mandy. Il a admis qu'il était avec Molly.

Elle se tut pour observer Helen, qui venait d'engloutir une bouchée de gâteau.

– Il m'a dit que j'étais tellement déterminée à tout faire par moi-même que je repoussais tout le monde.

Helen déglutit, puis haussa les épaules.

– Il y a peut-être un peu de vrai là-dedans, mais ce n'est pas toi qui l'as poussé vers Molly. Il l'a fait tout seul. J'espère que tu lui as dit ce que tu pensais. Si je le vois, je pourrais lui dire ce que j'en pense moi aussi, dit-elle en souriant. Mais tu devrais essayer ce gâteau. Il est délicieux.

Mandy ne put s'empêcher de lui rendre son sourire. C'était difficile de se sentir déprimée en compagnie d'Helen.

Les consultations de l'après-midi se déroulèrent sans encombre, et au moment de fermer, Seb Conway arriva.

– Qu'est-ce qu'on peut faire pour toi aujourd'hui, Seb ? demanda Mandy, sortant de sa salle de consultation en entendant sa voix enjouée.

Vraiment, Helen et Seb étaient incroyablement bien assortis.

– J'ai un cadeau pour toi, répondit Seb. Dans la camionnette.

Ensemble, ils se rendirent au véhicule garé sur le long de la clinique. Seb ouvrit la portière, découvrant une petite femelle terrier tremblotant à l'intérieur. Au début, la chienne se déroba aux mains de Mandy, mais avec du temps et des encouragements, Mandy réussit à la faire sortir de la cage.

La jeune femme sentait les côtes de l'animal à travers sa fourrure humide, bien trop léger dans ses bras.

– On l'a trouvée ce matin, expliqua Seb. Elle était dans un fossé avec une brique attachée autour de son cou, pauvrette.

Il tendit un doigt et caressa son pelage emmêlé. Maintenant qu'elle était sortie de la cage, la chienne paraissait moins angoissée. Mandy l'emmena à l'intérieur pour l'examiner. À part une blessure au cou et une extrême maigreur, le petit terrier semblait en bonne santé.

– Elle est toute jeune, dit Mandy, en retroussant ses babines, révélant ainsi des gencives roses saines et des dents blanches propres.

Elle attrapa son appareil de lecture de puces électroniques et le passa sur le cou de la chienne, mais sans résultat.

Helen soupira.

– Probablement quelqu'un qui part pour les vacances de Noël et qui n'a pas pris la peine de trouver une pension, dit-elle.

Les seules fois où Mandy voyait Helen si amère, c'était quand un animal était maltraité, et elle ressentait la même chose. *De vrais salopards.*

Avec l'aide de Seb, elle se mit à laver la chienne. Une fois séchée, son pelage bien pelucheux et sa blessure au cou nettoyée, elle avait l'air adorable. Sa robe toute propre était d'une délicate nuance argentée.

– C'est une très jolie couleur, commenta Helen.

– Je vais t'appeler Cendre, annonça Mandy à la petite chienne.

Cendre redressa ses oreilles relativement longues, comme si elle approuvait.

– Viens, allons rencontrer les autres chiens.

Chaque fois qu'elle accueillait un nouveau protégé, elle essayait de le présenter aux autres chiens dès que possible, surtout ceux des cages voisines. Il en restait une petite à côté de Brindille, mais à l'instant où elle entra dans la pièce, le petit terrier dans les bras, son attention fut attirée par Flamme. Le golden lurcher se leva, remua la queue et lâcha un unique « ouaf » bien fort.

Mandy observa Flamme, stupéfaite. Si certains des chiens aboyaient fréquemment, Flamme ne les avait jamais, jamais imités. Elle fixait à présent la petite boule de poils argentée dans les bras de Mandy, sa queue battant plus vite que jamais. Pendant un instant, Mandy se demanda si Flamme prenait Cendre pour une proie, mais l'immense chienne s'aplatit devant elle pour l'inviter à jouer. Puis, comme si elle comprenait qu'elle devait rester tranquille pour être présentée, elle s'allongea dans sa cage.

Cendre toujours dans les bras, Mandy laissa Flamme sortir et ensemble, elles se rendirent à l'accueil. Une fois présentées, Mandy posa Cendre par terre. Elle restait aux aguets, prête à intervenir si Flamme montrait le moindre signe de comportement prédateur, mais les deux chiennes, l'une élancée, l'autre minuscule, se saluèrent du bout du museau. Peu de temps après, Flamme léchait la nouvelle recrue comme si c'était un chiot. Au bout de quelques minutes de jeu, Mandy les ramena toutes les deux au chenil, où elles se serrèrent dans la cage de Flamme et se couchèrent l'une contre l'autre sur la couverture. Mandy eut bien du mal à se résoudre à déplacer Cendre. Elle décida de les sortir ensemble le lendemain.

L'arrivée de Cendre pourrait s'avérer positive pour Flamme, se dit Mandy en attrapant la petite chienne et en la faisant entrer dans la cage d'en face. Les deux s'installèrent face à face, s'observant à travers le couloir.

Seb, qui avait accompagné Mandy jusqu'au refuge, avait observé la scène avec plaisir.

– Tu fais vraiment des merveilles avec ces animaux, déclara-t-il.

Mandy soupira.

– Et ils me le rendent bien, répondit-elle.

C'était vrai. Rien ne pourrait lui donner plus de plaisir. Si seulement tout le monde était aussi heureux qu'elle d'avoir un refuge dans le village.

Comme s'il lisait dans ses pensées, Seb lui dit :

– Je sais que tu as des problèmes, Helen m'en a parlé.

Mandy espérait qu'Helen ne lui avait confié que ses soucis au sujet du refuge, et pas de Jimmy.

– J'ai déjà parlé à Ellen Armstrong et je lui apporterai toute l'aide possible pour l'enquête. Elle m'a dit qu'elle avait découvert qu'une rumeur circulait au *Fox and Goose*, mais je n'ai jamais entendu personne dire un mot de travers sur toi.

Il se gratta la tête, passant ses doigts dans ses cheveux déjà hérissés.

– Il y a des gens bizarres dans le coin, conclut-il.

Ça, c'était vrai, pensa Mandy. Quiconque essayait de saboter son travail ici devait en effet être très bizarre.

Chapitre 22

Mandy se réveilla tôt dimanche matin. Par la fenêtre de sa chambre, elle admira l'herbe recouverte d'un épais manteau de givre, et le paddock tout entier semblait scintiller.

Holly et Robin se tenaient l'un derrière l'autre, se prélassant sous le soleil du matin. Mandy se sentait tout aussi rayonnante, grâce aux bonnes nouvelles de la santé d'Emily et au généreux don du café de James. Si elle restait triste au sujet de Jimmy, elle commençait à accepter de ne plus l'avoir dans sa vie. Molly méritait mieux, se dit-elle, mais elle n'allait pas s'en mêler. Il n'y avait plus eu de nouvelle tentative de sabotage depuis quelque temps. Elle se mettait même à espérer que le responsable de tout ça, quel qu'il soit, se soit enfin lassé.

Susan Collins devait passer plus tard avec son fils Jack. Ces derniers mois, Susan et Jack avaient rendu visite aux animaux assez régulièrement, pour le plus grand plaisir de Mandy. Susan et elle s'entendaient bien, et Mandy voulait que ses animaux abandonnés se socialisent avec autant de personnes différentes que possible. Mandy veillait à éloigner Jack de tout animal qui semblait en souffrance ou qui risquait de le mettre en danger, mais la plupart d'entre eux s'adaptaient bien. Jack n'y voyait aucune objection, et semblait ravi de cette initiative. Il était étonnamment gentil, surtout avec les chatons, qui devaient être manipulés avec douceur. Aujourd'hui, il avait expressément demandé à voir les ânes.

Alors qu'elle descendait les escaliers, Mandy entendit une alerte sur son téléphone. Au beau milieu des marches, elle le sortit de sa poche. Le message venait de Jimmy, le premier depuis l'orage du week-end passé.

Elle ne pourrait pas l'éviter éternellement. Déjà, il faisait soigner ses chiennes à Animal Ark. Et il travaillait si près du domaine d'Upper Welford que Mandy le croiserait tôt ou tard. Mais pour l'instant, elle voulait l'ignorer. Avec la sensation qu'elle s'apprêtait à mettre le pied dans un champ de mines, elle cliqua sur le message.

Je crois qu'il y a un malentendu. On peut discuter ?

Mandy agrippa la rampe et continua sa descente. La cuisine était vide. Elle choisit un croissant dans un paquet posé dans un côté, le mit à réchauffer au four et alluma la bouilloire. Assise à la table en pin, elle extirpa le portable de sa poche. Que devait-elle répondre ? Elle ne savait pas quoi dire.

C'était difficile après la dispute qu'ils avaient eue. Pas uniquement à cause de Molly. Ses mots la hantaient. Elle était incapable d'accepter de l'aide et repoussait tout le monde. Même Helen l'avait admis : elle pensait qu'il y avait une certaine vérité là-dedans.

Elle ne voulait pas tout faire toute seule, pensa-t-elle. C'est l'impression qu'elle donnait ? Elle soupira. Elle savait à quel point sa famille l'aidait. Ses amis aussi. Ils étaient tous merveilleux, mais avoir Jimmy comme partenaire aurait été encore mieux. C'était un homme avec qui elle aurait pu partager ses soucis. Pourtant, il n'était pas celui qu'elle pensait. Il l'avait laissée tomber, juste au moment où elle avait eu le plus besoin de lui.

Pendant un instant, elle hésita à l'appeler. Il avait demandé à lui parler. Son pouce plana une seconde au-dessus du bouton, mais elle ne put se résoudre à appuyer. Elle lâcha un autre soupir et lui répondit :

Désolée, mais je ne veux pas pour le moment. Je te recontacterai quand je serai prête.

Elle fixa le message pendant un instant, puis cliqua sur « Envoyer ». Il allait attendre, se dit-elle. Il comprendrait qu'elle avait besoin de temps.

Elle se releva, ouvrit le four et en sortit son croissant. Mandy l'enveloppa dans de l'essuie-tout, enfonça les pieds dans ses bottes et se dirigea vers le refuge.

Quelques minutes avant l'arrivée prévue de Susan et Jack, elle sortit voir les ânes. Chaque fois qu'ils la voyaient, ils accouraient, mais Mandy ne prenait plus que très rarement des fruits et des légumes. Ils semblaient apprécier son attention, même sans friandises. Tous deux étaient parfaitement disposés à enfiler leur harnais. En deux minutes, elle les avait attrapés et équipés. C'était une nouvelle compétence qu'ils acquéraient. Robin se fatiguait rapidement de rester immobile, Mandy ne les laissa donc pas longtemps ainsi, mais ils devaient apprendre à attendre patiemment lorsqu'on les mettait quelque part.

Mandy faisait le tour de Holly, soulevant ses pattes, quand elle entendit des voix. C'était incroyable à quel point l'élocution de Jack s'était améliorée au cours des six derniers mois. Alors qu'ils passaient le coin du bâtiment, Mandy aperçut

Susan, le retenant d'une main pour l'empêcher de se mettre à courir. Mandy libéra les ânes pour qu'ils puissent se promener dans l'enclos, puis rejoignit Susan et Jack de l'autre côté du portail.

– Des ânes !

Jack sautait sur place dans ses petites bottes rouges en caoutchouc et ses mitaines bleues en laine.

Susan, également vêtue de bottes de pluie et d'un bonnet bien chaud, souriait devant l'excitation flagrante dans les yeux sombres du petit garçon.

– Des ânes, c'est bien ça, confirma-t-elle. Celui-ci s'appelle Robin, et voici Holly.

– Robin et Holly, répéta Jack.

Il semblait toujours si sérieux quand il s'approchait des animaux. Même si de loin, il était exalté, en venant à leur rencontre, il s'apaisait. Bien des adultes pourraient apprendre de lui, pensa Mandy.

– Marie est montée sur un âne à Bet-lem, annonça-t-il en levant les yeux vers Mandy.

– C'est vrai, acquiesça-t-elle.

– Elle était enceinpe. Du bébé Jésus.

– Enceinte, le corrigea Susan. Il va jouer dans la crèche vivante, expliqua-t-elle à Mandy.

– Je suis l'aubergiste, s'écria Jack en levant ses petites mains en l'air. « Pas de place ! Pas de place ! »

Mandy sourit.

– Je parie que tu seras un super aubergiste. Tu veux caresser Holly ?

Les yeux de Jack s'arrondirent.

– Oui, s'il te plaît, dit-il.

Mandy le prit par la main et le conduisit dans le paddock. Holly regarda Jack un court instant, une oreille plaquée en arrière.

– Reste bien tranquille, demanda Mandy en s'accroupissant à côté du petit garçon. Ne la fixe pas. Attends qu'elle vienne à toi.

Ils restèrent ensemble jusqu'à ce qu'Holly tourne ses oreilles vers l'avant et fasse un pas vers eux.

– C'est très important avec les ânes et les chevaux de ne jamais se tenir derrière eux, dit Mandy à Jack.

– Parce qu'ils peuvent donner des coups de pied, répondit Jack.

– Bravo !

Il l'avait écoutée, pensa Mandy, amusée. Holly se pencha délicatement vers eux. Du bout de son museau lisse et clair, elle renifla les cheveux de Jack.

Le visage de Jack débordait de joie.

– Je peux la toucher ? chuchota-t-il.

– Oui, dit Mandy en se relevant et en grattant Holly à son endroit préféré, sous l'oreille.

– Caresse-la ici, elle adore ça.

La petite main se tendit. Mandy observa les yeux de Jack devenir immenses lorsqu'il frôla la douce fourrure.

– Pourquoi le père Noël n'utilise pas des ânes pour son traîneau ? demanda-t-il à Mandy.

Il était si mignon qu'il lui donnait envie de rire.

– Je pense que les rennes ont des pieds spéciaux pour bien courir sur la neige, lui dit-elle. Les ânes ont des pieds minuscules. Regarde.

Ensemble, ils inspectèrent les sabots de Holly. Ils étaient en effet très petits.

– J'ai vu le père Noël, reprit Jack. Il n'y avait aucun renne nulle part.

Il avait l'air complètement effondré.

– Ça a dû être génial de voir le père Noël, non ?

– Un peu, admit-il, son visage s'illuminant soudain. Il m'a offert un cadeau : un cheval.

– Eh bien, tu en as de la chance, répondit Mandy. Je parie que tout le monde ne reçoit pas un cheval pour Noël. Il va habiter dans ton jardin ?

Jack fronça les sourcils.

– Ce n'était pas un vrai, bêta.

Sa voix était grave. Mandy avait encore envie de rire. Elle se releva, ouvrit le portail et Jack retourna vers Susan.

– Veux-tu venir voir les lapins ? lui proposa Mandy.

– Oui ! s'exclama Jack, fou de joie.

Était-elle aussi excitée que lui quand elle était petite ?

– Il était très déçu du père Noël, lui raconta Susan tandis que Jack nourrissait les lapins puis les cochons d'Inde. Nous sommes allés à la grotte de la jardinerie et il n'y avait aucun animal. La seule chose qu'il veut pour Noël ces jours-ci, c'est donner des carottes aux rennes. Je ne sais pas comment je vais organiser ça le matin de Noël. Entre-temps, nous nous sommes lancés dans la « chasse aux rennes ». Nous avons fait le tour de Welford, mais en vain.

Mandy s'esclaffa.

– Désolée. Je peux accueillir des chiens et des chats, des lapins et des cochons d'Inde. Et même des ânes, mais je n'ai jamais vu de rennes à Welford.

Susan lui lança un regard faussement furieux.

– Vraiment, je trouve que tu ne fais pas beaucoup d'efforts.

– Tu crois qu'ils sont dans la lande, maman ?

Jack avait tourné la tête pour les regarder.

– C'est possible, répondit Susan, en étouffant un sourire.

Jack se retourna vers la cage, un petit morceau de carotte entre les doigts. Flocon le cochon d'Inde tendit son museau potelé et le saisit, puis recula sans le quitter des yeux, grignotant le bâtonnet à toute vitesse. Bulle, à la robe marron et lisse à l'exception de deux rosettes sur le ventre, s'approcha. Jack lui offrit également un bout de carotte.

– Je pense qu'il est temps de partir maintenant, lui dit Susan alors qu'il se mettait à genoux et conversait avec les deux créatures.

Il tourna ses yeux noirs vers elle.

– Déjà ?

Il se releva et épousseta son pantalon avec des airs de petit vieux. Il soupira sous le poids de ses trois ans.

– D'accord, maman, dit-il.

– Reviens vite, lui dit Mandy.

– Qu'est-ce qu'on dit à Mandy ? demanda Susan.

– Merci, Mandy.

Jack s'étira pour offrir sa joue en échange d'un baiser. Mandy posa rapidement ses lèvres sur la joue fraîche et parfumée au savon et ajusta son bonnet de laine. Elle leur ouvrit la porte et lança un signe de la main alors qu'ils descendaient le sentier. Jack sautillait à côté de sa mère et lui parlait des ânes.

Mandy était assise à son bureau quand elle entendit la porte s'ouvrir et se refermer. Elle tourna les yeux, s'attendant à voir Jack et Susan, qui auraient oublié quelque chose derrière eux. Mais à sa grande surprise, c'était Brandon Gill, le fiancé de Rachel.

– Bonjour, Brandon.

Mandy se leva.

Comme à son habitude, Brandon semblait un peu mal à l'aise, planté dans sa salopette au milieu des décorations de Noël. Ça n'était pas son genre de passer pendant le week-end et c'était encore plus inhabituel qu'il vienne au refuge. Pour autant que Mandy sache, Adam et Emily étaient tous deux à la maison.

– Qu'est-ce qui t'arrive ? demanda-t-elle. C'est un des cochons ?

Il traîna un peu les pieds, les yeux rivés sur le sol, avant de réussir finalement à croiser son regard.

– C'est à propos des cochons d'Inde, murmura-t-il.

Mandy fronça les sourcils.

– Les cochons d'Inde ?

Elle ne savait pas qu'il en avait.

– Je voudrais les adopter… Il s'arrêta et se racla la gorge. Pour Rachel. Pour Noël.

Mandy écarquilla les yeux.

– C'est une très bonne idée, répondit-elle.

En temps normal, elle n'aimait pas trop l'idée d'offrir des animaux pour Noël. Ils avaient besoin de tant de soins qu'ils ne devraient généralement pas être offerts en cadeau. Celui qui les recevait risquait de ne pas s'en occuper correctement. Mais Rachel aimait Flocon et Bulle, et elle s'occupait de rongeurs depuis des années. Elle serait la meilleure maîtresse du monde pour ces deux-là.

– Voudrais-tu les voir ?

Il la suivit jusqu'à la pièce où se trouvaient les cages pour petits animaux.

– Je vais acheter une cage cette semaine, déclara-t-il. De la nourriture et de la litière. On a déjà du foin.

– Quand veux-tu venir les chercher ? demanda Mandy.

Elle ouvrit la cage, en sortit Bulle et le tendit à Brandon. Comme la plupart des fermiers, il savait comment manipuler le petit animal avec douceur. Il sourit en l'observant. Bulle faisait des couinements joyeux et aigus sous les caresses de Brandon.

– Je pourrais venir les chercher la veille de Noël. Si ça te va ? ajouta-t-il, son visage tournant au cramoisi, si courant chez lui.

– Ce serait parfait, dit Mandy.

Une fois Brandon parti, elle alluma son ordinateur. Elle ouvrit la page « Animaux à l'adoption », et nota « Réservés » à côté des deux cochons d'Inde.

L'idée de cadeau de Brandon était adorable et parfaitement adaptée – il connaissait manifestement très bien Rachel.

Mandy soupira en chargeant une vidéo de Flamme sur le site. Même si elle aimait Flamme, le lurcher avait tellement d'énergie que Mandy se demandait si quelqu'un accepterait de l'accueillir chez lui. Certes, elle répondait maintenant bien mieux aux appels, mais elle avait encore besoin de nombreuses séances de dressage. Seule une personne très active pourrait la gérer. Elle éteignit l'ordinateur, puis entra dans le chenil, se rappelant la promesse qu'elle avait faite hier soir.

– Est-ce que ça te plairait de sortir un peu avec Cendre ? lança-t-elle à Flamme en ouvrant sa cage. En réponse, la chienne bondit et se précipita vers la porte de la cage de Cendre. Les deux chiennes restèrent là, les yeux dans les yeux, leurs queues remuant sur le sol.

Mandy déverrouilla la cage de Cendre et la petite chienne sortit en trottinant. Le contraste entre l'immense croisée lévrier et la minuscule silver terrier était vraiment hilarant.

À la surprise de Mandy, Cendre ouvrit le chemin, avançant vers la porte avec assurance. Au lieu de se précipiter en courant comme à chaque fois, Flamme trottinait derrière la petite chienne, et sur son visage on lisait une adoration comme Mandy n'en avait jamais vue auparavant. Dehors, dans le verger, la scène se répéta. Le petit corps soyeux se promenait, le lurcher élancé dans son sillage.

– Cendre, au pied !

Mandy pensait que l'appel valait la peine d'être tenté. De nombreux chiens arrivaient ici avec au moins quelques bases de dressage. Même si elle ne connaissait pas le nom original de la petite chienne terrier, celle-ci pouvait quand même réagir au ton de la voix. À sa grande surprise, non seulement Cendre obéit, mais Flamme aussi.

– Viens, Flamme, ajouta Mandy, quand elle vit que le lurcher se dirigeait vers elle. Lorsqu'elles l'atteignirent ensemble, Mandy se montra aussi encourageante et enthousiaste que possible. Avait-elle découvert la clé du dressage de Flamme ?

Elle sortit son téléphone et prit quelques photos et vidéos de ce duo étrangement assorti. Il fallait absolument qu'elle montre ça à Helen et Rachel, songea-t-elle. Flamme et Cendre formaient peut-être un drôle de couple, mais Mandy avait le pressentiment qu'elles allaient devenir une équipe inséparable.

Chapitre 23

En chemin vers Walton et son deuxième rendez-vous d'adoption pour Melon, Mandy pensa à Rachel. Elle avait fait semblant d'oublier de fermer l'ordinateur de la clinique, laissant le site de Vert-Cottage ouvert à l'écran à la page des « Animaux à l'adoption ». Rachel avait poussé un long soupir devant les cochons d'Inde, et Mandy avait dû cacher un sourire.

– Quelque chose ne va pas ? avait-elle demandé.

Si l'innocence de Mandy était suspecte, Rachel n'avait rien remarqué.

– Quelqu'un a réservé Bulle et Flocon, avait-elle répondu, toute triste.

– Nous aurons bientôt d'autres cochons d'Inde, je pense, l'avait rassurée Mandy.

Elle se gara devant la maison des Dillon et attrapa la liste de contrôle qu'elle avait préparée. Cette fois, M. et Mme Dillon lui ouvrirent la porte ensemble. Ils avaient l'air très sérieux, et Mandy comprit à quel point il était important pour eux de réussir cette inspection. Elle eut envie de les serrer tous les deux dans les bras et leur avouer que leur anxiété les rendait encore plus parfaits pour Melon.

Les espaces vides au bas de la clôture du jardin avaient été comblés et la buanderie avait été aménagée pour devenir l'espace privé de Melon. Il y avait un tas de jouets de différentes formes et textures pour l'amuser, et la plante en pot toxique avait été remplacée par une autre inoffensive.

– Tout est parfait ! annonça Mandy avec enthousiasme. Melon va être au paradis des chiens !

– Vous voulez dire qu'on peut l'avoir ? demanda Mme Dillon, qui semblait sur le point d'enlacer Mandy.

– Génial ! s'exclama M. Dillon, dont le sourire si large menaçait de toucher ses oreilles.

– Je vous promets que c'est avec plaisir, dit Mandy. Pourrez-vous venir le chercher avec Sam et Buddy ? Ce serait bien que je puisse vous donner la formation et les informations sur l'alimentation en même temps.

– Oui, bien sûr, confirma Mme Dillon.

– Que pensez-vous de samedi prochain ? suggéra Mandy.

– Avec joie. Les enfants seront ravis ! lança M. Dillon en ouvrant la porte d'entrée, rayonnant. Merci beaucoup. Vert-Cottage nous offre le plus beau des cadeaux de Noël !

Sur le chemin du retour, Mandy se sentait heureuse. Ça devait être comme ça que le père Noël se sentait, se dit-elle. Aucun doute, elle avait vraiment le meilleur boulot du monde.

Helen l'accueillit à la clinique.

– Je viens d'avoir Seb au téléphone, il demandait comment Cendre s'acclimatait. Elle va bien non ?

– Oh, elle va mieux que bien, répondit Mandy en sortant son portable de sa poche. J'ai fait une vidéo, regarde.

Elle lui tendit l'appareil et regarda l'écran par-dessus l'épaule de l'infirmière. La vidéo se terminait avec Mandy appelant Cendre et Flamme, et les deux chiennes courant vers elle.

– Waouh ! s'exclama Helen, stupéfaite. C'est incroyable. Je commençais à croire que Flamme ne connaissait pas son propre nom.

Mandy afficha quelques photographies, et sur l'une d'elles les deux chiennes dormaient l'une contre l'autre dans la même cage. Flamme semblait un peu à l'étroit avec ses pattes repliées sous elle, mais son long museau reposait sur le dos de cendre, et ses paupières étaient lourdes de bonheur.

– Est-ce qu'elles ne sont pas adorables ensemble ?

– Tu devrais mettre ça sur le site internet, conseilla Helen en jetant un œil aux autres clichés. Peut-être qu'elles pourraient être adoptées ensemble ? Cendre semble avoir un effet calmant sur Flamme.

– Je me demandais si l'absence de réponse de Flamme était due à la nervosité, expliqua Mandy. Peut-être qu'elle se sent plus en sécurité quand Cendre est là.

– Et parce que Cendre l'apaise, elle ne se laisse pas distraire si facilement par tout ce qui se passe autour d'elle, ajouta Helen.

– Exactement.

Mandy glissa une mèche de cheveux derrière son oreille et étudia à nouveau la photo de Flamme et Cendre. Elle n'était généralement pas fan des adoptions en duo, sauf si les animaux avaient toujours été ensemble. Pour commencer, ça limitait le nombre de propriétaires potentiels. Mais dans le cas de Flamme, cela valait peut-être la peine d'essayer.

– As-tu vu les prévisions météo ? demanda Helen.

Dans la cuisine, elle mit la bouilloire en marche.

– Du café ? ajouta-t-elle en ouvrant un placard et sortant deux tasses avant que Mandy n'ait la chance de répondre.

– Oui, dit Mandy. Et oui, s'il te plaît.

Elle avait en effet vu l'annonce hier soir. Une zone de basse pression se déplaçait et de fortes précipitations étaient prévues, avec de la neige sur les hauteurs. Mandy savait d'expérience que Welford, situé en altitude et entouré par des landes, se trouvait au-dessus du seuil de neige hivernale. De fortes chutes de neige pouvaient se produire à Welford, tandis que York, à seulement une heure de route, restait épargné.

– Tu as besoin de stocker plus de nourriture ? Juste au cas où.

Mandy sourit quand l'infirmière lui tendit sa tasse.

– Merci. Et tu as raison. J'irai chez Harper dès que j'aurai fini ça.

La vitrine du magasin de campagne était tapissée de décorations sur le thème des animaux, dont un agneau en peluche faisant office d'Enfant Jésus dans une mangeoire remplie de foin. Il commençait déjà à faire sombre et des lumières vives accrochées aux buissons à l'extérieur scintillaient joyeusement dans la pénombre. Mandy se gara sur le parking en gravier et se fraya un chemin à travers les flaques d'eau jusqu'à l'entrée. À l'intérieur, le magasin était bien éclairé et des chants de Noël passaient sur les haut-parleurs.

Bonjour ! lança-t-elle à Sally Harper, qui était apparue dès l'ouverture de la porte. Sally était vêtue de son sweat-shirt rouge habituel aux couleurs de Harper, accessoirisé d'un badge de renne clignotant. Comme toujours, elle souriait, mais quand elle vit que c'était Mandy, elle fronça les sourcils.

– Quelque chose ne va pas ? demanda Mandy, sentant son cœur se serrer. Ça faisait si longtemps depuis la dernière offensive. *Par pitié, que ça ne recommence pas*, pensa-t-elle.

– J'ai bien peur que nous n'ayons eu un autre appel.

La tête de Mandy était lourde, comme si son cou pouvait à peine la supporter. Elle fixa Sally.

– Vous voulez dire, de la part de la personne qui cause tous les problèmes ?

– Je le crains, acquiesça Sally. Cette fois-ci, il a essayé de commander des tonnes d'aliments supplémentaires, allant de concentrés granulés pour chevaux à un camion plein de drêches. Ne vous inquiétez pas, je ne les aurais jamais envoyés sans avoir vérifié auprès de vous. Ça doit être un déséquilibré.

Mandy acquiesça, abasourdie. Comment Helen l'avait-elle appelé ? Un cinglé.

– Est-ce que c'est Janice qui lui a parlé cette fois aussi ?

– Non, c'est moi, répondit Sally.

Elle croisa les bras et s'appuya sur le comptoir, face à Mandy, pinçant les lèvres en tentant de se rappeler la conversation.

– Il avait une drôle de voix. Un peu enroué, mais il n'avait pas l'air d'être malade. Comme s'il essayait de déguiser sa voix. Pas un accent de Welford… du Yorkshire je crois, mais pas local.

Mandy sentit la colère monter en elle.

– Voudriez-vous bien appeler la police ? Demandez la brigadière Ellen Armstrong si possible. C'est elle qui s'en occupe.

– Bien sûr, confirma Sally. Je vais leur apporter toute mon aide.

La propriétaire du magasin n'était pas bien grande, mais elle semblait prête à entrer en guerre, ce qui fit presque rire Mandy.

– Vert-Cottage ne se laissera pas vaincre sans se battre, déclara Mandy.

– Allez, Amanda ! s'exclama Sally en se penchant par-dessus le comptoir pour lui taper dans la main. Et juste pour info, je lui ai dit que je ne changerai pas la commande, et qu'il devait vous laisser tranquille. Vous faites de belles choses à Vert-Cottage, plein de gens sont d'accord avec moi.

Son élan de guerrière dura jusqu'à la maison. Dans la lumière des phares, Mandy apercevait de minuscules flocons de neige tourbillonnant dans l'air. Y aurait-il un Noël blanc cette année, se demanda-t-elle ? Pendant son enfance, elle en avait vécu plusieurs, mais ces dernières années, il avait surtout plu entre Noël et le Nouvel An. Comme ce serait agréable d'avoir de la neige jusqu'aux genoux, même si l'accès à Lamb's Wood serait alors sûrement plus compliqué. Elle avait abandonné tout espoir d'y emménager rapidement, mais ce serait sympa de savourer là-bas quelques tartelettes et une tasse de café, réchauffé sur la cuisinière. Peut-être qu'Adam et Emily viendraient faire la fête avec elle. Noël n'était plus qu'à quelques jours.

Emily l'attendait à son arrivée au cottage. Dans la semaine suivant le diagnostic et les injections de la doctoresse, Mandy avait remarqué un changement. Déjà, maman redevenait peu à peu elle-même. Bien que ses joues soient encore un peu pâles, elle avait plus d'énergie que depuis des mois. Les rides d'inquiétude autour de ses yeux s'étaient estompées, et elle était beaucoup plus disposée à rire. Mandy était déchirée entre le soulagement de la voir ainsi, et la culpabilité de ne pas avoir insisté pour que sa mère se fasse aider beaucoup plus tôt.

– Tu as trouvé tout ce dont tu avais besoin ? s'enquit Emily.

Mandy ôta ses bottes et les rangea près de la porte.

– Oui, oui.

Elle avait décidé de ne pas embêter ses parents avec les nouvelles de Sally Harper. Sally allait appeler Ellen. Mandy lui téléphonerait à son tour demain. Ses parents ne pouvaient rien faire pour l'instant, à part s'inquiéter davantage.

– Viens voir ça, la pressa Emily.

Elle avait ouvert son iPad sur la table de la cuisine. Mandy s'approcha, tira une chaise et s'assit.

– Le *Grand Hotel*, à Kilchrenan, lut-elle. Un hôtel de luxe sur les rives du Loch Awe.

Les yeux bleus d'Emily étincelaient.

– Ton père m'y emmène pour Noël, annonça-t-elle. Il m'a dit que tu étais d'accord pour t'occuper d'Animal Ark pendant les fêtes, que tu lui avais proposé ça quand j'étais malade. Nous acceptons ton offre.

Elle avait l'air si heureuse que Mandy la serra dans ses bras.

– Merci beaucoup, chuchota Emily à l'oreille de Mandy.

Mandy prit une grande inspiration. Elle allait être la seule responsable d'Animal Ark pendant les vacances. Son père devait avoir confiance en elle, et vu comment sa mère la regardait, elle avait envie de relever ce défi.

– Merci, répondit Mandy en relâchant son étreinte. Merci de me faire confiance.

Emily haussa les sourcils.

– Y a-t-il un jour où je ne t'ai pas fait confiance ?

Mandy rit et se leva pour sortir le lait du réfrigérateur.

– Je suppose que non, admit-elle. Je suis si contente que tu ailles mieux, maman. Est-ce qu'on met les plats dans les grands, et on s'offre un chocolat chaud pour fêter ça ?

Emily lui lança un grand sourire.

– J'avais peur que tu ne me le proposes jamais !

Chapitre 24

Le lendemain matin, une fine couche de neige recouvrait la lande. Le ciel s'était éclairci, même si la radio passait en boucle des messages d'avertissements météorologiques sur un ton très grave. Mandy s'installa à l'accueil du refuge et tourna les yeux vers la fenêtre. Elle attendait la famille Dillon, qui devait venir chercher Melon à onze heures.

Une pointe d'excitation l'envahit en voyant leur voiture se garer avec cinq minutes d'avance. Elle se leva pour aller leur ouvrir. Mandy était contente de voir que Sam et Buddy accompagnaient leurs parents. Ils avaient tous les deux l'air si heureux que Mandy sentit son cœur s'emballer.

– Entrez, les invita-t-elle.

Un courant d'air froid les suivit à l'intérieur et elle ferma rapidement la porte. Elle avait placé des chaises en cercle. Elle voulait leur parler à tous avant qu'ils ne voient Melon. Avec un peu de chance, ils enregistreraient davantage d'informations s'ils n'étaient pas distraits par leur nouveau chien sautant partout. Elle passa en revue les différentes facettes du comportement de Melon et la meilleure méthode pour poursuivre son dressage, et la famille écouta attentivement.

Sam en particulier posa plusieurs questions qui montrèrent à quel point elle était intéressée.

Mandy savait qu'elle avait fait tout son possible pour que cette adoption soit un succès. Melon était bel et bien retombé sur ses pattes. Elle se leva pour aller le chercher dans le chenil, demandant aux Dillon de rester à l'accueil. Lorsqu'elle entra, le petit westie se tenait sur ses pattes arrière, les pattes avant posées sur les barreaux. Sa queue ramassée remuait de droite à gauche, et il lança un petit grognement enthousiaste, comme s'il comprenait exactement ce qui se tramait.

– C'est un grand jour pour toi, Melon !

Mandy se demanda s'il avait reconnu les voix des Dillon. Elle ouvrit la porte de sa cage et lui mit son harnais. Oubliant son dressage, il s'élança vers l'avant, tirant sur sa laisse, et pour une fois, Mandy n'eut pas le courage de le faire s'arrêter et attendre.

À sa grande consternation, elle sentit des larmes lui piquer les yeux devant ces joyeuses retrouvailles. Elle se répéta qu'elle était censée être plus professionnelle. Les Dillon ne remarquèrent rien, tous les quatre accroupis, caressant Melon, lui grattant les oreilles, lui disant qu'il était un bon garçon et qu'il allait venir vivre avec eux pour toujours. Melon gambadait entre eux tel un agneau de printemps sous le soleil. Ses yeux ronds comme des boutons étincelaient. Une seule fois, il revint vers Mandy et pressa sa truffe humide contre sa jambe pour lui dire merci, avant de retourner vers Sam pour lui offrir une léchouille supplémentaire.

– Je pense que nous ferions mieux de vous laisser, annonça M. Dillon en se relevant.

– Ce sera génial de le ramener à la maison, intervint Buddy. N'est-ce pas, maman ?

Il regarda Annie Dillon, qui lui sourit.

– Ça va être super, confirma-t-elle avant de se tourner vers Mandy. Merci beaucoup pour tout. Nous allons bien nous occuper de lui.

– Oh, j'en suis sûre, répondit Mandy en avalant la boule qui grossissait dans sa gorge.

Elle les suivit jusqu'à leur voiture, et aperçut un autocollant sur la vitre arrière : *Un chien, c'est pour la vie, pas seulement pour Noël.* Le slogan de la fondation Dogs Trust était toujours d'actualité, même s'il avait presque quarante ans. Mandy savait déjà que certains animaux de compagnie seraient abandonnés lors des premières vacances après Noël. Mais pour l'instant, elle voulait penser à Melon. Il sauta dans la voiture des Dillon avec joie, et on l'attacha sur la banquette arrière entre Buddy et Sam. Quand Mandy les salua, elle devina les oreilles duveteuses bien dressées au sommet de la petite tête blanche à travers le pare-brise, prêtes pour une nouvelle aventure.

– Belle vie, Melon, murmura-t-elle.

En rentrant pour nettoyer sa cage, elle vit Albert et les autres chiens qui la regardaient, les yeux pleins d'espoir.

– Ne vous inquiétez pas, leur assura-t-elle. Je trouverai un foyer pour vous aussi.

Albert remua la queue et s'allongea en soupirant.

À la clinique, Emily s'occupait d'un chat dont le maître s'était présenté sans rendez-vous. Il avait un os de poulet coincé dans le palais. Il ne fallut que quelques secondes à Emily pour saisir l'os avec une pince et le retirer. Mandy était si heureuse que sa mère soit de retour à Animal Ark. Ses quelques jours d'absence n'avaient pas été trop chargés,

Dieu merci, mais la clinique n'était pas la même sans la présence sereine de maman.

– Tu fais quelque chose de bien cet après-midi ? demanda Helen à Mandy, en refermant la porte derrière le propriétaire du chat, soulagé.

Mandy avait bien insisté auprès de sa mère : non, elle n'avait pas besoin d'une demi-journée de repos. Mais Emily n'avait rien voulu savoir. « N'oublie pas que papa et moi allons partir quelques jours », avait-elle dit à Mandy. Mandy avait quand même suggéré à Emily de rester tranquille, mais elle n'avait pas reculé.

– Nous pourrions faire quelque chose ensemble, proposa Helen. C'est Rachel qui fait l'après-midi à la réception.

Mandy tourna la tête vers la fenêtre, et remarqua les nuages qui s'amoncelaient déjà au-dessus de la lande.

– Je pense que je vais peut-être aller à Lamb's Wood. J'espérais que la maison soit au moins en partie habitable à Noël.

Helen écarquilla les yeux.

– Tu penses vraiment essayer d'emménager ? Tu sais qu'on a prévu de la neige, hein ? Et ce cottage n'a pas été habité depuis des mois, non ?

– Oh, j'ai laissé tomber l'idée d'emménager, avoua Mandy. Je pensais plutôt y inviter papa et maman pour un goûter, autour d'une tarte, mais ils partent en vacances. Alors ça sera juste Sky et moi le jour de Noël. Je pensais tenter un déjeuner là-bas. Enfin, un truc simple.

Helen pencha la tête sur le côté et dévisagea Mandy.

– Tu es sérieuse, n'est-ce pas ?

– Tout à fait.

– Eh bien, dans ce cas, je vais venir te donner un coup de main.

Mandy réprima un rire : Helen affichait un air déterminé. Si quelqu'un devait réussir à mettre en ordre le cottage, aucun doute, ce serait elle.

– Tu es bien sûre ? Ça va être salissant.

– Regarde autour de toi, répliqua Helen en faisant la moue. Tu penses vraiment que je vais me laisser impressionner par un peu de saleté ?

– Un point pour toi, répondit Mandy.

Presque chaque jour, des animaux entraient dans la salle d'attente. Certains saignaient, d'autres avaient la diarrhée. Une majorité des chiens posaient leurs pattes sur le bureau de l'accueil. Malgré tout, Helen parvenait à garder l'endroit impeccable.

– Dans ce cas, reprit-elle, j'accepte avec joie ta proposition. Et pour te remercier, je t'inviterai à prendre un verre.

Il était temps de retourner au *Fox and Goose*, se dit-elle, même si elle ne pourrait s'empêcher de se rappeler sa dernière venue. Si elle était d'humeur à combattre ses démons, autant qu'elle s'occupe de celui-ci aussi. Si Jimmy était là-bas avec Molly, alors tant pis, elle ferait avec.

La dernière fois que Mandy et Helen étaient venues à Lamb's Wood, le crépuscule avait donné à la maison un charme particulier dans la pénombre. Cette fois, dans la lumière froide d'un après-midi de décembre, le cottage avait l'air très sinistre. Bien que le toit ait été réparé, Mandy avait oublié à quel point la peinture de la porte d'entrée était écaillée et affreuse et à quel point le bardage, autrefois blanc, avait tourné au vert. La végétation morte dans les gouttières transperçait le ruban de neige. Pendant un instant, Mandy eut l'impression que la nature prenait le dessus, que si elle restait assise trop longtemps, les mauvaises herbes la recouvriraient aussitôt. Elle se ressaisit. Le chalet était abandonné, c'est tout. Il avait juste besoin d'un peu de soins.

La clé était encore difficile à tourner. Elle apporterait un dégrippant la prochaine fois, décida Mandy.

Dans l'entrée, la maison sentait l'humidité. Sur le carrelage, de petits tas de poussière blanche indiquaient là où le plâtre du plafond se fissurait. Une inquiétante tache de moisissure noire était apparue au pied des escaliers, et le bois d'une des huisseries de fenêtre s'effritait. Mandy s'efforça de ne pas laisser paraître son désarroi. Vu l'état des lieux, il était impossible qu'elle s'y installe pour de bon avant un certain temps. Mais organiser un déjeuner ici, pour une grande occasion, était pour elle un symbole fort. Par le passé, le cottage avait été un foyer chaleureux. Pour l'instant, c'était une coquille vide, mais avec une nouvelle salle de bains, une cuisine rénovée et pas mal de décapage et de rafraîchissement, elle pourrait redevenir agréable à vivre.

– Par quoi on commence ? lança Helen, balayant le rez-de-chaussée des yeux. C'est un gros chantier.

Mandy repassa dans la cuisine.

– On ne pourra clairement pas tout faire, mais j'aimerais qu'une pièce soit assez propre pour pouvoir y manger, même si je ne peux pas cuisiner. La cuisine ou le salon. Comme ça, je pourrai faire un feu de cheminée.

Il faudrait qu'elle rallume le chauffage central pour chasser l'humidité, elle pourrait s'en occuper en même temps que la décoration. Après Noël, elle établirait un calendrier des travaux.

Ensemble, elles inspectèrent les deux pièces. Si la cuisine était sale, la pièce de l'autre côté du couloir avait subi les dégâts des eaux à cause des tuiles manquantes. Bien qu'elle soit maintenant plus ou moins sèche, la pièce dégageait une odeur de moisi. Et le sol était recouvert d'une moquette assez dégoûtante. Même si Mandy, comme la plupart des vétérinaires, avait l'estomac bien accroché, elle préférait ne pas penser à ce qui pouvait pousser en dessous. Le carrelage de la cuisine, une fois nettoyé, serait quant à lui fonctionnel.

– Je pense que nous devrions commencer par la cuisine, déclara Mandy après avoir visité les deux pièces à deux reprises.

– Je suis d'accord, acquiesça Helen.

Deux heures plus tard, à la lumière du soleil couchant, Mandy se frottait le dos endolori et arpentait la cuisine fraîchement nettoyée. Le sol avait été balayé deux fois, brassant toutes sortes de saletés anciennes. Il faudrait un bon rinçage à l'eau chaude, mais plus tard, quand la chaudière marcherait. Au moins, Helen avait trouvé le robinet d'arrêt et ouvert l'arrivée d'eau froide, qui semblait fonctionner. Mandy avait prévu de le couper et de purger les tuyaux avant de terminer pour aujourd'hui. Elle n'avait surtout pas besoin que les canalisations éclatent en cas de fortes gelées.

Elles avaient rempli plusieurs sacs-poubelle avec le reste des réserves de nourriture de Robbie Grimshaw. Mandy se sentit triste en vidant les placards. La vie du vieux monsieur avait dû être assez misérable vers la fin. Elle se demandait pourquoi son neveu n'avait pas fait davantage pour l'aider ; à première vue, Robbie avait vécu de sardines en boîte et de quelques pommes de terre. Son proche parent n'aurait-il pas pu lui faire un vrai plein de courses de temps en temps ? Mandy décida de rendre visite à Robbie pour le Nouvel An, et d'emmener Sky avec elle cette fois-ci. Même s'il ne se souvenait pas de sa chienne, il avait toujours aimé les animaux. Il serait heureux de la voir. Et au moins, son neveu semblait être dans les parages à présent. Peut-être venait-il tout juste d'emménager dans la région, pensa Mandy, d'humeur charitable. Avec un peu de chance, le jeune homme rendrait visite à son oncle à Noël.

La plupart des meubles étaient maintenant vides. Il n'en restait plus qu'un, puis le poêle à bois. Mandy devait le nettoyer avant de pouvoir allumer un feu. Même après des heures de dur labeur, Helen paraissait toujours pleine d'énergie. Elle se tenait au milieu de la cuisine, les mains dissimulées dans une épaisse paire de gants en caoutchouc, et sa coiffure aurait pu parfaitement convenir à un épouvantail.

– Ce n'est pas si mal maintenant, déclara-t-elle sur un ton toujours aussi sûr. Il ne reste plus qu'un placard.

– Tu veux bien t'en occuper ? demanda Mandy. Je voudrais jeter un coup d'œil à la cuisinière.

– Bien sûr.

Helen se dirigea vers le meuble dans le coin et ouvrit la porte en grand. À la surprise de Mandy, une pile de canettes de bière dégringola sur le carrelage. L'une d'elles roula jusqu'aux pieds de Mandy et elle la souleva. Contrairement à tout le reste ici, la canette avait l'air toute neuve, et n'avait été vidée que récemment. Elle savait que l'aluminium ne rouillait pas, mais Mandy y sentait encore l'odeur du houblon. Après tous ces mois, la moindre trace aurait certainement dû s'évaporer. Elle la retourna au-dessus de l'évier et quelques gouttes de bière apparurent sur le rebord.

– C'est bizarre.

Elle se tourna vers Helen, qui haussa les épaules.

– Peut-être que la bière ne s'est pas asséchée parce que le placard est humide ? suggéra l'infirmière.

Elle n'avait pas l'air convaincue. Elle entreprit de sortir les canettes restantes et de les mettre dans le sac-poubelle.

Mandy s'accroupit et ouvrit le clapet de la cuisinière et en sortit un tas de plastique froissé. C'était un sac de la boulangerie locale. À l'intérieur, elle découvrit une boule de papier sulfurisé et des sachets en papier. Impossible que ces sacs soient vieux. Il y avait encore des miettes qui semblaient provenir d'un petit pain et une tranche de tomate qui avait manifestement été retirée d'un sandwich. Elle prit le sac du bout des doigts et se releva.

– Quelqu'un est venu ici.

Elle sentit son ventre se nouer. Helen s'approcha et regarda dans le sac.

– Tu as raison. Je pense qu'un clochard a dû s'abriter ici pendant la nuit. Il a fait très froid, ajouta-t-elle en fronçant les sourcils. Je me demande comment il est entré.

Malgré les mots calmes d'Helen, Mandy ressentit un picotement sur la nuque. Un frisson parcourut sa colonne vertébrale.

– Je vais jeter un œil.

Sa respiration s'accéléra alors qu'elle se dirigeait vers l'arrière de la maison.

Il y avait une petite salle de bains à gauche, en face de l'escalier. À son grand désarroi, la fenêtre avait été brisée et une grande partie du verre avait été enlevé. La neige de la nuit passée s'était engouffrée à l'intérieur. Au moins, personne n'était entré ou sorti depuis : il n'y avait pas de nouvelles traces de pas. Mandy eut la nausée en voyant que quelqu'un avait aussi utilisé les toilettes. Mais sans eau courante, pas moyen de tirer la chasse. Tout en remerciant mentalement Helen d'avoir rouvert l'eau aujourd'hui, Mandy tira la vieille chaîne. L'eau jaunâtre tourbillonna dans la cuvette, accompagnée du bruit assourdissant du réservoir au-dessus de sa tête. Mandy recula avant que l'ancien mécanisme ne se décroche du mur, et décida de vérifier le reste de la maison pour voir s'il y avait des traces de son visiteur indésirable.

En gravissant les escaliers, elle sentit une vague de colère monter. Elle savait que des gens se retrouvaient sans domicile pour toutes sortes de raisons, et qu'ils avaient besoin d'un endroit où se réfugier. Mais il y avait un centre à Walton. Pourquoi quelqu'un viendrait-il jusqu'ici, dans un cottage plein de courants d'air ? Et que se serait-il passé s'il avait tenté d'allumer un feu ?

Elle pencha la tête par la porte de la petite chambre à gauche en haut des escaliers. Elle était aussi vide que lors de sa dernière visite. Rien n'avait bougé. Elle traversa le palier vers la chambre principale, tout en essayant de se ressaisir. Qui que ce soit, il ne semblait pas avoir fait trop de dégâts. Elle barricaderait la fenêtre en bas et demanderait à un vitrier de venir. Peut-être demain, si elle avait de la chance.

Mais dans la chambre principale, Mandy s'arrêta et fixa avec horreur le message griffonné à la peinture noire.

CASSE-TOI SALOPE.

Malgré l'obscurité de la lumière, les énormes lettres sur le mur étaient aussi terrifiantes que du sang frais. En état de choc, Mandy poussa un cri.

Aussitôt, Helen grimpait les escaliers deux à deux.

– Mandy, ça va ?!

Mandy tremblait de la tête aux pieds, incapable de lui répondre.

Helen s'immobilisa, les yeux étaient rivés sur le mur.

– J'appelle la police.

Mandy regarda l'infirmière composer le numéro du commissariat, mais un bourdonnement dans ses oreilles l'empêchait d'entendre ce qu'Helen racontait.

– J'ai parlé au sergent Jones, annonça Helen à Mandy en raccrochant.

Elle posa une main chaude et réconfortante sur le bras de Mandy.

– Il arrive pour voir ça. Est-ce que ça va ?

Mandy secoua la tête. *Qui était venu dans sa maison ?*

– On devrait peut-être aller attendre dans la voiture, d'accord ?

Helen poussa Mandy hors de la pièce et la guida doucement en bas des marches. Ensemble, elles sortirent de la maison et montèrent dans le RAV4. Mandy alluma le moteur et verrouilla les portes. Helen augmenta le chauffage. Elle trouva une briquette de jus de fruits dans la boîte à gants et les deux femmes la partagèrent. Mandy fut soulagée de voir apparaître deux phares, leur lumière vacillant sur les bosses de l'allée cahoteuse.

Le véhicule de police s'arrêta à côté d'elles et le sergent Dan Jones s'en extirpa, ses épaules larges et rassurantes dans son uniforme. Brandissant une puissante torche, il s'approcha de la Toyota tandis que Mandy et Helen en sortaient. Ensemble, ils retournèrent à l'intérieur de la maison. Il faisait sombre maintenant, et les graffitis semblaient encore plus inquiétants dans le faisceau de la lumière jaune de la lampe.

– Comme je vous l'ai dit, nous avons trouvé des détritus en bas qui font penser qu'un clochard s'est abrité ici un certain temps. Mais ça, dit Helen en désignant le mur de la main, ça ne ressemble pas à quelque chose qu'un vagabond ferait. On dirait que c'est… personnel.

Mandy ferma les yeux, se forçant à retenir ses larmes.

Le sergent Jones opina de la tête et se tourna vers elle, le regard compatissant. Le blanc de ses yeux brillait particulièrement au crépuscule.

– J'ai lu les notes de la brigadière Armstrong sur vos ennuis récents, Mandy, dit-il. Je pense qu'il faut partir du principe qu'il y a un lien entre ceci et la campagne contre Vert-Cottage. Je vais emporter quelques canettes, on pourrait y trouver des empreintes digitales.

Mandy se sentit mal. Il faisait si froid ici, il y avait de grandes chances pour que quiconque y passe du temps porte des gants. Même si ce n'était pas le cas, pour que ses empreintes digitales soient enregistrées, il fallait avoir un casier judiciaire. *Quel genre d'ennemi le refuge s'était-il fait ?*

D'une certaine manière, c'était pire que les agressions précédentes. Le mot « salope » avait fait basculer l'affaire dans une tout autre dimension. Si Lamb's Wood avait été attaqué, alors ce n'était plus seulement Vert-Cottage qui était menacé. C'était Mandy elle-même.

Chapitre 25

Le lendemain matin, la lumière qui perçait dans la chambre quand Mandy se traîna hors du lit avait une étrange nuance d'étain. Elle ouvrit les rideaux et admira le paysage : la tempête de neige était arrivée pendant la nuit, le verger et le refuge étaient enveloppés de tourbillons de flocons. Le ciel semblait lointain et étonnamment laiteux et noir à la fois. Par-delà la haie, la lande s'étendait, une toile blanche s'étirant dans un horizon invisible.

Emily et Adam avaient été horrifiés quand Mandy leur avait raconté pour les graffitis à son retour la veille au soir. C'était un soulagement de pouvoir tout partager avec eux, maintenant que sa mère allait mieux. Pour autant, Mandy n'était plus une enfant : ses parents étaient toujours merveilleux, mais elle ne pouvait plus compter sur eux pour tout arranger. Elle devait découvrir qui la détestait avec tant d'acharnement, et pour quelle raison.

Sky l'avait suivie jusqu'à la fenêtre. Elle semblait percevoir l'anxiété de sa maîtresse et restait très proche d'elle. Elles descendirent les escaliers ensemble et se dirigèrent vers la cuisine. La poudre blanche s'était accumulée sur le rebord de la vitre et lorsque Mandy ouvrit la porte, une minuscule avalanche dégringola sur le paillasson. Mandy repoussa la neige à l'extérieur et dégagea le seuil avant de s'avancer dans la congère.

Au début, Sky parut perplexe devant la neige, essayant de mordre les flocons en plein vol comme s'il s'agissait d'un gigantesque jeu. Le temps d'arriver au refuge et sa robe duveteuse semblait avoir été saupoudrée de sucre glace. Mandy sortit Cendre et Flamme de leur chenil. Comme Cendre était encore bien maigrichonne, Mandy lui enfila un manteau fluorescent, à la fois pour la garder au chaud et pour qu'elle soit visible dans la poudreuse de plus en plus épaisse.

À peine les avait-elle libérées dans le verger que Flamme et Sky s'éloignèrent de Mandy, quadrillant le paddock dans tous les sens, projetant des éclaboussures de neige autour d'elles. Cendre semblait tout aussi enthousiaste face à l'étrange substance blanche, bien que la plupart du temps, elle n'arrive pas à sauter bien haut avec ses courtes pattes. Elle déblayait la neige par petits coups, s'enfonçant jusqu'aux cuisses, puis bondissant à nouveau. Flamme s'arrêtait à côté de sa nouvelle amie à chaque tour, lui léchait la tête avant de repartir à toute vitesse. Après quelques minutes seulement, Cendre batailla pour revenir vers Mandy, qui la ramena à l'intérieur et sécha sa fourrure puis la réinstalla dans sa cage bien chaude. Malgré ses doutes, Mandy avait déjà reçu quelques messages pour une adoption en duo de Flamme et Cendre. Elle ressentait une pointe de joie en pensant à ce couple incongru qui passerait toute sa vie ensemble.

Les chats semblaient à l'aise dans leur belle pièce chauffée. Mandy vérifia le thermostat, le monta d'un cran, en ressentant un élan de gratitude envers ses parents pour leur générosité. Grâce à eux, le bâtiment des animaux était confortable et facile à chauffer. Les structures originales en bois qu'elle avait prévues auraient été beaucoup moins sophistiquées, et auraient constitué un véritable défi dans ces conditions extrêmes.

Malgré le bonheur frénétique des chiens, Mandy ne réussissait pas à se débarrasser de cette sensation de pesanteur dans sa poitrine. Avec son ennemi invisible toujours déchaîné, allait-elle devoir transformer Vert-Cottage en une forteresse ? Il y avait maintenant des verrous à toutes les fenêtres. Adam avait insisté pour les installer dès que les attaques avaient commencé à revêtir un caractère plus sérieux. Mandy en était ravie, mais elle se mettait à les vérifier en permanence. C'était si étrange de craindre que quelqu'un ne s'introduise ici, plutôt que de s'inquiéter comme d'habitude que les animaux s'en échappent. Elle ne pouvait s'empêcher d'espérer, en contrôlant la minuscule fenêtre des toilettes, que celui qui commettait ces actes serait bientôt démasqué. Elle détestait cette impression d'être observée dans l'ombre par une personne invisible à ses yeux.

– C'est calme ce matin, déclara Helen en voyant Mandy entrer dans la clinique. Tellement de clients ont annulé, qu'il n'y a presque plus personne.

Mandy ne pouvait pas les blâmer. La plupart des rendez-vous n'étaient pas urgents de toute façon. Ils pouvaient être reprogrammés quand les routes seraient dégagées.

– Je crois qu'il est l'heure de nettoyer les placards, annonça l'infirmière.

Mandy sourit. Helen ne profiterait jamais d'une heure creuse pour se détendre. Mandy décida de l'aider. Trop de temps passé à ne rien faire ne faisait qu'alimenter les pensées préoccupantes qui lui trottaient dans la tête.

Lorsque la porte s'ouvrit vingt minutes plus tard, Mandy et Helen étaient toutes deux dans de l'eau savonneuse jusqu'au coude. Mandy s'extirpa de l'armoire qu'elle avait récurée, laissa tomber son linge dans le seau et se rendit à la réception.

Susan Collins se tenait là, le visage blême, et serrait une paire de gants.

– Susan ! Qu'est-ce qui ne va pas ? demanda Mandy. C'est Marmalade ?

Le chat de Susan était venu plusieurs fois à la clinique, mais jamais pour rien de sérieux. Susan secoua la tête. Dans ses yeux, on lisait la peur.

– Est-ce que Jack est ici ?

Elle devait savoir que la réponse serait non. Si Jack s'était présenté tout seul, Mandy aurait appelé Susan immédiatement. Mandy comprenait bien que son amie était en proie à une terreur qu'elle ne pouvait pas affronter.

– Qu'est-ce qui s'est passé ? lui demanda-t-elle doucement.

– Il est parti de la garderie. Quelqu'un a laissé le portail ouvert. Je sais qu'il adore Animal Ark, j'ai pensé qu'il était peut-être passé te voir.

Susan l'implorait du regard, mais Mandy ne put que secouer la tête.

– Il n'est pas venu. On peut faire quelque chose ?

Susan déglutit.

– Vous pouvez nous aider à le chercher ? supplia-t-elle.

Sa voix était aiguë et tremblante.

– Il y a beaucoup de gens à sa recherche, mais il te connaît, toi.

Des larmes débordaient de ses yeux et commençaient à couler sur ses joues, mais Susan ne semblait pas s'en apercevoir.

Mandy enfila aussitôt ses bottes et son manteau. Elle ne pouvait pas imaginer ce que Susan traversait, mais ferait tout son possible pour l'aider.

– Helen va rester à la clinique au cas où il viendrait, dit-elle à Susan.

L'infirmière était apparue derrière elle, puis avait disparu à nouveau.

– Où avez-vous déjà fouillé ? Où irait-il ?

Susan prit une profonde respiration.

– Il y a des gens partout dans le village, mais personne par ici. J'ai peur qu'il ne soit parti à la recherche de rennes avec toute cette neige. Il n'a pas arrêté de les chasser. C'était juste pour s'amuser un peu…

Elle se tut quelques secondes, le visage déformé par la douleur.

– S'il te plaît, tu peux… et si d'autres peuvent…, balbutia-t-elle.

Elle tremblait de la tête aux pieds et les larmes commençaient à imbiber son manteau tacheté par la neige.

Helen se précipita dans la salle d'attente, brandissant deux barres chocolatées : une pour Mandy et une pour Susan.

– Pour quand vous le trouverez, expliqua-t-elle. Susan, je peux t'offrir une boisson chaude…

Mais la jeune mère, terrifiée, l'avait remerciée pour le chocolat et courait déjà vers la porte.

Helen tendit la main et serra le bras de Mandy.

– Je vais appeler Seb, au cas où il serait dans le coin. Ne t'inquiète pas. Je vais dire à tes parents ce qui se passe. Trouve juste ce petit garçon, d'accord ?

Mandy hocha la tête, interdite et muette. Elle suivit Susan à l'extérieur. La neige tombait plus dru que jamais, engloutissant la campagne. Mandy espérait qu'ils retrouveraient Jack en sécurité, blotti bien à l'abri dans une minuscule cachette douillette. S'il était dehors, elle ne voulait même pas y penser.

Susan avait redescendu la route en courant et Mandy entrevoyait son bonnet de laine passant en vitesse derrière la haie, en direction du village. Bien sûr, elle avait envie de rester avec son amie et la soutenir, mais elle se ressaisit : il valait mieux qu'elle parte de son côté, pour parcourir la plus grande distance possible.

Où chercher en premier, se demanda-t-elle ? Y avait-il une chance pour que Jack soit venu jusqu'ici sans qu'elle s'en aperçoive ? Elle remonta l'allée et tourna sur le chemin, jetant un œil par-dessus la barrière dans le paddock. Aucun signe de Jack dans le champ des ânes. Elle sortit son portable et composa le numéro de la clinique.

– Helen, dit rapidement Mandy lorsque l'infirmière décrocha, peux-tu faire un tour dans l'abri des ânes et de l'autre côté du refuge, s'il te plaît ? Appelle-moi si tu le trouves.

– J'y vais.

La ligne se coupa – Helen n'était pas du genre à perdre du temps.

Mandy était seule sur la route de campagne. Le tarmac était recouvert de neige, et il n'y avait ni empreintes de pas, ni traces de pneus. Rien ne laissait croire au passage de quiconque par ici.

Mandy décida de longer le chemin en s'éloignant du village. Elle pourrait ainsi vérifier si, dans l'un des cottages en périphérie, quelqu'un avait vu Jack. Vingt minutes plus tard, elle avait fait chou blanc. Papy et mamie étaient partis pour la nuit rendre visite à des amis, et ils ne pourraient pas revenir tant que le ciel ne serait pas dégagé. Personne n'avait répondu au Jasmine Cottage et Mme Jackson, qui avait ouvert la porte de Rose Cottage, ne l'avait pas vu. Mandy avait perdu quelques minutes à convaincre Mme Jackson, qui souffrait d'un gros rhume, de rentrer au chaud et de retourner se coucher. Plus haut sur le chemin, elle apercevait Manor Farm au loin. Elle allait pousser jusqu'au portail donnant sur la lande. S'il était fermé, elle reviendrait sur ses pas et chercherait de l'autre côté de Main Street.

Elle avait beau être en forme, elle avait du mal à avancer dans la poudreuse. Elle portait des chaussures de randonnées et des guêtres, mais à certains endroits, la neige était si abondante qu'elle lui arrivait aux genoux, s'accrochait à ses jambes comme un poids mort. Mandy commença à transpirer sous son gros manteau, et elle dégagea quelques mèches de cheveux longs hors de ses yeux. La piste était étrangement silencieuse, aucun bruit ne troublait l'air hormis celui de sa propre respiration. Elle s'arrêta à l'abri de la haie pour épousseter la neige de ses guêtres, et s'aperçut que les flocons, auparavant épais et compacts, tombaient moins vite. Quelques volutes tourbillonnaient encore, mais les nuages denses s'étaient dissipés, révélant les pics lointains contre un ciel pâle. Mandy chérissait les landes en toute saison. Elle aimait leur étendue et le sentiment de liberté qu'elles lui procuraient. Dans la neige, elles resplendissaient d'une beauté austère. Aujourd'hui pourtant, elles semblaient menaçantes. Un vaste désert sauvage vide. Si Jack était là, comment réussiraient-ils à le retrouver ?

Mandy avait presque atteint le portail du chemin principal. Quelques pas de plus et elle y serait. Il paraissait fermé, mais elle décida de s'approcher pour vérifier.

En arrivant au pied de la barrière, elle vit une chose qui la glaça jusqu'aux os. Là, coincée dans un buisson, presque entièrement recouverte de neige, une petite mitaine bleue. Des images jaillirent dans son esprit : Jack Collins, debout dans le paddock, jouant avec deux bébés ânes. Jack, avec ses jolies bottes rouges et ses mitaines bleues en laine, parlant des rennes de Noël – « Maman, tu crois qu'ils sont dans la lande ? »

Mandy eut la nausée.

Elle se résolut à faire ce qu'elle aurait dû faire dès le début, lorsque Susan était arrivée. Elle téléphona à Jimmy : il fallait appeler l'équipe de secours en montagne et leurs chiens. Si Jack avait une chance de survivre, ce serait grâce à eux. Elle retira son gant droit, les mains tremblantes, et sortit son portable de sa poche.

Jimmy répondit aussitôt :

– Mandy ?

Sa voix était toujours la même.

– Salut Jimmy. J'appelle pour Susan Collins, articula Mandy le plus clairement possible, convaincue que Jimmy entendrait son cœur battre à tout rompre. Son fils de trois ans, Jack, a disparu. Je viens de trouver un de ses gants au portail donnant sur la lande. Celui qui part de Manor Farm Lane.

– Le portail de la lande sur Manor Farm Lane, répéta-t-il haut et fort.

– Nous avons besoin de l'équipe de secours en montagne, poursuivit Mandy. Vous pouvez venir ?

– Je vais appeler les autres, répondit Jimmy d'une voix rassurante. Jared Boone est déjà sur un accident vers Walton Road. Ils vont nous rejoindre dès que possible. Tu es toujours au portail ? J'arrive tout de suite.

Il raccrocha.

Mandy resta immobile un instant, le téléphone à la main. Jimmy était en route. Malgré tout ce qui s'était passé entre eux, elle éprouva un profond sentiment de soulagement. Jimmy avait l'air si calme et organisé. Si quelqu'un pouvait retrouver Jack, c'était bien lui. Elle regarda à nouveau le petit gant. Elle pourrait leur faire gagner du temps en ouvrant le portail. Il s'agissait d'une porte en bois barrée qui reposait à même la terre à cause de ses vieilles charnières et d'espars gonflés par la pluie. Pas facile à ouvrir, même en été. Si Jack était venu par ici, il avait dû grimper par-dessus. Mandy se pencha et scruta le sol de l'autre côté. Y avait-il une légère empreinte là où de minuscules bottes auraient pu atterrir ? Quoi qu'il en soit, il valait mieux que la porte soit ouverte pour que les chiennes puissent passer en toute sécurité. Elle déroula la corde enroulée autour du poteau, et essaya de pousser la barrière. Impossible, elle refusait de bouger. Elle l'escalada et se mit à balayer la neige épaisse du chemin à coups de pied. Le temps qu'elle dégage suffisamment la piste pour qu'un animal s'y faufile, la jeep de Jimmy arrivait sur le sentier. Il en sortit, attrapa un sac à dos sur le siège passager, puis fit le tour pour détacher les chiennes.

– Merci d'être venu.

Comme c'était bon de le voir, et pendant un instant, il lui offrit son bon vieux sourire tandis que les chiennes se précipitaient vers elle pour la saluer. Zoe, son husky et Simba, son berger allemand, trottinaient à ses talons, chacune portant une veste imperméable orange vif avec le logo du groupe de sauvetage en montagne.

– Qu'est-ce que tu as trouvé ?

Jimmy ne perdit pas de temps en bavardages inutiles, mais sa voix était douce.

– Sa mitaine est sur le buisson, là, répondit Mandy en la désignant de la main. Je n'y ai pas touché.

Jimmy s'approcha et attrapa le petit gant. Il le montra à Zoe pour qu'elle le renifle.

– Ça a peu de chances de marcher… Il y a beaucoup trop de neige, mais Zoe est une bonne pisteuse.

Zoe, qui portait un harnais, redressa ses belles oreilles argentées en flairant le petit gant. Après avoir inhalé l'odeur de la mitaine, Zoe posa sa truffe à la surface de la neige, à la recherche de sa trace. Elle s'élança, tournant d'un côté puis de l'autre, mais sans trouver grand-chose.

Contrairement à Zoe, Simba n'était pas tenue en laisse.

– Allez, Simba, l'encouragea Jimmy. Simba est entraînée à sentir l'air. Elle est capable de suivre la trace de n'importe quelle odeur humaine détectable.

Soudain, Simba se glissa par le portail entrouvert et se mit à courir dans la neige. Sa queue dessinait un étroit sillon derrière elle, et ses longues pattes lui permettaient d'éviter les congères. Contrairement à Zoe, qui gardait le museau au sol, Simba regardait droit devant elle. Elle remonta la lande en zigzaguant, silhouette svelte noir et marron en manteau fluorescent. Mandy s'émerveilla de la capacité de la chienne à capter les molécules odorantes de l'air.

Mandy et Jimmy suivirent les chiennes, se frayant un chemin dans la neige, s'arrêtant fréquemment pour crier le nom de Jack, et l'écho de leurs appels résonnait dans l'immensité blanche. Chaque fois, ils restaient immobiles, s'efforçant d'écouter, mais en vain.

Le sentier passait par la crête surplombant la lande, en une succession de congères et de côtes presque abruptes. La progression était très difficile et Mandy se sentait devenir écarlate, mais il n'était pas question qu'elle ralentisse. À côté, elle entendait Jimmy respirer fort, mais son visage était déterminé et ses yeux fixés sur Simba, comme s'il la faisait avancer par la force de sa volonté.

Simba resta devant eux, à peine gênée par les congères les plus profondes. Zoe courait quelques pas derrière, le nez au sol, tournant parfois en rond comme si Jack s'était perdu pendant quelques instants. *Enfin, ça, c'est dans le cas où nous avons bel et bien retrouvé la trace de Jack*, pensa Mandy avec tristesse. L'odeur sur la mitaine aurait été très légère après être restée dans un buisson humide, et que pouvait bien détecter au sol Zoe, quand tout était enseveli sous la neige ?

Alors qu'elle réfléchissait, Mandy perdit soudain pied et plongea jusqu'à la taille dans une crevasse cachée. Jimmy lui attrapa le poignet, puis sa main pour l'aider à se remettre doucement debout. Ses yeux verts croisèrent les siens, et elle était bien consciente de la proximité de son corps chaud et solide.

– Tu vas bien ?

Le souffle coupé, Mandy se contenta de hocher la tête et Jimmy lâcha sa main avant de se tourner vers la piste.

Simba avait disparu dans un bosquet d'arbres dénudés. Mandy jeta un œil entre les troncs, et tout à coup, Simba était de retour, filant droit vers eux, les oreilles dressées, la langue pendante. Elle courut vers Jimmy et aboya deux fois.

– Montre-moi, lui dit Jimmy, et la belle femelle berger se retourna et se précipita vers les arbres. Elle a trouvé quelque chose, haleta Jimmy, et les deux se ruèrent côte à côte en haut de la colline.

Lorsqu'ils atteignirent les arbres, Simba était couchée à côté d'un gros rocher recouvert de neige, surplombé par un bouleau rabougri. Alors que Mandy approchait, un creux s'ouvrit entre le rocher et le tronc argenté noueux. Le trou était carré et tapissé de bois effrité, et Mandy devinait qu'il avait été autrefois l'entrée d'une ancienne mine. *Oh mon Dieu, Jack. Qu'est-ce que tu as fait ?*

– Montre-moi ! demanda encore Jimmy à Simba, qui aboya une seule fois. Il y a quelqu'un là-dedans. Pas moyen de savoir si c'est bien Jack, mais il faut qu'on vérifie.

Il ôta son sac à dos et sortit une lampe de poche. Mandy fixait le trou dans la neige, paniquée. Les bords du trou étaient inégaux et traîtres. Il était impossible de voir où les rochers étaient solides et où la neige avait formé un surplomb fragile sans rien en dessous.

Apparemment inconscient du froid, Jimmy s'allongea et lança la grosse torche dans l'abîme.

– On dirait un vieux puits de mine, expliqua-t-il à Mandy en la regardant par-dessus son épaule. Je pensais tous les connaître dans cette partie de la lande, mais j'étais passé à côté de celui-là.

– Alors qu'est-ce qu'on fait ?

Mandy commençait à se sentir étrangement engourdie, comme si tout cela n'était qu'un mauvais rêve et que, d'une minute à l'autre, Jimmy et elle allaient plonger dans le tunnel comme Alice au pays des merveilles. Elle s'allongea à côté de Jimmy et son corps s'enfonça dans la neige. Le froid glacial la piqua, la ramenant à la réalité. Si elle avait froid, à quoi devait ressembler celui qui était tombé dans le trou ? Et jusqu'où avait-il chuté ? Était-ce Jack ?

– Nous ne pouvons pas attendre le reste de l'équipe, décida Jimmy, en éteignant sa lampe, avant de se retourner et de se relever. Je vais devoir entrer là-dedans.

Chapitre 26

Jimmy fouilla son sac à dos et en sortit un rouleau de corde. Il la noua autour de la partie la plus épaisse du bouleau, enfila un harnais de rappel, puis s'attacha à la corde. Il enroula une deuxième longueur de corde autour de l'arbre et tendit une extrémité à Mandy avant de passer l'autre dans son harnais.

– Laisse-la se dérouler pendant ma descente. Quand j'aurai besoin que tu tires, je crierai. Si c'est Jack, tu devras peut-être le remonter tout seul. Je vais essayer de le guider, mais ça dépend de la pente.

Mandy s'allongea sur le ventre, s'enfonça plus profondément encore dans la poudreuse et saisit la corde tandis que Jimmy reculait jusqu'au bord du trou. Après quelques faux pas, où il délogea des blocs de neige sans réussir à trouver d'appuis, il parvint à se caler contre la paroi latérale. Il réajusta son harnais, laissant la corde supporter son poids. Simba pleurnicha en voyant Jimmy disparaître.

– Tout va bien Simba, lui dit-il. Reste là.

Simba se coucha à côté de Mandy et Zoe la rejoignit, posant son élégant visage sur le dos de Simba. Mandy était heureuse de leur compagnie et de la chaleur que les chiennes lui procuraient.

– Tu peux essayer de me donner un peu de lumière ? s'écria Jimmy en entamant sa descente dans le puits de mine.

Mandy retint la corde d'une main et fit de son mieux pour tenir la lampe fermement de l'autre. Le sol glacial lui écrasait l'estomac. La neige tombait à nouveau. Elle pouvait la sentir se poser sur son cou. Des flocons voletèrent dans le puits, tournoyant dans le faisceau jaunâtre. Elle s'efforça de ne pas frissonner alors que le froid s'intensifiait, et vit le haut de la tête de Jimmy s'éloigner de quelques centimètres. Des bruits lui parvenaient : le frottement de ses bottes sur les murs, le claquement occasionnel de cailloux qui se décrochaient. Puis finalement, le craquement des pas sur le gravier, et la voix de Jimmy, comme un écho :

– Il est là.

Mandy retint son souffle. Ici et vivant ? Elle tendit l'oreille, mais ne perçut que des grattements et de légers tiraillements sur la corde : du mouvement, mais aucun son.

– Maintenant, tire !

Quand le cri lui parvint, Mandy sentit la panique l'envahir. Comment pouvait-elle tenir la lampe et hisser la corde en même temps ? Ce n'était pas possible. Elle devait tout donner et utiliser ses deux mains pour remonter la corde. Jimmy devrait rester dans le noir pour le moment. Elle espérait que suffisamment de lumière du jour s'engouffrerait dans le puits pour lui permettre de voir un peu. Elle se tourna sur le dos et appuya ses pieds contre le bouleau. Quelque part derrière elle, elle entendait Jimmy escalader l'intérieur du conduit, encore plus vite qu'il n'était descendu. Mandy se retrouva à tracter la corde tout en la rembobinant. Invisible, plongé dans l'obscurité, Jimmy sortait Jack des profondeurs.

– Mandy.

Quand sa voix parut tout proche, elle arrêta presque entièrement de tirer sur la corde. Elle l'enroula autour de sa main gauche, se retourna et croisa son regard par-dessus le bord du puits. Ses yeux étaient écarquillés, ses traits tendus par l'effort.

– Tu peux le prendre ? souffla Jimmy entre ses dents.

Gardant la corde si serrée qu'elle lui brûla la paume de ses gants, Mandy s'approcha du bord. Jack était recroquevillé dans les bras de Jimmy. Son visage était d'une pâleur extrême, mais sous le regard de Mandy, ses paupières clignèrent. Il était vivant.

À bout de souffle, Mandy s'agenouilla sur le sol, s'étira et enroula son bras droit autour du bambin endormi. Il était peut-être vivant, mais lorsqu'elle toucha sa peau, elle fut choquée par sa froideur. D'un geste, elle se retourna et se releva pour l'extraire du puits. Un instant plus tard, Jimmy était à côté d'elle, enroulant les deux cordes, et refermant son sac.

Mandy berça Jack dans ses bras. Il était lourd, mais elle devrait pouvoir le porter. Elle ouvrit son manteau et serra le petit corps contre le sien. Jimmy approuva de la tête, avant d'ajouter une épaisseur supplémentaire : une couverture de survie qu'il avait gardée dans son sac, et qu'il déploya autour de ses épaules, la serrant autour du petit garçon qu'elle tenait collé contre sa poitrine. Il sortit son portable de sa poche pour prévenir Susan et lui demanda de faire venir une ambulance à leur rencontre. Puis il rappela les chiennes et ils se mirent en route.

Les flocons tombaient à nouveau dru comme ils redescendaient la colline. Jimmy marchait devant Mandy qui portait Jack. Lorsqu'elle commença à trébucher sous le poids de l'enfant, Jimmy le prit dans les bras, enfouissant le petit corps dans sa veste comme Mandy l'avait fait avant lui. Son expression était grave quand il baissa les yeux sur le petit visage blême et il redoubla d'ardeur, se déplaçant si vite que Mandy eut du mal à le suivre à travers la neige épaisse.

Lorsqu'ils atteignirent la piste, elle était déjà envahie de monde. Le Land Rover des secours en montagne était là, avec une équipe d'urgentistes. Jack fut dégagé des bras de Jimmy par une ambulancière vêtue d'une salopette rouge, les cheveux bruns coincés dans une casquette en laine polaire.

– Nous allons prendre le relais. L'ambulance est restée dans le village, alors l'équipe de secours en montagne nous a emmenés.

Sa voix et son expression se voulaient rassurantes.

Il y eut un mouvement de foule et Susan parvint à s'en extraire, le visage déformé par la peur à la vue de Jack. Elle se pencha sur son fils pendant que l'ambulancière le berçait, ses longs cheveux tombant sur ses joues pâles. Mandy sentit une boule dans sa gorge et des larmes lui piquèrent les yeux.

Susan releva la tête.

– Vous l'avez trouvé, chuchota-t-elle. Merci. Merci.

– Simba l'a trouvé, réussit-elle à articuler. Et Jimmy l'a sauvé.

L'ambulancière porta Jack vers le Land Rover.

– Allez, dit-elle doucement à Susan. Emmenons ce petit bonhomme à l'hôpital pour vérifier que tout va bien.

Alors que le véhicule s'éloignait, Mandy se sentit soudain faible et frissonnante. L'épuisement et le froid la rattrapaient. Quelqu'un lui prit le bras, et Mandy se rendit compte que c'était Gemma Moss.

– Mon héroïne ! s'exclama Gemma en souriant. Tu peux marcher ou on attend Luke ?

– Je peux marcher, confirma Mandy, en forçant ses pieds à bouger.

Elle s'efforça de croiser le regard de Jimmy, mais il était à plusieurs mètres de là, en train de s'occuper des chiens. Alors qu'elle le fixait, il se redressa et balaya du regard le groupe de droite à gauche comme s'il la cherchait. Il fit un mouvement dans sa direction, mais Luke apparut tout à coup, s'empara de son autre bras, et Gemma et lui l'aidèrent à descendre à travers la neige piétinée, vers le village. Un instant, elle crut que Jimmy allait encore venir à elle, mais Gary Parsons du *Fox and Goose* se pointa, et Jimmy se trouva entouré de sa propre bande de soutiens humains. Elle observa sa tête bouger à chaque pas, une ombre plus haute que ses assistants. Elle voulait tellement sentir ses bras autour d'elle. Elle était si fatiguée que la tête lui tournait, et n'avait qu'à peine conscience des gens bavardant près d'elle.

« Un tel soulagement. » « Chapeau à Mandy. » « Dieu merci. » « Quels merveilleux chiens ! » Mandy avait envie de se plaquer les mains sur les oreilles. La seule voix qu'elle voulait entendre était celle de Jimmy, mais il aurait aussi bien pu se trouver sur la lune.

Soudain, ils étaient de retour au village. Ils avaient dû passer juste devant Animal Ark, réalisa Mandy. Elle espérait que quelqu'un avait fait savoir à Helen et à ses parents que Jack avait été retrouvé. Le sapin de Noël du jardin public était baigné de lumières et recouvert de neige. Et même si l'après-midi débutait seulement, la lanterne au-dessus de l'entrée du *Fox and Goose* était allumée, ajoutant un charme victorien à la scène de Noël. Mandy fut transportée jusque dans le pub par une vague humaine. Le feu brûlait ardemment, lui mordant les joues et la forçant à cligner des yeux. Elle se rendit compte qu'elle était perchée sur une chaise juste à côté de la cheminée. Ses doigts douloureux étaient engourdis, mais lorsqu'elle retira ses gants mouillés, ils rougirent et se mirent à gonfler.

– Du vin chaud pour tout le monde, annonça Bev.

– Un par ici pour Mandy ! cria quelqu'un.

Un verre de vin chaud fut poussé dans sa main, dégageant un parfum de cannelle et de clous de girofle. Mandy en prit une gorgée et sentit la chaleur du liquide couler en elle. À côté d'elle, les braises glissèrent dans l'âtre, envoyant des étincelles jusque dans le conduit. Mandy leva la tête et observa le pub.

Le bar était bondé, toutes les tables occupées. La moitié du village avait dû répondre à l'appel pour retrouver Jack, et la plupart avaient fini ici. Il y avait Brandon, accompagné de Rachel. Gemma et Luke avaient atterri à l'autre bout de la salle, et ils étaient en pleine discussion avec Jimmy, s'aperçut Mandy.

Elle se sentait prisonnière du feu, grillant comme un marshmallow. Avec un pincement au cœur, elle remarqua que Geoff Hemmings était installé de l'autre côté de la cheminée. Il la dévisagea, puis se retourna pour converser avec un homme barbu qu'elle ne reconnaissait pas. Parlaient-ils de Vert-Cottage ? Le deuxième homme lui jeta alors un coup d'œil. La sensation de tension qui avait envahi Mandy pendant des jours revint en force.

Quelque part près de la fenêtre, une vieille dame vêtue d'un pantalon de randonnée et d'un pull islandais frappa son verre. Quand le silence retomba, elle brandit son téléphone.

– J'ai reçu un message de Susan ! Jack souffre d'une légère hypothermie, mais il se remet bien et devrait pouvoir rentrer à la maison dans quelques jours.

Elle embrasse Mandy et Jimmy, tous les membres de l'équipe de secours et tous ceux qui ont participé aux recherches.

Une vague de félicitations traversa le pub, chacun trinquant avec ses voisins.

– Un toast pour Mandy et Jimmy !

Bev cria à la ronde qu'elle avait placé sur le comptoir une urne pour les dons au service de secours en montagne.

– Ça aurait dû être un moment merveilleux, conclut Mandy.

Elle se réchauffait et séchait peu à peu. Un deuxième verre de vin chaud venait d'être déposé dans sa main. Tout le monde voulait lui dire à quel point elle était formidable. Mais le seul à qui elle voulait parler était aussi inaccessible que Jack au fond du puits de la mine.

Le siège de Mandy se trouvait presque face à la porte du pub, et quand celle-ci s'ouvrit, elle vit immédiatement qui c'était. Il neigeait encore, et voilà que se précipitait à l'abri, ôtant son foulard, secouant la neige de sa crinière rousse, la dernière personne au monde que Mandy avait envie de voir. Molly Future. Elle repéra Jimmy à l'autre bout de la pièce et se rua vers lui, se penchant pour lui faire un bisou sur la joue et le serrer dans ses bras. « Bien joué ! » lut Mandy sur ses lèvres. Elle semblait… Mandy chercha le bon mot. Heureuse ? Extatique ? Jimmy souriait. Ils avaient l'air si bien ensemble.

Elle n'arrivait pas à les quitter des yeux. Un sentiment de tristesse fondit sur elle. Elle avait fait tant d'efforts pour accepter la réalité de leur couple, mais pendant un court moment, cet après-midi, Jimmy et elle avaient à nouveau formé une équipe. Elle voulait s'avancer vers lui et l'embrasser, mais elle avait perdu ce droit.

Molly se tenait près de Jimmy, et parcourait la pièce du regard comme si elle cherchait quelqu'un. Quand ses yeux trouvèrent Mandy, elle lui sourit et lui fit signe de la main. Mandy eut la sensation d'être broyée, les corps se pressant tout autour, les murs du pub se refermant sur elle… Puis elle aperçut Molly qui se frayait un chemin à travers la foule. Droit sur elle.

Mandy se leva, envoyant presque valdinguer la table d'à côté.

– Laissez-moi passer, s'il vous plaît.

Sa demande urgente, répétée trois fois, fut couronnée de succès. Quelques secondes plus tard, elle se trouvait à l'extérieur du pub, trébuchant dans la neige au bord de la route. Elle n'avait fait que quelques pas quand elle entendit la porte s'ouvrir et claquer.

– Mandy ?

C'était la voix de Molly. Un court instant, Mandy envisagea de l'ignorer. Mais Molly n'avait rien fait de mal, et Mandy devrait lui faire face un jour ou l'autre. Elle se retourna et tenta ce qu'elle espérait être un sourire acceptable.

– Tu vas bien ?

Molly la fixait dans le soleil couchant.

Mandy pinça les lèvres, et sentit un picotement lui monter aux yeux. Elle était incapable de lui répondre.

– Je vois bien que non, poursuivit Molly. Viens, je te ramène chez toi.

Le ton était pragmatique, mais compatissant. Comment Mandy pouvait-elle lui avouer qu'elle ne voulait pas de sa pitié ?

Molly glissa son bras dans le sien, et la guida vers Animal Ark.

– Je suis désolée que tu ne te sentes pas bien, reprit Molly, sans faire de pause. Tu aurais peut-être dû demander à Jimmy de te ramener, non ? Je sais que toi et lui êtes…

Elle écarquilla les yeux et s'arrêta tout net.

– C'est ça qui ne va pas ? Quelque chose s'est passé entre à Jimmy et toi ?

Les pieds de Mandy étaient cloués au sol. Son esprit avait du mal à se concentrer. Elle se tourna vers Molly et la regarda droit dans les yeux.

– Jimmy et moi ? Mais je pensais que toi et lui… Je vous ai vus ensemble. Dans ce nouveau bar à Walton.

Quelques flocons avaient atterri sur les cheveux de Molly. Elle secoua la tête et fronça les sourcils.

– Tu veux dire le vendredi suivant notre balade à cheval ? J'ai passé mon examen final d'équitation pour devenir prof. Il m'avait promis il y a longtemps qu'il m'offrirait un verre pour fêter ça. Je suis vraiment contente que nous ayons réussi à rester amis après notre rupture. Sur le plan romantique, Jimmy et moi, c'est de l'histoire ancienne. Tu ne savais pas ? Tu aurais dû m'en parler si ça t'inquiétait.

Pourquoi ne l'ai-je pas fait, se demanda Mandy.

– Tu as dit…

Elle avait du mal à réfléchir.

– Tu as dit que tu avais une préférence pour les hommes des Lakes quand on était à cheval. J'ai pensé… j'ai pensé…, balbutia-t-elle.

– Je sors avec Aira. Aira Kirkbryde, expliqua Molly. Nous nous sommes rencontrés à l'inauguration de Running Wild. Jimmy ne t'en a pas parlé non plus ?

Elle avait l'air perplexe.

L'homme du Lake District, songea Mandy, dans un état second. *C'était Aira Kirkbryde, pas Jimmy.*

Molly dévisageait Mandy.

– Je sais qu'il voulait te dire qu'il m'emmenait boire un verre, mais avec tout ce qui s'est passé, je suppose…

Tout à coup, elle sembla comprendre quelque chose et reprit :

– Il est arrivé un truc terrible à Running Wild. Tu ne le savais pas non plus ?

Mandy secoua la tête. Elle frissonnait à nouveau.

– Un de ses clients est mort, ajouta Molly, tristement. Il a été très occupé cette semaine-là avec toutes les conséquences de ce drame. Mais je ne pige pas pourquoi il ne te l'aurait pas dit après coup.

Dans ses yeux bleus, Mandy lut de l'anxiété.

Mandy avait le vertige, comme si la neige avait rempli l'espace derrière ses rétines. Quelqu'un était mort ? Helen avait mentionné un homme transporté à l'hôpital depuis le centre Outward Bound. Mais il était mort ? Mon Dieu.

Attends un peu. Jimmy avait essayé de lui parler ce week-end. Il avait affronté la tempête et elle l'avait repoussé.

Elle parvint enfin à contrôler sa respiration.

– Je crois que c'est ma faute, murmura-t-elle. Jimmy est venu, mais je n'ai pas écouté…

Sa voix s'évanouit.

Elle revoyait Jimmy debout sur le paillasson, les gouttes de pluie ruisselant sur son visage. Elle lui avait crié dessus. Elle sentit la honte l'envahir.

– Eh, Mandy, la réconforta Molly en tapotant son bras et l'attirant vers elle.

Mandy se laissa faire, elle avait l'impression d'être tombée dans le puits de mine et de se noyer dans un univers parallèle.

– Ne t'en fais pas, reprit Molly. Jimmy t'écoutera si tu t'ouvres à lui. Ça n'a pas marché entre lui et moi, mais c'est un type bien. Il est très réservé, mais j'ai vraiment le sentiment qu'il t'aime bien. Il ne cessait de parler de toi, et changeait aussitôt de sujet.

Elle offrit un doux sourire à Mandy en s'arrêtant au croisement en bas d'Animal Ark.

– Je suis sûre que ça va aller. Je peux te laisser ici ? s'assura-t-elle. Il faut que je rentre à la maison.

– Oui, bien sûr, répondit Mandy en lui lançant un petit sourire.

– Parle avec Jimmy, insista Molly. Il avait l'air un peu triste aujourd'hui.

Pauvre Jimmy, pensa Mandy en passant sous le vieux panneau indiquant Animal Ark.

Le bois était à moitié recouvert de neige, les mots à peine lisibles. Quelqu'un était mort à Running Wild. Ça avait dû être terrible. Mandy aurait dû être là pour lui, et au lieu de cela, elle en avait tiré les pires conclusions hâtives. Pourrait-il jamais lui pardonner ? Molly semblait penser que ça valait la peine d'essayer, mais elle n'avait aucune idée à quel point Mandy avait été furieuse contre Jimmy quand il s'était matérialisé sur le pas de sa porte.

Elle devait lui parler, décida-t-elle, en se ressaisissant. Même s'il ne lui pardonnait pas, elle devait s'excuser. Pas maintenant, mais dès qu'elle en aurait l'occasion. Elle tapa ses bottes pour en faire tomber la poudre blanche collante, et prit le chemin familier qui longeait le cottage jusqu'à la porte arrière.

Chapitre 27

Mandy passa la matinée à la clinique en mode pilote automatique. Alors que les zones professionnelles de son cerveau se concentraient sur les soins dentaires et les souffles cardiaques, la conviction qu'elle devait parler à Jimmy bouillonnait par-dessous. Son cœur battait plus vite chaque fois qu'elle revoyait son visage perplexe et blessé sous l'orage. Elle était heureuse de ne plus être une jeune diplômée. Même si une moitié seulement de son esprit pensait au travail, elle était capable de réaliser des tâches routinières et quotidiennes.

Helen compatissait, mais elle encouragea Mandy à ne pas attendre pour mettre les choses au clair.

– Il comprendra, tu verras.

L'infirmière était si positive que Mandy se risquait presque à être optimiste.

Mais en route vers le domaine d'Upper Welford à l'heure du déjeuner, tous ses doutes refirent surface. Ces quelques jours fatidiques tournaient en boucle dans sa tête. Jimmy lui avait dit qu'il l'appellerait après leur dîner au *Fox and Goose*. Mais il ne l'avait pas fait, et au lieu de prendre les devants, elle avait attendu et s'était inquiétée. Elle avait cru lui faire confiance, mais pas suffisamment. Lorsqu'elle l'avait vu avec Molly, elle en avait tiré des conclusions erronées. Il avait voulu discuter avec elle, à tel point qu'il s'était précipité dehors sous la pluie battante. Et elle lui avait crié dessus et l'avait repoussé.

Elle se gara devant le corps de ferme et traversa la cour, distinguant à peine les boutiques et les stands de Noël. En demandait-elle trop à Jimmy ? Helen ne semblait pas le penser. Molly non plus. Il fallait qu'elle essaie.

Jimmy était dans son atelier, en train de réparer un filet. Au début, il ne remarqua pas la présence Mandy. Il épissait et nouait les cordes, ses mains puissantes et agiles. Ses larges épaules étiraient le tissu noir du col de son polo : le même qu'il avait porté ce soir-là au *Fox and Goose*, quand ils avaient dîné ensemble. Mandy sentait son cœur battre à tout rompre dans sa poitrine.

– Jimmy ?

Au son de sa voix, il se retourna. S'il avait paru fatigué hier, aujourd'hui ses yeux verts semblaient épuisés et vides.

– Mandy.

Sa joue tressaillit, comme s'il allait sourire, mais ses traits affichèrent aussitôt une certaine résignation. Il avait l'air si triste que Mandy voulait le prendre dans les bras, mais il y avait des choses qu'elle avait besoin de dire. Elle se redressa et prit une profonde respiration qui la fit frissonner.

– Je suis vraiment désolée, se lança-t-elle. Quand tu ne m'as pas téléphoné, je me suis inquiétée, et puis je t'ai vu avec Molly et j'ai pensé… J'ai pensé que vous vous étiez remis ensemble, mais elle m'a dit que non, qu'elle avait réussi un examen et qu'il s'était passé quelque chose de terrible et que je… Oh, je ne sais plus, je suis juste vraiment désolée.

Jimmy cligna des yeux et son expression se transforma. Il y avait maintenant de la confusion dans son regard, diluant la fatigue. L'ombre d'un sourire se dessina sur son visage.

– Je n'ai rien compris à ce que tu viens de dire, confessa-t-il, mais est-ce que ça veut dire que tu es prête à me parler ?

Mandy émit un son étranglé, entre le rire et le sanglot. Elle porta une main à sa bouche le temps de se remettre, puis se redressa.

– Je suis prête à parler.

Par où commencer ? se demanda-t-elle. Pour la première fois de la journée, la brume de son cerveau se dissipait. Elle bafouilla la question la plus pressante.

– Molly a dit que quelqu'un était mort ?

Le visage de Jimmy se tordit de douleur. Il tira une chaise, l'offrit à Mandy et s'assit aussi. Il repoussa le filet inachevé de l'autre côté du banc.

– Je crois que tu as vu l'homme, ce jour-là sur la crête. Un type âgé avec une barbe ?

Mandy ne s'en souvenait que vaguement, mais elle hocha la tête.

– Nous étions sur le parcours de cordes raide, tu sais, là où on avait sauvé le daim ?

Mandy acquiesça de nouveau, elle voyait bien que Jimmy luttait pour parler. Il se frotta un œil du dos de la main.

– Il s'est senti mal tout à coup. Une sensation d'écrasement dans la poitrine. Une douleur dans le bras. Il transpirait, sa peau était moite. C'était clairement quelque chose de grave.

Sa mâchoire se crispa et il baissa la tête, avant de se relever pour faire face à Mandy.

– Il fallait que je prenne la décision. C'était impossible qu'un hélicoptère se pose au milieu des arbres. Il aurait fallu un temps fou pour qu'une ambulance arrive sur place. J'ai donc choisi de tenter notre chance à pied. Il est mort en chemin.

Jimmy fixait de nouveau le sol. Sans même y réfléchir, Mandy prit sa main dans la sienne. Elle avait l'habitude d'affronter la mort au travail, mais pas comme ça. Un être humain. Une situation épouvantable qui échappe à tout contrôle.

– Tu as fait tout ce que tu pouvais, murmura-t-elle en lui serrant la main, tandis qu'une autre larme coulait sur la joue de Jimmy et s'écrasait au sol. Si ça a été si rapide, ça serait arrivé de toute façon. Personne ne peut t'en vouloir.

Ce n'était pas vrai. Elle le savait pourtant, à peine les mots avaient quitté ses lèvres. Les personnes en deuil cherchaient souvent quelqu'un à tenir pour responsable. C'était d'ailleurs l'une des facettes les plus difficiles à supporter de son métier.

– Ce n'était pas de ta faute, insista-t-elle.

– Je sais, répondit Jimmy d'une voix si étouffée qu'elle dut tendre l'oreille. Ils m'ont dit après qu'il avait un problème cardiaque. Il ne l'avait pas déclaré sur son formulaire, donc je n'ai pas pu en tenir compte. Mais il y aura quand même une enquête. Tant de gens me sont tombés dessus. Entre la police et un type de son entreprise. J'ai rendu visite à sa famille. J'aurais dû t'appeler, mais j'avais tellement de trucs à faire…

Il se tut, ses yeux fatigués fouillant son visage. Mandy secoua la tête.

– C'est de ma faute. Quand tu ne m'as pas donné de nouvelles, j'aurais dû faire le premier pas. Et puis j'ai imaginé toutes sortes d'explications. Molly m'a dit hier soir pourquoi vous étiez ensemble. Je suis désolée de ne pas avoir écouté quand tu es venu.

Jimmy laissa échapper un grognement.

– Je n'aurais pas dû venir ce soir-là, grimaça-t-il. Je me suis pointé sur le pas de ta porte, et je n'avais aucune idée de quoi dire.

Mandy sentit des larmes lui piquer les yeux. Pauvre Jimmy. Sa main était encore dans la sienne. Il ne l'avait pas lâchée.

– On peut réessayer, s'il te plaît ? s'aventura-t-elle. Je sais qu'avec moi c'est toujours tout ou rien. Mais je suis vraiment désolée.

Jimmy retrouva son sourire, ses yeux verts plongés dans les siens.

– C'est l'une des choses que je préfère chez toi, admit-il. Il faut juste que j'apprenne à mieux le gérer. Je pense pouvoir m'améliorer avec un peu d'entraînement.

– Es-tu sûr de toujours en avoir envie ? minauda Mandy. De t'entraîner, je veux dire ?

Les doigts de Jimmy serrèrent les siens et il hocha la tête.

– Sans hésitation.

Les traits fatigués autour de son front s'estompèrent. Son bon vieux sourire, celui qui faisait battre la chamade à son cœur, était de retour sur son visage. Il se cala au fond de sa chaise en soupirant, puis fronça les sourcils.

– Il y avait quelque chose que je voulais te demander. J'ai entendu dire que Vert-Cottage avait été attaqué. Il s'est passé quelque chose ?

Mandy n'avait pas l'intention de s'épancher sur son étrange guerre contre un ennemi invisible, mais une fois lancée, elle ne put s'arrêter. Tout en parlant, elle sentit une partie de sa peur et de sa solitude s'évanouir. Partager tout ça avec Jimmy avait suffi à alléger son fardeau.

Jimmy, en revanche, avait l'air effaré. Lorsqu'elle lui raconta l'horrible message sur le mur de Lamb's Wood, Mandy sentit ses doigts se crisper autour des siens, puis les enserrer presque douloureusement.

– Tu n'y retourneras plus seule, d'accord ? lui demanda-t-il, la voix pressante.

Mandy secoua la tête.

– Je n'y retournerai pas, promit-elle.

– Je suis content que la police prenne ça au sérieux, avant d'ajouter, frustré : J'aimerais vraiment pouvoir faire quelque chose.

Mandy soupira.

– Moi aussi. Mais je ne sais pas quoi.

Il la fixa, le regard sérieux.

– Tu feras très, très attention, d'accord ?

– Évidemment. Crois-moi, Vert-Cottage est aussi protégé qu'une forteresse médiévale grâce à mon père. C'est un miracle que j'arrive à y entrer pour nourrir les animaux !

– Je pense qu'on devrait faire quelque chose pour te changer les idées, reprit Jimmy, et son visage s'éclaira. Que dirais-tu de dîner ensemble demain soir ? Chez moi. Dix-neuf heures trente ?

Sa main était chaude, ses doigts fermes. Sous la lumière intense de l'atelier, Mandy sentait l'odeur de la sciure et de l'après-rasage. En respirant profondément, elle perçut toute la force et le réconfort qu'il lui apportait rien que par sa présence. Il avait sauvé Jack. Peut-être pouvait-il la sauver de ses ennuis, elle aussi ?

– Ce serait merveilleux, dit-elle.

Ce fut une soirée idéale, sans prise de tête, remplie de bons plats et d'humour partagé. Jimmy s'était rendu jusqu'à Ripon et avait rapporté de l'épicerie fine *Booths* une terrine de champignons et une quiche aux asperges, qu'ils avaient accompagnées d'une salade. Il avait aussi choisi une bouteille de Wiston Estate Rose 2011, un vin mousseux anglais. Après deux verres, Mandy se sentait détendue et plus gaie qu'elle ne l'avait été depuis des jours.

Mieux encore, le message qu'elle reçut à la fin du dîner, de la part de Susan Collins :

Jack a pu rentrer à la maison aujourd'hui. Il m'a dit qu'il avait trouvé le repaire des rennes, mais qu'il était tombé dedans et qu'il ne se souvenait plus de rien après. Je lui ai dit qu'il n'irait plus jamais à la chasse sans moi. Il semble aller bien grâce à Jimmy et toi. J'espère vous voir au spectacle de la crèche.

Susan

Elle le montra à Jimmy, assis ensemble devant le feu, blottis sur le canapé.

– Qu'est-ce que ça veut dire ?

Jimmy regarda le message en penchant la tête.

– Cette histoire de « repaire des rennes » ?

Mandy sourit à son expression perplexe.

– Il était obsédé par les rennes du père Noël. Susan et lui jouaient à un jeu, il fallait essayer de les trouver, répondit-elle, tout en pensant tout haut à une chose : J'espère que

Susan ne se sent pas coupable. Personne n'aurait pu prédire qu'il irait les chercher lui-même.

– Je suis sûr que Susan est bien trop raisonnable pour s'inquiéter maintenant qu'il est en sécurité.

La voix de Jimmy était réconfortante.

– En sécurité, grâce à toi.

– Et à toi, rétorqua Jimmy avec un sourire.

Les trois chiens ronflaient en tas devant le sapin flamboyant. Mandy se sentit comme une ado quand il glissa son bras autour d'elle. Et lorsqu'il se pencha pour l'embrasser, une nuée de papillons virevolta dans son ventre.

– J'ai quelque chose à te montrer, murmura-t-il un peu plus tard.

Il relâcha son étreinte et se leva. Il passa dans le couloir et revint aussitôt avec ce qui ressemblait à une petite boîte camouflée avec plusieurs lentilles.

– C'est une caméra de surveillance, expliqua-t-il en se rasseyant, avec vision nocturne.

Il la lui tendit et Mandy l'observa, un brin perplexe. C'était juste une caméra, non ? Si Jimmy avait filmé des animaux sauvages, pourquoi ne pas lui montrer ça plutôt ?

– Je l'ai déjà utilisée avec des loutres et des blaireaux, poursuivit Jimmy. C'est le mouvement qui la déclenche. J'en ai deux et…, il se tut un instant comme pour une grande annonce, l'autre est, en ce moment même, attachée à un arbre à Lamb's Wood.

Il sourit avant de reprendre :

– S'il y a quelqu'un qui traîne là-bas, il y a de fortes chances que nous arrivions à obtenir une image de lui.

Mandy sentit son cœur se mettre à battre fort. S'ils filmaient l'intrus, peut-être que quelqu'un pourrait l'identifier.

Quelle bonne idée ! Elle se repassa sa soirée au cottage avec Helen. Elles avaient trouvé beaucoup de canettes de bière. Peut-être qu'il ou elle faisait des allées et venues assez fréquentes.

– Ça pourrait marcher, dit-elle, le souffle coupé.

Elle le prit dans ses bras et le serra contre elle.

– Tu penses vraiment à tout !

Chapitre 28

Les deux jours suivants, rien ne bougea à Lamb's Wood. Jimmy vérifiait régulièrement les images et tenait Mandy au courant, au milieu de la kyrielle de messages qu'ils s'échangeaient.

Ils avaient beaucoup discuté pendant la soirée. Mandy avait avoué à Jimmy qu'elle voulait y aller doucement, mais qu'elle était sûre d'elle. Jimmy lui avait assuré qu'ils iraient au rythme où elle serait à l'aise. Il lui avait également confié que pour l'instant, il ne se sentait pas prêt à emmener les jumeaux à Vert-Cottage, et qu'il préférait attendre que leur relation soit plus solide pour une vraie première rencontre. Mandy fut très largement soulagée. Il se passait tellement de choses en ce moment qu'elle ne pensait pas être capable d'aligner une seule phrase cohérente si elle devait se retrouver avec les enfants de Jimmy.

Le troisième jour, elle se tenait debout, immobile dans le verger devant le lever du soleil, les chiens courant autour. Elle entendit la voiture avant même de la voir. Quand elle s'aperçut que c'était la Jeep, son cœur bondit : si Jimmy venait si tôt, c'était forcément qu'il avait des nouvelles. Elle rentra vite les chiens, verrouilla le refuge et avança à sa rencontre au coin du bâtiment.

Il l'embrassa sur la joue.

– Je ne l'ai pas encore téléchargé, s'empressa-t-il de lui dire. Je suis venu directement ici. Mais nous avons détecté quelqu'un. Hier soir.

– Entre !

Ils se dirigèrent vers la porte de la cuisine. Adam préparait des œufs brouillés et Emily remplissait la bouilloire, et tous se rassemblèrent quand Jimmy connecta la caméra à l'ordinateur portable de Mandy.

La vidéo était en noir et blanc, mais Mandy était étonnée par la clarté de l'image. La première séquence du film montrait un cerf rouge errant dans les buissons. Ça ressemblait à une fausse alerte, mais les images devinrent alors bien plus terrifiantes. Une silhouette apparut dans le champ. D'après sa taille, sa démarche et la forme de sa tête, c'était bien un homme. Il portait un sweat à capuche et un pantalon foncé. Il remonta l'allée, tourna à gauche et disparut à l'arrière de la maison. Le cœur de Mandy se serra. La capuche avait complètement dissimulé les traits de la personne. À moins qu'il ne soit ressorti avec la capuche abaissée, ils n'étaient pas plus avancés. Au moins, pensa-t-elle, la fenêtre de la salle de bains par laquelle il était entré précédemment était désormais solidement barricadée. Il était peu probable qu'il puisse s'introduire de nouveau par là, et les fenêtres à l'avant de la maison étaient beaucoup plus hautes. Il lui serait plus difficile de les escalader.

Le film se coupa, puis reprit lorsque la figure réapparut. À la grande déception de Mandy, la capuche était toujours bien en place. D'après le minutage des images, il n'était pas resté longtemps à l'arrière du bâtiment, et n'avait donc pas réussi à y revenir. Mandy se rendit compte qu'elle retenait son souffle. Était-ce enfin son ennemi invisible ? La silhouette s'immobilisa un moment, fixa le cottage, puis se mit à déambuler sur la pelouse. Il s'apprêtait à partir.

Quand il arriva presque au niveau de la caméra, l'homme s'arrêta. *Que faisait-il* ? se demanda Mandy. Il y avait un petit tas de pierres dans le jardin qui avaient probablement appartenu à un mur ancien. Les morceaux du haut de la pile dépassaient de la neige. L'intrus baissa la tête, puis se pencha et souleva une des pierres. Il la fit rebondir dans sa main et se dirigea vers la fenêtre du salon. Mandy eut la nausée devant ces images : le bras tendu vers l'arrière, l'élan, le fracas. Elle s'attendait à ce qu'il aille faire tomber le reste du verre pour se faufiler à l'intérieur. Au lieu de ça, il retourna vers les pierres. Encore une fois, il se pencha, mais sembla trébucher et perdre l'équilibre. Alors qu'il se redressait, la capuche de sa veste glissa. Pendant une seconde, son visage était visible. Image suivante, il l'avait remise en place. La séquence continua avec le bris de la fenêtre de la cuisine. Après avoir inspecté son travail, il se retourna et redescendit l'allée en fanfaronnant, avant de disparaître.

– Et voilà, dit Jimmy en débranchant la caméra.

Il rembobina le film et le repassa pour Mandy. Il n'y avait qu'une seule image du visage de l'homme, mais remarquablement nette.

– Il faut qu'on apporte ça à la police, ajouta-t-il.

Mais Mandy scrutait l'image. Elle avait déjà vu cet homme quelque part.

– Attends, dit-elle à Jimmy en levant la main. Je crois que je le connais.

Tout le monde l'observait avec impatience. Mandy fouilla dans ses souvenirs. Non, ce n'était pas au refuge. Aurait-il pu être un client d'Animal Ark ? Mais Mandy ne l'imaginait pas avec un animal.

– C'est le neveu de Robbie Grimshaw ! s'exclama-t-elle. Je l'ai croisé le jour où j'ai rendu visite à Robbie aux Sorbiers.

– Le neveu de Robbie Grimshaw ?

Adam fronçait les sourcils, Emily aussi.

– Pourquoi aurait-il des griefs contre le refuge ?

– Pas contre le refuge, intervint Jimmy, le ton grave. Il attaque Mandy elle-même. Peut-être que dans sa folie, il juge Mandy responsable du placement de Robbie en maison de retraite ?

Ça semblait être une excuse bien mince. Ce n'était pas comme si Mandy avait chassé Robbie et volé sa maison. Elle avait aidé la police à mettre Robbie en lieu sûr alors qu'il était dans un sale état. Elle n'avait acheté le cottage que lorsqu'il avait déménagé. Mais tout le monde n'était pas rationnel, se rappela-t-elle. Le neveu de Robbie était peut-être bien le « cinglé » qu'avait prédit Helen.

Emily se tourna vers Mandy, inquiète.

– Le personnel de la maison de retraite aura peut-être des détails sur le neveu de Robbie ?

– Peut-être, admit Mandy.

Ils n'avaient pas demandé son adresse lorsqu'elle était entrée, mais l'auxiliaire à qui elle avait parlé avait inscrit son nom dans une sorte de registre, qu'elle avait dû signer en partant, se souvenait-elle. Avec un peu de chance, le neveu leur avait aussi donné son nom.

Elle chercha le numéro et le composa. À l'autre bout de la ligne, une voix sympathique décrocha :

– Maison de retraite des Sorbiers, comment puis-je vous aider ?

L'esprit de Mandy était en ébullition. Elle avait appelé sans prévoir ce qu'elle allait dire.

– Je me demandais…, elle se tut quelques secondes avant de reprendre : J'étais là il y a quelques semaines pour rendre visite à Robbie Grimshaw.

Trois paires d'yeux étaient fixées sur elle. C'était difficile de réfléchir. Elle marcha vers la fenêtre et observa le jardin recouvert de neige. Une rose de Noël rebelle fleurissait à l'abri de la haie. Elle reprit sa respiration, les yeux rivés sur une mésange bleue qui venait d'atterrir sur un des buissons.

– J'ai rencontré un jeune homme. Le neveu de Robbie. Il avait l'air si gentil. Je voulais savoir si… J'aimerais lui envoyer une carte de Noël. Auriez-vous l'amabilité de me donner ses coordonnées, s'il vous plaît ?

Elle avait fait de son mieux pour garder un ton détendu, mais ça lui avait demandé beaucoup d'efforts. Il y eut un moment de silence. Dehors, dans le jardin, le petit oiseau s'est envolé. Puis la voix revint.

– Quelle gentille attention ! J'ai bien peur de ne pas avoir d'adresse, mais j'ai son nom ici. Peut-être que vous pourrez le chercher ? Il s'agit de Stuart Mortimore.

Mandy leva les yeux vers le ciel en signe de remerciement silencieux, remercia la femme d'avoir pris le temps de lui répondre, et raccrocha.

– Son nom est Stuart Mortimore, annonça-t-elle à Emily.

– Mortimore ? répéta-t-elle en fronçant les sourcils. Ça me dit quelque chose. Je crois me souvenir d'une famille à Walton du nom de Mortimore. Il y a eu une histoire avec eux. Des problèmes. Je ne sais plus exactement.

– Je suppose que je devrais appeler la brigadière Armstrong, soupira Mandy.

Soudain, tout semblait très réel. Et si elle avait tort, et qu'elle était sur le point d'accuser Stuart Mortimore d'un crime qu'il n'avait pas commis ? Elle composa le numéro de la police de Walton. Ellen Armstrong répondit, au grand soulagement de Mandy.

– J'arrive tout de suite, lui dit Ellen. J'emmène aussi le sergent Jones.

Mandy raccrocha et se rassit à table. Avait-elle fait ce qu'il fallait ? Est-ce que l'image prise par la caméra de Jimmy était seulement une preuve admissible ? Elle n'était même pas sûre que ce soit le bon terme.

– Il leur faudra un peu de temps pour arriver jusqu'ici, intervint Adam en jetant un œil dehors, tandis que le premier client de la journée se garait. J'ai bien peur de devoir ouvrir le cabinet.

– Je vais devoir y aller aussi, ajouta Jimmy. J'ai dit à Jared que je lui donnerais un coup de main.

Mandy se leva pour le raccompagner, et l'embrassa sur le pas de la porte avant qu'il ne parte.

– Merci pour tout, dit-elle, en toute sincérité. Je te tiens au courant de la suite.

– Oui, s'il te plaît, répondit-il en la serrant si fort contre lui qu'elle perçut les battements de son cœur. Tu fais attention à toi, d'accord ? Je serai de retour pour le déjeuner.

Son regard trahissait son anxiété.

– Tu n'as pas besoin de repasser ici, rétorqua Mandy incapable de réprimer un sourire devant son visage si sérieux et inquiet. Je vais faire attention, et de toute façon la police va débarquer dans un instant !

Il réussit à lui rendre son sourire, puis lui fit un signe de la main en courant vers sa Jeep. Mandy le regarda s'éloigner, sentant son sourire s'évanouir. Le neveu de Robbie Grimshaw avait-il vraiment lancé une cabale contre les animaux qu'elle avait sauvés et contre elle-même ?

Vingt-cinq minutes plus tard, une voiture de police se gara et les deux officiers entrèrent dans la cuisine. Le sergent Jones étudia l'image sur l'écran de l'ordinateur de Mandy.

– C'est clair et net, conclut-il. Stuart Mortimore était connu de nos services dans sa jeunesse. Un vrai casse-cou. Toujours des problèmes. Il s'est volatilisé il y a quelques années et nous l'avons perdu de vue. J'ai entendu dire qu'il avait déménagé à Leeds. Mais c'est bien lui, là.

Il soupira.

La brigadière Armstrong tapa quelque chose sur son téléphone.

– Nous avons l'adresse de sa mère. Je sais qu'elle habite toujours là. Une femme charmante, ajouta-t-elle en offrant un petit sourire à Mandy. On devrait pouvoir arrêter Stuart sous peu. Il a quelques amis dans le coin chez qui nous pourrions aussi enquêter. Avec un peu de chance, on l'aura attrapé dans un jour ou deux.

– Vraiment ?

Mandy avait du mal à croire que tous ses soucis pourraient vite être derrière elle. Le sergent Jones confirma :

– On va procéder à des vérifications avec Leeds pour voir s'ils ont des mandats d'arrêt en cours à son encontre. Même si ce n'est pas le cas, dans la mesure où nous pouvons prouver que Stuart a été impliqué dans toutes les attaques contre vous, il pourrait être condamné à de la prison, ajouta-t-il en souriant. Bravo pour l'identification. Je n'avais jamais attrapé quiconque avec une caméra de surveillance. Je m'en souviendrai !

Mandy était un peu mal à l'aise – le sergent Jones avait-il compris que c'était l'ex-mari de sa femme qui avait installé la caméra à Lamb's Wood ?

Les policiers repartirent après avoir affirmé à Mandy qu'ils resteraient en contact.

– D'ici là, faites bien attention, la prévint Ellen.

– Promis, le rassura Mandy.

Elle n'avait clairement pas l'intention d'aller à Lamb's Wood sans Jimmy avant l'arrestation de Stuart Mortimore. Jimmy répondit à son téléphone après seulement deux sonneries.

– La police pense qu'ils devraient pouvoir le trouver assez rapidement.

– Bien, répliqua-t-il, sur un ton plus intraitable que jamais.

Les consultations de la matinée touchaient déjà à leur fin quand Mandy et Emily arrivèrent à la clinique. Les chutes de neige et la proximité de Noël semblaient avoir dissuadé davantage de clients de prendre des rendez-vous de routine, ce qui avait bien allégé le planning. Après un café, Mandy sortit pour vacciner un cheval, et à son retour, Emily et Adam étaient également en vadrouille.

Helen avait mis de la musique festive dans la salle d'attente. Pour la première fois depuis longtemps, Mandy se sentait sereine. Il ne restait plus que quelques jours avant Noël. Sa mère était de nouveau en forme. Jimmy et elle étaient de retour sur la bonne voie. Et si la brigadière Ellen et le sergent Dan avaient raison, Stuart Mortimore serait bientôt sous les verrous. Ce serait un véritable soulagement. Jusqu'à ce qu'ils l'attrapent, Mandy avait décidé de ne pas retourner au cottage. Elle ne voulait pas passer son premier Noël dans sa nouvelle maison en se cachant derrière la porte de la cuisine avec un rouleau à pâtisserie.

Helen se leva et prit son manteau.

– Tu peux t'occuper du téléphone ? Je vais déjeuner avec Seb.

– Bien sûr, amuse-toi bien !

Douce Nuit résonnait dans les haut-parleurs. Mandy lissa un bout de guirlande de Noël sur le bureau.

– Je serai là à quatorze heures, lui assura l'infirmière. J'ai transféré les appels vers ton portable.

Une fois Helen partie, Mandy sortit et se dirigea vers l'enclos. La neige crissait sous ses pieds, le sol immaculé scintillait et les arbres du verger se dressaient en noir et blanc contre le ciel bleu. Elle avait juste le temps pour quelques exercices avec Holly et Robin avant le déjeuner. Son portable sonnerait dans sa poche si on cherchait à contacter le cabinet.

Mandy passa plusieurs minutes à toiletter Robin, s'efforçant de faire briller sa fourrure duveteuse gris-brun, puis ce fut le tour de Holly. La jeune ânesse semblait apprécier l'attention que Mandy lui portait en lui brossant les crins, frottant méthodiquement de l'avant vers l'arrière. Sky prenait le soleil, couchée près de l'abri dans le champ. Avec son épais pelage, elle avait l'air indifférente au froid.

Bien qu'il gèle encore, le toilettage lui donna chaud. Mandy s'arrêta pour enlever son manteau et l'accrocha sur un poteau de la clôture. Lorsqu'elle se retourna, elle remarqua que Sky s'était assise. Ses oreilles étaient dressées, sa tête inclinée.

– Qu'est-ce qu'il y a ? demanda Mandy en souriant de l'expression intense du colley.

À l'intérieur du refuge, un des chiens se mit à aboyer, puis un autre. Mandy fronça les sourcils. Elle avait travaillé dur avec tous les chiens pour qu'ils restent calmes même s'ils entendaient un bruit dehors. Il était rare qu'ils fassent beaucoup de chahut. Sky plaqua ses oreilles en arrière, le poil hérissé. À la surprise de Mandy, elle grogna.

Une ombre se dessina sur l'enclos, noire sur fond blanc. Une silhouette contourna l'extrémité de l'abri. Holly bondit, ses petits sabots glissant dans la neige piétinée. Mandy sentit les battements de son cœur jusque dans ses tempes. Une paire d'yeux bleus effrayants la fixait sous une épaisse capuche. Elle les aurait reconnus n'importe où. C'était Stuart Mortimore.

La scène entière parut se dérouler au ralenti. Mandy fit un pas en arrière, sa main plongeant vers le téléphone au fond de sa poche. Stuart portait le même survêtement que lors de sa visite aux Sorbiers, crasseux, comme s'il le conservait plusieurs jours de suite. Ses cheveux étaient gras et lui collaient au front, sous la capuche.

– Que puis-je faire pour vous ?

La voix de Mandy était bien trop aiguë, alors qu'elle avait essayé de garder une intonation normale. Elle fit encore un pas en arrière. Elle sentait son téléphone entre son index et son pouce. Elle se débattit pour le sortir de sa poche.

– Vous pouvez me rendre mon héritage, répondit la voix grave et furieuse. Vous avez envoyé mon oncle dans cette maison. J'allais y emménager.

Il avança d'un pas.

Mandy leva la main droite, reculant les épaules pour s'éloigner de lui. La main gauche à moitié sortie de la poche, elle tenta de composer le bon numéro. Elle se contorsionna davantage en espérant que Stuart ne voie pas ses gestes.

– Je ne le savais pas. Je ne savais pas que vous existiez.

Elle avait du mal à respirer, mais parvint à articuler ces mots. Elle le fixait du regard, son esprit tourbillonnant. Il n'y avait personne à proximité : inutile de crier.

Stuart s'approcha d'elle. Chaque pas craquant dans la neige.

– C'est mon oncle, lança-t-il d'une voix plus forte.

Ses yeux semblaient prêts à sortir de leurs orbites.

– J'allais hériter, reprit-il. Tu l'as mis dans une maison de retraite, salope ! Ils dépensent mon argent. Cette maison était À MOI !

Il hurlait maintenant, les poings serrés.

Ses cris étaient insupportables pour Sky. Elle s'élança en avant, collée au sol, puis bondit sur Stuart. Les yeux de l'homme se tournèrent vers la comète noire et son rugissement de rage s'est transformé en un cri de surprise.

Mandy craignait qu'il ne donne un coup de pied au colley, mais l'attaque de Sky lui fait perdre l'équilibre. Stuart trébucha, les bras ballants. Sa tête cogna le côté de l'abri et il s'effondra par terre.

Terrifié par toute cette agitation, Robin tira sur sa laisse, la cassa et se rua vers la liberté, s'échappant de derrière Mandy et sautant par-dessus le corps affalé. L'ânon frappa sans faire exprès le ventre de Stuart avec un sabot arrière alors que le jeune homme tentait de s'écarter de sa trajectoire.

Pendant un instant, la silhouette pathétique resta prostrée, les mains enserrant son abdomen. Sa respiration se changea en sanglots étouffés. Lorsqu'il releva la tête, il avait l'air hébété. Il retomba dans la neige, les yeux fermés. Mandy savait qu'il était conscient, car il gémissait.

Mandy avait toujours son portable à la main. À peine quitta-t-elle Stuart des yeux que ses doigts trouvèrent le bouton « *Bis* ». La police de Walton était le dernier numéro qu'elle avait appelé. Elle pria pour que la brigadière Armstrong réponde et comprenne rapidement ce qui se passait.

Le corps sur le sol se remit à gigoter. Mandy fut abasourdie de voir Sky bondir en avant tandis que Stuart se relevait. Le colley se tenait au-dessus de lui comme un chien de berger avec une brebis agressive. Ses oreilles étaient plaquées contre sa tête, ses yeux intensément fixés sur lui. Chaque fois que Stuart essayait de bouger, elle se penchait vers lui et retroussait les babines.

– Rappelle ton chien ! cria Stuart, vautré dans la neige écrasée.

Mandy l'ignora. *Qu'il tente donc sa chance avec Sky*, pensa-t-elle. À l'autre bout du fil, elle entendit quelqu'un décrocher. On aurait dit Ellen, mais avant que Mandy ne puisse dire quoi que ce soit, Stuart se mit à parler d'une voix si basse qu'elle était presque inaudible.

Mandy fit un pas vers lui et tendit le téléphone pour qu'il capte ses paroles. Elle espérait qu'Ellen entendait tout et qu'elle se presse de revenir ici. Mandy ne voulait pas interrompre Stuart, pas s'il y avait une chance qu'il s'explique.

– Que dites-vous Stuart Mortimore ? demanda Mandy en articulant. *S'il vous plaît, Ellen. S'il vous plaît, écoutez ça.*

– Tu sais très bien ce que j'ai dit, répondit-il plus fort à présent. Tu as volé mon héritage.

– C'était vous ? La personne qui a fait toutes ces choses au refuge ?

Et à cet instant, malgré sa position couchée, malgré Sky à ses côtés, Stuart Mortimore réussit à rire.

– Bien sûr que c'était moi ! cracha-t-il, et tout son mépris se lisait sur son visage. J'y ai pris beaucoup de plaisir aussi. J'ai pensé à toi, effrayée et pathétique.

Il ricana, sa bouche tordue en un mauvais rictus.

– C'est moi qui ai fait le trou dans ta clôture. C'est un idiot du pub qui m'a donné l'idée. Il se plaignait de toi, il disait que tes chiens chassaient dans la campagne et faisaient peur à ses lapins, se rappela-t-il dans un éclat de rire. Je lui ai dit que j'avais eu des problèmes avec toi, moi aussi. Oh, j'étais sûr qu'il ferait courir la rumeur, pour que tout le monde sache que tu n'étais pas la bienvenue. Et puis j'ai fait le trou.

Il lui lança un sourire satisfait.

– Pourquoi avez-vous fait ça ? demanda Mandy à voix basse.

Ses mots la dégoûtaient, mais elle voulait le faire parler.

– J'espérais qu'un autre de tes clébards s'échapperait, se vanta-t-il. Qu'ils causeraient un accident ! Si quelqu'un était mort, t'aurais eu de gros problèmes.

Il remuait la tête d'un côté puis de l'autre, comme si ses souvenirs jaillissait plus vite que ses paroles.

– J'ai fait d'autres choses aussi. Une plainte au camping, des appels à votre fournisseur.

Il avait raconté ses exploits sans bouger. Mais quand il cracha le dernier mot, il roula sur lui-même, plia ses jambes sous son corps et se redressa d'un seul mouvement. Mandy tituba en arrière. Un instant, elle crut qu'il allait lui donner un coup de pied. Il s'arrêta, le pied en l'air, puis se retourna pour s'enfuir. Sky se lança à sa poursuite à la vitesse de la lumière.

Mandy releva la tête. Au loin, elle a entendu le son d'une sirène de police et le crissement des pneus. Le temps qu'elle se ressaisisse et coure vers l'avant du refuge, la voiture de police était garée en travers de l'allée et Stuart menotté.

– Vous allez bien ? demanda Ellen Armstrong, essoufflée.

Elle tenait un des bras de Stuart et Dan Jones l'autre.

Mandy hocha la tête, bouleversée. Pour le moment, elle n'avait pas confiance en sa propre voix.

– C'est un sacré chien que vous avez là.

Le sergent Dan désigna de la tête Sky qui patrouillait dans la cour comme si elle se demandait qui allait arriver ensuite.

Du sang coulait d'une des mains de Stuart. Il semblait avoir abandonné le combat et sa tête retomba contre sa poitrine. Mandy s'attendait à ressentir du mépris pour lui, mais pour l'instant, elle ne ressentait rien, comme si son cerveau avait été vidé.

– Le chien l'a attrapé par la main, poursuivit Dan. Elle n'avait aucune intention de lâcher prise, ça, c'est sûr.

Mandy s'adossa au mur. Sky s'avança furtivement, levant les yeux vers sa maîtresse comme si elle n'était pas certaine d'être bien reçue. Sous elle, ses jambes cédèrent et Mandy se laissa glisser jusqu'au sol. Elle tremblait de partout. Sky se faufila à ses côtés et Mandy serra fort sa chienne adorée dans ses bras.

Une ombre s'interposa entre le soleil et elle. Elle leva les yeux et vit que Dan Jones l'observait.

– Je suis vraiment désolé, dit-il. Nous devons partir. Est-ce que ça va aller ? Voulez-vous qu'on appelle quelqu'un ?

Mandy prit conscience qu'elle était assise en jean dans la neige, mais les frissons qui parcouraient son corps n'avaient rien à voir avec le froid.

– S'il vous plaît, n'appelez personne. Pas tout de suite.

Dans quelques minutes, elle rentrerait, mais pour l'instant, elle voulait juste rester assise ici avec Sky.

– Vous êtes sûre ? s'enquit-il, son regard sombre rempli d'inquiétude. Nous pourrions vous aider à vous mettre au chaud. Vous devez être frigorifiée.

– Ça va, lui confirma-t-elle, même si elle lisait le doute dans les yeux de Dan.

Il se contenta de hocher la tête avant de s'assurer que le prisonnier était bien installé sur le siège arrière, de monter en voiture et de repartir.

Mandy était toujours là quelques minutes plus tard quand sa mère se gara. Elle sentait les larmes couler sur son visage, mais n'avait pas la force de les essuyer. Son corps était comme drainé de toute son énergie.

Les yeux d'Emily s'écarquillèrent d'inquiétude en voyant Mandy recroquevillée contre le mur. Mandy ouvrit la bouche, mais rien n'en sortit. *Alice au pays des merveilles encore une fois*, pensa-t-elle confusément. Elle tombait dans le puits de mine. Jack serait rentré chez lui à cette heure. Elle devrait aller lui rendre visite.

– Mandy ?

La voix angoissée de sa mère ramena Mandy au présent.

– Qu'est-ce qui s'est passé ?

– Stuart Mortimore, murmura Mandy.

– Il était là ? s'écria Emily, avant de réussir à se calmer.

Elle ferma sa portière, s'approcha et s'assit dans la neige. Sans un mot, elle passa ses bras autour de Mandy et Sky. Ses bras avaient du mal à faire tout le tour, mais elle les tint ainsi bien serrées contre elle, remplissant Mandy de chaleur et d'amour.

– Est-ce que nous sommes en sécurité maintenant ? demanda Emily doucement contre les cheveux de Mandy. Tu veux en parler ?

Mandy soupira. Comme elle était précieuse et douce, cette femme merveilleuse qui avait choisi Mandy pour fille. Jamais elle ne cesserait d'être reconnaissante à ses parents de l'avoir adoptée. Jamais.

– Il a été emmené par la police. Je ne veux pas parler maintenant.

– Quand tu te sentiras prête, je serai là, répondit Emily en levant une main pour repousser une mèche de cheveux des yeux de Mandy.

Des mots simples, une promesse faite. Les larmes reprirent le dessus. Au creux de ces bras aimants, Mandy se laissa aller dans l'étreinte de sa mère, réconfortée au plus profond de son être.

Chapitre 29

– Il faut vraiment que vous y alliez !

C'était la vingtième fois que Mandy répétait ces mots. Même si elle était nerveuse, elle refusait de priver ses parents de vacances de Noël largement méritées.

Il y avait bien longtemps qu'ils n'avaient pas pris de congés pour les fêtes de fin d'année. Après tout ce qui s'était passé, ils avaient gagné le droit de s'absenter et de se reposer pleinement.

– Mais tu es sûre que ça va aller ? demanda Emily, le regard rempli d'amour et de sollicitude à la fois.

Stuart Mortimore était en garde à vue. Ellen Armstrong avait confié à Mandy que la police de Leeds avait également des mandats d'arrêt en cours contre lui. Entre ça et la conversation téléphonique où on entendait ses aveux, il était peu probable que Stuart soit libéré sous caution avant l'audience.

Pour autant, Mandy était toujours nerveuse.

– Ça va aller, rassura-t-elle sa mère.

Si elle le répétait assez souvent, ça finirait peut-être par devenir réel.

Adam soupira.

– Allez, mon amour, dit-il à Emily. Mandy a raison. Si nous voulons arriver au Loch Awe avant la nuit, nous devons vraiment nous mettre en route.

Il se tourna vers Mandy.

– Prends soin de toi, lui murmura-t-il en ouvrant les bras pour l'inviter à un dernier câlin. Avant de partir, ajouta-t-il en relâchant son étreinte, j'ai un cadeau pour toi. Tu peux l'ouvrir maintenant.

Il tendit la main et attrapa le mystérieux cadeau sur le rebord de la fenêtre qui avait fait de l'œil à Mandy toute la matinée. Elle déchira le papier et découvrit un bol de nourriture en plastique vert et un collier de chat noir élégant. Mandy fronça les sourcils en relevant la tête vers son père.

Il sourit à Emily, puis à Mandy.

– En supposant bien sûr que tu sois d'accord, ta mère et moi aimerions adopter Tango. Nous avons pensé que tu accepterais, étant donné que les règles sur l'adoption d'animaux du refuge ont déjà été enfreintes, expliqua-t-il en baissant les yeux vers Sky. Même si Tango n'est pas aussi utile que Sky pour arrêter les criminels.

En entendant son nom, le colley s'assit, les oreilles dressées et la tête inclinée.

En réponse, Mandy embrassa d'abord Adam puis Emily.

– Je n'imagine pas meilleure famille d'adoption, dit-elle, son regard passant de l'un à l'autre. C'est un vieux matou si doux.

– Tu me traites de vieux matou ? lança Adam en grimaçant. Et doux ?

Il montra les dents, et Mandy éclata de rire.

– Je suis contente que tu approuves, intervint Emily, rayonnante.

– Comment pourrait-il en être autrement ?

– Prends soin de toi, répéta Adam en ouvrant la porte.

Malgré l'air froid piquant, Mandy resta sur le seuil jusqu'à ce que le bruit de la voiture se dissipe au loin. Elle soupira en refermant et en verrouillant la porte. La maison semblait terriblement silencieuse. Le samedi après-midi était souvent calme à Animal Ark. Mandy était déjà sortie deux fois pour s'occuper de ses protégés. Elle n'avait vraiment rien d'autre à faire. Après s'être fait une tasse de chocolat chaud, elle s'installa devant la télévision, mais après quelques minutes seulement, elle se releva.

Sky la suivait à la trace partout où elle allait. Depuis l'attaque de Stuart, la chienne semblait penser que Mandy avait besoin d'une protection rapprochée à toute heure de la journée. Mandy se tenait dans la cuisine, regardant par la fenêtre la clinique et le refuge au milieu du paddock. Avant que Stuart ne soit derrière les barreaux, elle avait complètement abandonné l'idée de passer une partie de Noël à Lamb's Wood. Maintenant, elle avait pris tellement de retard dans ses rénovations que la seule perspective d'y déjeuner était peu alléchante. L'électricien ne pourrait remettre tout aux normes qu'après le Nouvel An. Le plombier avait réparé les toilettes, mais la chaudière ne fonctionnait pas. Elle avait l'impression que Stuart Mortimore, avec son plan stupide, l'avait empêchée de réaliser son rêve.

La neige recouvrait toujours tout, mais l'après-midi était clair et ensoleillé. Holly et Robin étaient dehors, le museau collé au sol. Mandy ressentit un élan de détermination et de reconnaissance en se rappelant le rôle de Robin dans le combat contre Stuart. Elle allait passer les deux jours suivants dans sa nouvelle maison à œuvrer pour remettre la cuisine en état. Elle n'allait pas laisser ce voyou l'arrêter. Le décor ne serait peut-être pas à la hauteur pour le grand jour, mais elle pouvait chauffer le rez-de-chaussée et la soupe grâce au poêle à bois. Elle avait beaucoup de bougies. Elle pouvait faire de la cuisine une pièce douillette. Ce ne serait pas le summum du luxe, mais c'était chez elle. Elle avait parfaitement le droit d'être là-bas à Noël.

Avant de risquer de changer d'avis, Mandy s'habilla chaudement et chargea le nécessaire à l'arrière de son SUV. Elle empila des seaux et des éponges, du désinfectant et du savon, ainsi qu'une vieille radio. Elle attacha Sky et parcourut la courte distance jusqu'au cottage.

Après avoir profité de la luminosité d'Animal Ark, le cottage semblait plus sombre que jamais, même si le soleil se frayait un chemin jusqu'à la cuisine. Mandy erra dans la maison, s'efforçant de ne pas grimacer devant tout le boulot qui l'attendait. La fenêtre de la salle de bains, qui avait été barricadée, laissait à nouveau passer l'air. Il faudrait la consolider avant de partir. Mais pour l'instant, elle allait s'attaquer aux murs de la cuisine. Elle allumerait la cuisinière plus tard, et pourrait tout aussi bien s'atteler à d'autres tâches pendant qu'il fait encore assez jour. Elle posa la radio sur un rebord, trouva de la musique de Noël et se mit au travail.

Une heure plus tard, elle regrettait déjà sa décision. Malgré son dur labeur, ses mains gelaient à force de plonger et de sortir de l'eau froide pour frotter toutes les surfaces, à en être douloureuses. Après une heure et demie de travail, elle n'avait réussi à nettoyer que la moitié de la pièce. Même la saleté des armoires était impossible à récurer. Pendant un moment, Mandy hésita : devrait-elle abandonner tout de suite ? Admettre sa défaite et retourner, la queue entre les jambes, à Animal Ark ? Elle prit une profonde inspiration et posa le chiffon sur la cheminée.

Elle décida d'allumer le poêle. Peut-être que s'il faisait plus chaud, tout lui paraîtrait plus facile et au moins elle pourrait réchauffer l'eau de ses seaux. Il faisait déjà nuit dehors. Avant d'allumer le feu, il fallait sortir quelques bougies. Elle les allumerait quand elle reviendrait de la collecte du bois.

Le temps qu'elle installe les bougies et aille chercher quelques bûches, Mandy était déjà bien frigorifiée. Elle était bien contente d'avoir apporté un paquet d'allume-feu avec elle. Elle ouvrit la porte du poêle, les mains tremblantes et rouges de froid. Elle posa plusieurs allume-feu sur la grille et plaça les bûches tout autour. Espérant que le feu ne s'éteindrait pas trop vite, elle gratta une allumette. Qui s'éteignit avant même de toucher les allume-feu.

S'efforçant de calmer ses frissons, elle tâtonna à la recherche d'une autre allumette dans la boîte. Cette fois, en plaçant sa main autour de la flamme, elle réussit à l'amener jusqu'aux bâtons blancs inflammables. Mandy observa la petite flamme orange virer au bleu, s'étirant vers les bûches. Lorsqu'elle lécha le bois, un nuage opaque s'éleva vers Mandy. Elle attendit un moment, mais la fumée continuait à s'échapper du poêle. Elle vérifia que l'entrée d'air sous la grille était ouverte, et poussa la porte pour la fermer. Pendant un moment, elle entendit un rugissement encourageant tandis que les flammes s'accrochaient, mais lorsqu'elle entrouvrit la porte deux minutes plus tard, les allume-feu étaient entièrement consumés. Le bois, certes noirci, n'avait pas pris feu. Des volutes rances remplissaient la pièce et Mandy se mit à tousser.

Elle dut allumer des bougies avant de continuer. Il faisait trop sombre pour pouvoir allumer le feu et sans lui, elle n'y verrait rien. Au moins, les chandelles s'illuminèrent facilement, même si leur vacillement indiquait que la pièce était tellement pleine de courants d'air qu'il lui faudrait un bon gros feu pour la réchauffer.

Mandy bourra encore le poêle d'allume-feu. Trois autres allumettes gaspillées. Toujours plus de fumée. Quand le feu s'éteignit une deuxième fois, elle commença à désespérer.

Elle retira les bûches puis froissa des journaux dénichés dans l'abri à bois. Elle les tordit comme si elle voulait les essorer, les disposa autour des allume-feu jusqu'à obtenir une bonne base.

Un autre aller-retour dans le cabanon. Il y avait là une hache. Peut-être que, contrairement au poêle de chez ses parents où les bûches semblaient s'enflammer facilement, elle allait devoir prévoir du petit bois. Elle redressa une bûche, visa le centre, y balança sa lame. Puis, elle souleva le manche, la lame toujours plantée dans le bois, et frappa de toutes ses forces par terre, plusieurs fois, jusqu'à ce que le bois se fende. En répétant les mêmes gestes, elle obtint rapidement un petit tas de bâtonnets.

Quand elle retourna dans la cuisine, une partie de la fumée s'était dissipée. Mandy ouvrit le poêle et plaça quelques allume-feu supplémentaires sur le papier, ajouta du petit bois autour de la pile, et enfin quelques bûches.

Cette fois, la fumée était encore plus dense. Malgré la porte fermée, les fumées s'échappèrent par la grille d'aération. Lorsque Mandy ouvrit en grand pour voir ce qui se passait à l'intérieur, elle se trouva engloutie dans un nuage étouffant. Elle claqua aussitôt la porte, puis s'assit sur le sol. Elle savait depuis le début que ça ne serait pas facile, mais si elle ne pouvait même pas allumer le poêle, alors tout deviendrait impossible.

Sky grogna. Elle s'était collée tout contre Mandy pour la réconforter. Un instant plus tard, avec un petit gémissement, elle se libéra des bras de Mandy et se précipita vers la porte. À moitié paniquée à l'idée que Stuart soit de retour, Mandy recula en poussant sur ses talons, les fesses par terre, quand tout à coup la silhouette d'un homme apparut à la lumière de la bougie.

C'était Jimmy.

– Désolé de t'avoir fait peur.

Elle éclata de rire devant son air inquiet.

– Je vais m'en remettre. Tu t'y connais en poêles ? Je pense que le père Noël est peut-être déjà coincé dans le conduit, là. En tout cas, il y a certainement quelque chose qui le bloque.

– Ne t'en fais pas, dit-il en souriant. Il faut probablement juste le ramoner.

Il fronça les sourcils en parcourant la pièce du regard, notant les chiffons et le seau, la radio et les bougies.

– Pourquoi es-tu ici ? Il n'est pas un peu tard ?

– Eh bien, j'avais prévu de tout préparer pour Noël, dit-elle en plaisantant, mais je crois que ça manque encore un peu de guirlande.

Sa réponse le fit rire, mais elle reprit plus sobrement :

– J'espérais déjeuner ici le jour de Noël avec Sky. Maman et papa sont partis et je suis seule. Mais si je ne peux pas allumer le feu, ce sera de la soupe froide avec les crackers.

Jimmy lui caressa l'épaule.

– Il y a pas mal de boulot, mais si tu es disposée à attendre après Noël, je pourrai t'aider. Quant au dîner de Noël dans ta nouvelle maison…, ajouta-t-il en pinçant des lèvres, avant qu'un petit sourire en coin n'apparaisse. Et si tu passais plutôt Noël tout entier chez moi ?

À la stupéfaction de Mandy, il posa un genou à terre.

– Mandy, accepterais-tu… de passer Noël avec moi au Cottage du Gui-Blanc ? demanda-t-il en plongeant la main dans la poche pour en sortir une tablette de chocolat. On peut sceller l'accord avec ça.

Mandy le dévisagea, puis s'esclaffa. Il était tellement mignon, c'était précisément ce dont elle avait besoin en cet instant. Elle passa les bras autour du cou de Jimmy, le serra fort, puis fut surprise par Sky qui aboya et fourra son museau entre eux.

– Il va vraiment falloir que tu apprennes à ta chienne que je fais partie des gentils, dit Jimmy alors que Sky les scrutait.

Mandy secoua la tête.

– Je pense qu'elle le sait. Tu aurais dû voir l'état de Stuart Mortimore après qu'elle en a fini avec lui.

Mandy savoura la moitié de la barre de chocolat, puis Jimmy lui trouva des gants et un bonnet et l'aida à les enfiler.

– Il y a une fenêtre à l'arrière qui doit être sécurisée, se souvint Mandy. Elle était condamnée, mais Stuart a dû la fragiliser quand il est venu.

– Tu as des outils ?

Comme d'habitude, Jimmy avait le sens pratique. Mandy prit la caisse qu'elle avait apportée et lui tendit un marteau et des clous. L'effet du chocolat et des vêtements supplémentaires se faisait déjà sentir : elle n'avait plus l'impression d'avoir le sang gelé.

– Tu peux prendre la lampe ? demanda Jimmy.

Ensemble, ils se frayèrent un chemin à travers la neige, jusqu'à l'arrière de la maison.

Mandy tenait fermement la torche pendant que Jimmy enfonçait chaque clou dans le mur avec une efficacité qu'elle trouvait toujours aussi hypnotisante. Une fois la fenêtre consolidée, elle se glissa contre son dos, l'entoura de ses bras, et lui embrassa l'oreille.

– Tu sais, la toute première fois que je t'ai vu ici, tu plantais des clous, chuchota-t-elle. Tu es vraiment très doué pour ça.

Il rit.

– Tout le monde est doué pour quelque chose, dit-il en se retournant vers elle et en l'attirant vers lui.

– C'est ce jour-là que j'ai remarqué à quel point tu es séduisant, avoua-t-elle, sentant son visage virer au cramoisi.

Elle gardait ses bras enroulés autour de sa taille, et sa joue était chaude contre la sienne.

Jimmy trouva sa bouche, explorant ses lèvres délicatement au début, puis plus intensément lorsque Mandy s'abandonna à son étreinte. Le parfum de son après-rasage se mêlait à l'air glacé. Elle sentait le bardage contre son dos, la brise froide sur ses joues et son corps chaud, serré contre le sien. Quand il recula la tête, elle était à bout de souffle.

Main dans la main, ils refirent le tour de la maison. Mandy n'arrivait pas à se résoudre à la lâcher et il semblait parfaitement heureux de sentir ses doigts entrelacés aux siens.

Ils firent d'abord un crochet à Vert-Cottage.

– Est-ce que je sors les chiens pendant que tu t'occupes des chats ? proposa Jimmy.

Mandy acquiesça. Elle était persuadée qu'avec le temps, il s'habituerait aux chats, mais pour l'instant, elle était ravie de passer un peu plus de temps avec Tango.

– Dès mon retour après Noël, promit-elle au vieux chat, tu emménageras dans la maison à côté. Et papa sera de retour très vite.

Le rouquin maigrichon ronronna bruyamment, la tête tournée vers sa main.

Ça lui faisait bizarre de verrouiller le refuge et de partir comme ça, alors qu'il n'y avait personne à la maison. Mandy remonta en voiture, elle suivit les traces laissées par la jeep de Jimmy sur la route, et se gara devant le cottage du Gui-Blanc. Il fallait qu'elle garde le SUV, au cas où elle serait appelée.

Jimmy était parti devant pendant qu'elle fermait Animal Ark. Quand Mandy entra, il était dans le salon et s'occupait de la cheminée. Sky semblait ravie d'être de retour. Aussitôt, Simba, Zoe et elle se mirent à tourner en rond, fouinant partout, renversant presque le sapin installé dans le coin.

Après avoir allumé le feu, Jimmy se releva. Il sourit en observant Mandy faire le tour de la pièce, admirant l'arbre, les boules scintillantes et le houx qui habillait la cheminée. La fenêtre était décorée de flocons de neige faits maison et des guirlandes de papier s'entrecroisaient au plafond.

Mandy secoua la tête, abasourdie.

– Je ne t'aurais pas imaginé en lutin de Noël.

– C'est Abi et Max, expliqua Jimmy. Ils ont tout vandalisé. Je crains qu'il ne faille aussi supporter les serpentins et la fausse neige dans les chambres.

– C'est très réussi !

Bon, peut-être un peu tape-à-l'œil, mais un petit paradis après l'ambiance lugubre de Lamb's Wood.

– Euh, je ne savais pas trop quoi prévoir pour les couchages, hésita Jimmy. Tu as dit que tu voulais y aller doucement. Tu pourrais toujours dormir dans la chambre de Max et Abi, si tu as besoin de ton propre espace ?

Mandy lui sourit.

– Je ne pense pas avoir besoin d'autant d'espace, lui dit-elle en balayant la pièce des yeux et en arquant un sourcil. Il y a un paquet de guirlandes, mais est-ce que quelqu'un a pensé à accrocher du gui ?

Jimmy éclata de rire.

– Je pense que personne n'en a accroché à l'intérieur, mais en cas d'urgence, il y en a bien plus qu'il n'en faut dans le jardin, répondit-il en haussant les épaules, une lueur espiègle dans les yeux. Mais d'après ce que tu as dit tout à l'heure, nous n'en aurons pas besoin. Je vais juste trouver un peu de bricolage à faire et tu ne pourras pas me résister.

– Oui, voilà, fais donc ça, lui conseilla Mandy, en s'installant sur le canapé. Je vais attendre ici que tu termines. Ou si tu préfères, tu peux venir t'asseoir à côté de moi.

– Peut-être que ce serait plus facile après tout, dit-il en souriant, avant de se laisser tomber à côté d'elle.

Chapitre 30

L'église semblait tout droit sortie d'une carte de Noël, se dit Mandy en franchissant les portes en chêne centenaire. Les rebords des vitraux débordaient de guirlandes de houx et de lierre et d'énormes bougies. À côté de l'autel, un imposant sapin avait été décoré de cœurs en papier et d'étoiles scintillant doucement sur les dalles. Les enfants de la garderie se rassemblaient déjà dans la sacristie lorsque Mandy arriva. Quand Jimmy l'avait laissée au refuge un peu plus tôt, il lui avait demandé de le retrouver à dix-huit heures quinze pour la représentation de dix-neuf heures. Mandy ne savait pas pourquoi, mais elle était venue en avance comme demandé.

La nativité, suivie de son buffet de tartelettes aux fruits, était devenue un rendez-vous incontournable à Welford, mais c'était la première fois qu'elle avait lieu dans l'église. Bientôt, la moitié du village allait s'y entasser pour admirer leurs enfants et petits-enfants, nièces, neveux et amis. Mais pour l'instant, les seules voix résonnaient depuis la petite pièce à l'arrière de l'église.

En remontant l'allée latérale, Mandy loucha sur le petit groupe de parents devant la porte de la sacristie, et jusqu'au peloton de coiffes en torchon de cuisine et de couronnes de gui. Susan Collins, en tailleur-pantalon élégant rehaussé d'un nœud chatoyant dans les cheveux, était occupée à mettre les enfants dans une sorte d'ordre, bien que, pour l'œil inexpérimenté de Mandy, la scène avait plutôt l'air de tendre vers le chaos.

Susan attachait un foulard blanc autour de la tête d'une petite fille, vêtue de ce qui ressemblait à une chemise de nuit bleue.

– Je crois que c'est presque bon, Angela, dit la mère de Jack en reculant d'un pas pour admirer le rendu. Sais-tu où est l'Enfant Jésus ?

La petite fille hocha la tête, se retourna et montra du doigt la poupée posée sur la table dans le coin.

– Et maintenant à toi, Gavin.

Susan se dirigea vers le jeune garçon en robe de chambre marron qui jouait probablement le rôle de Joseph.

– S'il vous plaît, Miss Susan, j'ai besoin d'aller aux toilettes !

Mandy avait envie de rire. Au moins, il aurait fait pipi avant la représentation. Elle n'était pas sûre que l'étable de Bethléem offre des toilettes.

– Je vais l'emmener, intervint l'une des mères, également sur son trente-et-un, en faisant un pas dans la pièce et en tendant la main. Viens, Gavin.

– Merci, répondit Susan en lançant à la femme un regard plein de gratitude.

Elle avait l'air étonnamment calme, pensa Mandy. À sa place, elle s'arracherait les cheveux. Pendant une fraction de seconde, elle envisagea d'entrer et de proposer son aide. Puis un des enfants, habillé en agneau et bêlant bruyamment, passa devant elle, suivi de près par une vache brandissant une paire de longues cornes en plastique. C'était déjà assez difficile de gérer de vrais animaux, songea Mandy, mieux valait laisser ces créatures à des gens qui savent ce qu'elles font.

Elle avait bien insisté sur le fait qu'elle serait là tôt, et pourtant, aucun signe de Jimmy nulle part. Tournant le dos à la troupe de bambins, Mandy se dirigea vers le cimetière jouxtant l'église. Elle enfonça les mains dans ses poches pour lutter contre le froid mordant et traversa l'allée bien déblayée. L'endroit avait un air tranquille sous son manteau de neige. Le jardin public aussi dormait toujours sous son tapis duveteux, même si les enfants y avaient joué avec des luges, laissant des traces vert foncé dans le blanc immaculé. Mandy s'arrêta et leva les yeux – le ciel était rempli d'étoiles.

De loin, elle entendit le vrombissement d'un véhicule. Quelques instants plus tard, une paire de phares ronds apparut : un Land Rover tirant une remorque à bétail. À la grande surprise de Mandy, la voiture s'arrêta devant les portes de l'église.

La portière de l'autre côté du véhicule s'ouvrit puis claqua. Des bruits de pas résonnèrent sur la route, contournant le véhicule par l'arrière. Une immense silhouette vêtue d'une veste verte et d'un chapeau rouge vif se matérialisa sous le réverbère jaune. C'était Jimmy. Il sourit en croisant le regard de Mandy.

– Bonsoir !

Les yeux de Mandy passaient de son visage amusé à la remorque, et de la remorque à Jimmy. Il y eut un bruit de mouvement à l'intérieur, suivi d'un grognement bizarre. Mandy le fixa.

– Mais qu'est-ce que tu as là-dedans ?

Il se contenta de lui offrir un sourire plus large encore.

– Attends, tu vas voir.

Il ouvrit les portes battantes à l'arrière de la remorque. Tandis qu'il descendait la rampe, Mandy jeta un œil par-dessus son épaule. Dans l'obscurité, elle devina deux courtes queues blanches au-dessus de deux paires de pattes arrière minces. Lorsque l'une des créatures tourna la tête pour les observer, révélant des bois bruns et veloutés, elle sursauta.

– Des rennes ?

Elle regarda Jimmy avec stupéfaction.

– Je les ai empruntés… au père Noël. Ne sont-ils pas fabuleux ? Mandy Hope, je te présente Danseuse, dit-il en désignant la plus petite des deux, et Éclair.

Mandy se retourna vers les magnifiques animaux.

– Mais, que comptes-tu faire avec eux exactement ?

Jimmy monta sur la rampe.

– Ils vont jouer dans le spectacle de la nativité. J'en ai discuté avec Susan. Je sais que ce n'est pas *vraiment* la tradition, expliqua-t-il d'une voix étranglée, se retenant de rire.

Mandy suivit Jimmy dans la caisse de la remorque pour les admirer de plus près. Comme ils étaient adorables, avec leur corps gris et hirsute et leurs bois duveteux. Tous deux portaient des licols en velours rouge. Elle avait tellement envie de les toucher.

– D'où viennent-ils réellement ? demanda-t-elle.

Incapable de résister, elle passa la main sur l'épaule de Danseuse. Sa fourrure était épaisse et douce, rappelant davantage à Mandy les ânons que toute autre espèce de cervidé du coin.

– Ils appartiennent à des amis à moi qui ont déménagé près de Walton il y a quelques semaines, dit Jimmy. Ils possèdent un petit troupeau. Ils ont dû passer chez Harper d'abord, mais ils arrivent bientôt, dit-il, sans pouvoir se retenir de les caresser lui aussi. Alors, tu en penses quoi ?

Il pencha la tête sur le côté, espérant son approbation.

– C'est complètement fou…, répondit Mandy, avant d'ajouter devant son air tout à coup défait : … et absolument brillant à la fois.

Elle haussa les sourcils et lui grogna en secouant la tête.

Un bref instant, elle crut qu'il allait se pencher par-dessus Danseuse et l'embrasser, mais une autre voiture apparut derrière la remorque, et ils furent pris dans le faisceau de ses phares. Mandy cligna des yeux, et aussitôt, la lumière s'éteignit. Les portières de part et d'autre s'ouvrirent. Une femme s'extirpa du siège du conducteur et se dirigea vers eux. Ses longs cheveux blonds étaient retenus en chignon et elle portait un pull scandinave. Un homme vêtu d'un pull assorti s'approcha depuis l'autre côté de la voiture.

Jimmy poussa Mandy de la remorque dans leur direction, en les saluant d'un signe de tête.

– Mandy Hope, voici Ed et Ania Legg. Fiers propriétaires du troupeau des Rennes de Rydal.

Ania tendit la main.

– Ravie de vous rencontrer.

– Enchanté, ajouta Ed en serrant la main de Mandy et offrant une tape amicale sur l'épaule de Jimmy. Nous avons beaucoup entendu parler de vous.

– On devrait faire rentrer les rennes à l'intérieur, proposa Jimmy, histoire de les installer avant que tout le monde n'arrive.

Ed et Ania attachèrent des longes aux licols de velours et chacun guida un renne en bas de la rampe. Ils avançaient calmement à côté de leurs maîtres, leurs grands yeux limpides observant avec curiosité le parvis enneigé et l'église étincelante.

Mandy essaya d'imaginer Robin et Holly à leur place, escaladant les marches et passant sous le porche. Ça finirait en pugilat. Danseuse et Éclair, eux, semblaient tout surveiller et enregistrer à chaque pas, alors même qu'une foule d'anges miniatures s'approchaient d'eux, s'arrêtant en cercle tout autour, les yeux écarquillés. Susan Collins les attendait évidemment. Elle descendit l'allée latérale avec le sourire, menant Jack par la main et suivie par divers rois et bergers, maintenant entièrement costumés et prêts à commencer le spectacle.

– C'est merveilleux. Merci, Jimmy. Et merci à vous, ajouta-t-elle avec un signe de tête reconnaissant en direction du couple Legg. Vous devez être Ed et Ania.

Ania sourit aux bambins.

– Voici Danseuse, expliqua-t-elle en posant la main sur le dos si caractéristique du petit renne, et là c'est Éclair.

Le regard émerveillé des enfants fit grossir une boule inattendue dans la gorge de Mandy. Et comme c'est extraordinaire pour Jack, pensa-t-elle, enfin il avait la chance de voir ses rennes. Jimmy aussi surveillait le petit garçon.

– D'où viennent-ils ? demanda Jack, d'une toute petite voix à peine audible.

Il les contemplait comme s'il n'arrivait pas à en croire ses yeux. Mandy était ravie de voir ses joues roses et ses yeux brillants. Clairement, il ne souffrait d'aucun effet secondaire à sa chute dans le puits de mine. Elle était certaine que Susan savait très bien la chance qu'il avait eue.

– Je les ai empruntés au père Noël, déclara Jimmy d'un ton sérieux. Demain soir, ils seront très occupés, nous devrons donc prendre soin d'eux, n'est-ce pas ? Il se trouva entouré d'yeux arrondis et de hochements de tête.

Ania Legg sortit quelque chose de sa poche, se baissa, et fit signe à Jack.

– Veux-tu donner un morceau de carotte à Danseur ?

Jack sembla oublier comment respirer.

– Oui, s'il vous plaît, chuchota-t-il.

Mandy ne savait plus si elle devait rire ou pleurer. Elle porta une main à sa bouche quand le petit garçon, ses yeux noirs immenses dans la faible lumière, s'approcha des deux rennes. Avec révérence, il tendit sa menotte, le bâtonnet de carotte à plat sur sa paume ouverte comme Mandy le lui avait montré avec les ânes. Lorsque Éclair pencha la tête et attrapa le morceau, Mandy ne put réprimer un sourire. Le visage de Jack rayonnait de joie : son rêve était devenu réalité. Il avait rencontré les rennes du père Noël.

Jimmy fit un clin d'œil à Mandy. Il devait lui aussi se sentir un peu comme le père Noël en ce moment, songea-t-elle. Les enfants s'étaient mis à chuchoter entre eux et à se bousculer pour s'approcher des animaux, mais avant qu'ils ne s'agitent trop, Jimmy s'accroupit et leva les mains.

– Vous aurez plus de temps pour leur parler après, dit-il, mais pour l'instant, ils doivent aller dans leur enclos. Sinon, ils ne seront pas prêts quand tous vos parents arriveront.

– Retournez dans la sacristie, lança Susan.

Après quelques regards en arrière, les enfants s'éloignèrent.

À droite de l'autel, une petite scène avait été installée. En plus des accessoires indiquant une « auberge » et une mangeoire au milieu du chœur, une clôture temporaire en bois avait été érigée et de la paille répandue sur le sol. Les deux rennes avaient l'air si mignons, debout, la tête tournée vers les bancs. À la suggestion de Jimmy, Mandy s'assit près des animaux à l'avant de l'église, en bout de rangée. La clinique avait été calme aujourd'hui, mais les urgences pouvaient survenir à toute heure. Elle régla son téléphone sur vibreur.

Le public commença à affluer, d'abord un petit groupe, puis un flot aux proportions quasi bibliques. Mandy reconnut beaucoup, beaucoup de visages. Le révérend Hadcroft était là, avec son col romain. Mme Ponsonby était arrivée dans un élégant manteau bleu et son plus beau chapeau de messe. Heureusement, pensa Mandy, pour une fois, elle n'avait pas emmené son pékinois.

Malgré l'afflux d'amis et de connaissances qui voulaient tous lui dire bonjour et lui souhaiter les meilleurs vœux de fin d'année, Mandy eut bien du mal à quitter les rennes des yeux. Si Éclair n'était pas du tout gêné par le bruit et le mouvement, Danseuse avait l'air plus réticente. Elle tendit le cou et refit cet étrange bruit entre le croassement et le grognement que Mandy avait entendu de la remorque. Ses yeux brillants semblaient méfiants, et elle remuait sans cesse, piétinant la paille de ses pattes avant, changeant de pied d'appui régulièrement. Ce n'était pas surprenant, pensa Mandy. Les brouhahas enthousiastes et le fracas des pas étaient suffisamment forts pour perturber n'importe quel animal.

Elle jeta un œil à sa montre – dix-neuf heures. Le silence tomba sur l'assemblée quand résonna le cantique *Entre le bœuf et l'âne gris*. Dans le fond de l'église, les lumières s'éteignirent peu à peu jusqu'à ce que seul l'autel soit éclairé.

Les deux enfants habillés en bœufs apparurent, accompagnés de l'agneau bruyant que Mandy avait vu plus tôt. L'un des bœufs, un garçon aux grands yeux bleus et aux cheveux blond vénitien, semblait être subjugué par Danseuse et Éclair dans leur enclos. L'autre bœuf dut lui donner un petit coup de coude dans les côtes pour qu'il se mette en position.

Jack trotta sur scène, déguisé en aubergiste – chemise écarlate, pantalon noir couvert par un tablier un peu trop long. Il avait lui aussi bien du mal à s'empêcher de fixer les rennes. Mandy suivit son regard. Danseuse semblait toujours mal à l'aise. Elle leva une patte arrière, se cogna le ventre et étira à nouveau la tête en faisant un drôle de bruit grave.

De l'autre côté de l'estrade, on entendit le cliquetis des sabots. Mandy tourna la tête et vit une des puéricultrices debout dans l'embrasure de la sacristie, frappant deux coquilles de noix de coco l'une contre l'autre. Mandy fut enchantée de voir Angela, qui jouait Marie, entrer sur scène sur un cheval de fortune. La petite fille jeta un œil par-dessus son épaule en galopant vers l'auberge, et s'écria :

– Dépêche-toi, Joseph !

Des rires éclatèrent partout dans l'église.

Mandy se demandait combien de fois Marie allait devoir faire le tour de l'autel avant que le pauvre Joseph ne la rattrape, lorsqu'elle remarqua que Danseuse, qui grattait et écrasait la paille plus fort que jamais, fit mine de s'allonger. Marie s'arrêta finalement devant l'auberge, mais Joseph, dont l'attention aurait dû se porter sur sa femme enceinte, observait Danseuse dans son enclos avec des yeux écarquillés. Du doigt, il désigna sa croupe.

– Elle fait pipi !

La fillette, que Mandy connaissait de vue, car ses parents étaient de clients fermiers, lâcha son cheval en bois et se retourna pour regarder. Après avoir inspecté la situation, elle leva le menton et se tourna vers Joseph.

– Mais pas du tout, dit-elle d'une voix qui ne laissa place à aucun doute. Elle va avoir un bébé !

On entendit un cri de surprise collectif et plusieurs petites têtes apparurent à la porte de la sacristie pour mieux voir. À l'autre extrémité de la rangée, le révérend Hadcroft se leva et fit face au public.

– Y a-t-il un vétérinaire dans la salle ? demanda-t-il les mains en l'air et d'une voix forte, avant de se tourner vers Mandy avec un air un peu nerveux. Pourriez-vous vous en occuper, s'il vous plaît, Mandy ?

Mandy se leva, très embarrassée sous les projecteurs. C'était la première fois qu'elle examinait un renne. Et presque tout Welford était là pour épier ses gestes.

Marie – Angela – avait raison, s'en rendit-elle compte quelques secondes plus tard. Un minuscule sabot dépassait sous la queue hirsute de la femelle. Tandis que Mandy l'auscultait, l'animal se coucha sur la paille en grognant. Son flanc parut bombé lorsqu'elle s'étira. Mais bien que le petit sabot sorte à chaque fois que la femelle poussait, dès la contraction terminée, il rentrait à nouveau. Malgré tous ses efforts, la mise bas ne progressait pas.

Plusieurs enfants s'entassèrent autour de l'enclos, mais Jimmy les fit reculer.

– Nous devons laisser un peu d'espace à Mandy et Danseuse, leur dit-il avant de se tourner vers la vétérinaire. Qu'est-ce qu'il te faut ?

– Mon lubrifiant et quelques cordes, lui répondit-elle. J'en ai dans la voiture.

Elle se faufila hors de l'enclos. Heureusement qu'elle était de garde et qu'elle avait la voiture ce soir, se dit-elle. Se dépêchant de sortir, elle ouvrit le coffre de la Toyota et sortit les cordes stérilisées qu'elle utilisait habituellement pour le vêlage des vaches. Il y avait aussi une bouteille de lubrifiant presque pleine. Enfin, elle enfila des gants extra-longs, referma le coffre et retourna dans l'église.

Les enfants se tenaient un peu plus loin de l'enclos, guidés d'une main experte par Susan et son équipe, mais les adultes du public étaient tous debout et observaient Danseuse s'épuiser toujours plus. Il n'y avait encore qu'un seul sabot sorti. On devrait déjà en voir un autre maintenant, et idéalement un petit nez aussi. Mandy grimpa dans l'enclos et s'agenouilla.

Quand elle inséra sa main, elle sentit la chaleur du corps du cervidé. Le canal de naissance était très étroit, à peine plus que chez une grosse brebis. Comme elle le craignait, en enfonçant sa main plus loin, elle ne toucha qu'une seule petite patte. L'épaule du faon appuyait contre l'os du bassin de Danseuse. La tête et la deuxième patte se présentaient mal, repliées vers l'intérieur de l'utérus. Cette petite créature ne pourrait absolument pas sortir tant qu'elle restait coincée dans cette position.

Mandy retira sa main, la lubrifia à nouveau et se mit au travail. Il fallait repousser l'épaule du bébé pour lui permettre de remettre dans le bon sens la deuxième patte, puis la tête. Pour trouver le meilleur angle, elle s'allongea sur la paille. Elle attendit que l'animal ait une nouvelle contraction, puis dès la vague passée, recula la frêle épaule, en plongeant la main par l'ouverture du bassin. Ce mouvement déclencha un nouveau spasme de l'utérus et pendant un long moment, Mandy sentit comme un écrasement autour de son poignet tandis qu'elle empêchait que le faon ne glisse vers la sortie. Au cours du bref sursis qui suivit, elle enfonça son bras jusqu'à l'épaule et trouva le deuxième sabot. Elle l'empoigna et le tira vers l'avant juste au moment où la contraction suivante montait.

Il y avait maintenant deux pieds dans la cavité vaginale. Mandy sentait qu'elle commençait à transpirer. Sa tête frôlait la queue de l'animal alors qu'elle attendait, haletante, que la contraction s'arrête.

Il était temps de faire passer la tête. Elle allongea à nouveau son bras, glissa ses doigts le long des pattes, tâtant le corps du faon. D'après l'angle du cou, elle estima qu'il était replié vers la gauche. Lorsque sa main perçut l'oreille, l'œil et enfin le museau fin, la tension déferla. Mandy serra les dents, attendit que la pression agonisante reflue, puis, d'un mouvement souple, saisit le petit nez et l'attira vers elle. Lorsque la contraction suivante arriva, la petite tête se mit dans le bon sens. Cette fois, quand le corps de Danseuse se crispa, deux petits sabots fendus apparurent sous un nez minuscule.

Dans le public, quelques cris stupéfaits se firent entendre lorsque la tête sortit enfin. Mandy n'avait pas besoin des cordes. Alors que Danseuse gémissait et poussait à nouveau, et que Mandy l'assistait, le faon glissa vers l'avant – narines, yeux, oreilles, épaules. Puis, dans une dernière contorsion, les hanches traversèrent le canal et le nouveau-né était là, couché sur la paille, encore à moitié enveloppé dans sa poche.

Il ne respirait pas. Mandy dégagea la membrane autour du nez. Le petit corps resta immobile. La vétérinaire leva les yeux et vit Jimmy tout près d'elle.

– Aide-moi.

Ensemble, ils soulevèrent la petite créature par ses pattes arrière. Guidés par Mandy, ils firent basculer doucement le bébé d'un côté à l'autre et, au grand soulagement de la jeune femme, le liquide qui avait rempli ses voies respiratoires s'écoula. Ils reposèrent l'animal sur la paille, et elle lui nettoya le nez. Le petit poitrail tressaillit et le faon prit sa première respiration haletante.

– Bravo, toi ! murmura Jimmy, et Mandy se demanda s'il lui parlait à elle ou au bébé.

Il ne fallut qu'un instant à Danseuse pour se relever. La femelle se retourna, renifla son petit et se mit à le lécher. Elle émit de petits grognements de contentement lorsque le faon leva la tête, reconnaissant instinctivement sa mère. Mandy entendit un soupir collectif dans le public, comme s'ils assistaient à un feu d'artifice particulièrement réussi.

Même les enfants admirèrent dans un silence religieux la maman renne encourager son bébé à se lever pour la première fois. Il replia ses petits sabots souples sous son corps, puis, lentement, la partie postérieure se redressa. Mandy observa son poids basculer sur les genoux avant. Le faon essaya d'étirer l'une de ses pattes avant, mais retomba deux fois de suite. Ensuite, d'un mouvement rapide, d'abord une jambe avant puis l'autre se redressèrent, et voilà que le faon vacillait sur ses quatre pattes, tandis que Danseuse poussait toujours ce doux ronronnement qui semblait indiquer sa joie.

La foule resta muette. Mandy savait que le révérend Hadcroft souriait au-dessus de la tête des enfants, et que sur le visage de Jack, on ne voyait plus que deux yeux énormes et une bouche en O. Danseuse sembla oublier qu'elle était le centre de tant d'attention.

Le garçon qui jouait le rôle de Joseph leva la main.

– Pouvons-nous appeler le bébé Jésus ? S'il vous plaît ?

Mme Ponsonby, debout derrière Jimmy sur la rangée près de Mandy, sembla gonfler à vue d'œil comme un ballon de baudruche cramoisi.

– On ne peut pas appeler un bébé renne Jésus, insista-t-elle dans un murmure à l'ampleur théâtrale. Ce n'est pas correct !

Mandy réprima un rire. Elle trouvait au contraire que Jésus serait un nom génial pour un renne. Mais elle prit Mme Ponsonby en pitié, après tout elle ne pensait pas à mal.

– Ne vous inquiétez pas, Mme Ponsonby, la rassura-t-elle avant de se tourner vers les enfants. Aussi charmant que soit le nom de Jésus, j'ai bien peur que cela ne convienne pas à ce nouveau bébé.

Elle tenta de dissimuler son sourire en entendant une chorale de : « Pourquoi pas ? » et autres « Oh, allez, mademoiselle ! ». Elle posa un doigt sur ses lèvres et les invita à se taire – chut !

– Ça ne conviendrait pas à ce nouveau bébé, parce que Jésus est un nom de garçon. Et ce petit faon est en fait une fille.

Un murmure de rire traversa le public. Un immense sourire fendait le visage de Jimmy.

– Pourquoi ne pas l'appeler Marie alors ? suggéra-t-il.

Un vague d'approbation parcourut le petit groupe d'enfants.

– Quel joli nom, intervint Ania Legg en souriant à Jimmy. Qu'est-ce que tu en penses, Ed ?

Elle se tourna vers son mari.

– Je pense que c'est parfait. Et nous avons eu beaucoup de chance que Mandy soit là ce soir pour nous aider, ajouta-t-il en la remerciant d'un sourire. Mais je crois aussi que nous devrions ramener Danseuse et Marie à la maison, pour qu'elles puissent faire connaissance tranquillement.

Mandy observa Danseuse, de plus en plus perturbée par les rangées de visages qui la fixaient. Marie avait besoin de se mettre à téter, mais le lait de Danseuse ne monterait que si elle était détendue.

Ed fronça les sourcils.

– Je pense que nous allons devoir faire deux voyages. On ne peut pas les rentrer tous les trois dans la remorque.

Mandy s'avança vers eux.

– Si ça vous arrange, proposa-t-elle, je peux ramener Éclair à Vert-Cottage pour la nuit. Il devra partager l'enclos et l'abri avec deux ânons, mais je ne pense pas que ça lui pose de souci.

Ania sourit à Mandy.

– Ce serait génial, si vous êtes bien sûre ? On viendra le récupérer à l'heure qui vous convient.

Le révérend Hadcroft écarta les enfants tandis qu'Ania et Ed guidaient Danseuse et Marie le long de la nef. Mandy, Jimmy et Éclair les suivaient. Derrière eux, la foule se referma comme la mer Rouge, les accompagnant jusqu'à la porte et sur le parvis enneigé de l'église.

– Joyeux Noël à tous ! s'exclamèrent Ed et Ania en se retournant et saluant la foule une fois la mère et le bébé chargés dans la remorque en toute sécurité.

Les fidèles leur adressèrent tous leurs meilleurs vœux en retour, puis rentrèrent dans l'église. Ils avaient toujours un spectacle de la Nativité à regarder, même sans rennes invités d'honneur.

– Bon, je crois qu'on va rater le buffet de tartelettes cette année, déclara Jimmy, et ses mots formèrent des volutes dans l'air clair de la nuit.

À ses côtés, Éclair resta parfaitement calme en remontant la route.

– En fait, mamie m'a apporté des tartes hier, avoua Mandy. On peut les emporter chez toi, si tu veux.

La Voie lactée scintillait au-dessus de leurs têtes quand ils libérèrent le renne dans l'enclos. Holly et Robin s'approchèrent pour saluer le nouveau venu, fascinés par cette nouvelle créature au museau couvert de fourrure et aux bois de velours.

Jimmy remplit de foin le râtelier de l'abri.

– J'espère que le père Noël n'aura pas de problèmes avec deux rennes en moins, plaisanta-t-il.

– Peut-être que l'année prochaine, Holly pourra jouer un rôle dans la crèche vivante, suggéra Mandy en observant les trois animaux arracher des brins de foin. Elle se comporterait mieux que le cheval en bois monté par Marie.

Jimmy lui lança un sourire.

– On y va ?

Mandy jeta un dernier coup d'œil dans l'abri. Le sol était recouvert de paille propre. Les deux ânes et le renne semblaient très à l'aise de dîner côte à côte, une brochette de dos pelucheux gris-brun, deux paires de grandes oreilles assorties de bois spectaculaires.

Sans Adam et Emily à la maison, le cottage semblait très calme et Mandy était contente de ne pas y passer la nuit. Jimmy serra la boîte de tartelettes aux fruits de mamie sur ses genoux tandis que Mandy conduisait. Elle était heureuse de retourner au Cottage du Gui-Blanc. Demain, ce serait la veille de Noël. Jimmy passait la journée avec Abi et Max. Comme elle ne voulait pas s'imposer, Mandy s'était arrangée pour passer la soirée avec James, qui faisait un saut chez les parents de Paul. Maman et papa étaient arrivés sains et saufs en Écosse et Stuart Mortimore était derrière les barreaux. Pour la première fois depuis des semaines, Mandy pouvait se détendre pour de bon.

Chapitre 31

C'était tellement agréable de se réveiller lentement et naturellement. Pour une fois, Mandy n'avait pas mis son réveil. En ouvrant les yeux, elle se demanda un bref instant où elle était, puis Jimmy remua contre elle. Elle s'assit dans le lit et tourna les yeux vers la fenêtre. C'était le matin de Noël, et la neige recouvrait toujours tout. Des bouquets de gui pendaient lourdement des branches du pommier dans le jardin. Par-delà la clôture, l'allée était bordée d'une longue haie de prunelliers.

– Joyeux Noël.

Les yeux endormis de Jimmy lui souriaient, comme s'il était amusé et ravi de la voir là. Il ouvrit les bras pour un câlin. « Ouaf ! »

Sky, dont le panier avait été placé dans un coin, bondit sur le lit, atterrissant sur le ventre de Jimmy. Il éclata de rire lorsque la chienne surexcitée passa par-dessus lui pour se ruer dans les bras de Mandy, lui léchant le visage.

– Typique ! dit Jimmy, en levant les yeux au ciel. Elle m'a utilisé comme trampoline et pour couronner le tout, elle me vole mon câlin ! Les chiens de nos jours..., grommela-t-il en lançant un regard noir à Sky. Tu devrais savoir où est ta place, jeune Sky.

En entendant son nom, le colley s'immobilisa devant Mandy et tendit le cou pour lécher l'oreille de Jimmy.

– Elle sait parfaitement où est sa place, répliqua Mandy en se penchant pour serrer Sky dans ses bras. Sa place est toujours près de moi.

Jimmy sourit.

– Je crois qu'on ferait mieux de se lever. Vu comment cette chienne essaie de te dévorer, je pense qu'elle a faim.

Tout semblait encore si inédit. En bas, en robe de chambre et en pantoufles, Mandy dut patienter pendant que Jimmy prenait ses clés dans un vide-poches de la cuisine et laissait les chiennes sortir. Elle allait bientôt prendre ses marques, mais pour l'instant, elle observait par la fenêtre les trois animaux excités courir dans le jardin et Jimmy mettre la bouilloire en marche pour le café.

Elle repensa à la veille au soir. James avait été ravi du cadeau qu'elle lui avait offert : un portrait de lui le jour de son mariage, avec Paul, Seamus et Lily. Ses yeux s'étaient remplis de larmes quand il l'avait déballé.

Les chiennes rentrèrent par la cuisine, langues pendantes et queues remuantes. Jimmy porta un plateau avec du café et de la crème et conduisit Mandy dans le salon.

Elle fut étonnée d'apercevoir trois chaussettes de randonnée bien remplies accrochées sur le côté de la cheminée. Et encore plus surprise quand Zoe et Simba foncèrent droit dessus, flairant et reniflant, avant de se précipiter vers Jimmy. Simba laissa échapper un unique « Ouaf ! ».

– OK, OK ! s'écria Jimmy en levant les mains tandis que les deux chiennes le fixaient, puis se ruaient vers l'âtre pour inspecter à nouveau les chaussettes.

Jimmy les suivit et attrapa les chaussettes.

– Une pour toi, annonça-t-il en déposant un paquet sur la couverture de Simba. Une pour toi, répéta-t-il à Zoe qui se mit à inspecter sa chaussette sous tous les angles, avant d'essayer d'enfouir son museau à l'intérieur. Et celle-ci, reprit Jimmy, les yeux rieurs, en regardant à travers la pièce, c'est pour toi, Sky.

Mandy baissa la tête. Sky se tenait près d'elle et l'observait comme pour demander la permission.

– Vas-y, ma grande, lui dit Mandy.

Zoe et Simba semblaient savoir exactement quoi faire de leurs chaussettes, mais Mandy dut aider Sky à récupérer les cadeaux de la sienne. Il y avait là un jouet à mâcher en cuir, des friandises saines et un colvert en peluche qui faisait coin-coin quand on l'écrasait. Sky semblait un peu perplexe. Mandy se demanda si elle avait déjà eu un cadeau auparavant. Peut-être que l'année prochaine, elle se précipiterait aussi vers sa chaussette, comme Zoe et Simba.

Jimmy avait mis à réchauffer des viennoiseries pour accompagner leur deuxième tasse de café. Quand il revint de la cuisine, il serrait quelque chose sous le bras. Il posa le plateau sur la table basse et tendit le paquet à Mandy.

– Pour toi, dit-il, en s'asseyant à côté d'elle sur le canapé.

Le cadeau était parfaitement enveloppé d'un papier rouge et or. Mandy décolla l'adhésif et déplia le papier : un livre. Sur la couverture, un milan royal, les ailes déployées.

– *Oiseaux de proie d'Angleterre*, lut-elle, avant de se pencher vers Jimmy et l'embrasser sur la joue. Merci, il est magnifique.

Elle lui offrit ses cadeaux et le regarda les ouvrir. Il rit en découvrant ce qu'elle avait choisi pour lui.

– Des sous-vêtements thermiques. Pour me tenir chaud quand tu n'es pas là…, dit-il tout en ouvrant le second. Et un livre de cuisine végétarienne pour quand tu seras là. Exactement ce que j'ai toujours voulu.

Il la taquinait, mais souriait toujours en posant ses lèvres sur les siennes.

Ils se rendirent ensuite ensemble à Vert-Cottage. Mandy s'émerveilla : Nicole avait laissé des cadeaux pour tous les animaux. Des jouets à tirer pour les chiens, des petites balles pour les chats. Elle avait même laissé des friandises à mâcher à base de plantes pour les lapins. Les adorables couinements des cochons d'Inde lui manquaient, mais elle était certaine qu'ils passaient un splendide Noël avec Rachel et Brandon.

Holly et Robin semblaient ravis des carottes de Noël que Mandy leur avait apportées. Jimmy et elle restèrent un moment, aux petits soins pour eux. Comme ils avaient changé depuis leur arrivée. Quelques semaines auparavant, ils se seraient enfuis à l'approche de quiconque. Mandy se surprit à souhaiter qu'ils aient des licols en velours rouge semblables à ceux des rennes.

Ania et Ed avaient appelé la veille pour ramener Éclair chez eux. Marie se portait très bien, avaient-ils dit, et Danseuse aussi.

Enfin, Mandy sortit les chiens du refuge dans le verger. Pour une fois, elle les laissa tous prendre l'air ensemble. Albert, Brindille, Flamme et Cendre coururent en rond avec

Simba, Zoe et Sky. C'était un spectacle merveilleux de les observer se précipiter dans la neige, se penchant et s'élançant, se pourchassant les uns les autres et jouant à la bagarre. Leurs robes étaient brillantes. Les côtes de Cendre ne se voyaient plus à travers le pelage.

– Tout ça, c'est grâce à toi, lui dit Jimmy alors que Sky se dirigeait vers eux, puis s'éloignait à nouveau en poursuivant Cendre. Tu devrais être très fière de toi. Les derniers mois n'ont pas dû être faciles. À ta place, beaucoup de gens auraient abandonné.

– J'ai eu beaucoup d'aide, protesta Mandy, mais il se contenta de passer le bras autour de son cou et de la serrer contre lui.

– Quoi que tu en dises, je suis fier de toi, insista-t-il.

Mandy balaya des yeux à la rechercher d'un autre sujet, vite trouvé.

– Regarde Zoe, dit-elle en riant.

Le husky avait creusé la neige avec son museau et en avait retiré une vieille carotte probablement enterrée là. Elle paradait maintenant dans le verger, l'air très contente d'elle, une grosse motte de neige en équilibre sur la truffe. Le légume orange pendait tout raide entre ses dents.

– Peut-être qu'elle veut construire un bonhomme de neige et qu'elle avait besoin d'un nez, suggéra Jimmy.

Ils restèrent dehors longtemps, mais quand Cendre commença à frissonner, Mandy les ramena tous à l'intérieur pour un repas spécial à base de sauce chaude sans sel et de morceaux de pommes de terre. C'était presque trop difficile de les quitter, mais Mandy s'assura que tous ses protégés étaient bien installés avant de retourner chez Jimmy.

Quand le téléphone sonna sur le chemin, Mandy sursauta. Avec toutes ces festivités, elle avait presque oublié qu'elle était de garde. Elle s'arrêta sur le bord de la route, et éteignit le moteur. Elle sentit son cœur se serrer en sortant le portable de sa poche, mais c'était le numéro d'Emily. Avec un soupir de soulagement, elle décrocha.

Emily avait mis son téléphone sur haut-parleur.

– Joyeux Noël ! s'écria-t-elle.

En fond, on entendit Adam ajouter :

– De ma part aussi !

– Comment allez-vous ? s'enquit Emily sur un ton inquiet, tout en riant. Arrête, Adam ! J'ai le droit de demander !

Mandy imaginait très bien son père en train de grimacer en entendant la question.

– Tout va bien, répondit Mandy. C'est très calme pour l'instant.

– Tant mieux. Comment se portent tes animaux ? Comment va Tango ?

Elle devinait le sourire dans la voix de son père.

– Tango va très bien, papa. Il t'attendra à ton retour.

Mandy s'était arrêtée sur le côté de la route, près d'une haie. Elle repéra un moineau au milieu des branches nues juste en face de la fenêtre de la voiture.

– Je suis désolée que tu travailles à Noël, reprit Emily.

Le petit oiseau s'envola. À l'arrière, Sky se redressa, la tête penchée comme si elle essayait d'écouter les voix à l'autre bout de la ligne.

– Je ne voudrais être nulle part ailleurs, assura Mandy à sa mère. Et j'ai un très bon assistant.

Sur le siège passager, Jimmy lui sourit.

– Et vous, alors ? demanda Mandy. Comment est l'hôtel ?

– Absolument merveilleux ! s'enthousiasma Emily. On a une vue sur le loch depuis notre chambre. Il y a un feu de tourbe dans le salon et une magnifique bibliothèque. Je vais lire jusqu'à ce que mes yeux se mettent à loucher.

– Ça a l'air super, dit Mandy.

– Peut-être qu'on pourrait revenir en été. Jimmy est là ? voulut savoir sa mère.

– Il est là. On vient de passer à Vert-Cottage.

– Eh bien, je suis contente que tout se passe bien. S'il te plaît, embrasse Jimmy pour moi.

– Ils t'embrassent, lui répéta Mandy, après avoir raccroché.

De retour au cottage, Jimmy mena Mandy dans la cuisine. Il ouvrit le frigo, puis le congélateur, lui montrant tout ce qu'il avait acheté : des pommes de terre rôties, du chou et de la purée de rutabaga, des Yorkshire puddings, de la sauce à l'oignon, des saucisses végétariennes et un rôti qui, selon l'emballage, était fait à la main à base de pistaches, de lentilles et de cèpes. Ils avaient prévu de préparer le déjeuner à leur retour, mais le ciel était si clair que Mandy se mit à espérer qu'ils passent plutôt un peu plus de temps dehors.

Comme s'il lisait dans ses pensées, Jimmy referma la porte du réfrigérateur et lui fit face.

Je sais qu'on avait prévu de cuisiner à notre retour, mais c'est une si belle journée. Que dirais-tu d'aller nous promener d'abord, et de faire la cuisine plus tard ?

– Ce serait génial, affirma Mandy en lui offrant son plus beau sourire. Je ne peux pas m'éloigner de la voiture, au cas où je reçoive un appel, mais on pourrait prendre le Land Rover et aller se balader vers l'ancien promontoire de Danby Beacon ?

– Ça me semble parfait.

– Je vais juste me changer !

Mandy grimpa les escaliers deux à deux, sortit ses chaussures de randonnée, un pantalon imperméable et une veste. Elle glissa deux polaires légères dans un sac à dos pour faire bonne mesure.

Malgré ses vêtements épais, elle sentit le froid piquant lors de leur ascension dans la neige, dont la surface avait gelé, après le soleil de la veille. Par endroits, le manteau blanc était ferme, mais à d'autres, il s'était ramolli sous la chaleur et ils s'y enfonçaient comme dans du sable. Chaque pas était difficile, mais la vue de plus en plus dégagée était magnifique. Mandy s'arrêta pour reprendre son souffle. Derrière elle, Jimmy s'immobilisa aussi, mais les chiennes continuèrent à explorer alentour, trottant sur la piste, reniflant les odeurs de chaque touffe de bruyère qui perçait la fine couche de glace.

Loin en contrebas, serpentant dans le fond de la vallée, les lignes sombres des murs en pierre sèche émergeaient de sous leurs chapeaux de neige. L'église, avec ses fenêtres voûtées et sa tour carrée, paraissait presque rouge sous la lumière du soleil, qui descendait déjà bas dans le ciel d'hiver. Par-delà le jardin public, la rivière dessinait un mince trait argenté entre ses berges enneigées.

De l'autre côté de la vallée, Mandy distinguait Lamb's Wood. Le toit du cottage était à peine visible, recouvert de neige, caché parmi les branches. Elle se surprit à soupirer et se redressa. Ce n'était pas le moment d'être triste.

– C'est dommage que tu n'aies pas réussi à le rénover pour Noël.

Pour la deuxième fois de la journée, Jimmy semblait avoir deviné ses pensées.

– J'avais espéré avoir déjà bien avancé, avoua Mandy.

– C'est un projet d'envergure. Et impossible à réaliser avec cette neige, ajouta Jimmy, philosophe. Je t'aiderai quand la météo sera plus clémente, si tu veux.

Mandy tendit une main gantée, saisit la sienne et la serra.

– Merci, dit-elle en soupirant. Je sais que je devrais être heureuse, parce que tout s'est bien terminé. Mais il y a eu tellement de problèmes là-bas. Que Robbie tombe malade, et l'état dans lequel on a trouvé ses animaux, c'est déjà beaucoup, mais ensuite, avec son neveu et toutes les horreurs qu'il a faites… Ce n'est pas dans ces conditions que j'imaginais trouver ma première maison à moi.

Jimmy resta parfaitement immobile, les yeux rivés sur Lamb's Wood.

– Tu pourrais y prendre un nouveau départ, suggéra-t-il. Et pourquoi ne pas lui donner un nouveau nom ? Et toutes les mauvaises choses dont tu viens de parler sont derrière toi maintenant. Vous pourrez vous y fabriquer de nouveaux souvenirs, Sky et toi. Ensemble.

Pendant un instant, Mandy se sentit mal à l'aise. Pourrait-elle vraiment renommer le cottage ? Ne serait-ce pas déloyal envers Robbie Grimshaw ? Est-ce que ça ne serait pas comme une tentative pour effacer tous les souvenirs qu'il lui restait ? Et surtout, elle se rendit compte que Jimmy n'avait mentionné que Sky et elle se fabriquant des souvenirs, mais pas lui-même, et ça la dérangeait. Elle ne voulait peut-être pas précipiter les choses, mais s'ils devaient avoir un avenir, ils devraient le créer ensemble.

Elle lui tendit son autre main, enveloppant la sienne, tout en gardant les yeux sur le paysage.

– Nous allons créer de nouveaux souvenirs ensemble, dit-elle. Toi et moi, Sky, Zoe et Simba. Nous tous. Et, oui, je pense que je voudrais renommer le cottage.

Même si elle ne voyait pas son visage, elle savait qu'il était satisfait. Ses doigts gantés serrèrent les siens.

– Il faut vraiment qu'on lui trouve un nom parfait, alors.

Ils se retournèrent vers la piste et reprirent leur ascension. Le sentier était jonché de rochers et Mandy dut choisir son chemin avec précaution. Pendant plusieurs minutes, aucun d'eux ne parla.

– Ce n'est pas facile, n'est-ce pas ? finit par lancer Jimmy en s'arrêtant pour la regarder, les mains sur les hanches. À quoi tu pensais ? Une sorte de nom d'arbre ? Cottage du Bouleau ? Le Bosquet ?

Mandy fronça les sourcils. Le Cottage du Bouleau avait une connotation confortable, mais trop domestique en quelque sorte. Le Bosquet ? Il y avait en effet beaucoup de buissons et d'arbres sur la propriété.

– Ça sonne un peu trop…, hésita-t-elle, cherchant le bon mot. Banal.

Elle s'arrêta aussi et se baissa pour gratter la fourrure de Sky, et sentit l'air emplir ses poumons. C'était trop difficile de parler et de réfléchir en même temps.

– Peut-être quelque chose de plus excentrique ? proposa-t-elle enfin.

Jimmy sourit.

– Excentrique ? Tu veux dire comme Le Repaire de Simba ou La Butte aux Sky ?

Mandy lâcha un grognement.

– Tu vois très bien ce que je veux dire, pesta-t-elle en lui montrant les dents, puis en riant. Je ne sais pas. Quelque chose comme Vents sauvages ou Étendues aériennes.

Elle fronça les sourcils.

– C'est pas génial non plus, ça sonne un peu trop kitsch, mais tu vois, ce genre-là.

L'expression amusée avait déserté le visage de Jimmy, désormais pensif.

– Et si on combinait ces deux-là ? suggéra-t-il. En Étendues sauvages ?

– Étendues sauvages ? murmura Mandy pour tester le mot dans sa bouche.

Ce n'était pas banal, c'était certain. Ça correspondait bien au petit cottage. On l'avait laissé à l'abandon et maintenant il fallait l'apprivoiser.

– Étendues sauvages, répéta-t-elle, tandis que Jimmy la dévisageait depuis un rocher tout proche, et qu'elle lui souriait en retour. C'est un joli nom.

Il lui tendit la main, elle l'attrapa et il l'aida à garder l'équilibre alors qu'elle grimpait sur le dernier affleurement rocheux.

Ils avaient atteint le sommet. Mandy s'attendait à admirer la vue quelques minutes, puis à faire demi-tour, mais Jimmy avait ôté son sac à dos et l'avait posé dans la neige. Après avoir fouillé un moment, il en sortit deux tapis de sol pliables colorés. Il en donna un à Mandy, installa le sien à côté du cairn qui marquait le sommet et s'assit. Mandy déroula son tapis vert en mousse. C'était une merveilleuse barrière contre la neige. Elle remonta les genoux contre sa poitrine et contempla la magnifique scène qui s'offrait à elle. La neige avait fondu sur la plupart des toits du village, et l'ardoise grise se détachait du fond blanc. De la fumée s'échappait de quelques-unes des cheminées. Mandy imaginait ses voisins, repus après le repas de Noël, les pieds tournés vers un bon feu. Dans le cimetière de l'église, les buissons épars n'étaient plus que des taches sombres parmi les pierres tombales. Le ciel bleu s'étendait au-dessus de leurs têtes.

Jimmy fouilla de nouveau dans son sac à dos.

– Tiens.

Il en avait sorti une boîte. À l'intérieur, enveloppées dans plusieurs épaisseurs de papier aluminium, quatre tartelettes de mamie. Mandy ôta un gant. Quand Jimmy lui en tendit une, elle s'aperçut qu'elle était encore tiède. Il avait dû les réchauffer avant de partir.

Il prit une flasque rangée dans une des poches extérieures. Il dévissa les deux couvercles, les remplit et tendit le plus large à Mandy. La tasse improvisée contenait du café au lait.

Les trois chiennes, comprenant qu'il y aurait peut-être des miettes à voler, s'approchèrent et se couchèrent dans la neige, en tirant la langue. Sky avait l'air de sourire, songea Mandy.

– Je pense qu'on devrait porter un toast ! décida Jimmy en levant sa tasse de café fumante. À Vert-Cottage, à Running Wild, et à de nouveaux souvenirs à Étendues sauvages.

Mandy lui rendit son sourire.

– Je vais boire à ça, dit-elle en imitant son geste.

– Mais par-dessus tout, à nous. Joyeux Noël, Mandy !

– Joyeux Noël, Jimmy.

FIN

LE NOUVEAU ROMAN DE
Jenny Colgan !
“ Charmant, chaleureux et émouvant,
notre coup de cœur de Noël ! ”
Femme Actuelle
Jenny Colgan
NOËL
AU BORD DE L'EAU
Seaside Kitchen
EDITIONS PRISMA
Ne manquez rien de la saga...
Passez Noël
avec Flora sur l'île
écossaise de Mure !

Cultivez vos moments de bonheur !
Felicity Hayes-McCoy
La petite bibliothèque du bonheur
EDITIONS PRISMA
Felicity Hayes-McCoy
Le petit café du bonheur
EDITIONS PRISMA
Felicity Hayes-McCoy
Le petit jardin du bonheur
EDITIONS PRISMA
Bibliobus
La prose délicate de Felicity Hayes McCoy nous embarque pour une virée enjouée au coeur de la campagne irlandaise. Au fil de ces trois romans, découvrez le village de Lissbeg et le quotidien de ses habitants hauts en couleurs pour des aventures pleines d'amour et d'amitié !
Disponibles en librairies et en e-book
www.editions-prisma.com

Entre orages et passion…
Des héroïnes pleines d'ambition… Quels sacrifices devront-elles faire pour sauver leur rêve ?
C. J. ROBERTSON
UNE PREUVE D'AMOUR
Paige Toon
Rendez-vous dans 5 ans
EVIE GAUGHAN
La Collectionneuse d'histoires
LUCY DANIELS
Un été pour tout changer à Vert-Cottage
DISPONIBLES EN LIBRAIRIES ET EN E-BOOK
www.editions-prisma.com

Responsable éditoriale : Ambre Rouvière
Correction : Nord Compo Multimédia
Composition : Nord Compo Multimédia
Conception graphique de la couverture : Nord Compo Multimédia
Illustration de couverture : © Sara Mulvanny © Hodder and Stoughton 2017

PEFC™
10-31-1601
Certifié PEFC
pefc-france.org

Depuis 2009, Prisma Media met en place une politique d'achat écoresponsable. Ainsi, près de 100 % du papier de nos magazines est certifié PEFC (gestion durable des forêts). La fabrication des livres des Éditions Prisma s'inscrit également dans cette démarche.

Dépôt légal : novembre 2020 – n° d'impression 2008.0034
Achevé d'imprimer en France par : Aubin Imprimeur